P9-BYX-751

Una
cancíón
para ti

Dr. Melanie Goldfarb

Sarah Dessen

Una canción para ti

Traducción:
Elena Abós

Título original:
  THIS LULLABY

Diseño e imagen de cubierta:
  OPALWORKS

© SARAH DESSEN, 2002
© de la traducción: ELENA ABÓS, 2011
© MAEVA YOUNG, 2011
  Benito Castro, 6
  28028 MADRID
  emaeva@maeva.es
  www.maeva.es

ISBN: 978-84-15120-32-2
Depósito legal: M-19.265-2011

Fotomecánica: Gráficas 4, S. A.
Impresión y encuadernación: Huertas, S. A.
Impreso en España / Printed in Spain

 La madera utilizada para elaborar las páginas de este libro pro-
cede de bosques sujetos a un programa de gestión sostenible. Cer-
tificado por SGS según N.º: SGS-PEFC/COC-0634.

En las profundidades
del invierno finalmente
aprendí que en mi
interior habitaba
un verano invencible.
– Camus

Ahora mismo vuelve.
Solo está escribiendo.
– Carolin

JUNIO

CAPÍTULO 1

La canción se llama *Canción de cuna*. La habré oído, no sé, más o menos un millón de veces. Más o menos.

Durante toda mi vida me han contado cómo la compuso mi padre el día en que nací. Estaba de gira en algún lugar de Texas, ya separado de mi madre. Según dicen, se enteró de mi nacimiento, se sentó con su guitarra y la escribió, allí mismo, en un motel barato. Una hora de su tiempo, unos cuantos acordes, dos estrofas y un estribillo. Llevaba toda la vida componiendo música, pero al final fue la única canción por la que sería famoso. Incluso ahora que estaba muerto, era un artista de un solo éxito. O dos, supongo, si me cuento a mí.

Ahora sonaba la canción mientras yo estaba sentada en una silla de plástico en el concesionario de coches, en la primera semana de junio. Hacía calor, por todas partes brotaban las flores y ya era prácticamente verano. Lo que quería decir, claro, que a mi madre le tocaba volver a casarse.

Era su cuarto matrimonio; quinto, si contamos a mi padre. Yo prefiero no hacerlo. Pero para ella estuvieron casados, si es que una unión en medio del desierto oficiada por alguien al que habían conocido en un área de descanso unos minutos antes cuenta como matrimonio. A mi madre le parece que sí. Pero claro, ella cambia de

9

marido como otros cambian de color de pelo: por aburrimiento, apatía o por la sensación de que el próximo lo arreglará todo, de una vez para siempre. Cuando era más pequeña, si le preguntaba sobre mi padre y cómo se habían conocido, cuando todavía sentía curiosidad, ella suspiraba, hacía un gesto con la mano y decía: «Oh, Remy, eran los años setenta. Ya sabes».

Mi madre cree que lo sé todo. Pero se equivoca. De los setenta solo sabía lo que había aprendido en el colegio y en la tele, en el History Channel: Vietnam, el presidente Carter, la música disco. Y lo único que conocía de mi padre, en realidad, era *Canción de cuna*. Llevaba toda la vida oyéndola como música de fondo de anuncios y películas, en bodas, dedicada en los programas de radio. Puede que mi padre ya no esté, pero la canción –pastelera, estúpida e insípida– sigue viva. Al final me sobrevivirá incluso a mí.

Fue en mitad del segundo estribillo cuando Don Davis, de Automóviles Don Davis, asomó la cabeza por la puerta de la oficina y me vio.

–Remy, cariño, siento haberte hecho esperar. Pasa.

Me levanté y lo seguí. Dentro de ocho días Don pasaría a ser mi padrastro, entrando a formar parte de un grupo no muy selecto. Era el primer vendedor de coches, el segundo géminis y el único con dinero propio. Mi madre y él se conocieron aquí mismo, en su oficina, cuando vinimos a comprarle un Camry nuevo. Yo la había acompañado porque conozco a mi madre: pagaría el precio del cartel, pensando que era fijo, como si estuviera comprando naranjas o papel higiénico en el supermercado, y por supuesto nadie se lo impediría, porque mi madre es bastante conocida y todos piensan que es rica.

Nuestro primer vendedor parecía recién salido de la universidad y estuvo a punto de darle un ataque cuando mi madre se acercó a un modelo nuevo con todos los extras y metió dentro la cabeza para aspirar una bocanada de ese olor a coche nuevo. Aspiró hondo, sonrió y anunció: «¡Me lo llevo!», con su teatralidad característica.

–Mamá –dije, intentando no apretar los dientes. Pero ella tenía que hacer las cosas a su manera. Había venido aleccionándola todo el camino, con instrucciones específicas sobre qué decir, cómo comportarse, todo lo que debíamos hacer para lograr un buen precio. Ella decía una y otra vez que me estaba escuchando, aunque no dejaba de enredar con las salidas del aire acondicionado y de juguetear con las ventanillas automáticas de mi coche. Juro que esa fue la verdadera razón de esa fiebre por un coche nuevo: que yo acababa de comprarme uno.

Así que cuando metió la pata, me tocó a mí hacerme cargo. Empecé a hacerle preguntas directas al vendedor, que se puso nervioso. No dejaba de mirar por encima de mí, hacia ella, como si yo fuera una especie de perro de presa entrenado y ella pudiera lograr fácilmente que me sentara. Ya estoy acostumbrada. Pero justo cuando ya no sabía dónde meterse, nos interrumpió el propio Don Davis, que se ocupó de llevarnos a su oficina y enamorarse de mi madre en cuestión de quince minutos. Allí estaban ellos lanzándose miraditas mientras yo le regateaba tres mil dólares y conseguía que me regalara un seguro de mantenimiento, una capa selladora y un cambiador para el reproductor de CD. Seguramente fue la mayor ganga en la historia de Toyota, aunque nadie se diese cuenta. Simplemente se supone que yo me encargo de todo, sea lo que sea, porque soy la mánager de mi madre, su terapeuta, su manitas y, ahora, su organizadora de bodas. Menuda suerte que tengo.

–Bueno, Remy –dijo Don cuando nos sentamos, él en su gran trono de cuero tras el escritorio, yo en la silla justo lo bastante incómoda como para acelerar las ventas, enfrente. En el concesionario, cada detalle estaba pensado para lavarle el cerebro a los clientes. Como esos memorandos para los vendedores animándolos a hacer buenos descuentos que dejan «tirados» a la ligera, para que los leas, y la disposición de los despachos, para que puedas «oír casualmente» cómo el vendedor le ruega a su superior que le deje hacerte una buena oferta. Además, la ventana que estaba enfrente de mí se abría a la parte del aparcamiento donde la gente recogía sus coches nuevos. Cada pocos minutos, uno de los vendedores acompañaba a alguien al centro de la ventana, les entregaba las relucientes llaves nuevas y sonreía con benevolencia mientras los propietarios se alejaban hacia la puesta de sol, justo como en los anuncios. Qué montón de estupideces.

Don se removió en su asiento, ajustándose la corbata. Era un tipo corpulento, con un estómago voluminoso y una ligera calvicie: te hacía pensar en el término «blandengue». Pero adoraba a mi madre, el pobrecillo.

–¿Qué quieres de mí hoy?

–A ver –dije mientras sacaba del bolsillo trasero la lista que había traído–. Volví a llamar al sitio del esmoquin y te esperan esta semana para la prueba final. La lista para la cena de ensayo está más o menos decidida en setenta y cinco, y el del *catering* necesita un cheque por el resto del depósito para el lunes.

–De acuerdo. –Abrió un cajón, tomó el archivador de cuero donde guardaba su chequera y sacó una pluma del bolsillo de la chaqueta–. ¿Cuánto para el *catering*?

Bajé la vista al papel, tragué saliva y dije:

–Cinco mil.

Asintió y comenzó a escribir. Para Don, cinco mil dólares no era dinero, prácticamente. Esta boda iba a costarle veintipico mil, y tampoco parecía perturbarlo. Si sumamos las obras que habíamos hecho en casa para que pudiéramos vivir todos juntos como una familia feliz, más la deuda que le había perdonado a mi hermano por su camioneta, más el coste diario de vivir con mi madre, estaba haciendo una inversión considerable. Pero claro, era su primera boda, su primer matrimonio. Era un novato. Mi familia, en cambio, era profesional desde hacía mucho tiempo.

Arrancó el cheque, lo deslizó sobre el escritorio y sonrió.

–¿Qué más? –me preguntó.

Volví a consultar la lista.

–Bueno, solo el grupo de música, creo. Los del salón de bodas me han preguntado...

–Está controlado –dijo, con un gesto de la mano–. Estarán allí. Dile a tu madre que no se preocupe.

Sonreí al oír aquello porque era lo que él esperaba, pero los dos sabíamos que ella no se preocupaba en absoluto por la boda. Había elegido el vestido y las flores, y luego me había endilgado el resto a mí, alegando que necesitaba cada segundo libre para trabajar en su última novela. Pero la verdad era que mi madre odiaba los detalles. Le encantaba zambullirse en nuevos proyectos, se dedicaba a ellos durante unos diez minutos y luego perdía el interés. Por toda la casa había montoncitos de cosas que en algún momento le habían llamado la atención: kits de aromaterapia, programas de *software* para elaborar árboles genealógicos, pilas de libros de cocina japonesa, un acuario con cuatro paredes cubiertas de algas y un único superviviente, un pez blanco y gordo que se había comido a todos los demás.

La mayoría achacaba el comportamiento errático de mi madre al hecho de que era escritora, como si eso lo explicase todo. Para mí, no era más que una excusa. Vamos, que los neurocirujanos también pueden estar locos, pero eso a nadie le parece bien. Afortunadamente para mi madre, soy la única que tiene esta opinión.

–¡Es tan pronto! –exclamó Don, dando golpecitos con el dedo sobre el calendario–. ¿Te lo puedes creer?

–No –dije yo, preguntándome qué habría dicho en la primera parte de la frase. Añadí–: Es increíble.

Me sonrió y volvió a bajar la vista hacia el calendario, donde había marcado el día de la boda, el 10 de junio, trazando varios círculos a su alrededor con tinta de distintos colores. No se le podía reprochar que estuviera ilusionado. Don tenía esa edad en la que todos sus amigos habían perdido la esperanza de que se casara, hasta que conoció a mi madre. En los últimos quince años había vivido solo en un piso junto a la autopista y pasaba todas las horas del día vendiendo más toyotas que cualquier otra persona del estado. Y ahora, dentro de nueve días, iba a tener no solo a Barbara Starr, célebre autora de novela rosa, sino también, en el mismo lote, a mi hermano Chris y a mí. Y se alegraba de ello. Desde luego que era increíble.

Justo entonces sonó el interfono de su escritorio, muy fuerte, y se oyó la voz de una mujer.

–Don, Jason tiene a punto un ocho cincuenta y siete, necesita hablar contigo. ¿Te los mando?

Don me lanzó una mirada, y luego apretó el botón y dijo:

–Claro. Dame cinco segundos.

–¿Ocho cincuenta y siete? –pregunté.

–Es el código del concesionario –respondió con soltura, mientras se levantaba. Se alisó el cabello para tapar la pequeña calva, que yo solo le veía cuando estaba sentado. A su espalda, al otro lado de la ventana, un vendedor rubicundo le entregaba las llaves de su coche nuevo a una mujer con un niño pequeño. Ella las tomó mientras el niño le tironeaba de la falda, intentando llamar su atención. Su madre no pareció darse cuenta–. Odio tener que echarte, pero...

–Ya he terminado –le dije, metiéndome la lista de nuevo en el bolsillo.

–Te agradezco mucho todo lo que estás haciendo por nosotros, Remy –me dijo mientras rodeaba el escritorio. Me puso una mano en el hombro, estilo padre, e intenté no recordar a los padrastros anteriores que habían hecho lo mismo, con el mismo peso, y con el mismo significado. Los otros también creyeron que eran permanentes.

–No hay de qué –le dije mientras retiraba la mano y me abría la puerta. En el pasillo nos esperaba un vendedor, junto a lo que debía de ser ese ocho cincuenta y siete, el código para un cliente casi convencido, supongo: una mujer bajita aferrada a su bolso, que vestía una sudadera con un gatito bordado.

–Don –dijo el vendedor hábilmente–, te presento a Ruth. Estamos haciendo todo lo posible para ponerla al volante de un Corolla nuevo.

Ruth dirigió su mirada nerviosa de Don a mí, y de nuevo a Don.

–Yo solo... –balbució.

–Ruth, Ruth –intervino Don en tono tranquilizador–. Vamos a sentarnos todos un momento para ver qué podemos hacer por ti, ¿de acuerdo?

–Sí, eso –dijo el vendedor, dándole un ligero empujoncito hacia delante–. Solo vamos a hablar.

–De acuerdo –aceptó Ruth, algo insegura, y se dirigió a la oficina de Don. Al pasar a mi lado me lanzó una mirada, como si yo formara parte de aquello, y tuve que contenerme para no decirle que saliera corriendo, rápido, sin volver la vista atrás.

–Remy –añadió Don en voz baja, como si se hubiera dado cuenta–, luego te veo, ¿de acuerdo?

–Vale –les dije, y observé cómo entraba Ruth. El vendedor la condujo a la silla incómoda, de cara a la ventana. Ahora una pareja asiática se subía a su monovolumen nuevo. Los dos sonreían mientras se ajustaban los cinturones y admiraban el interior: la mujer bajó el retrovisor y comprobó su reflejo en el espejo. Los dos respiraron hondo, aspirando ese olor a coche nuevo, mientras el marido introducía la llave en el contacto. Y se pusieron en marcha, despidiéndose con la mano de su vendedor al alejarse. Plano largo del atardecer.

–A ver, Ruth –comenzó Don, acomodándose en su silla. La puerta se estaba cerrando y apenas le veía la cara–. ¿Cómo podría darte una alegría?

Estaba a medio camino de la sala de exposición cuando recordé que mi madre me había pedido que por favor, por favor, le recordara a Don el cóctel de esa noche. Su nueva editora estaba en la ciudad, al parecer de paso desde Atlanta, y quería hacer una parada para socializar. En realidad, el verdadero motivo era que mi madre le debía una novela a la editorial y todos estaban empezando a ponerse un poco nerviosos al respecto.

Di media vuelta y recorrí el pasillo de nuevo en dirección a la oficina de Don. La puerta seguía cerrada y oía voces que murmuraban al otro lado.

El reloj de la pared opuesta era como los del colegio, con números grandes y negros y un segundero tembloroso. Ya era la una y cuarto. Un día después de mi graduación en el instituto y ahí estaba, ni de camino a la playa ni durmiendo la mona como todos los demás. Estaba haciendo recados para la boda, como una empleada, mientras mi madre seguía en su cama tamaño gigante Sealy Posturepedic, con las persianas bajadas, para lograr las horas de sueño que decía que necesitaba para su proceso creativo.

Y con eso bastó para notarla: esa quemazón que me hervía a fuego lento en el estómago y que sentía siempre que me reconocía a mí misma cuánto se había inclinado la balanza a su favor. Sería resentimiento o lo que quedaba de mi úlcera, o tal vez las dos cosas. La música ambiental sonó más fuerte por encima de mi cabeza, como si alguien estuviera toqueteando el volumen, de forma que me estaban ametrallando con una versión de alguna canción de Barbra Streisand. Crucé una pierna sobre la otra y cerré los ojos, al tiempo que apretaba con los dedos los brazos de la silla. Unas semanas más de esto, me dije, y luego me largo.

Justo entonces alguien se desplomó en la silla de mi izquierda y me lanzó contra la pared de un empujón; fue muy brusco y me golpeé el codo con la moldura, justo en el hueso de la risa. El latigazo hizo que sintiera un cosquilleo hasta la punta de los dedos. Y de pronto, por las buenas, estaba cabreada. Muy cabreada. Es increíble cómo un solo empujón basta para ponerte furiosa.

–Qué demonios –dije, separándome de la pared de golpe, lista para arrancarle la cabeza al estúpido vendedor que había decidido pegarse a mí. El codo todavía me zumbaba y noté cómo la sangre me subía por el cuello: mala señal. Conocía mi mal genio.

Volví la cabeza y vi que no era un vendedor. Era un chico con el pelo negro y rizado, más o menos de mi edad, con una camiseta de color naranja chillón. Y por alguna razón estaba sonriendo.

–Hola –dijo alegremente–. ¿Cómo va eso?

–¿Cuál es tu problema? –salté, frotándome el codo.

–¿Problema?

–Me acabas de estampar contra el muro, gilipollas.

Parpadeó.

–Dios mío –dijo al fin–. Menudo lenguaje.

Me lo quedé mirando. Mala suerte, chaval, pensé. Me has pillado en un mal día.

–La cuestión es –continuó, como si hubiéramos estado hablando del tiempo o de política internacional– que te he visto ahí en la sala. Yo estaba junto al expositor de neumáticos.

Estaba segura de estar taladrándolo con la mirada. Pero él seguía hablando.

–Y pensé, de repente, que teníamos algo en común. Una química natural, por así decirlo. Y noté que algo gordo iba a pasarnos. A los dos. Que tú y yo, de hecho, estábamos predestinados a estar juntos.

–Y todo esto –insistí, para aclarar las cosas–, ¿junto al expositor de neumáticos?

–¿Tú no lo notaste?

–No. Pero lo que sí he notado es que me has lanzado contra la pared –declaré tranquilamente.

–Eso –reconoció, bajando la voz y acercándose– ha sido un accidente. Un descuido. Simplemente un resultado desafortunado del entusiasmo que he sentido al saber que estaba a punto de hablar contigo.

Me lo quedé mirando. Sobre nuestras cabezas sonaba una versión animada del tema Automóviles Don Davis, con muchos repiques y tintineos.

–Vete de aquí –le dije.

Volvió a sonreír, pasándose una mano por el pelo. Sobre nosotros la música de fondo iba ganando en intensidad y el altavoz chasqueaba como si estuviera a punto de producirse un cortocircuito. Los dos levantamos la vista, y luego nos miramos.

–¿Sabes una cosa? –soltó, señalando el altavoz, que volvió a emitir un chasquido, esta vez más fuerte, y siseó antes de seguir con la canción a todo volumen–. A partir de ahora, para siempre –volvió a señalar con el dedo, levantándolo–, esta será nuestra canción.

–Uf, por Dios –dije, y justo entonces me salvé, aleluya, porque se abrió la puerta del despacho de Don y salió Ruth, precedida de su vendedor. Portaba un fajo de papeles y en su rostro cansado se veía esa expresión aturdida de alguien a quien acaban de despojar de miles de dólares. Pero tenía el llavero chapado en oro falso, todo suyo.

Me levanté y el chico se puso en pie de un salto a mi lado.

–Espera, solo quería...

–¿Don? –llamé, ignorándolo.

–Solo llévate esto –insistió el chico, mientras me cogía la mano. Antes de que pudiera reaccionar le dio la vuelta para poner la palma hacia arriba, sacó un bolígrafo del bolsillo trasero y se puso a escribirme en ella, sin coña, un nombre y un número de teléfono entre el índice y el pulgar.

–Estás trastornado –le dije, apartando la mano de un tirón, lo que hizo que los últimos números se corrieran y el bolígrafo se le cayera de la mano. Rebotó por el suelo y se metió bajo una máquina de chicles.

–¡Eh, Romeo! –gritó alguien desde el salón de exposición y se oyeron carcajadas–. ¡Venga tío, vámonos!

Levanté la vista hacia él, todavía incrédula. Hablando de no respetar el espacio personal. Les había tirado copas por encima a chicos por tan solo rozarme en un bar, algo mucho menos inaceptable que agarrarme la mano e incluso escribir en ella.

Dirigió una mirada a su espalda y luego volvió a mirarme.

–Hasta pronto –dijo, y me sonrió.

–Ya te gustaría –contesté yo, pero ya se estaba marchando, sorteando la camioneta y el monovolumen en la sala. Salió por la puerta principal de cristal, donde una furgoneta blanca destartalada estaba esperando en marcha junto a la acera. La puerta trasera se abrió y él se adelantó para subir, pero entonces la furgoneta dio un salto hacia adelante, lo que le hizo tropezar, antes de volver a detenerse. Suspiró, se metió las manos en los bolsillos, levantó la vista al cielo, volvió a agarrar el picaporte y cuando iba a subir, el vehículo se puso de nuevo en movimiento, esta vez acompañado por el sonido del claxon. La secuencia se repitió varias veces por todo el aparcamiento, acompañada por las risitas de los vendedores, antes de que alguien sacara una mano por la puerta trasera y se la ofreciera, a lo que él no hizo caso. Los dedos de la mano se movieron, al principio ligeramente, luego con más energía, y por fin se agarró y se subió de un salto. La puerta se cerró de golpe, el claxon volvió a sonar y la camioneta abandonó traqueteando el aparcamiento, golpeándose el tubo de escape al salir.

Bajé la vista hacia mi mano, donde estaba escrito con tinta negra 933-54algoalgo, con una palabra debajo. Dios, menuda letra más descuidada tenía. Una D grande, un borrón en la última letra. Y qué nombre tan estúpido. Dexter.

Al llegar a casa, lo primero que noté fue la música clásica que se elevaba y llenaba la casa de oboes gimientes y ligeros violines. Después el olor de las velas, vainilla, con el toque justo de dulzura para hacerte arrugar la nariz. Y, por último, la pista definitiva, un rastro de bolas de papel diseminadas como migas de pan desde la entrada, a través de la cocina, hasta el porche.

Gracias a Dios, pensé. Está escribiendo otra vez.

Dejé las llaves en la mesa junto a la puerta, me incliné para recoger una bola de papel que estaba junto a mis pies, y la desplegué de camino a la cocina. Mi madre era muy supersticiosa con su trabajo, y solo usaba la vieja máquina de escribir que había arrastrado por todo el país cuando escribía artículos de música como colaboradora de un periódico de San Francisco. Hacía mucho ruido, cada vez que llegaba al final de una línea sonaba una campanilla y parecía una reliquia del Lejano Oeste. También tenía un ordenador nuevo último modelo, pero solo lo usaba para hacer solitarios.

La página que tenía en la mano, con un 1 en la esquina superior derecha, comenzaba con el brío característico de mi madre:

Melanie siempre había sido la típica mujer a la que le gustan los retos. En su carrera, en sus amores, en su espíritu, vivía para encontrarse con algo a lo que enfrentarse, algo que pusiera a prueba su determinación, que le diera valor a la victoria. Al entrar en el hotel Plaza en un frío día de noviembre, se quitó la bufanda del pelo y se sacudió la lluvia. Encontrarse con Brock Dobbin no entraba en sus planes. No lo veía desde Praga, donde habían dejado las cosas tan mal como las empezaron. Pero ahora, un año después, tan cerca de su boda, había vuelto a la ciudad. Y ella había venido a verlo. Y esta vez ganaría. Estaba

Estaba... ¿qué? Solo había un borrón de tinta tras esa palabra, que dejaba una estela hasta el final de la página, desde donde la habían arrancado de la máquina.

Seguí recogiendo papeles y fui haciendo una bola con ellos. No eran muy distintos. En uno el escenario era Los Ángeles en lugar de Nueva York, y en otro Brock Dobbin se llamaba Dock Brobbin, para luego recuperar el nombre inicial. Eran detalles, pero a mi madre siempre le costaba un poco coger el ritmo. Sin embargo, cuando lo hacía, menuda era. Había terminado su último libro en tres semanas y media, y era tan grueso que servía estupendamente como tope de puerta.

La música y el repiqueteo de la máquina de escribir fueron aumentando de volumen a medida que avanzaba hacia la cocina. Mi hermano Chris planchaba una camisa sobre la mesa, para lo que había colocado a un lado el salero, el pimentero y el servilletero.

–Hola –dijo, apartándose el pelo de la cara. La plancha siseó cuando la cogió y planchó el reborde del cuello de la camisa, apretando con fuerza.

–¿Cuánto tiempo lleva? –pregunté, mientras sacaba el cubo de la basura de debajo del fregadero y tiraba los papeles.

Se encogió de hombros, dejó salir algo de vapor y estiró los dedos.

–Calculo que un par de horas.

Miré por encima de él, a través del comedor hasta el porche, donde vi a mi madre encorvada sobre la máquina de escribir, con una vela a su lado, martilleando. Siempre me parecía raro mirarla. Daba verdaderos golpes a las teclas, impulsándose con todo el cuerpo, como si no pudiera expulsar las palabras lo bastante rápido. Era capaz de seguir durante horas, y terminaría con calambres en los dedos, dolor de espalda y unas buenas cincuenta páginas, que probablemente bastarían para contentar a su editora de Nueva York por el momento.

Me senté a la mesa y ojeé una pila de correo que estaba junto al cuenco de la fruta mientras Chris le daba la vuelta a la camisa y avanzaba despacio con la plancha alrededor de un puño. Planchaba muy despacio, hasta el punto de que más de una vez le había quitado la plancha de las manos, incapaz de soportar cuánto tardaba en alisar solo el cuello. Si hay una cosa que todavía soporto menos que ver cómo algo se hace mal, es ver cómo se hace despacio.

–¿Algo especial esta noche? –le pregunté. Ahora estaba agachado sobre la camisa, totalmente concentrado en el bolsillo.

–Jennifer Anne da una cena –contestó–. Es elegante pero informal.

–¿Elegante pero informal?

–Quiere decir –dijo despacio, todavía concentrado–, que nada de vaqueros, pero tampoco chaqueta de vestir. La corbata es opcional. Ese tipo de cosas.

Levanté la vista al cielo. Hacía seis meses, mi hermano no habría sido capaz de definir elegante, y mucho menos informal. Hacía diez meses, el día de su veintiún cumpleaños, lo habían detenido en una fiesta por vender costo. No había sido su primer encontronazo con la ley, ni mucho menos: en el instituto lo arrestaron varias veces por allanamiento de morada (llegó a un acuerdo con la acusación), una por conducir borracho (desestimada) y una por posesión de sustancia controlada (servicios comunitarios y una buena multa, pero se libró por los pelos). Sin embargo, aquella detención en la fiesta lo remató y tuvo que cumplir condena. Solo tres meses, pero el susto bastó para llevarlo por el buen camino y buscarse trabajo en el taller de coches Jiffy Lube, donde había conocido a Jennifer Anne cuando ella llevó su Saturn a la revisión de las treinta mil millas.

Jennifer Anne era lo que mi madre denominaba «una buena pieza», lo que quería decir que ninguna de las dos la asustábamos y no le importaba que lo supiéramos. Era una chica menuda con una melena rubia abultada, más lista que el hambre (aunque nos costara reconocerlo) y había logrado en seis meses con mi hermano más que nosotras en veintiún años. Había conseguido que vistiera mejor, trabajara con más empeño y hablara con propiedad, incluso usando palabras nuevas y extravagantes, como *networking*, *multitasking* y «elegante pero informal». Trabajaba de recepcionista en una clínica, pero se hacía llamar «especialista en oficinas». Jennifer Anne era capaz de hacer que cualquier cosa sonara mejor de lo que era. Hace poco la había oído describir el trabajo de Chris como un «experto en lubricación automotriz multinivel», con lo que trabajar en el taller de coches equivalía casi a ser director de la NASA.

Chris levantó la camisa de la mesa y la sostuvo en alto, sacudiéndola ligeramente mientras la campanilla de la máquina de escribir volvía a tintinear en el porche.

–¿Qué te parece?

–Está bien –dije–. Pero te has dejado una arruga grande en la manga derecha.

La miró y suspiró.

–Es tan difícil –dijo, colocándola de nuevo en la mesa–. No entiendo por qué la gente se toma la molestia.

–Yo no entiendo por qué te la tomas tú –observé–. ¿Desde cuándo tienes que ir sin arrugas, vamos a ver? Antes, si llevabas pantalones ya te parecía que ibas arreglado.

–Muy graciosa –dijo haciéndome una mueca–. De todas formas, no lo entenderías.

–Sí, claro. Perdone usted, empollón. Se me había olvidado que tú eras el listo.

Estiró la camisa sin mirarme.

–Lo que quiero decir –dijo hablando despacio–, es que hay que saber lo que es querer hacer algo por otra persona. Por consideración. Por amor.

–¡Oh, Dios! –exclamé.

–Exacto. –Volvió a coger la camisa. La arruga todavía seguía allí, pero no iba a decírselo–. Eso es justamente a lo que me refiero. Compasión. Relaciones. Dos cosas de las que, tristemente, careces.

–Pero si soy la reina de las relaciones –protesté indignada–. Y además, oye, acabo de pasarme toda la mañana organizando la boda de mamá. Lo que ha sido jodidamente considerado por mi parte.

–Tú –continuó, doblando la camisa cuidadosamente sobre el brazo, estilo camarero–, todavía no has vivido ningún tipo de relación seria...

–¿Qué?

–Y con todo lo que te has quejado y has criticado la boda, a duras penas podríamos llamarte considerada.

Me quedé callada, mirándolo. Últimamente era imposible razonar con él. Era como si una secta religiosa le hubiera lavado el cerebro.

–¿Quién eres tú? –le pregunté.

–Lo único que digo –contestó con calma–, es que soy muy feliz. Y me gustaría que tú también lo fueras. Como yo.

–Soy feliz –respondí, y lo decía en serio, aunque soné amargada porque estaba muy irritada–. Es verdad –añadí en un tono más tranquilo.

Se acercó y me dio un golpecito en el hombro, como si él tuviera razón.

–Hasta luego –dijo. Dio media vuelta y subió las escaleras de la cocina hacia su habitación. Lo observé marcharse, con su camisa todavía arrugada, y me di cuenta de que estaba apretando los dientes, algo que últimamente me descubría haciendo a menudo.

¡Ping!, hizo la máquina de escribir, y mi madre comenzó otra línea. Seguramente Melanie y Brock Dobbin irían ya camino del desastre amoroso, por lo que parecía. Las novelas de mi madre eran de un romanticismo exaltado, se desarrollaban en varios lugares exóticos, con personajes que lo tenían todo y a la vez nada. Riqueza y pobreza de corazón. Cosas por el estilo.

Me acerqué a la entrada del porche, con cuidado de no hacer ruido, y la observé. Cuando escribía parecía estar en otro mundo, ajena a nosotros: incluso cuando éramos pequeños y llorábamos o chillábamos, ella solo levantaba la mano desde donde estuviera sentada, de espaldas a nosotros, todavía tecleando, y decía: «Shhhhhh». Como si aquello bastara para hacernos callar, permitiendo que nos asomáramos al mundo en el que estuviera en aquel momento, el hotel Plaza o una playa de Capri, donde una mujer exquisitamente vestida suspiraba por un hombre que estaba segura de haber perdido para siempre.

Cuando Chris y yo estábamos en la escuela primaria, mi madre no tenía ni un duro. Solo publicaba algún artículo, e incluso eso cada vez menos, pues los grupos sobre los que escribía, como el de mi padre, eran todos de los años setenta, lo que ahora llaman «rock clásico», y comenzaron a decaer o a dejar de sonar en la radio. Consiguió un trabajo dando clases de narrativa en la escuela local de educación superior, que no le pagaba prácticamente nada, y vivimos en una serie de bloques horribles, todos con nombres como Bosque de Pinos y Colonia del Lago, donde no se veían ni lagos ni pinos ni bosques por ningún sitio. En aquella época escribía sobre la mesa de la cocina, normalmente a última hora de la tarde o por la noche, y a veces a mediodía. Incluso entonces, sus historias eran exóticas; siempre se llevaba los folletos gratuitos de las agencias de viajes y rescataba la revista *Gourmet* de los montones del centro de reciclaje como material de investigación. Mientras que a mi hermano lo llamó Christopher por su santo favorito, mi nombre se lo inspiró una marca muy cara de coñac que había visto en un anuncio de *Harper's Bazaar*. No importaba que nosotros sobreviviéramos a base de macarrones con queso mientras sus personajes preferían champán Cristal y caviar, y vestían pantalones de Dior, y nosotros comprábamos en tiendas de segunda mano. A mi madre siempre le gustó el *glamour*, aunque nunca lo hubiera visto de cerca.

Chris y yo la interrumpíamos constantemente mientras trabajaba, lo que la sacaba de quicio. Por fin, en un mercadillo, encontró una de esas cortinas de largas cuerdas con cuentas, y la colocó en el dintel de la puerta de la cocina. Se convirtió en nuestro código: si la cortina estaba corrida hacia un lado, se podía entrar en la cocina; pero si colgaba sobre la entrada mi madre estaba trabajando y teníamos que buscarnos la comida y el entretenimiento en otro sitio.

Yo tenía unos seis años, y me encantaba quedarme allí de pie y pasar la punta de los dedos por las cuentas, viendo cómo se balanceaban y susurraban. Producían un sonido levísimo, como de campanillas. Podía mirar a través de ellas y ver a mi madre, pero parecía casi exótica, como una pitonisa o un hada, una hacedora de magia. Y es lo que era, precisamente, pero yo entonces no lo sabía.

Casi todo lo que quedaba de aquellos años lo habíamos perdido o regalado hacía mucho, pero la cortina de cuentas había hecho el viaje hasta la Nueva Casa Grande, como la llamamos cuando nos mudamos. Fue una de las primeras cosas que colgó mi madre, incluso antes que nuestras fotos del colegio o su reproducción favorita de Picasso en el salón. Había un clavo para poder apartarla

a un lado y ocultarla; ahora estaba echada. Un poco desgastada, pero todavía servía para cumplir su función. Me
acerqué más y miré a mi madre. Seguía trabajando con
afán, sus dedos volaban. Cerré los ojos y escuché. Era la
música que había oído toda mi vida, incluso más que
Canción de cuna. Todos esos golpes de tecla, esas letras,
tantas palabras. Acaricié las cuentas con los dedos y vi
cómo su imagen se ondulaba, como si estuviera sobre el
agua, rompiéndose y titilando antes de volver a recomponerse.

CAPÍTULO 2

Había llegado la hora de cortar con Jonathan.

–¿Me puedes explicar otra vez por qué haces esto? –me preguntó Lissa. Estaba sentada en mi cama, mirando mis CD. Fumaba un cigarrillo, que estaba apestando rápidamente mi cuarto aunque me había jurado que no pasaría, ya que lo había sacado a medias por la ventana. Incluso antes de dejar de fumar no soportaba el pestazo a tabaco, pero a Lissa siempre le consentía más de la cuenta. Creo que todos tenemos al menos un amigo así–. Lo que quiero decir es que Jonathan me cae bien.

–A ti te cae bien todo el mundo –le dije, mientras me acercaba al espejo y examinaba mi perfilador de labios.

–No es cierto –contestó, mientras cogía un CD y le daba la vuelta para ver la contraportada–. El señor Mitchell nunca me cayó bien. Siempre me miraba el escote cuando salía a la pizarra a resolver teoremas. Nos miraba a todas.

–Lissa –dije–, el instituto se acabó. Y, además, los profesores no cuentan.

–De todas formas.

–La cuestión es –continué mientras me delineaba los labios, girando el lápiz despacio–, que ahora estamos en verano y en septiembre me marcho a la universidad. Y Jonathan... No sé. No es de los permanentes. No me merece la pena hacer planes pensando en él si de todas formas vamos a cortar dentro de unas semanas.

–Pero a lo mejor no cortáis.

Me eché hacia atrás, admirando mi pericia, y difuminé un poco el labio superior para igualarlo.

–Vamos a romper. No voy a marcharme a Stanford con ninguna atadura más que las estrictamente necesarias.

Se mordió el labio y luego se pasó un rizo rebelde por detrás de la oreja, ladeando la cabeza con esa expresión dolida que ponía últimamente cada vez que hablábamos del final del verano. La zona de seguridad de Lissa eran las ocho semanas que faltaban antes de que nos separásemos, cada una en una dirección distinta, y odiaba pensar más allá de eso.

–No, claro que no –dijo en voz baja–. Vamos, ¿para qué?

–Lissa –suspiré–, no me refería a ti, ya lo sabes. Me refería... –hice un gesto hacia la puerta del cuarto, que estaba entreabierta. Al otro lado se oía la máquina de escribir de mi madre, que seguía tableteando, sobre un fondo de violines–, ya sabes.

Asintió con la cabeza. Pero yo sabía que no lo entendía. Lissa era la única que se sentía melancólica por haber terminado el instituto. Incluso había llorado en la ceremonia de graduación, con grandes sollozos e hipidos. Había salido en todas las fotos y vídeos con los ojos colorados y manchas en la cara, de lo que se estaría quejando durante los próximos veinte años. Mientras tanto, Jess, Chloe y yo esperábamos impacientes por subir al estrado y recoger nuestro diploma, para ser por fin libres, al fin libres. En cambio, Lissa siempre se tomaba las cosas demasiado a la tremenda. Por eso nos sentíamos todas tan protectoras con ella, y a mí me preocupaba dejarla sola. La habían aceptado en la universidad local con una beca completa; era una oportunidad demasiado buena para dejarla pasar. También ayudaba que su novio, Adam, fuera a estudiar allí. Lissa lo había planeado todo: cómo iban a ir juntos a las jornadas de orientación para los novatos, iban a vivir en residencias cercanas, asistir a unas cuantas clases comunes. Igual que en el instituto, pero más grande.

Me entraban picores solo de pensarlo. Pero, claro, yo no era Lissa. Los dos últimos años había avanzado como una máquina con la vista puesta en una cosa: salir de allí. Largarme. Conseguir las notas que necesitaba para poder vivir por fin una vida que me perteneciera. Sin padrastros que se sucedían uno detrás de otro. Solo yo y mi futuro, por fin juntos. Ese era un final feliz en el que podía creer.

Lissa se inclinó hacia adelante y encendió la radio, que llenó la habitación con una canción animada y un estribillo de la-la-la. Me acerqué al armario y abrí la puerta para estudiar mis opciones.

–A ver, ¿qué hay que ponerse para cortar con alguien? –me preguntó, enrollándose un rizo en el dedo–. ¿Negro, de luto? ¿O algo colorido y alegre, para distraerlos de su dolor? ¿O mejor algo de camuflaje, que te ayude a desaparecer rápidamente en caso de que no se lo tomen bien?

–Personalmente –le dije, tomando un par de pantalones negros y dándoles la vuelta–, estoy pensando en algo oscuro que me haga más delgada y un poco de escote. Y ropa interior limpia.

–Como todas las noches.

–Es que esta es una noche como todas –dije. Sabía que tenía una camisa roja limpia que me gustaba en alguna parte del armario, pero no la encontraba en la sección de las camisas. Lo que quería decir que alguien había estado allí, enredando. Mi armario lo tenía igual que todo lo demás: limpio y ordenado. La casa de mi madre solía ser un caos, así que mi cuarto había sido siempre el único lugar que podía mantener como a mí me gustaba. Es decir, en orden, perfectamente organizado, todo donde pudiera encontrarlo con facilidad. Vale, a lo mejor era un poco obsesiva. Pero ¿y qué? Al menos no era un desastre.

–Para Jonathan no –dijo, y cuando la miré, añadió–: Quiero decir, que para él es una noche importante. Le van a dejar. Y ni siquiera lo sabe todavía. Probablemente se está tomando una hamburguesa con queso o lavándose los dientes o recogiendo la ropa de la lavandería, y no tiene ni idea. Ni la más mínima idea.

Renuncié a la camisa roja y saqué una camiseta sin mangas. Ni siquiera sabía qué decirle. Sí, era un rollo que te dejaran. ¿Pero no era mejor ser brutalmente sincera? ¿Admitir que tus sentimientos por alguien nunca iban a ser lo bastante fuertes como para justificar que sigas ocupando su tiempo? En realidad le estaba haciendo un favor. Lo estaba liberando para una oportunidad mejor. Bien pensado, yo era prácticamente una santa.

Exactamente.

Media hora después, cuando aparcamos en Quik Zip, Jess nos estaba esperando. Como siempre, Chloe llegaba tarde.

–Hey –saludé mientras me acercaba. Estaba apoyada contra el capó de su coche, un viejo Chevy con un guardabarros descolgado, bebiendo una Zip Cola extra grande, nuestra droga favorita. Era la mayor ganga de la ciudad, a 1,59 dólares, y tenía muchas utilidades.

–Voy a comprar Skittles –decidió Lissa, cerrando la puerta de golpe–. ¿Alguien quiere algo?

–Zip *light* –le dije, y fui a sacar el dinero, pero lo rechazó ya de camino–. ¡Extra grande!

Asintió con la cabeza mientras la puerta se cerraba a su espalda. Incluso iba dando saltitos de alegría, con las manos en los bolsillos mientras se dirigía al pasillo de las golosinas. A Lissa le perdían los dulces: era la única persona que conocía que podía distinguir entre Lacasitos y M&M. Había diferencias.

–¿Dónde está Chloe? –le pregunté a Jess, pero se encogió de hombros, sin molestarse en despegar los labios de la pajita de su Zip Cola–. ¿No habíamos dicho a las siete y media en punto?

Me miró arqueando una ceja.

–Tranqui, controladora –dijo, agitando su bebida. El hielo tintineó, nadando en lo que quedaba de líquido–. Solo han pasado seis minutos.

Suspiré y me apoyé en su coche. Odiaba que la gente llegara tarde. Pero Chloe siempre llegaba cinco minutos tarde, si tenía un buen día. Lissa solía adelantarse, y Jess era Jess: sólida como una roca, siempre puntual. Había sido mi mejor amiga desde quinto y era la única en la que sabía que siempre podía confiar.

Nos conocimos porque nuestros pupitres estaban juntos, según el sistema alfabético de la señora Douglas.

Mike Schemen, el que se metía el dedo en la nariz, luego Jess, luego yo y luego Adam Struck, que tenía vegetaciones, a mi lado. Era prácticamente obligatorio que fuésemos las mejoras amigas, ya que estábamos rodeadas por los gemelos mocosos.

Jess era grande, incluso entonces. No era exactamente gorda, ahora tampoco. Más bien grande, de huesos grandes, alta y ancha. Gruesa. Entonces era más alta que todos los chicos de nuestra clase, brutal jugando al balón prisionero, capaz de darte con uno de esos balones medicinales rojos antes de entrar en clase y la marca te duraba hasta que sonaba la última campanada. Muchos pensaban que Jess era una antipática, pero no era cierto. No sabían lo que yo sabía: que su madre había muerto el verano anterior, dejándola sola para criar a dos hermanos pequeños mientras su padre trabajaba todo el día en la central eléctrica. Que el dinero siempre escaseaba, y que Jess no podía seguir siendo una niña.

Y ocho años después, tras pasar unos años horribles en la secundaria y un bachillerato aceptable, seguíamos llevándonos bien. Principalmente porque yo sabía estas cosas sobre ella y Jess seguía sin contar casi nada. Pero también porque era una de las pocas personas que no tragaban con mis tonterías, y yo la respetaba por ello.

–Atención –anunció llanamente, cruzándose de brazos–. Ha llegado la reina.

Chloe aparcó junto a nosotras, apagó el motor de su Mercedes y bajó el retrovisor para comprobar sus labios. Jess suspiró con fuerza, pero no le hice caso. Lo de Chloe y ella venía de lejos, era como una música de fondo. Las

demás solo lo notábamos si no pasaba nada o nos abu-
rríamos mucho.

Chloe salió del coche, cerró la puerta de golpe y se
acercó. Estaba genial, como siempre: pantalones negros,
camisa azul y una chaqueta chula que no le había visto
antes. Su madre era azafata y compradora compulsiva,
una combinación fatal gracias a la cual Chloe siempre tenía ropa de última moda de las mejores tiendas. Nuestra
pequeña *fashionista*.

–Hola –dijo apartándose el pelo detrás de la oreja–.
¿Dónde está Lissa?

Señalé con la cabeza hacia Quik Zip, donde Lissa
daba conversación al dependiente, en el mostrador, mientras le cobraba sus golosinas. La observamos mientras se
despedía con la mano y salía, con una bolsa de Skittles
abierta en una mano.

–¿Quién quiere uno? –preguntó, y sonrió al ver a
Chloe–. ¡Hola! Vaya, menuda chaqueta.

–Gracias –dijo Chloe, acariciándola–. Es nueva.

–Qué sorpresa –observó Jess sarcásticamente.

–¿Es cola *light*? –contraatacó Chloe, mirando la bebida que tenía en la mano Jess.

–Venga, vamos –dije yo, agitando la mano entre las
dos. Lissa me pasó mi Zip *light* y di un gran sorbo, sabo-
reándola. Era el néctar de los dioses. De verdad–. ¿Cuál
es el plan?

–He quedado con Adam en el Burger Doble a las seis
y media –dijo Lissa, metiéndose en la boca otro Skittle–.
Luego nos encontramos con vosotras en Bendo o donde sea.

–¿Quién toca en Bendo? –preguntó Chloe, haciendo tintinear las llaves.

–No lo sé –dijo Lissa–. Un grupo. También hay una fiesta en Arbors a la que podemos ir, Matthew Ridgefield tiene un barril en algún sitio y, ah, Remy tiene que cortar con Jonathan.

Todas me miraron.

–No necesariamente en ese orden –añadí.

–Así que Jonathan está fuera –Chloe se rio, sacando un paquete de cigarrillos del bolsillo de la chaqueta. Me lo ofreció, y yo dije que no con la cabeza.

–Lo ha dejado –dijo Jess–. ¿Te acuerdas?

–Siempre dice que lo deja –contestó Chloe mientras encendía una cerilla y se inclinaba sobre ella. Después la apagó–. ¿Qué ha hecho, Remy? ¿Te dio plantón? ¿Te declaró amor eterno?

Meneé la cabeza, sabiendo lo que vendría a continuación.

Jess sonrió y comentó:

–Llevaba ropa que no pegaba.

–Fumó en su coche –dijo Chloe–. Seguro que ha sido eso.

–Tal vez –sugirió Lissa, dándome un pellizco en el brazo–, cometió un error gramatical grave y llegó quince minutos tarde.

–¡Oh, qué horror! –exclamó Chloe, y las tres se echaron a reír. Yo me quedé callada, aceptándolo, y me di cuenta, no por primera vez, de que solo parecían llevarse bien cuando se metían conmigo en grupo.

–Muy gracioso –dije por fin.

De acuerdo, tal vez tenía fama de esperar demasiado de las relaciones. Pero, hombre, al menos tenía criterio. Chloe solo salía con universitarios que le ponían los cuernos; Jess evitaba el asunto porque no salía con nadie, y Lissa, bueno, Lissa seguía con el mismo chico con el que había perdido la virginidad, así que apenas contaba. No es que se lo fuera a echar en cara, claro. Prefería no entrar al trapo.

–Vale, vale –dijo Jess por fin–. ¿Cómo lo hacemos?

–Lissa se va con Adam –propuse–. Tú, yo y Chloe vamos al Sitio y luego a Bendo. ¿De acuerdo?

–De acuerdo –dijo Lissa–. Os veo luego, chicas.

Mientras se marchaba y Chloe llevaba su coche al aparcamiento de la iglesia contigua, Jess me levantó la mano y entrecerró los ojos.

–¿Qué es esto? –me preguntó. Bajé la vista y vi las letras negras, corridas pero todavía allí, en la palma. Iba a lavarme antes de salir de casa, pero se me pasó–. ¿Un número de teléfono?

–No es nada –contesté–. Un idiota que me encontré hoy.

–Eres una rompecorazones –me dijo.

Nos subimos al coche de Jess, yo delante y Chloe detrás. Hizo una mueca mientras apartaba un cesto de la ropa, un casco de fútbol americano y unas rodilleras de los hermanos de Jess, pero no dijo nada. Chloe y Jess tendrían sus diferencias, pero sabía hasta dónde podía llegar.

–¿Al Sitio? –preguntó Jess al poner en marcha el motor. Asentí con la cabeza mientras conducía lentamente marcha atrás. Me incliné hacia adelante para poner la radio mientras Chloe encendía un cigarrillo en el asiento trasero y después arrojaba la cerilla por la ventanilla. Cuando estábamos a punto de salir a la carretera, Jess señaló con un gesto de la cabeza un cubo de la basura de metal, cerca de los surtidores de la gasolinera, a unos siete metros de distancia.

–¿Apostamos algo? –me preguntó. Yo asomé la cabeza para calcular la distancia, luego cogí su Zip Cola casi vacía y la sacudí, tanteando el peso.

–Claro –contesté–. Dos dólares.

–Oh, por favor –protestó Chloe desde el asiento trasero, resoplando–. Ahora que hemos terminado el instituto, ¿no podemos dejar esto?

Jess no le hizo caso, cogió el refresco y apretó bien la mano contra el vaso, envolviéndolo. Después dobló la muñeca y sacó el brazo por la ventanilla. Entrecerró los ojos, levantó la barbilla y luego, en un solo movimiento armónico, levantó el brazo y lo soltó, lo que envió el envase trazando un arco sobre nuestras cabezas y el coche. Observamos cómo daba vueltas sobre sí mismo en el aire, una espiral perfecta, antes de desaparecer con estruendo en el cubo de la basura, todavía con la tapa y la pajita en su sitio.

–Increíble –le dije a Jess. Me sonrió–. Nunca he podido entender cómo lo haces.

–¿Nos vamos ya? –preguntó Chloe.

–Como en todo –dijo Jess–. El secreto está en la muñeca.

El Sitio, donde siempre empezábamos la noche, en realidad era de Chloe. Cuando sus padres se divorciaron, allá por tercero, su padre se fue de la ciudad con su nueva novia y vendió casi todas las propiedades que había acumulado trabajando como constructor. Solo se quedó con un terreno, en el campo, más allá del instituto, un campo con hierba verde donde solo había una cama elástica que su padre le había comprado a Chloe cuando cumplió siete años. Su madre enseguida la vetó del jardín de su casa porque no pegaba con su decoración de jardín inglés, con sus setos esculpidos y bancos de piedra, y terminó en la parcela, olvidada hasta que fuimos lo bastante mayores para conducir y necesitábamos un sitio propio.

Siempre nos sentábamos en la cama elástica, que estaba colocada en medio de la hierba y tenía la mejor vista de las estrellas y el cielo. Todavía rebotaba bien, lo suficiente para que cualquier movimiento brusco de una de nosotras sacudiera a las demás. Lo que valía más no olvidar cuando estábamos sirviendo alguna bebida.

–Cuidado –le dijo Chloe a Jess, con un movimiento brusco del brazo tembloroso mientras echaba el ron en mi Zip Cola. Era una de esas botellitas de los aviones, que su madre solía traer a casa del trabajo. Su mueble bar parecía diseñado para enanitos.

–Venga, relájate –la calmó Jess, cruzándose de piernas y echándose hacia atrás apoyada en las palmas de las manos.

–Siempre pasa lo mismo cuando no está Lissa –protestó Chloe mientras abría otra botellita para sí misma–. El peso se desequilibra.

–Chloe –le pedí–. Ya vale.

Di un sorbo de mi Zip Cola, ahora con alcohol, y saboreé el ron. Le ofrecí a Jess un sorbo por educación. Ella no bebía ni fumaba nunca. Siempre era la que conducía. Llevaba tanto tiempo ejerciendo de madre de sus hermanos que se daba por hecho que sería igual con nosotras.

–Qué noche tan bonita –le dije, y ella asintió–. Cuesta creer que ya se acabó.

–Menos mal –dijo Chloe, limpiándose la boca con el dorso de la mano–. Justo a tiempo.

–Brindemos por ello –propuse, y me incliné para chocar mi vaso contra su botellita. Luego nos quedamos calladas, sin que se oyera otro ruido que el de las cigarras que comenzaban a cantar en los árboles a nuestro alrededor.

–Es raro –comentó Chloe por fin–, que no parezca distinto.

–¿El qué? –le pregunté.

–Todo –contestó–. Quiero decir, que esto es lo que estábamos esperando, ¿no? Ya hemos terminado el instituto. Es algo nuevo, pero parece todo exactamente igual.

–Eso es porque todavía no ha empezado nada nuevo –dijo Jess. Tenía la cara echada hacia atrás, mirando al cielo–. Cuando termine el verano las cosas nos parecerán nuevas. Porque lo serán.

Chloe sacó otra botellita, esta vez de ginebra, del bolsillo de la chaqueta y le quitó el tapón.

–Esperar es un rollo –dijo, y después dio un sorbito–. Quiero decir, esperar a que empiece todo.

Se oyó un claxon, primero fuerte y después apagándose en la carretera que pasaba a nuestra espalda. Eso era lo bueno del Sitio: se oía todo, pero nadie te veía.

–Este es el tiempo entre medias –dije–. Pasa más rápido de lo que crees.

–Eso espero –dijo Chloe.

Me recosté apoyando el peso sobre los codos y echando la cabeza hacia atrás para mirar el cielo, de color rosa veteado de rojo. Era la hora que mejor conocíamos, el fragmento del día entre el atardecer y la oscuridad. Parecía que allí esperábamos siempre la llegada de la noche. Sentía la cama elástica oscilar arriba y abajo con nuestra respiración, acercándonos y alejándonos del cielo en incrementos minúsculos mientras los colores iban desvaneciéndose, despacio, y las estrellas comenzaban a asomarse.

Para cuando llegamos a Bendo eran las nueve y yo llevaba un puntito muy agradable. Aparcamos y miramos al portero.

–Perfecto –dije, bajando el retrovisor para comprobar el maquillaje–. Es Rodney.

–¿Dónde está mi carné? –dijo Chloe, rebuscando en la chaqueta–. Pero si lo tenía aquí ahora mismo.

–¿En el sujetador? –le pregunté, volviéndome hacia atrás. Parpadeó, se metió la mano por la camisa, y lo sacó. Chloe guardaba todo en el sujetador: carné, dinero, horquillas. Era como un truco de magia verla sacar las cosas de allí, como monedas de detrás de la oreja o conejos de la chistera.

–¡Bingo! –exclamó, metiéndoselo en el bolsillo delantero.

–Qué clase –dijo Jess.

–Mira quién habla –contraatacó Chloe–. Por lo menos yo llevo sujetador.

–Bueno, por lo menos yo lo necesito –dijo Jess.

Chloe frunció el ceño. Tenía una talla B, justita, y era muy sensible al respecto.

–Bueno, al menos...

–Ya está bien –dije–. Vamos.

Rodney nos examinaba según nos íbamos acercando, sentado en un taburete que mantenía la puerta abierta. Bendo era un club que no admitía a menores de dieciocho años, pero llevábamos viniendo desde el segundo curso del instituto. Para beber alcohol había que tener veintiuno, y con nuestros carnés falsos Chloe y yo solíamos conseguir que nos pusieran el sello. Especialmente si el portero era Rodney.

–Remy, Remy –dijo mientras yo sacaba el carné del bolsillo. Mi cara y mi nombre con la fecha de cumpleaños de mi hermano, para que pudiera citarlo de memoria en caso necesario–. ¿Qué tal te sientes ahora que has terminado el instituto?

–¿Pero qué dices? –dije con una sonrisa–. Ya sabes que llevo un año en la universidad.

Apenas miró el carné, pero me apretó la mano, rozándola con los dedos mientras me ponía el sello. Asqueroso.

–¿Cuál es tu especialidad?

–Literatura inglesa –le respondí–. Pero combinada con empresariales.

–A mí me encanta hacer negocios –dijo, mientras tomaba el carné de Chloe y le ponía el sello. Pero ella fue rápida y lo retiró deprisa, haciendo que se corriera la tinta.

–Eres un gilipollas –le dijo Jess, pero él se encogió de hombros, mientras hacía un gesto para dejarnos pasar, ya con los ojos fijos en el siguiente grupo de chicas que subía las escaleras.

–Me siento tan sucia –suspiró Chloe al entrar.

–Te sentirás mejor después de una cerveza.

Bendo ya estaba lleno. El grupo todavía no había salido, pero en la barra había cola para pedir y el aire estaba lleno de humo, denso y mezclado con el olor a sudor.

–Voy a buscar una mesa –me dijo Jess, y yo asentí, dirigiéndome a la barra con Chloe detrás de mí. Avanzamos entre la multitud, sorteando a la gente, hasta llegar a un buen sitio junto a los grifos de cerveza.

Acababa de levantarme sobre los codos e intentaba llamar la atención del camarero, cuando sentí que alguien me rozaba. Intenté apartarme, pero estaba todo abarrotado, así que me encogí un poco, apretando bien los brazos contra los costados. Luego oí una voz en mi oreja, muy baja.

Dijo, con un tono raro, cursi, como recién salido de una de las novelas de mi madre:

–Ah. Volvemos a encontrarnos.

Giré un poco la cabeza, y justo allí, prácticamente encima de mí, estaba el tipo del concesionario de coches. Llevaba una camiseta roja del detergente Frescor de Montaña. «No solo frescor, ¡frescor de montaña!», proclamaba. Y me sonreía.

–Oh, Dios –dije.

–No, soy Dexter –respondió y me tendió la mano, que fingí no ver. En lugar de eso miré hacia atrás buscando a Chloe, pero vi que ya la había abordado un chico con camisa de cuadros que no reconocí.

–¡Dos cervezas! –le grité al camarero, que por fin me había visto.

–¡Que sean tres! –gritó Dexter.

–Tú no estás conmigo –dije.

–Bueno, técnicamente no. –Se encogió de hombros–. Pero eso podría cambiar.

–Mira –dije mientras el camarero dejaba delante de mí tres vasos de plástico–, no estoy...

–Veo que todavía tienes mi número –me interrumpió, y cogió una cerveza. También dejó sobre la barra un billete de diez, lo que lo redimió un poco, aunque no mucho.

–No me ha dado tiempo de lavármelo.

–¿Te impresionaría si te dijera que estoy en un grupo?

–No.

–¿Ni un poquito? –preguntó, arqueando las cejas–. Vaya, yo creía que a las tías les gustaban los tíos que tocaban en un grupo.

–Lo primero es que no soy una tía –dije cogiendo la cerveza–. Y lo segundo, tengo una regla muy clara sobre los músicos.

–¿Y cuál es?

Le di la espalda mientras comenzaba a abrirme paso a codazos entre la multitud hacia Chloe.

–Nada de músicos.

–Podría componer una canción para ti –se ofreció, siguiéndome. Yo iba tan deprisa que las cervezas se iban desbordando, pero él me seguía a la misma velocidad.

–No quiero ninguna canción.

–¡Todo el mundo quiere una canción!

–Yo no. –Le di un golpecito a Chloe en el hombro y se dio la vuelta. Tenía puesta la cara de ligar, con los ojos

46

muy abiertos y acalorada. Le pasé la cerveza y le dije–: Voy a buscar a Jess.

–Voy contigo –respondió, despidiéndose con los dedos del chico con el que había estado hablando. Pero el músico loco me seguía sin dejar de hablar.

–Yo creo que te caería bien –decidió mientras pisaba a alguien, que gritó. Yo seguía avanzando.

–Pues yo creo que no –dije, cuando por fin vi a Jess en una mesa de la esquina, con la cara apoyada en una mano, con pinta de aburrimiento. Cuando me vio levantó las dos manos, en un gesto que quería decir, qué ha pasado, pero yo me limité a sacudir la cabeza.

–¿Quién es este tipo? –preguntó Chloe a mi espalda.

–Dexter –contestó él, girándose un poco para ofrecerle la mano sin dejar de andar a mi lado–. ¿Qué tal?

–Bien –respondió, un poco nerviosa–. ¿Remy?

–Sigue andando –dije hacia atrás, rodeando a dos chicos con rastas–. Terminará por perder el interés.

–Ah, mujer de poca fe –soltó él alegremente–. Pero si esto solo es el principio.

Llegamos a la mesa todos juntos: yo, Dexter el músico y Chloe. Yo venía sin aliento y ella parecía confundida, pero él se sentó junto a Jess y le ofreció la mano.

–Hola –le dijo–. Estoy con ellas.

Jess me miró pero yo estaba demasiado cansada para nada más que dejarme caer en el asiento y dar un gran trago de cerveza.

–A ver –comenzó ella–. Yo sí que estoy con ellas. Pero no contigo. ¿Cómo es posible?

–Bueno –contestó él–. Es una historia interesante.

Durante un minuto nadie dijo nada. Al final gemí y exclamé:

–Jo, tías, ahora va a contarla.

–Veréis –comenzó, recostándose en el asiento–. Estaba yo esta mañana en el concesionario de coches, cuando vi a una chica. Fue uno de esos momentos en los que ves a alguien al otro lado de un salón lleno de gente. Un momento auténtico.

Levanté los ojos al cielo. Chloe intervino:

–¿Y esa chica es Remy?

–Exacto, Remy –asintió, repitiendo mi nombre con una sonrisa. Luego, como si fuéramos una pareja feliz de luna de miel contándole a un desconocido cómo nos conocimos, añadió–: ¿Quieres seguir contándoselo tú?

–No –dije sin expresión.

–Entonces –continuó, dando una palmada en la mesa con énfasis, haciendo saltar todas nuestras bebidas–, la verdad es que soy un hombre impulsivo. De acción. Así que me acerqué, me dejé caer a su lado y me presenté.

Chloe me miró sonriente.

–¿En serio? –dijo.

–¿Te puedes ir ya? –le pregunté, justo cuando cortaron la música sobre nuestras cabezas y se oyeron unos golpecitos en el escenario, seguidos por alguien que decía «probando, probando».

–El deber me llama –dijo poniéndose en pie. Empujó hacia mí su cerveza medio vacía y añadió–: ¿Te veo luego?

–No.

–¡Vale! Luego hablamos.

Y se perdió entre la multitud. Nos quedamos calladas un momento. Me terminé la cerveza, luego cerré los ojos, levanté el vaso y lo apoyé en la sien. ¿Cómo podía estar ya tan cansada?

–Remy –dijo Chloe con su voz de listilla–, nos estás escondiendo un secreto.

–No –dije–. Fue una tontería. Se me había olvidado.

–Habla demasiado –decidió Jess.

–Me gustaba su camiseta –comentó Chloe–. Un estilo interesante.

Justo entonces Jonathan se deslizó en el asiento junto a mí.

–Hola, señoritas –dijo, y me pasó el brazo por la cintura. Luego cogió la cerveza del músico loco, creyendo que era la mía, y dio un buen sorbo. Se lo habría impedido, pero el hecho de que hiciera esas cosas era parte de nuestro problema. Odiaba que los chicos actuaran como si fueran mis propietarios, y Jonathan lo había hecho desde el principio. Había terminado el instituto también, era un chico agradable, pero en cuanto comenzamos a salir quiso que todo el mundo se enterase y poco a poco empezó a invadir mis dominios. Me gorroneaba los cigarrillos, cuando todavía fumaba. Usaba mi móvil para llamar todo el rato, sin preguntarme, y se sentía muy cómodo en mi coche, lo que debería haber hecho saltar definitivamente todas las alarmas. No aguanto que nadie me cambie siquiera las emisoras de radio programadas, ni que me quite alguna moneda del cambio que guardo en el cenicero, pero Jonathan pasó todo eso por alto e insistía en conducir, aunque su historial de golpes y de multas por exceso de velocidad era más largo que mi brazo. Y lo más estúpido era que yo le había dejado, atolondrada por el amor (poco probable) o el deseo (más probable) y ahora él esperaba que ocupara el asiento del copiloto en mi propio coche, siempre. Lo que había desembocado en más gestos tipo Ken (el ultranovio), como agarrarme en público y beber, sin preguntar, lo que creía que era mi cerveza.

–Tengo que pasar por casa un segundo –me dijo, acercándose a mi oreja. Quitó la mano de mi cintura y la puso sobre mi rodilla–. Ven conmigo, ¿vale?

Dije que sí con la cabeza y terminó la cerveza, dejando el vaso de golpe sobre la mesa. Jonathan era un juerguista, otra cosa que no me gustaba de él. Yo también bebía, claro. Pero él no tenía cuidado. Y vomitaba. En los seis meses que llevábamos juntos, había pasado bastante tiempo en las fiestas junto a la puerta de los servicios, esperando a que terminara de potar para que pudiéramos irnos a casa. Punto negativo.

Se deslizó fuera del asiento, me quitó la mano de la rodilla y entrelazó sus dedos con los míos.

–Ahora vuelvo –les dije a Jess y Chloe mientras alguien pasaba a mi lado. Jonathan se vio obligado por fin a interrumpir el contacto conmigo cuando la multitud nos separó.

–Buena suerte –me animó Chloe–. Es increíble que le hayas dejado beberse la cerveza de ese tipo.

Me di media vuelta y lo vi mirándome, impaciente.

–Está en el corredor de la muerte –murmuró Jess, y Chloe soltó una risita.

–Hasta luego –dije. Me abrí paso entre la multitud hacia Jonathan, que tenía la mano extendida para volver a agarrarme.

–Oye, mira –empecé, apartándolo–. Tenemos que hablar.

–¿Ahora?

–Ahora.

Suspiró, se incorporó en la cama y dejó caer la cabeza contra la pared.

–Vale –accedió, como si estuviera dejándose sacar una muela–, adelante.

Subí las rodillas a la cama y me estiré la camiseta. «Pasar por casa un segundo» se había transformado en «hacer un par de llamadas» y luego se me echó encima, empujándome sobre la almohada antes de que tuviera tiempo incluso de empezar mi lento camino hacia el abandono. Pero ahora había conseguido que me prestara atención.

–Verás, es que –comencé–, las cosas están empezando a cambiar.

Era mi introducción. Con los años, había aprendido que para cortar con alguien había varias técnicas, según el tipo de chico: unos se indignaban y se cabreaban, otros gemían y lloraban, otros actuaban con frialdad e indiferencia, como si estuvieran deseando que te marcharas. Jonathan me parecía uno de estos últimos, pero no estaba completamente segura.

–Bueno, entonces –continué–, he estado pensando que...

Y justo entonces sonó el teléfono, con un pitido electrónico, y perdí el hilo de nuevo. Jonathan lo cogió.

–¿Sí?

Luego se oyeron unos cuantos «mmm», un par de síes, y se levantó, cruzó su cuarto hacia el cuarto de baño, todavía murmurando.

Me peiné el pelo con los dedos, con la odiosa sensación de que llevaba toda la noche sin acertar con los tiempos. Todavía oyéndole hablar, estiré los brazos sobre la cabeza y metí los dedos entre el colchón y la pared. Y palpé algo.

Cuando Jonathan por fin colgó, se miró en el espejo y volvió al cuarto, yo lo esperaba sentada, con las piernas cruzadas, y una par de braguitas rojas de satén extendidas sobre la cama frente a mí. (Las había sacado con un pañuelo de papel: como que las iba a tocar.) Entró a grandes pasos, con total confianza, y al verlas se paró de golpe.

–Ummpfz –dijo, o algo parecido, al quedarse sin aliento, sorprendido. Después se recompuso rápidamente–. Esto, mmm, ¿qué...?

–¿Qué demonios es esto? –pregunté sin levantar la voz.

–¿No son tuyas?

Levanté la vista al cielo, meneando la cabeza. Como si yo fuera a llevar unas bragas baratas, rojas y de poliéster. Hombre, que una tenía clase. ¿O no? Mira con quién había desperdiciado los últimos seis meses.

–¿Cuánto tiempo?

–¿Qué?

–Que cuánto llevas acostándote con otra.

–No era...

–¿Cuánto tiempo? –repetí masticando las palabras.

–Es que no...

–¿Cuánto tiempo?

Tragó saliva y durante un segundo ese fue el único sonido en la habitación. Luego reconoció:

–Solo un par de semanas.

Me senté, apoyando la cabeza en la punta de los dedos. Dios, era genial. No solo me había puesto los cuernos, sino que se habría enterado la gente, lo que me convertía en una víctima, que era lo que más odiaba de todo. Pobrecita Remy. Me dieron ganas de matarlo.

–Eres un gilipollas –le dije.

Estaba acalorado, tembloroso, y me di cuenta de que tal vez podría haber sido un quejica o un llorón, si las cosas hubieran transcurrido de otra forma. Increíble. Nunca se sabe.

–Remy. Deja que...

Estiró la mano para tocarme el brazo, pero por fin fui capaz de hacer lo que quería y la retiré como si me hubiera quemado.

–No me toques –salté. Agarré mi chaqueta, me la anudé a la cintura y me dirigí hacia la puerta, oyendo cómo me seguía a trompicones. Fui cerrando de un portazo una puerta tras otra según avanzaba por la casa, y al final recorrí el sendero a tal velocidad que había llegado al buzón sin darme cuenta. Noté cómo me observaba desde los escalones de la entrada mientras me alejaba, pero no me llamó ni dijo nada. No es que quisiera que lo hiciera ni que eso me hubiera hecho reconsiderar mi decisión. Pero la mayoría de los chicos habrían tenido al menos la decencia de intentarlo.

Así que ahora iba a pie por la calle, totalmente cabreada, sin coche, en plena noche de viernes. Mi primera noche de viernes como adulta, fuera del instituto, en el Mundo Real. Bienvenida.

–¿Dónde demonios te habías metido? –me preguntó Chloe cuando por fin volví a Bendo, con la ayuda del transporte público unos veinte minutos después.

–No vas a creerte... –comencé.

–Ahora no. –Me cogió del brazo y me arrastró entre la gente otra vez al exterior, donde vi a Jess en el coche con la puerta abierta–. Tenemos un problema.

Me acerqué al coche. Al principio ni siquiera vi a Lissa. Estaba hecha un ovillo en el asiento de atrás, aferrada a un montón de servilletas de papel marrones, típicas de la cafetería del instituto o de un baño público. Tenía la cara roja empapada de lágrimas, y estaba llorando.

–¿Qué ha pasado? –pregunté, abriendo la puerta de golpe y sentándome a su lado.

–Adam ha co-cortado con-conmigo –contó, entre hipidos–. Me ha de-dejadoooo.

–¡Oh, Dios mío! –exclamé, mientras Chloe se sentaba delante y cerraba de un portazo. Jess, que ya se había dado la vuelta hacia nosotras, me miró y meneó la cabeza.

–¿Cuándo?

Lissa respiró hondo y rompió a llorar de nuevo.

–No puedo –murmuró, mientras se secaba la cara con una toallita de papel–. No puedo ni ni...

–Hoy, cuando lo fue a buscar al trabajo –me dijo Chloe–. Lo llevó a su casa para que pudiera ducharse y allí se lo dijo. Sin aviso previo. Nada.

–Tuve que pasar por de-delante de sus pa-padres –añadió Lissa, sorbiendo–. Y ellos lo sabían. Me miraron como si fuera un perro apaleado.

–¿Qué te dijo? –le pregunté.

–Le dijo –siguió Chloe, que había adoptado el papel de portavoz–, que quería libertad porque era verano y se había terminado el instituto y no quería que ninguno de los dos perdiera oportunidades en la universidad. Quería estar seguro de que...

–Aprovechábamos a to-tope nuestra vida –terminó Lissa, mientras se secaba los ojos.

–Cabrón –murmuró Jess–. Estás mejor sin él.

–¡Pero yo lo qui-quiero! –gimió Lissa, y yo me acerqué y la rodeé con el brazo.

–Venga –la animé.

–Y yo no tenía ni idea –continuó. Respiró hondo y expulsó el aire temblorosa y soltó la servilleta que llevaba en la mano, dejándola caer al suelo–. ¿Cómo es posible que no me diera cuenta?

–Lissa, te vas a recuperar –le dijo Chloe con suavidad.

–Me siento como Jonathan –sollozó, inclinándose hacia mí–. Estábamos tan tranquilos, viviendo nuestra vida, recogiendo la ropa de la lavandería...

–¿Qué? –preguntó Jess.

–... sin darnos cuenta –terminó Lissa– de que esta noche n-nos iban a d-d-dejar.

–Hablando de eso –quiso saber Chloe–, ¿qué tal te ha ido?

Lissa lloraba ahora a moco tendido, con la cara contra mi hombro. Sobre la cabeza de Chloe vi que Bendo estaba hasta arriba, con gente haciendo cola en la puerta.

–Vámonos de aquí –le pedí a Jess–. Esta noche ha sido un desastre.

Chloe se dejó caer en el asiento y apretó el encendedor mientras Jess ponía en marcha el coche. Lissa se sonó la nariz en otra servilleta de papel que le pasé y siguió llorando con sollozos ligeros y rápidos, acurrucada contra mí. Mientras salíamos del aparcamiento le palmeé suavemente la cabeza, sabiendo lo mucho que debía sufrir. No hay nada peor que la primera vez.

Por supuesto tuvimos que tomar otra ronda de refrescos Zip. Luego Chloe se marchó y Jess volvió a conducir para llevarnos a Lissa y a mí a casa.

Estábamos casi en la salida hacia mi barrio cuando Jess aminoró la marcha y me dijo en voz muy baja:

–Ahí está Adam.

Dirigí la vista hacia la izquierda y vi a Adam con sus amigos, en el aparcamiento frente al Coffee Shack. Lo que más me molestó es que estaba sonriendo. Cabrón.

Lissa tenía los ojos cerrados y estaba tumbada en el asiento trasero, oyendo la radio.

–Entra en el aparcamiento –le dije a Jess. Me giré en el asiento–. Oye, Liss.

–¿Hmmm?

–No hagas ruido, ¿vale? Y no asomes la cabeza.

–Vale –dijo insegura.

Avanzamos muy despacio y Jess preguntó:

–¿Tú o yo?

–Yo –respondí. Apuré el último sorbo–. Esta noche lo necesito.

Jess apretó un poco más el acelerador.

–¿Lista? –me preguntó.

Asentí, con mi Zip *light* en la mano, en equilibrio. Perfecto.

Jess aceleró a fondo. Para cuando Adam nos vio, era demasiado tarde.

No fue mi mejor lanzamiento. Pero tampoco fue malo. Cuando pasamos a su lado, el vaso giró sobre sí mismo en el aire, como si no pesara. Le dio de lleno en la parte de atrás de la cabeza y mandó la cola *light* y el hielo como una ola por su espalda.

–¡Mecagoenlaleche! –nos gritó cuando pasábamos a toda velocidad–. ¡Lissa! ¡Mierda! ¡Remy! ¡Cabrona!

Todavía estaba gritando cuando lo perdimos de vista.

Después de un paquete y medio de Oreos, cuatro cigarrillos y suficientes pañuelos para empapar el mundo, por fin logré que Lissa se durmiera. Se quedó frita al instante. Respiraba por la nariz, con las piernas enredadas en mi edredón.

Cogí una manta, una almohada, me metí en mi armario y me acomodé en el suelo, desde donde la veía. Me aseguré de que seguía profundamente dormida antes de echar a un lado la pila de cajas de zapatos que guardaba en la esquina derecha y saqué el hato que tenía allí escondido.

Había sido una noche malísima. No lo hacía siempre, pero a veces lo necesitaba. Nadie lo sabía.

Me acurruqué y me arropé con la manta. Desplegué la toalla doblada y saqué el CD portátil y los auriculares. Luego me los puse, apagué la luz y pasé a la canción siete. En mi armario había un tragaluz y, si me colocaba bien, un cuadrado de luz de la Luna caía justo sobre mí. A veces incluso veía las estrellas.

La canción comienza despacio. Algo de guitarra, unos cuantos acordes. Luego se oye una voz, una voz que conocía muy bien. Las palabras que me sabía de memoria. Tenían un significado para mí. Nadie tenía por qué saberlo. Pero era cierto:

«Esta canción de cuna tiene pocas palabras
unos cuantos acordes
paz en esta habitación vacía
Pero puedes oírla, oírla
dondequiera que vayas
Yo te voy a decepcionar
pero esta canción de cuna seguirá sonando...»

Me quedaba dormida con su voz. Funcionaba siempre. Cada vez.

CAPÍTULO 3

–¡Aayyyyyy!

–¡Madre del amor hermoso!

–¡Dios bendito!

En la sala de espera, las dos señoras que esperaban la manicura se miraron, y después me miraron a mí.

–Se está depilando las ingles –expliqué.

–Oh –dijo una, y volvió a la revista. La otra se quedó quieta, con las orejas extendidas como un perro de caza, esperando el siguiente grito. No pasó mucho tiempo antes de que la señora Michaels, que soportaba su sesión mensual, la complaciera.

–¡Ahhh-la-leche-con-cola cao!

La señora Michaels era esposa de un predicador y amaba a Dios casi tanto como tener un cuerpo liso y sin un solo pelo. En el año que llevaba trabajando en el Joie Salon había oído salir más palabrotas del cuartito trasero donde Talinga trabajaba con sus tiras de cera que de todos los demás juntos. Y eso incluía las malas manicuras, los cortes de pelo desastrosos e incluso a una mujer que terminó medio trastornada cuando quedó de color amarillo pálido después de un tratamiento de envoltura corporal con algas.

No es que Joie fuera un mal sitio. Pero en cuestión del aspecto físico no se podía contentar a todo el mundo, en especial a las mujeres. Por eso Lola, la dueña, me acababa de subir el sueldo con la esperanza de que tal vez me arrepintiera de ir a Stanford y me quedara para siempre de recepcionista, controlando a la gente.

Conseguí el trabajo porque quería un coche. Mi madre se había ofrecido a regalarme el suyo, un Toyota Camry que estaba muy bien, y comprarse ella uno nuevo. Pero para mí era importante hacerlo por mí misma. Quería mucho a mi madre, pero hacía tiempo que había aprendido a no hacer más tratos con ella que los absolutamente necesarios. Sus caprichos eran legendarios y ya veía venir que querría que el coche de vuelta cuando decidiera que el nuevo no le gustaba.

Así que vacié mi cuenta de ahorros, que consistía principalmente en el dinero que llevaba ahorrando desde hacía siglos en Navidades y cuidando niños, me agencié una revista del consumidor y me informé lo mejor que pude sobre los nuevos modelos antes de ir a los concesionarios. Negocié, discutí y me marqué faroles, y tuve que aguantar las tonterías de tantos vendedores que casi me muero, pero al final conseguí el coche que quería, un Honda Civic nuevo, con techo solar y todo automático, a un precio muy inferior al robo que recomendaba el fabricante. El mismo día que fui a recogerlo conduje directamente a Joie, donde había visto una semana antes un cartel de SE NECESITA RECEPCIONISTA en el escaparate principal, y rellené una solicitud de empleo. Y así me encontré con las letras del coche y un trabajo antes de comenzar mi último año de instituto.

El teléfono sonó mientras la señora Michaels salía del cuarto de la cera. Al principio me sorprendía el mal aspecto que tenía la gente justo después: como víctimas de guerra, o de un incendio. Se acercó a mi puesto caminando muy tiesa, pues la depilación de las ingles era especialmente brutal.

–Joie Salon –dije al teléfono–. Habla Remy.

–Remy, hola, soy Lauren Baker –se presentó la mujer al otro lado del hilo, apresuradamente. La señora Baker siempre hablaba con voz tenue y sin aliento–. Oh, tienes que darme cita para una manicura hoy mismo. Carl tiene un cliente importante y vamos a ir a La Corolla y esta semana he lijado y barnizado la mesita de café y tengo las manos...

–Un segundo, por favor –respondí con sequedad, totalmente profesional, y puse la llamada en espera. La señora Michaels hizo una mueca de dolor al sacar la cartera y me deslizó una tarjeta de crédito Oro–. Son setenta y ocho, señora.

Asintió, pasé la tarjeta y se la devolví. Tenía la cara muy roja, el área alrededor de las cejas prácticamente en carne viva. ¡Ay! Firmó el resguardo y se miró en el espejo, a mi espalda, haciendo una mueca.

–¡Oh, Dios mío! –exclamó–. Creo que no puedo ir a Correos con esta pinta.

–¡Tonterías! –dijo Talinga, la esteticista, cuando salió a buen paso, fingiendo tener una razón pero en realidad para ver si la señora Michaels dejaba una buena propina y esta terminaba en su sobre–. Nadie se dará cuenta. La veo el mes que viene, ¿de acuerdo?

La señora Michaels se despidió agitando los dedos y salió, todavía moviéndose con dificultad. En cuanto llegó a la acera, Talinga agarró el sobre, contó los billetes y dejó escapar un jmmpf antes de desplomarse en una silla y cruzar las piernas en espera de la próxima cita.

–La siguiente –dije mientras apretaba el botón de la línea uno. Incluso antes de que empezara a hablar, percibí el jadeo de la señora Baker–. Veamos. Podría hacerle un hueco a las tres y media, pero tiene que llegar puntual porque Amanda tiene una cita a las cuatro.

–¿A las tres y media? –se quejó la señora Baker–. Bueno, es que me vendría mejor si fuese un poco antes, la verdad, porque tengo este...

–Tres y media –repetí–. Lo toma o lo deja.

Hubo una pausa, se oyó su respiración nerviosa y luego respondió:

–Allí estaré.

–De acuerdo. Hasta entonces.

Cuando colgué el teléfono y apunté su nombre, Talinga me miró y dijo:

–Remicita, eres más dura que una piedra.

Me encogí de hombros. La verdad era que se me daba bien tratar con estas mujeres porque casi todas tenían la mentalidad de los que están acostumbrados a tenerlo todo y solo piensan en sí mismos. Y, gracias a mi madre, yo era una experta en ese tipo de personas. Querían saltarse las normas, recibirlo todo gratis, quitarles la hora a las demás clientas y que todos las siguieran queriendo muchísimo. Y yo sabía manejarlas tan bien porque llevaba toda mi vida lidiando con esas cosas.

En la siguiente hora recibí a dos mujeres que esperaban la manicura, pedí el almuerzo para Lola, terminé con las facturas del día anterior y, entre dos depilaciones de cejas y una de axilas, me enteré de todos los detalles escabrosos de la última y desastrosa cita a ciegas de Talinga. Pero hacia las dos se había calmado un poco el panorama y estaba sentada tranquilamente en mi mesa bebiendo una coca-cola *light* y observando el aparcamiento.

Joie estaba en un centro comercial venido a más, llamado el Pueblo del Alcalde. Era todo de cemento y estaba junto a la autopista, pero tenía algunos árboles bonitos y una fuente para que pareciera algo con más categoría. A nuestra derecha estaba el Mercado del Alcalde, que vendía comida cara de agricultura biológica. También estaba la cafetería Jump Java, además de un videoclub, un banco y una tienda de revelado instantáneo de fotos.

Mientras miraba por la ventana, una furgoneta blanca destartalada entró en el aparcamiento y se detuvo frente a Con Alas y a lo Loco, una tienda especializada en alimentos para pájaros. Las puertas delanteras y laterales se abrieron y salieron tres chicos, todos más o menos de mi edad, con camisa, corbata y vaqueros. Hicieron un corro un momento, hablando de algo y luego se dirigieron cada uno a una tienda distinta. Un chico bajito y pelirrojo, con rizos, se encaminó hacia nosotros, remetiéndose la camisa mientras se acercaba.

–¡Oh, no! –exclamé–. Ahí vienen los mormones. –Aunque teníamos un cartel muy bonito en la ventana que decía NO SE ADMITEN VENDEDORES, me pasaba el día expulsando a tipos que vendían golosinas o Biblias. Di un sorbo de mi refresco, preparándome. La campanilla de la puerta repicó al entrar el chico.

–Hola –dijo, acercándose hasta mi mesa. Tenía muchísimas pecas, como la mayoría de los pelirrojos, supongo, pero sus ojos eran de un verde oscuro precioso y su sonrisa no estaba mal. La camisa, al inspeccionarla de cerca, tenía una mancha en el bolsillo, y parecía proceder claramente de una tienda de ropa de segunda mano. Además, la corbata era de las de clip. Vamos, estaba claro.

–Hola –dije–. ¿En qué puedo ayudarte?

–Pues quería saber si habría algún puesto vacante.

Lo miré. En Joie no trabaja ningún hombre: no por decisión de Lola, sino porque simplemente el trabajo no solía interesarlos. Una vez tuvimos un estilista, Eric, pero se pasó al Salon Sunset, nuestra mayor competencia, a principios de año, llevándose a una de nuestras mejores manicuras. Desde entonces no había más que estrógeno todo el día.

–No –le dije–. No hay nada.

–¿Estás segura?

–Segurísima.

No parecía convencido, pero seguía sonriendo.

–Me pregunto –insistió, encantador–, si podría rellenar una solicitud, por si acaso surgiera algo.

–Claro –dije, mientras abría el último cajón de mi escritorio, donde guardábamos el taco de formularios. Arranqué uno y se lo pasé con un bolígrafo.

–Muchas gracias –me dijo. Se sentó en una silla junto a la ventana. Desde mi sitio lo vi escribir su nombre en la parte superior con mayúsculas claras y luego frunció el entrecejo al estudiar las preguntas.

–Remy –me preguntó Lola mientras entraba en la sala de espera–, ¿llegó aquel pedido de Redken?

–Todavía no –contesté.

Lola era una mujer grandullona que vestía ropa ajustada de colores chillones. Su risa desbordante hacía juego con su figura e inspiraba tal respeto y temor en sus clientas que nadie se atrevió nunca a llevar una foto ni nada cuando venían a cortarse el pelo: la dejaban decidir a ella. Ahora miró al chico sentado en la esquina.

–¿Y tú qué haces aquí? –quiso saber.

Él levantó la vista, sin apenas impresionarse. Eso merecía admiración.

–Solicitar un empleo –le respondió.

Ella lo miró de arriba abajo.

–¿Es una corbata de clip?

–Sí, señora –contestó asintiendo con la cabeza–. Sí, lo es.

Lola me miró, y después a él de nuevo, y se echó a reír.

–Dios santo, mira a este chico. ¿Y quieres trabajar para mí?

–Sí, señora, desde luego que sí.

Era tan educado que vi cómo ganaba puntos con rapidez. Lola le daba mucha importancia al respeto.

–¿Sabes hacer una manicura?

Él se lo pensó.

–No. Pero aprendo rápido.

–¿Sabes depilar ingles?

–No.

–¿Cortar el pelo?

–No, eso seguro que no.

Lola ladeó la cabeza y le sonrió.

–Cielo –dijo por fin–, eres un inútil.

Él asintió.

–Es lo que siempre me dice mi madre –reconoció–. Pero toco en un grupo y hoy tenemos que conseguir todos trabajo, así que estoy dispuesto a probar lo que sea.

Lola se echó a reír de nuevo. Su risa parecía salirle del estómago, burbujeando.

–¿Estás en un grupo?

–Sí, señora. Acabamos de llegar de Virginia para pasar el verano. Y todos tenemos que conseguir algo para trabajar durante el día, así que hemos aparcado aquí y nos hemos separado.

Así que no son mormones, pensé. Son músicos. Aún peor.

–¿Y tú qué tocas? –le preguntó Lola.

–La batería.

–¿Cómo Ringo?

–Exacto –sonrió y luego añadió en voz más baja–: Ya sabe que siempre ponen a los pelirrojos al fondo. Si no, todas las chicas se me echarían encima.

Lola estalló en carcajadas, tan fuertes que Talinga y una de las chicas de la manicura, Amanda, asomaron la cabeza.

–¿Qué pasa aquí? –preguntó Amanda.

–Santo cielo, ¿es una corbata de clip? –quiso saber Talinga.

–Mira –dijo Lola, recuperando el aliento–, aquí no tengo nada para ti. Pero ven conmigo a la cafetería y te conseguiré trabajo. Esa chica me debe un favor.

–¿De verdad?

Ella asintió.

–Pero date prisa, que no tengo todo el día.

El chico se levantó de un salto y el bolígrafo se le cayó al suelo. Se agachó para recogerlo y me devolvió la solicitud.

—Gracias de todas formas —me dijo.

—De nada.

—¡Vamos, Ringo! —gritó Lola desde la puerta.

Él dio un salto, sonriendo, se me acercó un poco más y me dijo:

—¿Sabes? Todavía sigue hablando de ti.

—¿Quién?

—Dexter.

Cómo no. Qué suerte la mía. No solo está en un grupo, sino precisamente en ese.

—¿Por qué? —me sorprendí—. Si ni siquiera me conoce.

—Eso da igual —respondió encogiéndose de hombros—. Ahora eres oficialmente un reto. No se rendirá jamás.

Me quedé callada meneando la cabeza. Ridículo.

Él pareció no darse cuenta, y dio unos golpecitos sobre la mesa con la mano, como si hubiéramos hecho un trato o algo, antes de caminar hacia Lola.

Cuando se fueron, Talinga me miró y dijo:

—¿Lo conoces?

—No —dije, y descolgué el teléfono, que sonaba otra vez. Qué pequeño es el mundo, y qué pequeña es esta ciudad. Pura coincidencia—. No lo conozco.

En la semana transcurrida desde que Jonathan y yo habíamos roto, no había vuelto a pensar en él ni en Dexter el músico ni en nada más que la boda de mi madre. La verdad es que me venía muy bien la distracción, aunque nunca lo hubiera admitido.

Jonathan me llamó mucho al principio, pero al cabo de un tiempo desistió, sabiendo que nunca volvería con él. Chloe me señaló que había conseguido lo que quería: mi libertad. Aunque no exactamente de la forma planeada. Pero me seguía molestando que me hubiera puesto los cuernos. Era el tipo de cosa que hacía que me despertara cabreada en mitad de la noche, incapaz de recordar qué había soñado.

Por suerte, también tenía que ocuparme de Lissa. Había pasado toda la semana sin admitir la realidad, segura de que Adam cambiaría de opinión. Lo único que podíamos hacer era evitar que cediera a sus impulsos de llamarlo/pasar por su casa/ir a su trabajo, que todas sabíamos que no ayudarían en una situación así. Si él quisiera verla, la encontraría. Si quisiera volver con ella, Lissa tendría que ponérselo difícil. Y etcétera, etcétera.

Y ahora venía la boda. Salí pronto de trabajar, a las cinco, y fui a casa para prepararme para la cena de ensayo. Al acercarme a la puerta principal me di cuenta de que la casa estaba justo como la había dejado: hecha un caos.

–¡Pero no voy a llegar a tiempo! –gritaba mi madre cuando entré y dejé mis llaves sobre la mesa–. ¡Tendrían que estar aquí dentro de una hora, o no llegaremos a la cena!

–Mamá –le dije, reconociendo al instante su voz a punto del ataque de nervios–. Cálmate.

–Lo entiendo –respondió, con voz todavía chillona–. ¡Pero se trata de mi boda!

Eché un vistazo al salón, allí solo estaba Jennifer Anne. Ya vestida para la cena, leía en el sofá un libro titulado *Haciendo planes, realizando sueños*, que tenía en la cubierta una foto de una mujer pensativa. Levantó la vista hacia mí mientras pasaba una página.

–¿Qué pasa? –quise saber.

–El servicio de limusinas tiene problemas. –Se atusó el pelo–. Parece que un coche ha tenido un accidente y el otro está en un atasco.

–¡Es inaceptable! –vociferó mi madre.

–¿Dónde está Chris?

Levantó la vista al techo.

–En su cuarto –contestó–. Al parecer, han salido del cascarón o algo así.

Hizo una mueca y volvió a su libro. Mi hermano criaba lagartos. Arriba, junto a su cuarto, en lo que había sido un vestidor, tenía varios acuarios en los que criaba lagartos monitor. Eran difíciles de describir: más pequeños que las iguanas, más grandes que las salamandras. Tenían lenguas parecidas a las de las serpientes y comían grillos pequeños que se escapaban por la casa todo el tiempo, haciendo cri-cri desde sus escondites, en los zapatos dentro de los armarios. Incluso tenía una incubadora, en el suelo. Cuando estaba incubando, se ponía en marcha cíclicamente durante todo el día, manteniendo la temperatura necesaria para que maduraran los largartitos.

Jennifer Anne odiaba los lagartos. De hecho, eran el único punto que le faltaba en su transformación de Chris, la única cosa a la que él no renunciaría por ella. Como resultado, se negaba a acercarse a su habitación y el tiempo que estaba en nuestra casa lo pasaba en el sofá, o en la mesa de la cocina, normalmente leyendo algún inspirador libro de autoayuda y suspirando en voz alta para que la oyeran todos, excepto Chris, que solía encontrarse arriba cuidando a sus animales.

Pero ahora tenía problemas más graves.

—Lo entiendo —dijo mi madre, con la voz temblorosa cercana a las lágrimas—, pero usted no se da cuenta de que tengo a cien personas esperándome en el Hilton ¡y no voy a llegar!

—Hey, tranquila —la calmé, acercándome por detrás y cubriendo el auricular con la mano—. Mamá, déjame hablar con ellos.

—¡Es ridículo! —balbució, pero me dejó cogerlo—. Es...

—Mamá —le dije en voz baja—. Ve a terminar de vestirte. Yo me encargo de esto. ¿De acuerdo?

Se quedó quieta un segundo, parpadeando. Ya se había puesto el vestido y tenía las medias en la mano. Sin maquillaje ni joyas. Lo que quería decir otros veinticinco minutos, con suerte.

—Vale, de acuerdo —dijo, como si me estuviera haciendo un favor—. Estaré arriba.

—Vale. —Vi cómo salía de la habitación, pasándose los dedos por el pelo. Cuando se marchó, me llevé el teléfono a la oreja—. ¿Eres Albert?

—No —dijo la voz cansada—. Soy Thomas.

—¿Está Albert por ahí?

—Un momento.

Se oyó un ruido amortiguado, pues la mano cubría el auricular. Y después:

—Hola, Albert al habla.

–Albert, soy Remy Starr.

–¡Hola, Remy! Mira, esto de los coches es un caos, ¿de acuerdo?

–Mi madre está al borde de un ataque, Albert.

–Ya, ya lo sé. Pero mira, esto es lo que Thomas intentaba explicarle. Lo que vamos a hacer es...

Cinco minutos después subí las escaleras y llamé a la puerta de mi madre. Cuando entré, estaba sentada delante de su tocador. No parecía haber hecho otra cosa que cambiarse de vestido y ahora se retocaba la cara con una brocha de maquillaje. Ah, progresamos.

–Todo arreglado –le dije–. Vendrá un coche a las seis. No es una limusina, pero para mañana está todo dispuesto y eso es lo que importa. ¿De acuerdo?

Suspiró y se llevó una mano al pecho como si esto, por fin, hubiera calmado su acelerado corazón.

–Maravilloso, gracias.

Me senté en su cama, me quité los zapatos y miré la hora. Eran las cinco y cuarto. Yo necesitaba dieciocho minutos exactamente para arreglarme, contando con secarme el pelo, así que me tumbé y cerré los ojos. Oí a mi madre hacer los ruidos típicos mientras se arreglaba: tintineo de los frasquitos de perfume, las brochas, las cajitas de crema y el gel de ojos que cambiaban de lugar sobre la mesa con superficie de espejo que tenía delante. Mi madre era glamourosa mucho antes de tener razones para ello. Siempre había sido pequeña y fibrosa, llena de energía y propensa a excesos dramáticos: le gustaba llevar muchas pulseras de aro que tintineaban cuando movía los brazos, agitando el aire al hablar. Incluso cuando daba clases en la escuela universitaria y casi todos sus alumnos estaban medio dormidos después de su jornada laboral, se arreglaba para las clases maquillándose mucho y perfumándose y vistiendo sus típicos atuendos vaporosos de colores intensos. Llevaba el pelo teñido de negro azabache ahora que empezaba a encanecer, y al estilo Cleopatra, con flequillo recto. Con las faldas largas y sueltas y el corte de pelo podría haber sido una *geisha*, excepto porque era demasiado ruidosa.

–Remy, cariño –soltó de repente, y me incorporé de golpe al darme cuenta de que casi me había dormido–. ¿Puedes venir a abrocharme?

Me levanté y fui hacia ella. Cogí el collar que me tendía.

–Estás guapísima –le aseguré.

Era verdad. Llevaba un vestido largo rojo con un escote pronunciado, pendientes de amatista y el gran anillo de diamantes que le había regalado Don. Olía a L'Air du Temps, que, cuando era pequeña me parecía el perfume más maravilloso del mundo. Toda la casa olía a él: se adhería a las cortinas y las alfombras, igual que se pega el humo del tabaco, obstinadamente y para siempre.

–Gracias, cariño –dijo mientras la abrochaba.

Al vernos en el espejo, volví a asombrarme por lo poco que nos parecíamos: yo rubia y delgada, ella más morena y voluptuosa. Tampoco me parecía a mi padre. No tenía muchas fotos suyas, pero en las que había visto tenía el pelo entrecano, como los roqueros de los años sesenta, con barba y pelo largo. También parecía estar permanentemente colocado, lo que mi madre nunca negó cuando lo mencioné. «Oh, pero tenía una voz preciosa», decía, ahora que ya no estaba. «Con solo una canción, me conquistó.»

Se dio la vuelta y me tomó de las manos.

–Oh, Remy –dijo sonriendo–, ¿no es increíble? Vamos a ser tan felices.

Asentí.

–Quiero decir –continuó, dándose la vuelta–, no es como si fuera la primera vez que voy al altar.

–No –reconocí, alisándole el pelo por detrás, en un punto donde sobresalía.

–Pero esta vez lo siento tan real. Permanente. ¿No te parece?

Sabía lo que quería que dijera, pero aun así dudé. Parecía una mala película, este ritual que ya habíamos realizado dos veces, que yo recordara. A estas alturas, las damas de honor y yo lo considerábamos más como una reunión de antiguos compañeros de clase, donde nos quedábamos a un lado y hablábamos de quién había engordado o se había quedado calvo desde la última boda de mi madre. No me hacía ilusiones sobre el amor. Venía, se iba, dejaba víctimas o no. Las personas no estábamos hechas para permanecer siempre juntas, pese a lo que dijeran las canciones. Le habría hecho un favor a mi madre sacando los álbumes de las otras bodas que guardaba debajo de la cama y señalándole las fotos, obligándola a ver las mismas cosas, a las mismas personas, las mismas poses de la tarta/champán, brindis/primer baile que volveríamos a vivir dentro de cuarenta y ocho horas. Tal vez ella se hubiera olvidado, hubiera apartado a esos maridos y esos recuerdos de su vista y de su mente. Pero yo no.

Seguía sonriéndome en el espejo. A veces pensaba que si pudiera leerme el pensamiento se moriría. O nos moriríamos las dos.

–Es diferente –insistió, convenciéndose a sí misma–. Esta vez es diferente.

–Claro, mamá –dije, poniéndole las manos sobre los hombros. Desde donde estaba, me parecían pequeños–. Claro que sí.

De camino a mi cuarto, Chris me asaltó.

–¡Remy! Ven a ver esto.

Miré el reloj, cinco y media, y lo seguí al cuarto de los lagartos. Estaba atestado de cosas, y tenía que mantenerlo siempre caliente. Estar allí dentro era como un largo viaje en ascensor hacia ninguna parte.

–Mira –dijo, agarrándome de la mano y dando un tirón para que me agachara a su lado, junto a la incubadora. Había quitado la tapa y dentro había un pequeño recipiente de plástico lleno de algo que parecía musgo. Sobre él se encontraban tres huevecitos. Uno estaba roto y abierto, el otro un poco aplastado y en la parte superior del tercero se veía un agujerito.

–Mira este –insistió Chris, y señaló al que tenía el agujero.

–Chris –protesté, mirando de nuevo el reloj–. Todavía no me he duchado.

–Un momento –me pidió, y le dio un golpecito al huevo–. Merece la pena.

Nos quedamos juntos allí agachados. Estaba empezando a dolerme la cabeza por el calor. Y entonces, justo cuando me iba a levantar, el huevo se movió. Se tambaleó un poco y luego algo salió del agujero. Una cabecita diminuta a la que, al romperse el huevo, siguió el resto del cuerpo. Era pegajoso y resbaladizo y tan pequeño que me habría cabido en la yema de un dedo.

–*Varanus tristis orientalis* –dijo Chris, como si estuviera lanzando un conjuro–. Lagarto monitor pecoso. Es el único que ha sobrevivido.

El pequeño lagarto parecía todavía algo confundido, parpadeaba y se movía a sacudidas. Chris rebosaba de felicidad, como si hubiera creado el universo él solito.

–Muy chulo, ¿eh? –dijo mientras el lagarto volvía a avanzar sobre sus patas temblorosas–. Somos la primera cosa que ha visto en su vida.

El lagarto nos miró y nosotros a él, examinándonos mutuamente. Era pequeño e indefenso. Ya me daba pena. Había nacido en un lugar cruel. Pero no tenía por qué saberlo aún. Al menos por el momento. Allí, en aquella habitación calurosa y abarrotada, probablemente el mundo todavía le parecía pequeño y manejable.

CAPÍTULO 4

—Y, por último, alcemos nuestras copas y brindemos por la hija de Barbara, Remy, que planeó y organizó todo esto. No habríamos podido hacerlo sin ti, Remy. ¡Por Remy!

—¡Por Remy! —corearon todos, mirándome antes de beber más champán.

—Y ahora —dijo mi madre sonriéndole a Don, al que no se le había borrado la sonrisa desde que el organista iniciara el *Preludio* para la ceremonia dos horas antes—, ¡a pasarlo bien!

El cuarteto de cuerda comenzó a tocar, mi madre y Don se besaron y yo por fin respiré hondo. Se habían servido las ensaladas, todos estaban sentados. Tarta: bien. Centros de mesa: bien. Camarero y licor: bien. Gracias a todo esto y un millón de detalles, tras seis meses, dos días y más o menos dos horas, podía relajarme. Al menos unos minutos.

—Muy bien —le comenté a Chloe—, ahora sí que voy a tomar un poco de champán.

—¡Ya era hora! —exclamó, empujando un vaso hacia mí. Ella y Lissa estaban más que achispadas, con la cara colorada y riéndose lo bastante fuerte para haber llamado la atención hacia nuestra mesa más de una vez. Jennifer Anne, sentada a mi izquierda con Chris, bebía agua con gas y nos observaba con expresión de desagrado.

–Bien hecho, Remy –me felicitó Chris, pinchando un tomate de la ensalada y metiéndoselo en la boca–. Has logrado que sea un día estupendo para mamá.

–Después de esto –contesté–, que se las apañe sola. La próxima vez, como si se va a Las Vegas a que la case un imitador de Elvis. Yo dimito.

Jennifer Anne se quedó con la boca abierta.

–¿La próxima vez? –dijo, conmocionada. Luego miró hacia mi madre y Don, que estaban en la mesa presidencial, dándose la mano y comiendo a la vez–. Remy, esto es un matrimonio. Ante Dios. Es para siempre.

Chris y yo la miramos. Al otro lado de la mesa, Lissa eructó.

–Oh, Dios mío –se disculpó mientras Chloe rompía a reír–. Perdón.

Jennifer Anne levantó los ojos al techo, claramente agraviada por tener que compartir la mesa con un puñado de ordinarias y cínicas.

–Christopher –dijo, y era la única que lo llamaba así–, vamos a tomar el fresco.

–Pero si estoy comiendo la ensalada –protestó Chris. Tenía vinagreta en la barbilla.

Jennifer Anne cogió su servilleta y la dobló delicadamente. Ya había terminado la ensalada y había dejado los cubiertos formando una cruz perfecta en el centro del plato, para que el camarero supiera que había terminado.

–Claro –dijo Chris levantándose–. Aire fresco. Vamos.

Cuando se marcharon, Chloe saltó por encima de dos sillas y Lissa la siguió con torpeza. Jess no estaba, pues se había tenido que quedar en casa cuidando a su hermanito, que tenía una infección de garganta. Aunque era muy callada, siempre me parecía que las cosas estaban desequilibradas cuando faltaba, como si Lissa y Chloe fueran demasiado para mí sola.

–Jo –soltó Lissa mientras Jennifer Anne conducía a Chris hacia el vestíbulo, sin parar de hablar–, nos odia.

–No –dije, dando otro sorbo de champán–, solo me odia a mí.

–Ah, venga ya –contestó Chloe, pinchando la ensalada.

–¿Y por qué iba a odiarte? –preguntó Lissa mientras volvía a volcar su vaso. Se le había corrido el lápiz de labios, pero de forma encantadora.

–Porque cree que soy una mala persona –respondí–. Voy en contra de todas sus creencias.

–¡No es cierto! –protestó ofendida–. Eres una persona maravillosa, Remy.

Chloe soltó una risotada.

–Bueno, no exageremos.

–¡Es verdad! –exclamó Lissa, lo bastante alto como para que un par de personas de la mesa vecina, los colegas del concesionario de Don, nos miraran.

–Maravillosa, no –dije dándole un apretón al brazo de Lissa–. Pero ahora soy un poco mejor que antes.

–Con eso –declaró Chloe, mientras dejaba la servilleta sobre el plato–, estoy de acuerdo. Quiero decir, que al menos ya no fumas.

–Es verdad –convine–. Y casi nunca termino borracha por el suelo.

Lissa asintió.

–Eso también es verdad.

–Y, por último –dije, apurando mi copa–, no me acuesto con casi tantos tíos como antes.

–Sí, señor –asintió Chloe, y levantó su copa para que yo pudiera brindar con ella–. Cuidadito, Stanford –dijo con una sonrisa–. Remy es prácticamente una santa.

–Santa Remy –dije, para probar–. Creo que me gusta.

La cena estaba muy buena. A nadie le pareció que el pollo estuviera un poco chicloso, aparte de a mí, pero yo había votado por la ternera y había perdido, puede que fuera simple resentimiento. Jennifer Anne y Chris no volvieron a nuestra mesa; más tarde, de camino a los lavabos, vi que habían desertado a la mesa donde yo había sentado a los mandamases del lugar, conocidos de Don de la Cámara de Comercio. Jennifer Anne estaba hablando con el administrador municipal, y empuñaba el tenedor para dejar algo claro, mientras Chris comía a su lado en silencio, con una mancha en la corbata. Cuando me vio esbozó una sonrisa a modo de disculpa y se encogió de hombros como si esto, y tantas otras cosas, estuvieran completamente fuera de sus manos.

Mientras tanto, en nuestra mesa corría el champán. Uno de los sobrinos de Don que iba a la Universidad de Princeton estaba ocupado ligando con Chloe mientras que Lissa, en los diez minutos que había estado ausente, había pasado de estar felizmente achispada a completamente sensiblera, e iba camino de tornarse en una borracha llorona.

–La cuestión es –dijo, apoyándose en mí– que yo creía que Adam y yo nos íbamos a casar. De verdad, lo creía.

–Ya lo sé –le dije, aliviada al ver a Jess, con uno de sus pocos vestidos, dirigiéndose hacia nosotras. Parecía incómoda, como siempre que no llevaba vaqueros, e hizo una mueca al sentarse.

–¡Medias! –gruñó–. Esta estupidez me ha costado cuatro dólares y me siento como si llevara papel de lija.

–Anda, pero si es Jessica –dijo Chloe, en un tono alto y risueño–.¿No tienes ningún vestido de esta década?

–Tócame un pie –le dijo Jess. El sobrino de Don arqueó la ceja. Chloe, sin inmutarse, volvió al champán y a una larga historia que había estado contando sobre sí misma.

–Jess –susurró Lissa, deslizándose de mi hombro al de ella, y dándose un cabezazo contra su oreja–. Estoy borracha.

–Ya lo veo –dijo Jess secamente, empujándola de nuevo hacia mí–. Jo –exclamó con entusiasmo fingido–, ¡cuánto me alegro de haber venido!

–No seas así –le dije–. ¿Tienes hambre?

–He comido algo de atún en casa –respondió, echando una mirada al centro de mesa.

–No te muevas. –Me levanté y coloqué a Lissa de nuevo en su silla–. Ahora mismo vuelvo.

De regreso a la mesa con un plato de pollo, espárragos y arroz en la mano, oí chasquear el micrófono y el sonido de unos acordes de guitarra.

–Hola a todos –saludó una voz, mientras yo me colaba entre dos mesas esquivando a un camarero que recogía los platos–, somos los Bemoles y queremos desearles a Don y a Barbara ¡que sean muy felices juntos!

Mientras todos aplaudían estas palabras, yo me quedé clavada en el sitio y volví la cabeza. Don había insistido en encargarse él mismo de la música, porque decía que conocía a alguien que le debía un favor. Pero ahora deseé más que nada haber contratado al grupo de la Motown, aunque hubieran sido los mismos en las últimas dos bodas de mi madre.

Porque, por supuesto, se trataba de Dexter, el músico, de pie frente al micrófono con un traje negro que parecía una talla demasiado grande. Y dijo:

—¿Qué os parece, chicos? ¡Que empiece la fiesta!

—Oh, Dios —suspiré mientras el grupo —un guitarrista, un teclista y al fondo, el Ringo pelirrojo que había conocido el día anterior— atacaba una versión entusiasta de *Get Ready,* de The Temptations. Llevaban trajes de segunda mano, Ringo con la misma corbata de clip. Pero ya había gente llenando la pista de baile, arrastrando los pies y meneándose. Mi madre y Don, en el centro, daban gritos de alegría.

Volví a la mesa, le di a Jess su plato y me dejé caer sobre la silla. Lissa, como esperaba, tenía los ojos llorosos y se secaba la cara con una servilleta mientras Jess le daba palmaditas en la pierna. Chloe y el sobrino se habían marchado.

—No me lo puedo creer —dije.

—¿El qué? —preguntó Jess mientras cogía el tenedor—. Tía, esto huele fenomenal.

—El grupo... —comencé, pero no pude decir nada más porque Jennifer Anne apareció a mi lado con Chris a rastras.

—Mamá te está buscando —dijo Chris.

—¿Qué?

—Deberías estar bailando —me informó Jennifer Anne, la reina del protocolo, dándome un empujoncito para levantarme suavemente de mi silla–. El resto del séquito nupcial ya está en la pista.

–Oh, por favor –protesté mirando a la pista, desde donde mi madre me había visto, por supuesto, y sonreía beatíficamente agitando los dedos, como diciéndome «ven aquí ahora mismo». Así que agarré a Lissa del brazo, porque no pensaba ir sola de ninguna manera, y me la llevé por entre el laberinto de mesas hasta la muchedumbre.

–No tengo ganas de bailar –lloriqueó.

–Ni yo –le solté.

–¡Oh, Remy, Lissa! –gritó mi madre cuando nos acercamos, y abrió los brazos para abrazarnos a las dos. Tenía la piel cálida y el tejido de su traje era resbaladizo y suave–. ¿A qué es muy divertido?

Estábamos justo en el medio del mogollón y la gente bailaba a nuestro alrededor. El grupo pasó limpiamente a *Shout,* acompañado por un grito de alguien a mi espalda. Don, que había estado bailando enérgicamente con mi madre, haciéndola inclinarse hacia atrás, ahora me agarró del brazo y me hizo girar, arrojándome contra una pareja que bailaba pegada. Noté como el brazo casi se me desencajaba del cuerpo antes de que me recuperara de un tirón, con frenéticos movimientos de pelvis.

–¡Oh, cielo santo! –dijo Lissa detrás de mí, al verlo. Pero enseguida volví a volar, esta vez en dirección contraria. Don bailaba con tanto ímpetu que temí por todos nosotros. Por mucho que intenté devolvérselo a mi madre, ella seguía distraída bailando con uno de los sobrinos pequeños de Don.

–Ayúdame –le dije a Lissa al pasar a su lado a toda velocidad, con la mano de Don aferrada aún a la muñeca.

Luego me acercó de un tirón para dar unos saltitos ridículos que hicieron que me castañetearan los dientes. Pero aun así, no pude evitar ver cómo Chloe, a un lado de la pista, se reía de forma histérica.

–¡Bailas muy bien! –me dijo Don cuando me acercó hacia él. Me inclinó hacia atrás con brío y estuve segura de que mi escote se iba a destapar, pues aunque había hecho que me lo arreglaran varias veces, no había quedado bien del todo. Pero me volvió a levantar en un santiamén y se me fue la sangre a la cabeza–. Me encanta bailar –me gritó Don, haciéndome girar de nuevo–, pero no lo hago a menudo.

–Yo creo que sí –gruñí mientras la canción se acercaba a su fin.

–¿Cómo dices? –preguntó, haciendo bocina en la oreja con la mano.

–He dicho –repetí– que bailas muy bien.

Se rio, secándose la cara.

–Tú también –dijo, mientras el grupo terminaba con un redoble de platillos–. Tú también.

Escapé mientras todos aplaudían, abriéndome paso hacia la barra, donde mi hermano estaba por una vez solo, mordisqueando un trozo de pan.

–¿Qué ha sido eso? –preguntó riéndose–. Madre mía, parecía algún ritual tribal y salvaje.

–Cierra el pico –le dije.

–Y ahora, amigos –oí decir a Dexter desde el escenario mientras bajaban las luces–, para el disfrute de nuestro público... un temita lento.

Sonaron los acordes iniciales de *Our Love Is Here to Stay* de Gershwin, con algo de torpeza, y los que habían evitado la pista en los temas más rápidos comenzaron a levantarse de la silla y colocarse en parejas. Jennifer Anne apareció a mi lado, oliendo a jabón de manos, y entrelazó sus dedos con los de Chris, lo que le hizo soltar el pan.

–Vamos –murmuró, dejando el pan disimuladamente sobre una mesa cercana. Pensara lo que pensase sobre su personalidad, no podía por menos de admirar su técnica. No había nada que la detuviera–. Vamos a bailar.

–Claro –asintió Chris, y se limpió la boca mientras la seguía. Cuando llegaron a la pista me miró por encima del hombro–. ¿Estás bien?

Asentí con la cabeza.

–Muy bien –respondí. La sala estaba más tranquila, como la música, y la gente hablaba en voz baja mientras bailaban pegados. En el escenario, Dexter cantaba mientras el teclista miraba el reloj aburrido. Lo entendía.

¿Por qué tanta historia con las canciones lentas? Incluso en secundaria odiaba el momento en que la música bajaba el ritmo y frenaba casi de golpe solo para que alguien pudiera apretar su cuerpo sudoroso contra el tuyo. Al menos al bailar de verdad no estabas atrapada, forzada a balancearte adelante y atrás con un desconocido que ahora, simplemente por la cercanía, pensaba que podía agarrarte el culo y todo lo que pudiera sin problemas. Qué cosa más ridícula.

Y era ridículo. De verdad. Porque bailar las canciones lentas no era más que una excusa para pegarte a alguien que te gustaba o verte obligada a estar pegada a alguien a quien querías muy lejos de ti. De acuerdo, mi hermano y Jennifer Anne parecían totalmente encantados y, sí, la letra de la canción era bonita y romántica. Vamos, que no era una mala canción ni nada de eso. Pero no era lo mío.

Cogí un vaso de champán de una bandeja que pasaba, di un sorbo e hice una mueca cuando las burbujas me subieron por la nariz. Estaba luchando contra un ataque de tos cuando alguien se me acercó. Miré de reojo y reconocí a una chica que trabajaba con Don. Se llamaba Marty, o Patty, algo con una te en medio. Tenía el pelo largo con permanente, flequillo y llevaba demasiado perfume. Me sonrió.

—Me encanta esta canción —dijo. Dio un sorbo de su bebida y suspiró—. ¿A ti no?

Me encogí de hombros.

—Supongo que sí —respondí, mientras Dexter se apoyaba en el micrófono y cerraba los ojos.

—Se les ve tan felices —continuó, y seguí su mirada hasta mi madre y Don, que reían y bailaban mientras la canción se acercaba a su fin. Ella sorbió un poco y me di cuenta de que estaba a punto de llorar. Es raro que las bodas afecten a algunas personas de esa forma—. Él es muy feliz, ¿verdad?

—Sí —asentí—, mucho.

Se secó los ojos y me hizo un gesto con la mano disculpándose, meneando la cabeza.

—Ay, cielo —dijo—, perdona. Es que...

—Ya lo sé —dije, para evitarle lo que estaba a punto de decir. Ya había tenido suficiente sentimentalismo por aquel día.

Por fin terminó la última estrofa. Marty/Patty respiró hondo y parpadeó cuando volvieron a encenderse las luces. Al mirarla mejor vi que estaba llorando de verdad:

ojos enrojecidos, rostro colorado, todo incluido. Se le estaba empezando a correr el rímel, con el que noté que se había pasado un poco.

–Creo que... –balbució temblorosa, tocándose la cara–. Voy a arreglarme un poco.

–Me alegro de haberte visto –le dije, igual que a todos con los que me vi obligada a hablar toda esa noche, con la misma voz de qué-contenta-estoy de las bodas.

–Yo también –respondió con menos entusiasmo, y se marchó, chocándose con una silla al salir.

Ya está bien, pensé. Necesito un descanso.

Pasé junto a la mesa de la tarta y salí por una puerta lateral al aparcamiento, donde un par de chicos con chaqueta de camarero estaban fumando y comiendo unos hojaldres de queso.

–Hola –les dije–. ¿Os puedo pedir un cigarrillo?

–Claro. –El más alto, que llevaba el pelo cardado como un modelo, sacudió el paquete de tabaco, sacó un cigarrillo y me lo dio. Después sacó un mechero y me lo ofreció encendido. Me incliné hacia él y di varias bocanadas. Bajó la voz y me preguntó–: ¿Cómo te llamas?

–Chloe –respondí, alejándome de él–. Gracias.

Me marché y di la vuelta a la esquina mientras me llamaba. Encontré un sitio en el muro cerca de los contenedores de basura. Me quité los zapatos de una patada y miré el cigarrillo que tenía en la mano. Lo había hecho tan bien: dieciocho días. En realidad ni siquiera me gustaba el sabor. Era una muleta débil en un mal día. Lo tiré al suelo y contemplé cómo se consumía. Después me incliné hacia atrás, apoyada sobre las palmas de la mano, estirando la espalda.

Dentro, el grupo dejó de tocar y se oyeron unos pocos aplausos. Luego empezó la música enlatada del hotel y unos segundos más tarde se abrió de golpe una puerta un poco más allá y salieron los Bemoles, hablando en voz alta.

–Esto es una porquería –se quejó el guitarrista, sacándose un paquete de cigarrillos del bolsillo y agitándolo para coger uno–. Después de esto se acabaron las bodas. Lo digo en serio.

–Es dinero –contestó Ringo, el batería. Después dio un sorbo de una botella que tenía en la mano.

–Esta no –murmuró el teclista–. Esta es gratis.

–No –dijo Dexter mientras se pasaba una mano por el pelo–. Es el dinero de la fianza. ¿O se nos había olvidado? Le debíamos una a Don, ¿no os acordáis?

Se oyeron gruñidos de consentimiento, seguidos por el silencio.

–Odio hacer versiones –dijo por fin el guitarrista–. No veo por qué no podemos tocar nuestras cosas.

–¿Con este público? –preguntó Dexter–. Venga ya. No creo que el tío Miltie de Saginaw quiera bailar tus muchas versiones de *La canción de la patata*.

–No se llama así –saltó Ted–, y lo sabes.

–Tranquilos –dijo el pelirrojo, agitando el brazo en un gesto pacificador que reconocí–. Son solo un par de horas más, ¿de acuerdo? Vamos a pasarlo lo mejor posible. Al menos nos dan de comer.

–¿Nos dan de comer? –preguntó el teclista más animado–. ¿En serio?

–Eso es lo que dijo Don –replicó el batería–. Si sobra comida. ¿Cuánto tiempo de descanso nos queda?

Dexter consultó su reloj.

–Diez minutos.

El teclista miró al batería y luego al guitarrista.

–Yo voy a buscar comida. ¿Comida?

–Comida –contestaron todos a una. El teclista dijo:

–¿Tú también, Dexter?

–No. Cogedme pan o algo.

–De acuerdo, Gandhi –dijo Ringo, y alguien soltó un bufido–. Nos vemos dentro.

El guitarrista arrojó al suelo el cigarrillo, Ringo tiró la botella de agua hacia el contenedor y falló, y entraron. La puerta resonó dando un portazo tras ellos.

Yo me quedé allí sentada, observándolo, sabiendo que por una vez él no me vería primero. No fumaba, estaba allí sentado en el muro tamborileando con los dedos. Siempre me habían perdido los chicos morenos y, desde lejos, su traje no tenía un aspecto tan hortera: era casi guapo. Y era alto. Los altos me gustaban.

Me levanté y me pasé las manos por el pelo. Bueno, tal vez fuera un pesado. Y no me gustó nada que me empujara contra la pared. Pero ahora estaba aquí y parecía apropiado que diera unos pasos hacia él y me dejara ver, aunque fuera solo para descolocarlo un poco.

Estaba a punto de rodear el contenedor y ponerme a la vista cuando la puerta volvió a abrirse y salieron dos chicas, hijas de algún primo de Don. Eran un par de años más pequeñas que yo y vivían en Ohio.

–¡Te dije que estaría aquí! –dijo una de ellas, la rubia. Las dos soltaron una risita. La más alta permanecía un poco atrás, pero su hermana se acercó directamente y se sentó junto a Dexter–. Te estábamos buscando.

–¿En serio? –respondió Dexter, y sonrió educadamente–. Bueno, pues hola.

–Hola –dijo la rubia, e hizo una mueca en la oscuridad–. ¿Tienes un cigarro?

Dexter se palpó los bolsillos.

–No –negó–. No fumo.

–¡No me digas! –exclamó la rubia dándole una palmada en la pierna–. Yo creía que todos los chicos que tocan en grupos fumaban. –La chica más alta, todavía junto a la puerta, miró hacia atrás con nerviosismo–. Yo sí fumo –dijo la rubia–, pero mi madre me mataría si se enterase–. Me mataría.

–Hmmm –emitió Dexter, como si aquello fuera interesante.

–¿Tienes novia? –le dijo la chica abruptamente.

–¡Meghan! –dijo su hermana–. ¡Por favor!

–Es solo una pregunta –dijo Meghan, deslizándose un poco más cerca de Dexter.

–Bueno –dijo Dexter–, la verdad...

Y al oír eso me di la vuelta por donde había venido, enfadada conmigo misma. Había estado a punto de hacer una estupidez, rebajando mi nivel todavía más, porque a juzgar por Jonathan ya estaba bastante bajo. Así es como funcionaba mi antiguo yo, viviendo solo para el siguiente segundo, la siguiente hora, que lo único que quería es que un chico me deseara una noche, nada más. Había cambiado. Había dejado eso, junto al tabaco, bueno, con una recaída, y la bebida, en su mayor parte. Pero con lo de acostarme con cualquiera de verdad había cambiado. Completamente. Y había estado dispuesta a arrojarlo por la borda, o al menos un poco, por un aspirante a Frank

Sinatra que se habría conformado con Meghan de Ohio. Dios.

De nuevo en el interior, habían llevado el pastel a la pista de baile y mi madre y Don posaban junto a él, con las manos entrelazadas sobre el cuchillo mientras el fotógrafo se movía a su alrededor, mirando cómo Don le daba un pedacito a mi madre con mucho cuidado. Otro *flash* saltó, capturando el momento. ¡Ah, el amor!

El resto de la noche prosiguió más o menos como estaba previsto. Mi madre y Don se marcharon bajo una lluvia de alpiste y pompas de jabón (bajo la mirada hostil del personal de limpieza del hotel), Chloe terminó enrollándose con el sobrino de Don en el vestíbulo, y Jess y yo terminamos en el baño, sujetando la cabeza de Lissa mientras, alternativamente, vomitaba la cena de cincuenta dólares por cabeza y gemía por Adam.

–¿No te encantan las bodas? –me preguntó Jess, pasándome otro taco de toallitas de papel húmedas, que presioné contra la frente de Lissa mientras se levantaba.

–A mí sí –se quejó Lissa, sin captar el sarcasmo. Se dio golpecitos con las toallitas en la cara–. De verdad que me encantan.

Jess miró hacia el techo, pero yo me limité a menear la cabeza mientras conducía a Lissa fuera del cubículo hacia el lavabo. Se miró al espejo, con el maquillaje corrido, el pelo enmarañado y rizado, el vestido con una mancha marrón sospechosa en la manga y sollozó.

–Este es el peor momento de mi vida –gimió, mirándose.

–Venga, venga –la animé, tomándola de la mano–. Mañana te sentirás mejor.

–De eso nada –corrigió Jess, abriendo la puerta–. Mañana tendrás una tremenda resaca y te sentirás incluso peor.

–Jess –la reñí.

–Pero pasado mañana –continuó, dándole a Lissa palmaditas en el hombro–, pasado mañana te sentirás muchísimo mejor. Ya verás.

Formábamos un grupo desastrado cuando llegamos al vestíbulo, sujetando a Lissa entre las dos. Era la una de la madrugada, tenía el pelo aplastado y me dolían los pies. Los finales de las bodas son siempre deprimentes, pensé. Solo se libran los novios, que se marchan hacia nuevos horizontes, mientras que el resto nos despertamos al día siguiente igual que siempre.

–¿Dónde está Chloe? –le pregunté a Jess cuando salíamos con dificultad por las puertas giratorias. Lissa se estaba quedando dormida, aunque seguía moviendo los pies.

–Ni idea. La última vez que la vi estaba con el tipo ese, ahí, cerca del piano.

Miré hacia atrás, al vestíbulo, pero no estaba. Siempre desaparecía cuando había alguien vomitando. Era como si tuviera un sexto sentido o algo.

–Ya es mayorcita –me dijo Jess–. Estará bien.

Estábamos montando a Lissa en el asiento delantero del coche de Jess cuando se oyó un estrépito y apareció la furgoneta blanca del grupo de Dexter frente a la puerta del hotel. Las puertas traseras se abrieron de golpe y saltó Ringo, ahora sin la corbata de clip. Del asiento del conductor bajó el guitarrista y lo siguió. Desaparecieron en el interior, dejando el motor en marcha.

–¿Te llevo? –se ofreció Jess.

–No. Chris me está esperando ahí dentro. –Cerré la puerta, con Lissa dentro–. Gracias por todo.

–De nada –Se sacó las llaves del bolsillo y las hizo sonar–. Ha salido bien, ¿no te parece?

Me encogí de hombros.

–Ya pasó –dije–. Eso es lo único que importa.

Al marcharse hizo sonar el claxon una vez y yo volví al hotel en busca de mi hermano. Cuando pasé junto a la furgoneta, Ringo y el teclista volvían cargando con el equipo y protestando.

–Ted nunca ayuda –se quejó el teclista, metiendo un altavoz grande en la parte trasera de la furgoneta, donde aterrizó estruendosamente–. Ya estoy cansado de sus desapariciones, ¿sabes?

–Vámonos de aquí, ¿vale? –dijo Ringo–. ¿Dónde está Dexter?

–Les doy cinco minutos –anunció el teclista–. Después de eso, pueden volver andando.

Luego metió el brazo por la ventanilla abierta y plantó la palma de la mano sobre el claxon, haciéndolo sonar, muy fuerte, durante unos buenos cinco segundos.

–Muy bien –asintió Ringo–. Eso les va a encantar.

Unos segundos más tarde el guitarrista, el escurridizo Ted, apareció por las puertas giratorias con aire irritado.

–Muy bonito –gritó, rodeando la furgoneta–. Menuda educación.

–O subes o te vas andando a casa –le lanzó el teclista–. Lo digo en serio.

Ted se subió, el claxon volvió a sonar y esperaron. Ni rastro de Dexter. Por fin, tras lo que pareció una discusión en los asientos delanteros, le furgoneta se marchó resoplando y giró a la derecha en la calle principal. El intermitente, por supuesto, estaba roto.

Dentro del hotel, los limpiadores estaban trabajando en el salón de festejos, retirando los vasos y quitando los manteles. El ramo de mi madre, ochenta dólares de flores, había quedado abandonado en una bandeja, todavía tan fresco como cuando lo recibió en la iglesia nueve horas antes.

–Te han dejado aquí –oí decir a alguien. Di media vuelta. Dexter. Cielo santo. Estaba sentado en una mesa junto a la escultura de hielo, dos cisnes con el cuello entrelazado que se derretían a toda velocidad, con un plato delante.

–¿Quién?

–Chris y Jennifer Anne –contestó, como si los conociera de toda la vida. Luego cogió un tenedor y tomó un bocado de lo que fuera que estaba comiendo. Desde donde estaba parecía tarta nupcial.

–¿Qué? –pregunté–. ¿Se han marchado?

–Estaban cansados. –Masticó unos segundos, luego tragó–. Jennifer Anne dijo que tenía que irse porque mañana tiene un seminario temprano en el centro de convenciones. Algo sobre alcanzar logros. Es muy lista, esa chica. Cree que puedo tener un futuro en el sector de las actividades de ocio corporativas y privadas. Que no sé qué significa.

Me lo quedé mirando.

–De todas formas –siguió–, les dije que no pasaba nada, porque cuando aparecieras te llevaríamos nosotros a casa.

–Nosotros –repetí.

–Los chicos y yo.

Pensé que podría haber llegado ya a casa, cortesía de Jess. Genial.

–Ellos también se han ido.

Levantó la vista, con el tenedor a medio camino hacia la boca.

–¿Que se han qué?

–Se han ido –repetí lentamente–. Antes tocaron el claxon.

–Oh, no. Me pareció haber oído el claxon –dijo meneando la cabeza–. Típico.

Miré alrededor, a la sala casi vacía, como si la solución a este y al resto de mis problemas estuviera acechando tras una maceta, por ejemplo. Pero no. Así que hice lo que para entonces parecía inevitable: me acerqué a su mesa, cogí una silla y me senté.

–Ah –exclamó con una sonrisa–. Por fin se rinde.

–No te emociones –dije, dejando el bolso sobre la mesa. Sentía el cansancio en cada parte del cuerpo. Como si me hubieran estirado entera–. Estoy reuniendo fuerzas para llamar un taxi.

–Deberías probar esta tarta primero. –Empujó el plato hacia mí–. Toma.

–No quiero tarta.

–Está buenísima. No sabe nada a tiza.

–Estoy convencida de que no –respondí–. Pero no quiero.

–Seguro que no la has probado, ¿verdad? –Meneó el tenedor en mi dirección–. Solo pruébala.

–No –dije llanamente.

–Venga.

–No.

–Mmmmm –dijo, empujándola despacio con el tenedor–. Qué rica.

–Me estás mosqueando de verdad –le dije por fin.

Se encogió de hombros, como si lo hubiera oído antes, y volvió a acercarse el plato, clavando el tenedor en el siguiente bocado. Los limpiadores estaban charlando junto a la puerta en la parte delantera de la sala mientras apilaban las sillas. Una mujer con una larga trenza cogió el ramo de mi madre y lo acunó en sus brazos.

–Na-na, na-na –tarareó, y se rio cuando otro de los limpiadores le gritó que dejara de soñar y volviese al trabajo.

Dexter dejó el tenedor. De la tarta tan rica que no sabía a tiza no quedaba nada. Apartó el plato.

–Entonces –preguntó, mirándome–, ¿es el segundo matrimonio de tu madre?

–El cuarto –respondí–. Es una profesional.

–Te gano –replicó–. Mi madre va por el quinto.

Tenía que admitir que me había impresionado. Hasta ahora no había conocido a nadie con más padrastros que yo.

–¿En serio?

Asintió.

–Pero ¿sabes una cosa? –añadió sarcásticamente–. De verdad creo que este va a durar para siempre.

–La esperanza es lo último que se pierde.

Suspiró.

–Especialmente en casa de mi madre.

–Dexter, cariño –dijo alguien a mi espalda–, ¿has comido bastante?

Se enderezó, levantó la voz y contestó:

–Sí, señora. Muchas gracias.

–Queda un poco más del pollo.

–No, Linda. Estoy lleno, de verdad.

–De acuerdo.

Me lo quedé mirando.

–¿Conoces a todo el mundo?

Se encogió de hombros.

–A todo el mundo no –contestó–. Pero hago amigos con facilidad. Es parte de lo de tener tantos padrastros. Te vuelve más cordial.

–Sí, ya –dije.

–Porque tienes que adaptarte a lo que toca. Tu vida no te pertenece, hay gente que va y viene todo el tiempo. Te vuelves más simpático porque no te queda más remedio. Seguro que sabes exactamente a qué me refiero.

–Sí, claro –dije yo sin expresión–. Yo soy simpatiquísima. Es precisamente la palabra que me describe.

–¿No? –me preguntó.

–No. –Y me levanté, cogiendo el bolso. Los pies me dolieron al asentarse en los zapatos–. Ahora tengo que irme a casa.

Él se levantó y cogió la chaqueta del respaldo de la silla.

–¿Compartimos un taxi?

–No creo.

–Muy bien –dijo, encogiéndose de hombros–. Como quieras.

Caminé hacia la puerta, pensando que me seguiría, pero cuando miré hacia atrás vi que estaba al otro lado de la sala, caminando en dirección opuesta. Tuve que admitir que me sorprendió que después de una persecución tan intensa ya se hubiera rendido. Supuse que el batería había tenido razón. La conquista, el conseguirme, era lo único que importaba, y una vez que me tuvo tan cerca, vio que no era tan especial después de todo. Pero yo eso ya lo sabía, claro.

Fuera había un taxi aparcado y el taxista estaba dando una cabezada. Me acomodé en el asiento trasero y me quité los zapatos. Según los números verdes del salpicadero, eran exactamente las 2 de la mañana. En el hotel Thunderbird, al otro lado de la ciudad, mi madre estaría profundamente dormida, soñando con la semana que pasaría en la isla de San Bartolomé. Volvería a casa a terminar su novela, a instalar a su nuevo marido en su hogar y a intentar otra vez ser la señora de Alguien, segura de que en esta ocasión, de verdad, sería distinto.

Cuando el taxi giró en la calle principal vi un destello de algo en el parque, a mi derecha. Era Dexter, a pie, que con su camisa blanca destacaba, casi como si brillara. Iba caminando por el centro de la calzada, las casas oscuras a ambos lados, silenciosas y dormidas. Al verlo ir andando a casa, por un segundo fue como si fuera el único despierto o incluso vivo en el mundo en ese momento, aparte de mí.

CAPÍTULO 5

–Remy, de verdad. Es un chico estupendo.

–Lola, por favor.

–Ya sé lo que estás pensando. Lo sé. Pero esto es distinto. Yo no te la jugaría. ¿No confías en mí?

Dejé sobre la mesa el taco de cheques que estaba contando y la miré. Estaba apoyada sobre el codo, con la barbilla apoyada en la mano. Uno de sus pendientes, un aro de oro enorme, se balanceaba y reflejaba el sol que entraba por el escaparate.

–Las citas a ciegas no me van –repetí.

–Pero si no es ciega, cariño, yo lo conozco –me explicó, como si eso lo hiciera distinto–. Es un chico majo. Y tiene unas manos preciosas.

–¿Qué?

Levantó las manos, con una manicura impecable, claro, como si necesitase una ayuda visual para identificar esta parte básica de la anatomía humana.

–Las manos. Me fijé en ellas el otro día, cuando vino a recoger a su madre de la exfoliación con sal marina. Preciosas. Y es bilingüe.

Parpadeé, intentando procesar la relación entre esas dos características. No. Nada.

–¿Lola? –llamó una voz tímidamente desde el interior del salón–. Me escuece la cabeza.

–Eso es el tinte, que está haciendo efecto, cielo –explicó Lola, sin volver la cabeza siquiera–. Bueno, Remy, pues les hablé muy bien de ti. Y como su madre va a volver esta tarde para una pedicura...

–No –dije rotundamente–. Olvídate.

–¡Pero es perfecto!

–Nadie –añadí, volviendo a los cheques– es perfecto.

–¿Lola? –insistió la voz, más nerviosa y menos educada–. Me duele mucho...

–¿Quieres encontrar el amor, Remy?

–No.

–¡No te entiendo, chica! Estás a punto de cometer un gran error.

Lola siempre alzaba la voz cuando algo le importaba mucho: ahora, su voz resonaba en la pequeña sala de espera, haciendo vibrar las muestras de laca de uñas en la estantería que había sobre mi cabeza. Un par de vocales fuertes más y los frascos me provocarían una conmoción; estaría tan dispuesta a ponerle un pleito como la mujer cuyo pelo se estaba quemando en la habitación de al lado, mientras Lola no le hacía ningún caso.

–¡Lola! –gritó la mujer, que parecía al borde de las lágrimas–. Creo que huelo a pelo quemado...

–¡Oh, por el amor de Dios! –exclamó Lola, enfadada con las dos. Se dio la vuelta y salió pisando fuerte.

Cuando un esmalte de uñas morado se estrelló en mi mesa y no me dio por los pelos, suspiré y abrí el calendario. Era lunes. Mi madre y Don volverían de San Bartolomé dentro de tres días. Pasé otra página y fui deslizando el dedo sobre los días, para volver a contar cuántas semanas faltaban para el inicio del curso.

Stanford. A cuatro mil ochocientos kilómetros de distancia, casi al otro lado del país en línea recta. Una universidad increíble, mi primera opción, y me habían aceptado en otras cinco de las seis en las que había solicitado plaza. Todos mis esfuerzos, las clases de nivel avanzado, los seminarios extra. Por fin todo tenía sentido.

En el primer año de instituto, donde se toman esas decisiones, mis profesores me veían en la universidad fiestera del estado, con suerte. Allí podría estudiar algo fácil, como psicología, y dedicarme a las fiestas y el maquillaje. Como si por ser rubia y, bueno, algo atractiva y con una vida social activa (y, vale, una reputación no de las mejores) y no haberme apuntado a las actividades del consejo escolar ni al equipo de debate y no ser de las animadoras, estuviera condenada a la mediocridad. Me metían en el mismo saco que a los quemados y los que apenas alcanzarían a graduarse, con los que cuando volvían del aparcamiento después de comer ya estaban superando las expectativas.

Pero les había demostrado que estaban equivocados. Me pagué con mi dinero un profesor particular de física, la asignatura que casi me mata, además de una clase de preparación del examen SAT, al que me presenté tres veces. Era la única de mis amigas que recibía clases avanzadas, excepto Lissa, que como hija de dos doctores que era se esperaba que fuese brillante. Pero yo siempre me esforzaba más cuando me enfrentaba a algo o cuando alguien pensaba que no podría tener éxito. Eso me mantuvo motivada todas esas noches estudiando, el hecho de que tanta gente creyera que no lo conseguiría.

Era la única de mi curso que iría a Stanford. Lo que quería decir que podría empezar mi vida de cero, como nueva, lejos de casa. El dinero que me quedaba de mi sueldo después de pagar el coche lo había ido metiendo en la cuenta de ahorros, para cubrir los gastos de la residencia, los libros y las necesidades diarias. La matrícula la había pagado con mi parte del fideicomiso que nos había correspondido a Chris y a mí de la herencia de mi padre. Algún abogado, al que me gustaría agradecérselo personalmente, lo había bloqueado hasta que cumpliésemos veinticinco años o para pagar los estudios, por lo que incluso en los tiempos más difíciles mi madre no había podido tocarlo. Y así, por muy rápido que se gastara su propio dinero, mis cuatro años en la universidad estaban asegurados. Y todo ello porque cada vez que *Canción de cuna* (escrita por Thomas Custer, todos los derechos reservados) sonaba como música de fondo de un anuncio, o en la radio, o la interpretaba algún cantante en Las Vegas, me aseguraba otro día de mi futuro.

Sonaron las campanillas sobre la puerta y entró el repartidor de UPS con una caja que dejó sobre la mesa que estaba frente a mí.

–Paquete para ti, Remy –dijo, sacando su libreta.

Firmé y cogí la caja.

–Gracias, Jacob.

–Ah, y esto también –añadió entregándome un sobre–. Hasta mañana.

–De acuerdo –dije.

El sobre no tenía sello, algo raro, ni estaba cerrado. Abrí la solapa y saqué tres fotografías. Eran todas de la misma familia, ambos de unos setenta años, que posaban en algún lugar de la costa. El hombre tenía una gorra de béisbol y una camiseta que decía WILL GOLF FOR FOOD. La mujer llevaba una cámara en el cinturón y zapatos cómodos. Estaban abrazados y parecían tremendamente felices: en la primera foto se les veía sonriendo, en la segunda riéndose y en la tercera besándose dulcemente, con los labios rozándose apenas. Como esas parejas que se ven en las vacaciones y que te piden por favor que les hagas una foto.

Todo eso estaba muy bien, pero ¿quiénes eran? ¿Y qué significaba aquello? Me levanté y miré fuera buscando el camión de UPS, pero ya se había ido. ¿Se supone que debía conocer a aquella gente o qué? Volví a mirar las fotos, pero la pareja me devolvió la mirada sonriente, inmersos en su momento tropical, sin ofrecerme ninguna explicación.

—Remy, cielo, ¿me traes un poco de agua fría? —gritó Lola desde el otro cuarto, y noté en su voz, alegre pero muy alta, que tendría que ser ahora mismo—. ¿Y el Neosporin del armarito que hay junto a la caja?

—Sí, ya voy —respondí igual de alegremente, mientras guardaba la fotos en el bolso.

Saqué el Neosporin, además de gasas y vendas, que por experiencias anteriores pensé que podríamos necesitar. Las emergencias capilares ocurrían todo el tiempo, y la verdad es que más valía estar preparadas.

Tres horas después, cuando el drama se calmó al fin y la cliente de Lola se marchó con la cabeza vendada, un cuantioso cheque regalo y una promesa por escrito de que tendría la depilación de las cejas gratis de por vida, pude cerrar la caja, coger el bolso y salir.

Por fin parecía verano. Mucho calor, totalmente húmedo, y un olor ahumado y pesado que lo envolvía todo, como a punto de hervir. Lola mantenía el salón helado, así que salir era como abandonar el frío polar. Siempre se me ponía la carne de gallina de camino al coche.

Entré, encendí el motor y puse el aire acondicionado a tope para que entrara en funcionamiento. Luego cogí el teléfono y comprobé los mensajes. Uno de Chloe, preguntando qué hacíamos esa noche. Otro de Lissa, diciendo que estaba bien, muy bien, pero con tono llorón, que ella sabía que ya empezaba a cansarme. Y por fin de mi hermano, Chris, recordándome que Jennifer Anne nos invitaba a cenar esa noche a las seis en punto, no llegues tarde.

Borré este último mensaje con algo de mosqueo. Yo no llegaba tarde nunca. Y él lo sabía. Una prueba más del lavado de cerebro de Jennifer Anne, quien, al contrario que mi hermano, no me conocía en absoluto. Vamos, si era yo la que lo sacaba de la cama todas las mañanas cuando se puso a trabajar en el Jiffy Lube. De no ser por mí, habría seguido durmiendo pese a los tres despertadores que colocaba en distintos sitios de su cuarto, y que lo obligaban a levantarse de la cama para pararlos. Yo me aseguraba de que no llegara tarde, de que no lo echaran, de que saliera de casa a las 8:35 como muy tarde por si había mucho tráfico en la calle principal, que siempre...

Mis pensamientos se vieron interrumpidos de repente por un golpe sordo, como si algo hubiera dado contra mi parabrisas. No muy fuerte, más bien como una palmada. Levanté la vista con el corazón acelerado, y vi otra foto de la pareja de ancianos de vacaciones. La misma camiseta, las mismas sonrisas arrugadas. Ahora me miraban desde la luna del coche, sujetas por una mano.

Y entonces lo supe. Qué ridículo que no se me hubiera ocurrido antes.

Apreté el botón de la ventanilla para bajarla. Y allí, junto a mi retrovisor, estaba Dexter. Quitó la mano del parabrisas y la foto se deslizó por la luna y quedó encajada bajo un limpiaparabrisas.

–Hola –saludó. Llevaba una camiseta blanca bajo un uniforme que reconocí: camisa de poliéster, verde con rebordes negros. Justo sobre el bolsillo delantero se leía en letras bordadas: FLASH CAMERA. Era el nombre de la tienda de revelado de fotos que estaba enfrente del salón de belleza.

–Me estás acosando –le dije.

–¿Qué? –respondió–. ¿No te han gustado las fotos?

–¿WILL GOLF FOR FOOD? No se puede ser más estúpido –dije metiendo la marcha atrás–. ¿Acaso significa eso algo?

–Músicos no, golfistas tampoco –dijo contando con los dedos–. ¿Qué nos queda? ¿Domadores de leones? ¿Contables?

Me lo quedé mirando y apreté el acelerador. Tuvo que apartarse de un salto para evitar que le aplastara el pie con la rueda.

–Espera –dijo, poniendo la mano en la ventanilla abierta–, en serio. ¿Me puedes llevar? –Debió de notar mi escepticismo, porque añadió rápidamente–: Tenemos reunión de grupo dentro de 15 minutos. Y hemos instaurado una nueva política, con lo que las repercusiones de llegar tarde son brutales. De verdad.

–Yo también llego tarde –respondí, lo cual era mentira, pero yo no era un maldito servicio de taxi.

–Por favor. –Se agachó y sus ojos quedaron a la altura de los míos. Luego levantó la otra mano mostrándome una bolsa de patatas fritas grasienta de Double Burger–. Compartiré contigo mis patatas fritas.

–No, gracias –dije, y apreté el botón para cerrar la ventanilla–. Además, tengo la norma de no admitir comida dentro de mi coche. Las consecuencias son brutales.

Sonrió y detuvo el cristal con la mano.

–Me portaré bien –aseguró–. Lo prometo.

Y empezó a rodear el coche por delante, como si le hubiera dicho que sí, cogiendo la foto del parabrisas y metiéndosela en el bolsillo trasero. Y casi sin darme cuenta un instante después se estaba sentando a mi lado, acomodándose y cerrando la puerta.

¿Qué pasaba con este tío? La resistencia era inútil. O tal vez estaba demasiado cansada y tenía demasiado calor para enzarzarme en otra discusión.

–Esta vez te llevo –le dije con voz severa–. Eso es todo. Y si me manchas el coche con algo de comida, te bajas. Con el coche en marcha.

–¡Ah, por favor! –exclamó, mientras se ponía el cinturón–, no hace falta que me mimes, de verdad. Sé dura conmigo. No te cortes.

No le hice caso y salí del centro comercial hacia la carretera. No llevábamos ni media manzana cuando le pillé comiéndose una patata. Se creía muy listo, la había escondido en el hueco de la mano, después fingió bostezar y se la metió en la boca. Pero yo era una profesional. Lissa siempre ponía a prueba mis límites.

–¿Qué te he dicho sobre la comida? –exclamé, pisando el freno en un semáforo en rojo.

–Tengo *hmbrge* –murmuró, y luego tragó–. Tengo hambre –repitió.

–No me importa. En este coche no se come. Punto. Intento mantenerlo limpio.

Se giró hacia el asiento de atrás, luego estudió el salpicadero y las alfombrillas.

–¿Limpio? –preguntó–. Si parece un museo. Todavía huele a nuevo.

–Exacto –dije, mientras cambiaban las luces.

–Toma esa calle a la izquierda –señaló, y cambié de carril tras echar un vistazo al retrovisor–. Seguro que eres una neurótica del orden.

–Pues no.

–Sí lo eres, se te nota. –Pasó los dedos por el salpicadero y luego se los miró–. No hay polvo –informó–. Y has limpiado el parabrisas por dentro, ¿a que sí?

–Últimamente no.

–¡Ja! –exclamó–. Me apuesto a que te pondrías de los nervios si algo no estuviera en su sitio.

–No –dije.

–Vamos a ver. –Metió la mano en la bolsa y sacó con cuidado una patata frita. Era larga y parecía de goma, se dobló cuando la sostuvo entre dos dedos–. Por puro interés científico –dijo, agitándola en mi dirección–, hagamos un pequeño experimento.

–No se come en el coche –repetí, como un mantra. Dios, ¿dónde demonios estaba su casa? Estábamos cerca del hotel donde se había celebrado la boda, no estaría muy lejos.

–A la izquierda –dijo, y doblé bruscamente en la calle, asustando a un par de ardillas, que se subieron a los árboles. Cuando me volví a mirarlo, tenía las manos vacías y la patata, ahora recta, estaba cerca de la palanca de cambios–. Que no cunda el pánico –dijo, poniéndome la mano en el brazo–. Respira. Y por un momento aprecia la libertad que encierra este caos.

Moví el brazo para librarme de su mano.

–¿Cuál es tu casa?

–No es un desorden en absoluto, ¿ves? Es precioso. Es la naturaleza en toda su simplicidad...

Y entonces la vi: la furgoneta blanca, mal aparcada en el patio delantero de una casita amarilla a unos treinta metros de nosotros. La luz del porche estaba encendida, a plena luz del día, y vi al batería pelirrojo, Ringo, empleado de la cafetería, sentado en los escalones de la entrada con un perro a su lado. Estaba leyendo el periódico; el perro jadeaba con la lengua fuera.

–... El estado natural de las cosas, que, de hecho, es la más absoluta imperfección –concluyó cuando nos detuvimos en el camino de entrada, haciendo volar la gravilla. La patata frita se resbaló, dejó un rastro de grasa como una babosa, y aterrizó en mi regazo.

–¡Uy! –exclamó, cogiéndola–. ¿Ves? Ha sido un gran primer paso en la superación de...

Lo miré y luego moví la mano para presionar el botón del cierre automático. El seguro de su puerta se elevó de un salto.

–... tu problema –terminó. Abrió la puerta y salió, lle-vándose consigo la bolsa grasienta. Luego se inclinó y coló la cabeza de nuevo en el coche, de forma que casi nos rozábamos la cara–. Gracias por traerme, de verdad.

–De nada –dije.

Durante un segundo no se movió, lo que me descon-certó: los dos solos, juntos, casi rozándonos la cara. El perro del porche se levantó de repente y bajó las escale-ras, moviendo la cola con entusiasmo al ver llegar a Dex-ter. Mientras tanto, empecé a darme cuenta de que el co-che apestaba a grasa, otro regalito. Bajé la ventanilla y confié en que el purificador de aire que colgaba del re-trovisor hiciese su trabajo.

–Por fin –soltó el batería, mientras doblaba el pe-riódico. Metí la marcha atrás y me aseguré de que Dex-ter estuviera de espaldas antes de pasar un dedo por la caja de cambios, por si había grasa. Mi pequeño se-creto.

–Todavía no son las seis –dijo Dexter, agachándose para acariciar al perro, que daba vueltas a su alrededor en círculos, golpeándole con la cola la parte posterior de los muslos. Tenía el hocico blanco y se movía con dificultad, como hacen los perros viejos.

–Ya, pero no tengo llaves –dijo el batería mientras se levantaba.

–Ni yo tampoco –contestó Dexter. Comencé a dar marcha atrás pero tuve que esperar para dejar pasar unos cuantos coches–. ¿Y la puerta trasera?

–Cerrada con llave. Además ya sabes que Ted colocó anoche una estantería con libros delante.

Dexter se metió las manos en los bolsillos y les dio la vuelta. Nada.

–Bueno, supongo que tendremos que romper una ventana.

–¿Qué? –exclamó el batería.

–Tranquilo –dijo Dexter, en ese tono relajado que yo ya conocía–. Buscaremos una pequeña, y tú puedes colarte por ella.

–De ninguna manera –contestó el batería, cruzándose de brazos mientras Dexter subía las escaleras para comprobar las ventanas de la parte delantera de la casa–. ¿Por qué me tocan siempre a mí todos los marrones?

–Porque eres pelirrojo –le dijo Dexter, y el batería hizo una mueca–, además, tus caderas son más estrechas.

–¿Qué?

Para entonces había dejado de esperar que el tráfico aminorase. En lugar de eso, contemplé cómo Dexter buscaba una piedra en el lateral de la casa, volvía y se agachaba delante de una ventana pequeña en el extremo del porche. Examinó primero la ventana y luego la piedra, preparando su técnica, con el perro sentado a su lado, lamiéndole la oreja. El batería estaba de pie detrás de él, todavía con expresión molesta, y las manos en los bolsillos.

Será por mi tendencia a controlarlo todo, pero no soportar verlo. Por eso retrocedí por el camino, salí del coche, y subí los escalones justo cuando Dexter echaba el brazo hacia atrás con la piedra en la mano, listo para romper la ventana.

–A la de una –contaba–, a la de dos...

–Espera –grité, y se detuvo. La piedra se le cayó de la mano con un golpe seco. El perro dio una salto hacia atrás, asustado, con un gemido.

–Creía que te habías marchado –me dijo Dexter–. No has podido, ¿verdad?

–¿Tienes una tarjeta de crédito? –le pregunté.

El batería y él se cruzaron una mirada. Luego Dexter dijo:

–¿Tengo pinta de tener tarjeta de crédito? ¿Y qué quieres comprar, exactamente?

–Es para abrir la puerta, idiota –contesté metiéndome la mano en el bolsillo. Pero me había dejado la cartera en algún lugar del bolso, en el asiento trasero del coche.

–Yo tengo una –dijo el batería lentamente–, pero solo puedo usarla en caso de emergencia.

Lo miramos y Dexter se acercó y le dio un manotazo en la coronilla, al estilo del Gordo y el Flaco.

–John Miller, eres un pringado. Dásela.

John Miller, su verdadero nombre, aunque para mí siguiera siendo Ringo, me pasó una Visa. Abrí la mosquitera, cogí la tarjeta y la deslicé entre la cerradura y la jamba de la puerta, moviéndola hacia los lados. Los notaba a ambos detrás, observándome.

Todas las puertas son distintas y el peso de la cerradura y el grosor de la tarjeta son factores importantes. La habilidad, como para realizar un lanzamiento perfecto con una Zip *light* extra grande, se adquiría con tiempo y con mucha práctica. Nunca lo había hecho para entrar en casas ajenas, sino en mi propia casa, o en la de Jess, cuando se nos perdían las llaves. Mi hermano, que en ocasiones había usado ese truco para sus gamberradas, me lo enseñó a los catorce años.

Un poco a la izquierda, luego a la derecha, y sentí que el cierre cedía. ¡Bingo! Estábamos dentro. Le devolví la tarjeta a John Miller.

–Impresionante –me felicitó, sonriéndome como hacen los tíos cuando los sorprendes–. ¿Cómo te llamabas?

–Remy –contesté.

–Está conmigo –explicó Dexter. Yo suspiré al oírlo y me marché del porche, con el perro detrás. Me agaché a acariciarlo y le rasqué las orejas. Tenía los ojos blanquecinos y un aliento horrible, pero siempre me habían gustado los perros. A mi madre le gustaban los gatos, claro. Las únicas mascotas que había tenido eran una sucesión de gatos del Himalaya, grandes y peludos, con diversos problemas de salud y temperamentos odiosos, que adoraban a mi madre y dejaban pelo por todas partes.

–Se llama Mono –dijo Dexter–. Él y yo somos inseparables, un paquete.

–Pobre Mono –contesté, me levanté y me dirigí a mi coche.

–Eres un bicho malo, señorita Remy –dijo–. Pero ahora estás intrigada. Volverás.

–No cuentes con ello.

Él no replicó y se quedó allí quieto, apoyado en un poste del porche mientras yo me alejaba con el coche por el camino. Mono estaba sentado a su lado y juntos me observaron alejarme.

CAPÍTULO 6

Chris abrió la puerta del piso de Jennifer Anne. Llevaba corbata.

–Llegas tarde –soltó secamente.

Miré el reloj. Eran las 6:03, lo cual, según Chloe y Lissa y todos los demás que me hacían esperar a mí, quería decir que estaba dentro de los límites de la regla oficial «hasta los cinco minutos no se considera tarde». Pero algo me dijo que tal vez lo mejor sería no mencionarlo ahora.

–¡Ya ha llegado! –avisó Chris por encima del hombro, y me lanzó una mirada asesina cuando pasé junto a él. Cerró la puerta a mi espalda.

–Ahora mismo salgo –dijo Jennifer Anne, en tono ligero–. Ofrécele algo de beber, ¿vale, Chris?

–Pasa.

Chris se dirigió al salón. Los zapatos sonaban quedamente sobre la alfombra mullida. Era la primera vez que entraba en su casa, pero no me sorprendió la decoración. El sofá y el sillón estaban algo desgastados y hacían juego con el reborde del papel pintado. En la pared colgaba su diploma de la escuela universitaria, con un pesado marco dorado. Y la mesita de café estaba ocupada por gruesos libros sobre Provenza, París y Venecia, lugares que no había visitado, colocados con gran esmero para que pareciera que se habían dejado allí de forma casual.

Me senté en el sillón y Chris me trajo un *ginger ale*, que sabía que odiaba pero pensó que me merecía. Se sentó también. Frente a nosotros, sobre la falsa chimenea, el reloj hacía tictac.

–No sabía que iba a ser una ocasión formal –observé, señalando su corbata.

–Ya lo veo –respondió.

Bajé la vista: llevaba vaqueros, una camiseta blanca y un jersey atado a la cintura. Iba bien, y él lo sabía. Se oyó un ruido desde la cocina, que pareció un horno al cerrarse, se abrió la puerta y apareció Jennifer Anne, alisándose la falda.

–Remy –me saludó, acercándose para darme un beso en la mejilla. Aquello era nuevo. Estuve a punto de echarme hacia atrás, más que nada por la sorpresa, pero me quedé quieta. No quería arriesgarme a recibir otra mirada asesina de mi hermano. Jennifer Anne se sentó en el sofá a su lado y cruzó las piernas.

–Me alegra muchísimo que hayas podido venir. ¿Brie?

–¿Perdón?

–Brie –repitió, mientras levantaba una bandejita de cristal de la mesita supletoria y me la acercaba–. Es un queso blando, de Francia.

–Ah, claro –dije. No la había oído bien, pero ahora parecía muy contenta, como si realmente creyera que había aportado algo de cultura extranjera a mi vida–. Gracias.

No tuvimos la oportunidad de ver si la conversación progresaba naturalmente. Era evidente que Jennifer Anne había preparado una lista de temas que había sacado del periódico o el telediario. Pensaría que nos permitiría conversar aceptablemente. Aquello debía de ser una táctica empresarial que habría aprendido en uno de sus libros de autoayuda, ninguno de los cuales, observé, ocupaba las estanterías del salón para su exhibición pública.

–Bueno –comenzó después de comer un par de galletitas–, ¿y qué te parece lo que está ocurriendo en las elecciones europeas, Remy?

Estaba dando un sorbo de mi *ginger ale*, menos mal. Pero al final tuve que contestar.

–La verdad es que últimamente no he seguido mucho las noticias.

–Oh, es fascinante –comentó–. Christopher y yo estábamos justo discutiendo cómo el resultado podría afectar a la economía global. ¿Verdad, cariño?

Mi hermano tragó la galletita que estaba masticando, se aclaró la garganta y asintió:

–Sí.

Y así seguimos. En los siguientes quince minutos, tuvimos conversaciones igual de fascinantes sobre la ingeniería genética, el calentamiento global, la posibilidad de que los libros quedaran completamente obsoletos dentro de unos años por culpa de los ordenadores y la llegada al zoo de una familia de pájaros australianos exóticos, casi extinguidos. Para cuando nos sentamos a cenar, me sentía agotada.

–Excelente el pollo, cielo –dijo mi hermano cuando empezamos a comer.

Jennifer Anne había preparado una receta de aspecto complicado con pechugas de pollo rellenas de batata y cubiertas de una capa de verduras glaseadas. Se veían perfectas, pero era el tipo de plato en el que se nota que alguien ha tenido que estar toqueteando tu comida mucho rato para hacerlo bien, con los dedos metidos en todo lo que ahora tenías que introducirte en la boca.

–Gracias –contestó Jennifer, dándole una palmadita en la mano–. ¿Más arroz?

–Sí, por favor.

Chris le sonrió mientras ella servía la comida y me di cuenta, no por primera vez, de que apenas reconocía a mi hermano. Estaba allí sentado como si fuera eso a lo que estaba acostumbrado, como si lo único que conociera fueran las cenas con corbata y que alguien le preparase comidas exóticas en lo que claramente se trataba de la vajilla de los domingos. Pero yo sabía la verdad. Habíamos compartido la infancia, nos había criado la misma mujer, cuya idea de una comida casera era un plato de pasta precocinada, con unas galletas y una lata de guisantes con zanahorias. Mi madre era incapaz de hacer una tostada sin que saltara el detector de humos. Era increíble que hubiéramos llegado a secundaria sin padecer escorbuto. Pero ahora nadie lo diría. La transformación de Chris, mi hermano porrero con ficha policial, en Christopher, hombre de cultura, que planchaba y tenía una carrera como especialista en lubricación era casi total. Solo había un par de cositas que limar, como los lagartos. Y yo.

–Tu madre y Don vuelven el viernes, ¿no? –me preguntó Jennifer Anne.

–Sí –respondí, asintiendo con la cabeza. Y tal vez fueran aquellos cilindros de pollo tan meticulosamente enrollados, o la falsedad de toda la cena, pero algo estimuló mi lado maligno. Me volví hacia Chris y observé–: Todavía no la hemos hecho, ya sabes.

Se me quedó mirando con la boca llena de arroz. Luego tragó y soltó:

–¿El qué?

–La apuesta.

Esperaba que lo hubiera pillado, pero o no lo pilló o fingió no entenderlo.

–¿Qué apuesta? –preguntó Jennifer Anne, permitiendo gentilmente aquella divergencia de su guión en la conversación durante la cena.

–No es nada –murmuró Chris. Estaba intentando darme una patada por debajo de la mesa, pero en lugar de eso le dio a una pata, haciendo vibrar el plato de la mantequilla de Jennifer Anne.

–Hace años –le conté a Jennifer Anne, mientras él daba otra patada que apenas me rozó la suela del zapato–, cuando mi madre se casó por segunda vez, Chris y yo empezamos con la tradición de apostar cuánto duraría el matrimonio.

–Este pan es excelente –dijo Chris rápidamente–. Buenísimo.

–Chris tenía diez años, yo tendría unos seis –continué–. Eso fue cuando se casó con Harold, el profesor. El día que se marcharon de luna de miel, nos sentamos con papel y lápiz para calcular cuánto pensábamos que durarían. Y luego doblamos nuestros papeles y los metimos en un sobre, que mantuvimos cerrado hasta el día en que mi madre nos sentó para decirnos que Harold se iba de casa.

–Remy –me suplicó Chris en voz baja–, no tiene gracia.

–Solo está enfadado –le expliqué– porque todavía no ha ganado nunca. Siempre gano yo. Porque es como el *blackjack*: no vale pasarse. El que se acerque más a la fecha real, gana. Y con los años hemos tenido que establecer muy bien las normas. Por ejemplo, lo que cuenta es el día en que nos lo comunica, no la fecha oficial de la separación: tuvimos que aclararlo porque Chris intentó hacer trampa cuando se separó de Martin.

Chris me miraba fijamente, sin hablar. Tenía mal perder.

–Bueno, pues yo creo –intervino Jennifer Anne, elevando la voz–, que eso es horrible. Simplemente horrible. –Dejó el tenedor con cuidado y se llevó la servilleta a los labios, cerrando los ojos–. Qué manera tan horrible de ver el matrimonio.

–No éramos más que niños –se justificó Chris, pasándole el brazo por los hombros.

–Es a lo que me refería –dije yo, encogiéndome de hombros–, es como una tradición familiar.

Jennifer Anne echó su silla hacia atrás y cogió el plato del pollo.

–Yo creo que tu madre se merece algo mejor –me soltó–, que la poca fe que tienes en ella.

Y se marchó a la cocina. La puerta se cerró tras ella.

Chris se inclinó sobre la mesa tan rápido que ni siquiera me dio tiempo a dejar el tenedor: estuvo a punto de clavárselo él mismo en el ojo.

–¿Qué demonios estás haciendo? –preguntó–. ¿Qué coño te pasa, Remy?

–Madre mía, Christopher –exclamé–. Menudo lenguaje. Será mejor que no te oiga, o te castigará a quedarte después de clase y escribir una redacción sobre los piqueros camanay australianos.

Volvió a sentarse en su silla, al menos se me quitó de encima.

–Mira –dijo, escupiendo las palabras–, yo no puedo hacer nada si eres una tía amargada y rabiosa. Pero quiero a Jennifer Anne y no voy a dejar que la enredes a ella en tus jueguecitos. ¿Me entiendes?

Me lo quedé mirando.

–¿Me entiendes o no? –saltó–. Porque Remy, maldita sea, a veces consigues que sea muy difícil quererte. ¿Sabes? Muy difícil.

Y se levantó de la silla, tiró la servilleta y empujó la puerta entrando en la cocina.

Me quedé sentada. Me sentí como si me hubieran dado una bofetada: incluso sentía la cara roja y caliente. Solo le había estado tomando el pelo un poco y mira cómo se había puesto. Durante todos estos años Chris era el único que compartía mi idea enfermiza y cínica sobre el amor. Siempre nos decíamos que nunca nos casaríamos, de ninguna manera, antes la muerte. Pero ahora le había dado la espalda a todo. Menudo campeón.

Los oía hablar en la cocina. La voz de ella, baja y trémula, y la de él, tranquilizadora. La comida se había quedado fría en el plato, igual que mi durísimo corazón. Se podría pensar que me sentía también frágil, al ser una tía amargada y rabiosa. Pero no. No sentía nada, en realidad, solo que el círculo que siempre había mantenido pequeño ahora se había reducido aún más. Tal vez a Chris se le pudiera salvar tan fácilmente. Pero no a mí. A mí nunca.

Después de discutir en susurros en la cocina, se negoció una paz incómoda. Le ofrecí mis disculpas a Jennifer Anne, intentando que sonaran sinceras, y antes de poder marcharme tuve que soportar varios temas de conversación mientras tomábamos *soufflé* de chocolate. Chris seguía sin hablarme y ni siquiera intentó disimular el portazo que dio cuando me marché. En realidad no debería haberme sorprendido que se hubiera rendido tan fácilmente al amor. Por eso perdía siempre todas nuestras apuestas sobre los matrimonios de mamá; siempre se pasaba en sus estimaciones, por mucho, la última vez seis meses enteros.

Me subí al coche y lo puse en marcha. Me deprimía la idea de ir a casa, yo sola, así que crucé la ciudad hacia el barrio de Lissa. Me detuve delante de su casa, apagué las luces y dejé el motor en marcha junto al buzón. Por la ventana se veía el comedor, donde estaba cenando con sus padres. Pensé en acercarme y llamar a la puerta, pues la madre de Lissa siempre me ofrecía una silla y un plato en la mesa, pero no tenía ganas de conversación paterna sobre la universidad o el futuro. De hecho, me sentía de humor para reincidir un poco. Así que fui a casa de Chloe.

Me abrió la puerta con una cuchara de madera en la mano y el ceño fruncido.

–Mi madre llegará dentro de cuarenta y cinco minutos –me informó, con la puerta abierta para dejarme pasar–. Puedes quedarte treinta, ¿de acuerdo?

Asentí con la cabeza. La madre de Chloe, Natasha, tenía normas estrictas contra invitados espontáneos, por lo que desde que conocía a Chloe el tiempo que podíamos pasar en su casa estaba limitado. Al parecer a su madre no le gustaba mucho la gente. Pensé que aquella era una pésima razón para haberse hecho azafata, o bien una reacción natural a su profesión. De una forma u otra, casi nunca la veíamos.

–¿Qué tal la cena? –me preguntó por encima del hombro mientras la seguía a la cocina, donde se oía algo chisporroteando en el fuego.

–Nada de particular –le dije. No es que estuviera mintiendo, pero no tenía ganas de hablar de ello–. ¿Me das un par de botellitas?

Se dio la vuelta mientras removía algo en la sartén. Parecía marisco.

–¿Para eso has venido?

–En parte.

Así era Chloe: con ella podía ser siempre sincera. De hecho, lo prefería. Era igual que yo, no de las que se andan con tonterías. Levantó los ojos al techo.

–Sírvete tú misma.

Acerqué una banqueta y me subí para abrir el armario. Ah, la mina de oro. La estantería estaba llena de botellitas que su madre había sustraído del carrito de las bebidas, dispuestas por tamaño y categoría: los licores transparentes a la izquierda, el *brandy* de postre a la derecha. Cogí dos Bacardi de la parte de atrás, recoloqué las hileras y esperé la aprobación de Chloe. Ella asintió y me pasó un vaso de coca-cola, donde vertí el contenido de las dos botellitas y los mezclé con cubitos de hielo. Di un sorbo. Estaba fuerte y me quemó al tragarlo. Sentí una punzada extraña, como si supiera que aquella no era forma de reaccionar a lo que había ocurrido en casa de Jennifer Anne. Pero enseguida se me pasó. Eso era lo malo, que siempre se me pasaba.

–¿Quieres un trago? –le pregunté a Chloe, levantando el vaso–. Está bueno.

Ella negó con la cabeza.

–Sí –dijo, mientras ajustaba la llama bajo la sartén–, justo lo que necesito, que al llegar se encuentre con la primera factura de la universidad y a mí oliendo a ron.

–¿De dónde viene esta vez?

–De Zúrich, creo. –Se inclinó sobre la sartén y olisqueó–. Con escala en Londres. O Milán.

Di otro trago de mi copa.

–Entonces –añadí tras unos segundos de silencio–, soy una tipa amargada y rabiosa, ¿no?

–Sí –respondió, sin volverse.

Asentí. Punto demostrado. O eso suponía. Hice dibujos con el cerco de humedad que el vaso había dejado sobre la encimera negra, estirando los bordes.

–Y sacas este tema –dijo Chloe, volviéndose hacia mí y apoyándose contra la cocina– porque...

–Porque –continué– Chris de repente cree en el amor y yo no y, por lo tanto, soy una persona horrible.

Lo pensó un poco.

–No del todo horrible –reconoció–, tienes algunas cosas buenas.

Esperé, arqueando las cejas.

–Por ejemplo –prosiguió–, tu ropa está muy bien.

–Vete a la mierda –le dije, y se echó a reír, cubriéndose la boca con la mano, así que yo también me reí. En realidad no sabía qué esperaba. Yo le habría dicho lo mismo a ella.

Cuando me marché no me dejó conducir. Cambió mi coche de sitio, para que su madre no se enfadara al verlo frente a la casa, y me llevó a Bendo, donde tuve que jurar que solo me tomaría una cerveza y luego llamaría a Jess para que viniera a buscarme. Entré, me tomé dos cervezas y decidí no molestar a Jess todavía. En lugar de eso me senté en la barra, donde tenía una buena vista de la sala, y decidí enfurruñarme un rato.

No sé cuánto tiempo pasó hasta que la vi. En un momento estaba discutiendo con el camarero, un tipo alto y desgarbado llamado Nathan, sobre guitarristas de *rock* clásico, y al siguiente volví la cabeza y la vi de reojo en el espejo, detrás de la barra. Tenía el pelo aplastado y la cara un poco sudorosa. Parecía borracha, pero la hubiera reconocido en cualquier parte. A todos los demás les gustaba pensar que había desaparecido para siempre.

Me sequé la cara, me pasé los dedos por el pelo, intentando darles un poco de vida. Ella me devolvió la mirada, sabiendo tan bien como yo que aquello no eran más que triquiñuelas. Detrás de ella, la multitud se iba agolpando y notaba a la gente que se apretaba contra mí, empujándome para pedir sus bebidas. ¿Y lo peor? Pues que, en cierta manera, casi me alegraba de verla. A mi peor yo, en carne y hueso. Mirándome en la penumbra, retándome a llamarla por un nombre distinto al mío.

La verdad es que antes era peor. Mucho peor.

Ahora casi nunca bebía tanto. Ni fumaba porros. Ni me iba con tíos casi desconocidos a un rincón oscuro, o a un coche oscuro o a un cuarto oscuro. Era extraño, porque nunca ocurría a la luz del día, cuando realmente se distingue la topografía de la cara de la gente, las líneas y los granos, las cicatrices. En la oscuridad todos parecen iguales, se desdibujan los contornos. Cuando pienso en mí en aquella época, en cómo era hace dos años, me siento como una herida en un mal sitio, que se vuelve a golpear una y otra vez contra esquinas o bordes. Incapaz de sanar.

El problema no era el alcohol ni el tabaco. Era lo otro, lo más difícil de admitir en voz alta. Las chicas buenas no hacían lo que yo hacía. Las chicas buenas esperaban. Pero incluso antes de que ocurriera, nunca me consideré una niña buena.

Fue en el segundo año de instituto. El vecino de Lissa, Albert, uno de último curso, daba una fiesta. Los padres de Lissa habían salido de viaje y nos quedamos todas a dormir en su casa. Abrimos su mueble bar y mezclamos todo lo que encontramos con coca-cola *light*: ron, vodka, licor de menta. Hasta el día de hoy soy incapaz de tomar licor de cerezas, ni siquiera en las tartas que tanto le gustan a mi madre. Con solo olerlas me dan ganas de vomitar.

Nunca nos habrían invitado a la fiesta de Albert por ser de segundo, y no éramos lo bastante valientes para intentar colarnos. Pero salimos al porche trasero de Lissa con nuestras coca-colas cargadas con alcohol y cigarrillos que le habíamos robado a la abuela de Chloe, que los fumaba mentolados. (Y que también me dan arcadas, hasta el día de hoy.) Un tipo que ya estaba borracho y arrastraba las palabras, nos indicó con la mano que pasáramos. Después de conferenciar entre susurros, con Lissa diciendo que no podíamos y Chloe y yo convenciéndola, fuimos.

Fue la primera noche que me emborraché de verdad. Comenzó mal, con el licor de cerezas, y una hora después me encontré caminando por el salón de Albert, agarrándome a un sillón para no caerme. Todo me daba vueltas. Vi a Lissa, Chloe y Jess sentadas en el sofá, donde una chica les estaba enseñando un juego con monedas. La música estaba muy alta y alguien había roto un jarrón en la entrada. Era azul y los pedazos seguían esparcidos por todas partes, sobre la alfombra color lima. Recuerdo haber pensando, en mi estado de confusión, que parecían cristales de la playa.

Fue un amigo de Albert, un chico mayor muy popular, con el que me topé en las escaleras. Llevaba toda la noche tonteando conmigo, sentándome sobre sus rodillas cuando jugábamos a las cartas y me gustaba, me sentía orgullosa, como si demostrara que no era una novata estúpida. Cuando dijo que podríamos hablar un rato, a solas, yo ya sabía adónde íbamos y para qué. Incluso entonces, no era nuevo para mí.

Fuimos al dormitorio de Albert y empezamos a besarnos en la oscuridad, mientras él buscaba a tientas el interruptor de la luz. Cuando lo encontró, pude distinguir un póster de Pink Floyd, montones de CD, Elle McPherson en la pared, con la palabra diciembre debajo. Me llevó hacia atrás, hacia la cama, y enseguida estábamos tumbados, todo muy rápido.

Siempre había hecho gala de llevar la voz cantante. Tenía mis movimientos patentados, los empujones y una forma disimulada de retorcerme que utilizaba con facilidad para frenar las cosas. Pero esta vez no estaba funcionando. Cada vez que apartaba una de sus manos, la otra parecía estar ya encima de mí, y sentía que la fuerza se me escurría y se escapaba por los pies. Estaba tan borracha que había perdido el equilibrio completamente, y eso no ayudaba. Durante un rato me sentí muy bien.

Dios. Cuando intento acordarme, el resto me viene a rachas, siempre con algunos detalles muy nítidos: lo rápido que estaba ocurriendo todo, cómo parecía estar viviendo la experiencia intermitentemente, un segundo muy vívido, el siguiente olvidado. Él estaba sobre mí, todo me daba vueltas y lo único que podía sentir era su peso, un gran peso, empujándome hacia atrás, hasta que me sentí como Alicia, succionada hacia el interior de la madriguera del conejo. No fue como habría querido que fuese mi primera vez.

Cuando terminó, le dije que me encontraba mal y fui corriendo al baño. Deslicé el pestillo con manos temblorosas, al principio incapaz de realizar ni la más simple operación. Luego me agarré al lavabo, jadeante: mi propia respiración volvía rebotando contra mi cara, amplificada, haciendo que me vibraran los oídos. Cuando levanté la cabeza y me miré en el espejo, fue su rostro el que vi. Borracha. Pálida. Fácil. Y asustada, insegura, todavía con la respiración entrecortada cuando me miró, preguntándose qué había hecho.

–No. –El camarero negó con la cabeza y dejó una taza de café delante de mí–. Para ti ya no hay más.

Me sequé la cara con la mano y miré al tipo que estaba a mi lado, encogiéndome de hombros.

–Estoy bien –aseguré, arrastrando las palabras, tal vez–. Solo he tomado un par de copas.

–Ya lo sé. Este tío no tiene ni idea.

Llevábamos como una hora hablando y esto es lo que sabía: se llamaba Sherman, estudiaba primero en alguna universidad de Minnesota de la que nunca había oído hablar, y en los últimos diez minutos había ido deslizando su pierna cada vez más cerca de la mía, fingiendo que la gente lo empujaba. Ahora sacó un cigarrillo de un paquete y me lo ofreció. Negué con la cabeza y lo encendió; se tragó el humo y lo expulsó en vertical.

–Bueno, una chica como tú debe de tener novio.

–No –contesté yo mientras daba vueltas al café con la cucharilla.

–No te creo –dijo, tomando su copa–. ¿Me estás mintiendo?

Suspiré. Toda la escena era como el típico guión de «cómo hablar con una chica en un bar», y yo solo interpretaba mi papel porque no estaba segura de poder levantarme de la banqueta sin caerme. Al menos Jess estaba en camino. La había llamado. ¿O no?

–Es la verdad –insistí–. Es que soy una gilipollas.

Pareció sorprendido al oír esto, pero no necesariamente de forma desagradable. De hecho, pareció intrigado, como si le acabase de confesar que llevaba ropa interior de cuero o que era contorsionista.

–A ver, ¿quién te ha dicho eso?

–Todo el mundo –dije.

–Pues yo tengo algo para animarte –propuso.

–Seguro que sí.

–No, en serio. –Arqueó las cejas y con un gesto hizo ver que llevaba un porro entre dos dedos–. Fuera, en el coche. Ven conmigo y te lo enseño.

Meneé la cabeza. Como si fuera tan estúpida. Ya no.

–No. Estoy esperando a que vengan a recogerme.

Se acercó más: olía a loción para después del afeitado, algo fuerte.

–Ya me encargaré yo de que llegues a casa. Vamos.

Me puso la mano en el brazo, enroscando los dedos en el codo.

–Suéltame –protesté, intentando liberarme.

–No seas así –dijo, casi afectuosamente.

–Lo digo en serio –insistí, dando un tirón más fuerte. No me soltó–. Suéltame.

–Oh, venga, Emmy –insistió, y terminó su copa. Ni siquiera era capaz de decir bien mi maldito nombre–. Que no muerdo.

Entonces empezó a tirar de mí para bajarme de la banqueta, cosa que normalmente le habría puesto más difícil, pero en esos momentos no encontraba mi equilibrio. Antes de darme cuenta estaba de pie y me iba llevando a tirones entre la gente.

–¡He dicho que me sueltes, pedazo de cabrón!

Solté el brazo de un tirón y se me fue hacia arriba, dándole en toda la cara, lo que le hizo trastabillar hacia atrás ligeramente. La gente nos miraba, de esa forma «ligeramente interesada hasta que la música vuelva a sonar». ¿Cómo había dejado que pasara aquello? ¿Un comentario desagradable de Chris y me convierto en basura de bar, peleándome en público con un tío llamado Sherman? Noté cómo la vergüenza me invadía y me ponía colorada. Todos me miraban.

–A ver, a ver, ¿qué pasa aquí?

Era Adrian, el portero, que como siempre llegaba tarde a la verdadera bronca, pero siempre estaba dispuesto a mostrar su poder.

–Estábamos hablando en la barra y cuando íbamos a salir le da un ataque –explicó Sherman, levantándose el cuello de la camisa–. Loca de mierda. Me ha pegado.

Yo estaba callada, frotándome el brazo y odiándome. Sabía que, si me giraba, volvería a ver a esa chica, tan débil y hecha polvo. Hubiera ido con él al aparcamiento sin problemas. Después de aquella noche en la fiesta, se había ganado esa reputación. La odiaba por ello. Tanto que sentí un nudo en la garganta, que me obligué a deshacer porque yo era mejor que eso, mucho mejor. Yo no era Lissa: no llevaba mi dolor a la vista de todos. Yo lo escondía mejor que nadie. Es verdad.

–Dios, se me está hinchando –gimoteó Sherman, frotándose el ojo.

Qué mierdecilla de tío. Si le hubiera pegado a propósito, bueno, eso habría sido otra cosa. Pero había sido una accidente. Ni siquiera usé toda la fuerza del brazo.

—¿Quieres que llame a la policía? –preguntó Adrian.

De repente tuve tanto calor que sentí que la camisa se me pegaba a la espalda por el sudor. La sala se inclinó un poco y cerré los ojos.

—Jo, tío –oí decir a alguien, y de repente una mano cogió la mía y le dio un ligero apretón–. ¡Aquí estás! Solo llego quince minutos tarde, cariño, no hay por qué armar jaleo.

Abrí los ojos y vi a Dexter a mi lado. De mi mano. La habría retirado de un tirón, pero la verdad es que lo pensé mejor, después de lo que acababa de pasar.

—Esto no es asunto tuyo –le dijo Adrian.

—Pero es culpa mía –contestó Dexter a su modo, rápido y alegre, como si fuésemos todos amigos que nos acabásemos de encontrar en una esquina–. En serio. Mira, llego tarde. Y eso pone a mi palomita de un humor de perros.

—Dios mío –murmuré.

—¿Palomita? –repitió Sherman.

—Le ha zurrado –le contó Adrian a Dexter–. Es posible que tenga que llamar a la poli.

Dexter me miró a mí, luego a Sherman.

—¿Te ha pegado ella?

Ahora Sherman no parecía tan seguro, y se tironeaba del cuello mirando alrededor.

—Bueno, no exactamente.

—¡Cariño! –Dexter me miró–. ¿En serio le has dado? Pero si eres una cosita de nada.

—Cuidadito –murmuré.

—¿Quieres que te arresten? –dijo él también en un murmullo. Y luego, con su tono jovial, añadió–: Hombre, la he visto enfadada otras veces, pero ¿pegarle a alguien? ¿Mi Remy? Si ni siquiera pesa cuarenta kilos, mojada.

–O llamo a la policía o no la llamo –declaró Adrian–. Pero tengo que volver a la puerta.

–Déjalo –le dijo Sherman–. Me voy.

Y se escabulló avergonzado, pero no antes de que notara que era verdad, el ojo se le estaba hinchando. Un mierdecilla.

–Tú –me ordenó Adrian señalándome–. A casa. Ahora mismo.

–Hecho –aseguró Dexter–. Y muchas gracias por su forma tan cordial y profesional de manejar la situación.

Dejamos allí a Adrian, preguntándose si le habían insultado. En cuanto salimos, solté la mano de un tirón de la de Dexter y comencé a bajar las escaleras hacia la cabina.

–¿Qué? ¿No me das las gracias? –me preguntó.

–Puedo cuidarme sola –le contesté–. No soy una mujercita débil que necesita que la salven.

–Está claro que no –convino–. Casi te arrestan por agresión.

Seguí andando.

–Y –continuó, adelantándome y caminando de espaldas, de forma que no tuve más remedio que mirarlo–. Te he salvado el pellejo. Así que tú, Remy, deberías mostrarte más agradecida. ¿Estás borracha?

–No –solté, aunque es posible que me tropezara con algo–. Estoy bien. Solo quiero llamar para que vengan a buscarme e irme a casa, ¿vale? He tenido una noche horrible.

Volvió a caminar a mi lado y se metió las manos en los bolsillos.

–¿En serio?

–Sí.

Estábamos en la cabina telefónica. Me metí las manos en los bolsillos: no tenía cambio. Y de repente me vino todo de golpe: la discusión con Chris, la pelea en el bar, mi propia autocompasión y, al final de todo esto, todo el alcohol que había consumido en las últimas horas. Me dolía la cabeza, me moría de sed y ahora estaba colgada. Me llevé la mano a los ojos y respiré hondo unas cuantas veces para recuperarme.

No llores, por Dios, me dije. Tú no eres así. Ya no. Respira.

Pero no estaba funcionando. Esta noche nada funcionaba.

–Venga –me dijo en voz baja–. Cuéntame qué te pasa.

–No –sorbí y odié mi voz. Débil–. Vete.

–Remy –contestó–. Cuéntamelo.

Meneé la cabeza. ¿Cómo sabía que esto sería distinto? La historia podría haber sido la misma, fácilmente: yo borracha, en un lugar desierto. Alguien que me ofrecía una mano amistosa. Había ocurrido otras veces. ¿Quién podría culparme por tener un corazón frío y duro?

Y al pensar en eso me puse a llorar. Me eché a llorar, enfadada conmigo misma, pero sin poder parar. Solo me permitía ser tan débil en casa, dentro de mi armario, mirando a las estrellas mientras escuchaba la voz de mi padre. Y deseaba tanto que estuviera conmigo para salvarme, aunque sabía que era una tontería pues ni siquiera me conocía. Y él mismo lo había dicho, en la canción: me había decepcionado. Pero aun así.

–Remy –dijo Dexter en voz baja. No me tocaba, pero su voz estaba muy cerca, y era muy dulce–. No pasa nada. No llores.

Más tarde me llevó un minuto recordar cómo había ocurrido exactamente. Si fui yo la que me volví y avancé hasta él, o fue él. Solo supe que no nos habíamos encontrado a mitad de camino. Era una distancia corta, en realidad, no merecía la pena discutir por ello. Y a lo mejor no importaba tanto si fue él o fui yo quien dio el primer paso. Lo único que sé es que él estaba allí.

CAPÍTULO 7

Me levanté con la boca seca, el corazón acelerado y música de guitarra procedente de las puertas, al otro lado del cuarto. Estaba oscuro, pero un rayo de luz se estiraba hasta mí, atravesando los pies de una cama en la que, aparentemente, había dormido hasta entonces.

Me incorporé rápidamente y la cabeza me dio vueltas. Dios. Aquello me resultaba familiar. No el lugar, sino esta sensación: despertarme en una cama desconocida, completamente confundida. En momentos como este, me alegraba de que no hubiera testigos de la absoluta vergüenza que me invadía al comprobar que sí, todavía tenía puestos los pantalones y sí, todavía llevaba sujetador y, bueno, no había pasado nada grave porque, bueno, las chicas sabemos esas cosas.

Joder. Cerré los ojos y respiré hondo.

A ver, venga, me dije, piensa un segundo. Miré alrededor en busca de detalles que pudieran aclarar qué había ocurrido exactamente desde lo único que recordaba: Dexter y yo en la cabina de teléfonos. A mi izquierda había una ventana y en el alféizar se veía lo que parecía una hilera de bolas de cristal con nieve. Al otro lado de la habitación había una silla cubierta de ropa y junto a la puerta se apilaban varios montones de CD. Por último, a los pies de la cama, se encontraban amontonados mis sandalias, el jersey que llevaba a la cintura, mi dinero y el carné de identidad. ¿Los había puesto yo ahí? De ninguna manera. Ni borracha. Los habría doblado. Vamos, por favor.

De repente oí reír a alguien y unos cuantos acordes de guitarra, que sonaban suavemente.

–*Me diste una patata* –cantó alguien, mientras se oía otra carcajada–, *pero yo quería una pera... Te pedí amor... Y tú dijiste...* Eh, un momento, ¿es ese mi queso fresco?

–Tengo hambre –protestó alguien–. Y lo único que hay es esto y una salsa.

–Pues cómete la salsa –dijo otra voz–. El queso no se toca.

–¿Qué te pasa, tío?

–Son las normas de la casa, John Miller. El que no compra comida, no come. Punto.

La puerta de la nevera se cerró de golpe y tras un momento de silencio la guitarra volvió a sonar.

–Es un crío –afirmó alguien.

–A ver. ¿Dónde estábamos?

–Pera. –Esta vez reconocí la voz. Era Dexter.

–Pera –repitió la otra voz–. A ver...

–*Te pedí amor* –cantó Dexter–...*Y tú dijiste...* ¡¡espera!!

Retiré las mantas que me cubrían, salí de la cama y me puse las sandalias. Por alguna razón eso me hizo sentir mejor, con mayor control. Luego me metí el carné en el bolsillo, me puse el jersey y me senté a pensar.

Lo primero: la hora. No tenía reloj pero me pareció ver un cable de teléfono enrollado que sobresalía por debajo de la cama, medio oculto bajo unas camisas. Aquel lugar era un desastre. Marqué el número de la hora y el tiempo, escuché la predicción meteorológica para los siguientes cinco días y después me enteré de que eran, al sonar la señal, las doce y veintidós de la noche. Piip.

Me estaba molestando muchísimo que la cama estuviera sin hacer. Pero no era asunto mío. Tenía que irme a casa.

Marqué el número de Jess y me mordí la uña del meñique, esperando su inevitable cólera.

–Mmmmft.

–¿Jess?

–Remy Starr. Te voy a dar una patada en el culo.

–Sí, vale, pero escucha...

–¿Dónde coño estás? –Ahora estaba totalmente despierta, y conseguía hablar en voz baja y sonar totalmente cabreada a la vez. Jess tenía muchos talentos–. ¿Sabes que Chloe lleva toda la noche dándome la lata por tu culpa? Dice que te dejó en Bendo para tomar una cerveza a las ocho y media, por el amor de Dios.

–Bueno, sí, al final me quedé más tiempo.

–Está claro. Y yo tuve que ir para allá a buscarte, y no solo me enteré de que estabas borracha, sino de que te habías metido en una pelea y para colmo, te habías largado con un tío y habías desaparecido. ¿En qué coño estabas pensando, Remy?

–Entiendo que estés enfadada, ¿vale? Pero ahora solo necesito...

–¿Crees que me gusta recibir una llamada tras otra de Chloe, diciéndome que si estás muerta o algo es culpa mía, porque, obviamente, yo debía tener algún tipo de conexión psíquica contigo para saber que tenía que recogerte sin que nadie me llamara para decírmelo?

Esta vez me quedé callada.

–¿Y bien? –saltó.

–Mira –le dije en un susurro–. La he jodido. Y mucho. Pero ahora estoy en casa de este tipo y necesito salir. ¿Puedes ayudarme, por favor?

–Dime dónde estás.

Así lo hice.

–Jess, de verdad...

Clic. Bueno, ahora estábamos las dos enfadadas conmigo. Pero al menos me iba a casa.

Me acerqué a la puerta y me apoyé en ella. La guitarra seguía tocando y oía a Dexter cantar el verso sobre la patata y la pera, una y otra vez, como esperando a que le llegara la inspiración. Abrí la puerta un poco más y miré por la ranura. Vi la cocina, donde había una mesa de formica destartalada con unas cuantas sillas desparejadas, una nevera cubierta de fotos y un sofá de rayas marrones y verdes apoyado contra la ventana trasera. Dexter y el chico que reconocí como Ted, el guitarrista, estaban sentados a la mesa y entre los dos había dos latas de cerveza. El perro que ya conocía de antes, Mono, estaba dormido en el sofá.

–Tal vez *pera* no sea la palabra adecuada –dijo Dexter, recostándose en su silla de madera pintada de amarillo, exactamente como te decían los profesores del colegio que no había que sentarse, en equilibrio sobre las patas traseras–. A lo mejor necesitamos otra fruta.

Ted punteó las cuerdas de la guitarra.

–¿Por ejemplo?

–Bueno, no sé –suspiró, y se pasó las dos manos por el pelo. Lo tenía tan rizado que este gesto lo levantó aún más y lo hizo rebotar al bajar los brazos–. ¿Qué te parece albaricoque?

–Demasiado largo.

–Nectarinas.

Ted ladeó la cabeza y rasgueó otro acorde.

–Me diste patatas pero yo quería una nectarina...

Se miraron.

–Fatal –decidió Dexter.

–Sí.

Volví a cerrar la puerta, frunciendo el gesto cuando hizo un pequeño clic. Ya habría sido bastante malo tener que enfrentarme a Dexter después de lo que había, o no había, pasado. Pero al saber que estaba con alguien más no había más remedio que realizar una escapada en toda regla por la ventana.

Me subí a la cama, retiré las bolas de cristal –¿cómo es posible que alguien mayor de diez años las coleccionara?– y abrí el pasador. Al principio se atascó, pero empujé con el hombro y se levantó, traqueteando un poco. No había mucho sitio, pero suficiente.

Pasé un brazo y estaba a punto de pasar el cuerpo cuando sentí una pequeña punzada de culpabilidad. Al fin y al cabo, me había traído a un lugar seguro. Y, a juzgar por el sabor de boca y mis experiencias pasadas, era bastante probable que hubiera vomitado por el camino. Y como no recordaba cómo había llegado hasta allí, debía de haberme arrastrado él. O llevado en brazos. Qué vergüenza.

Volví a dejarme caer sobre la cama. Tenía que hacer algo decente. Pero Jess venía de camino y no tenía muchas opciones. Miré a mi alrededor: no había tiempo para ordenar la habitación, aunque mi rapidez limpiando era legendaria. Si dejaba una nota, era una invitación a ponerse en contacto conmigo, y la verdad es que no estaba segura de quererlo. Lo único que quedaba era hacer la cama. Y la hice, rápido y bien, con las esquinas dobladas como en los hospitales y el truco de la almohada, que era mi secreto profesional. Ni en un hotel de cinco estrellas lo harían mejor.

Atravesé la (pequeña) ventana con cargo de conciencia, intentando no hacer ruido, y casi consiguiéndolo, hasta que le di una patada a la pared al bajarme por fuera, dejando la marca de una pisada junto al contador de la luz. Sin problemas. Luego atravesé el jardín en busca de Jess.

Hubo un tiempo en que mis escapadas por la ventana eran famosas. Era mi forma favorita de salir, siempre, incluso si tenía vía más o menos libre hasta la puerta. Tal vez fuera por la vergüenza, como un castigo que me infligía a mí misma porque sabía, en el fondo, que lo que había hecho estaba mal. Era mi penitencia.

Dos calles más abajo, en Caldwell, me bajé del bordillo junto a la señal de *stop* y levanté la mano, entrecerrando los ojos ante las luces de Jess. Ella se inclinó para abrirme la puerta y luego miró al frente, impasible, mientras me montaba.

–Como en los viejos tiempos –me dijo secamente–. ¿Y qué tal?

Suspiré. Era demasiado tarde para entrar en detalles, incluso con ella.

–Lo mismo de siempre –dije.

Jess subió el volumen de la radio. Tomamos una bocacalle y luego pasamos por delante de casa de Dexter para salir del barrio. La puerta principal estaba abierta, el porche a oscuras, y a la luz del interior vi que Mono estaba sentado con la nariz contra la pantalla. Seguramente Dexter todavía no sabía que me había marchado. Pero por si acaso, me agaché para no ser vista, aunque sabía que en la oscuridad y a esa velocidad, no me habría distinguido ni aunque hubiera querido.

Esta vez me despertaron unos golpecitos.

Pero no era eran golpes normales: seguían un ritmo que reconocí. Una canción. Parecían el villancico *Oh, Tannenbaum*.

Abrí un ojo y miré alrededor. Me encontraba en mi habitación, en mi cama. Todo estaba en su sitio, el suelo limpio, mi universo justo como a mí me gustaba. Excepto por los golpecitos.

Me di la vuelta y escondí la cara en la almohada, suponiendo que sería uno de los gatos de mi madre. Debido a su ausencia les daban ataques de nervios de vez en cuando y atacaban mi puerta para que les diera más comida, y devoraban lata tras lata.

–Fuera de aquí –murmuré en la almohada–. Lo digo en serio.

Y entonces, justo entonces, la ventana sobre mi cama se abrió de golpe. La hoja se deslizó hacia arriba, despacio, dándome un susto de muerte, pero no tanto como Dexter, que entró disparado por ella, de cabeza, con movimientos descontrolados de brazos y piernas. Uno de sus pies golpeó contra la mesilla de noche e hizo volar mi despertador por todo el cuarto, hasta chocar estruendosamente contra la puerta del armario, mientras me daba un codazo justo en el estómago. Lo único que se salvó de todo esto es que llevaba tanto impulso que pasó directamente por encima de la cama y cayó con un golpe seco, de bruces, sobre la alfombra junto a mi escritorio. Toda la conmoción, aunque complicada, duró apenas unos segundos.

Luego se hizo el silencio.

Dexter levantó la cabeza, miró alrededor y volvió a dejarla caer sobre la alfombra. Parecía un poco atontado por el impacto. Sabía cómo se sentía: mi ventana estaba en el segundo piso, y escalar desde el enrejado, como yo había hecho muchas veces, era muy difícil.

–Al menos –dijo, con los ojos cerrados–, podrías haberte despedido.

Me senté en la cama con la manta subida hasta el pecho. Era tan surrealista, verlo ahí desparramado sobre la alfombra. Ni siquiera sabía cómo había encontrado mi casa. De hecho, toda la trayectoria de nuestra relación, desde el día en que nos conocimos, era como un sueño largo, accidentado y extraño, lleno de cosas que deberían haber tenido sentido pero no lo tenían. ¿Qué me había dicho aquel primer día? Algo sobre química natural. Decía que se había dado cuenta desde el principio, y tal vez era una explicación, más o menos, de por qué volvíamos a encontrarnos una y otra vez. O tal vez fuera por su endemoniada insistencia. De una forma u otra, sentí que estábamos en una encrucijada. Había que tomar una decisión.

Se sentó y se frotó la cara con una mano. No parecía haberse hecho daño, al menos no se había roto nada. Luego me miró, como si me tocara a mí decir o hacer algo.

–No te conviene liarte conmigo –le previne–. De verdad que no.

Entonces se levantó, haciendo una mueca de dolor, se acercó a la cama y se sentó. Se inclinó hacia mí, deslizando la mano por mi brazo, hacia arriba, hasta llegar a la nuca, y me atrajo un poco más cerca de él. Nos quedamos así un segundo, mirándonos. Y entonces me vino una imagen repentina de la noche anterior, una parte de mi memoria que se abría y caía de nuevo en mis manos, donde pudiera verla claramente. Era como una foto, una instantánea: una chica y un chico de pie frente a una cabina de teléfono. La chica se tapa los ojos con la mano. El chico la observa. Está hablando, bajito. Y de repente, la chica da un paso al frente y entierra la cara contra su pecho, mientras él levanta las manos para acariciarle el pelo.

Así que había sido yo. Tal vez lo supe desde el principio, y por eso me había ido corriendo. Porque yo no mostraba debilidad: yo no dependía de nadie. Y si él hubiera sido como los demás y me hubiera dejado marchar, yo habría estado bien. Habría sido fácil seguir adelante, olvidando convenientemente, con el corazón apretado en el puño, donde nadie pudiera hacerle daño.

Pero ahora Dexter estaba sentado tan cerca de mí como nunca lo había estado. Parecía que este día podía ir en tantas direcciones diferentes como una telaraña que crece hacia rumbos infinitos. Siempre que se toma una decisión, especialmente una que has tomado tras una larga resistencia, esta afecta a todo lo demás, a veces mucho, como un terremoto bajo los pies, otras muy poco, como un cambio minúsculo que apenas se nota, pero ocurre.

Y así, mientras el resto del mundo seguía a lo suyo, bebiendo café, leyendo las páginas deportivas y recogiendo la ropa de la lavandería, yo me incliné y besé a Dexter, tomando una decisión que lo cambiaría todo. Tal vez en algún lugar se produjo una ondulación, o un salto, o algún cambio en el universo, apenas perceptible. Yo no lo sentí entonces. Solo sentí que él me devolvía el beso, que me llevaba a la luz del sol, mientras me perdía en su sabor y sentía que el mundo avanzaba, como siempre lo había hecho, a nuestro alrededor.

JULIO

CAPÍTULO 8

No me des tomate en lata, que lo único que quiero es tu linda patata. Dexter se detuvo al mismo tiempo que la música. Solo se oía el zumbido de la nevera y los ronquidos de Mono.

–Vamos a ver, ¿qué más rima con *patata*?

Ted rasgueó la guitarra y miró al techo. En el sofá, junto a la nevera, John Miller se giró y se golpeó su rojiza cabeza contra la pared.

–¿Alguna idea? –preguntó Dexter.

–Bueno –sugirió Lucas, cruzando las piernas–, según, si quieres una rima de verdad o una pseudorrima.

Dexter se lo quedó mirando.

–Pseudorrima –repitió.

–Una rima de verdad –comenzó Lucas, con lo que yo había registrado como su voz de empollón–, sería «lata». Pero también podemos añadirle una *a* al final de otra palabra y hacer que rime con ella, aunque gramaticalmente no sea correcta. Como por ejemplo, tomate-a. O petate-a.

–*No me tires una tomate-a* –cantó Dexter–, *porque tus tonterías no las aguanto-a.*

Silencio. Ted rasgueó otro acorde y después ajustó una cuerda.

–Hay que trabajarlo un poco más –dijo Lucas–, pero creo que vamos bien.

–¿Os podéis callar todos, por favor? –gimió John Miller desde el sofá, con voz apagada–. Estoy intentando dormir.

–Son las dos de la tarde y estamos en la cocina –le soltó Ted–. Vete a otro sitio o deja de protestar.

–Chicos, chicos –intervino Dexter.

Ted suspiró.

–A ver, tenemos que concentrarnos en esto. Quiero que el «Opus de la patata» esté listo para el espectáculo de la semana que viene.

–¿«Opus de la patata»? –se sorprendió Lucas–. ¿Así es como se llama ahora?

–¿Se te ocurre algo mejor?

Lucas se quedó callado un momento.

–No –respondió–. Nada.

–Pues entonces, cierra el pico. –Ted cogió la guitarra–. Desde el principio de la quinta estrofa, con sentimiento.

Y así siguieron. Otro día más en la casa amarilla, donde últimamente pasaba bastante tiempo. No es que me gustara mucho; el sitio era una auténtica pocilga, sobre todo porque allí vivían cuatro chicos y a ninguno les habían presentado formalmente a Don Limpio. En la nevera había alimentos en descomposición, algo negro y mohoso crecía en los azulejos de la ducha y un olor nauseabundo no identificado salía por debajo del porche trasero. Solo la habitación de Dexter estaba pasable, y solo porque yo tenía mis límites. Cuando encontraba calzoncillos sucios debajo de un cojín del sofá o tenía que luchar contra las moscas de la fruta que siempre rodeaban el cubo de la basura en la cocina, al menos me consolaba pensar que su cama estaba hecha, sus CD ordenados alfabéticamente y el ambientador funcionaba a toda pastilla con su corazoncito rosa en el enchufe. Me figuré que todo este trabajo por mi parte no era un precio muy alto por mi salud mental.

La cual durante los últimos días se había visto duramente puesta a prueba, desde que mi madre regresó de su luna de miel y estableció su nuevo matrimonio bajo nuestro techo. Durante toda la primavera los obreros habían pasado por la casa, cargando con el Pladur y las ventanas y dejando un rastro de serrín por toda la casa. Habían tirado la pared que daba al viejo estudio y lo habían prolongado hacia el patio trasero para crear una *suite* matrimonial, incluido un cuarto de baño nuevo, con una bañera a nivel del suelo y dos lavabos separados por bloques de cristal de colores. Al cruzar la frontera de lo que Chris y yo habíamos llamado la «nueva ala» era como entrar en una casa completamente distinta, que era básicamente lo que mi madre se había propuesto. Ahora lo tenía todo conjuntado: dormitorio nuevo, marido nuevo y alfombra nueva. Su vida era perfecta. Pero, como solía ocurrir, los demás estábamos todavía en fase de adaptación.

Un problema eran las cosas de Don. Tras toda una vida de soltero, poseía ciertos objetos a los que les tenía mucho cariño, y muy pocos encajaban en la decoración de mi madre para la nueva ala. En el dormitorio, lo único que reflejaba el gusto de Don era un gran tapiz marroquí que representaba varias escenas bíblicas. Era enorme y ocupaba casi toda una pared, pero hacía juego con la alfombra casi a la perfección y, por lo tanto, era una concesión con la que mi madre podía vivir. El resto de sus pertenencias tuvieron que exiliarse a la otra parte de la casa, lo que quería decir que Chris y yo tuvimos que acostumbrarnos a vivir con la decoración de Don.

La primera pieza que noté, un par de días después de su regreso, fue una reproducción de algún pintor renacentista de una mujer enormemente pechugona que posaba en un jardín. Tenía dedos grandes, carnosos y blancos, y estaba recostada en un sofá, totalmente desnuda. Sus enormes pechos colgaban del sofá y estaba comiendo uvas, con un puñado en una mano y otro a punto de caer en su boca. Es posible que fuese arte, que en mi opinión es un término flexible, pero era asqueroso. Especialmente colgado de la pared encima de la mesa de la cocina, donde no me quedaba más remedio que mirarlo mientras desayunaba.

–Colega –me dijo Chris la primera mañana, dos días después de la llegada de Don. Estaba tomando cereales, ya vestido con el uniforme de Jiffy Lube–. ¿Cuánto crees que pesaría una mujer así?

Le di un bocado a mi magdalena, intentando concentrarme en el periódico que tenía delante.

–No tengo ni idea.

–Más de cincuenta y cuatro kilos –decidió Chris, sorbiendo otra cucharada–. Esos pechos ya deben de pesar unos dos kilos y pico. A lo mejor incluso tres.

–¿Tenemos que hablar de esto?

–¿Cómo podemos evitarlo? –replicó–. Joder. Está ahí mismo. Es como intentar no ver el Sol o algo así.

Y no era solo el cuadro. También había una estatua de arte moderno en la entrada que parecía, francamente, un enorme pene. (¿Acaso iba todo sobre el mismo tema? Don nunca me había parecido esa clase de hombre, pero ahora empezaba a dudar.) Y si añadimos a eso un juego de cacerolas de acero de diseño que colgaban sobre la isla de la cocina y el sofá de cuero rojo del salón, que para mí decía a gritos «hombre soltero buscando aventuras», no era de extrañar que empezara a sentirme un poco fuera de lugar. Don era permanente, en teoría, mientras que yo era temporal, me marcharía en otoño. Por una vez, era yo la que tenía fecha de caducidad, y resulta que no me gustaba nada.

Lo que, de alguna manera, explicaba por qué pasaba tanto tiempo en casa de Dexter. Pero había otra razón que no estaba dispuesta a admitir fácilmente. Ni siquiera ante mí misma.

Desde que empecé a salir con chicos, me había hecho un gráfico mental, un calendario, de cómo iban a ir las cosas. Las relaciones siempre comenzaban con ese período embriagador, durante el cual la otra persona es como un invento nuevo que de repente resuelve los peores problemas de la vida, como los calcetines que se pierden en la secadora o cómo tostar los *bagels* sin que se quemen los bordes. En esta fase, que suele durar un máximo de seis semanas, la otra persona es perfecta. Pero a las seis semanas y dos días comienzan a notarse las fisuras; todavía no son verdaderos daños estructurales, sino cositas que fastidian o molestan. Por ejemplo, asumen que vas a pagar siempre tu entrada del cine, solo porque lo hiciste una vez, o usan el salpicadero del coche como un teclado imaginario mientras el semáforo está en rojo. Al principio te parece gracioso o tierno. Pero ahora te molesta, aunque no lo suficiente como para cambiar nada. Al llegar a la octava semana, sin embargo, la tensión comienza a notarse. Esa persona, de hecho, es humana y aquí suele ser donde la mayoría de las relaciones se resquebrajan y mueren. Y ahí, o bien te quedas y lidias con esos problemas, o te liberas con elegancia, sabiendo que en algún momento, en el futuro cercano, aparecerá otra persona perfecta que lo arreglará todo, al menos durante seis semanas.

Antes de tener mi primer novio, ya conocía este patrón porque había visto a mi madre experimentarlo varias veces. Con los matrimonios, el patrón se alarga, se ajusta. Es como pasa con el tiempo para los perros: las seis semanas pasan a ser un año, a veces dos. Pero es lo mismo. Por eso siempre era tan fácil calcular cuánto durarían mis padrastros. Todo es cuestión de matemáticas.

Y, sobre el papel, las cuentas me salían con Dexter a la perfección. Cumpliríamos apenas los tres meses cuando yo me marchara a la universidad, justo cuando el brillo empezara a empañarse. Pero el problema era que Dexter no estaba cooperando. Si mis teorías sobre las relaciones se representaran geográficamente, Dexter no estaba ni un poco a la izquierda ni un mucho a la derecha, sino en otro mapa, acercándose con gran rapidez al último extremo en dirección a lo desconocido.

En primer lugar era muy desgarbado, aunque nunca me habían gustado los chicos desgarbados. Y era torpe, delgaducho y siempre estaba en movimiento. Ya no me sorprendía que nuestra relación hubiera comenzado con varios choques, pues ahora sabía que se movía por el mundo como un torbellino de codos voladores, rodillazos y brazos como aspas de molino. En el escaso tiempo que llevábamos saliendo, ya me había roto el despertador,

150

había aplastado con el pie uno de mis collares de cuentas y, de alguna manera, había conseguido dejar una huella en el techo. No es broma. Movía las rodillas permanentemente o tamborileaba con los dedos, como si estuviera pisando el acelerador esperando la bajada de la bandera de cuadros para poder salir a toda velocidad. Yo me acercaba a él para calmarlo, le ponía la mano sobre la rodilla o los dedos para acallarlo, pero en vez de eso me contagiaba y terminaba moviéndome a su ritmo, como si la carga de corriente se transmitiera también a través de mí.

Punto dos: era un desastre. Los faldones de la camisa se le salían siempre por fuera, la corbata solía tener manchas, el pelo, espeso y rizado, lo llevaba encrespado al estilo científico loco. Además, siempre se le desataban los cordones de las zapatillas. Era un puro cabo suelto, y yo siempre he odiado los cabos sueltos. Si hubiera conseguido que se quedara quieto un momento, sé que no habría podido resistirme a remeterle la camisa, atarle los cordones, alisarle el pelo y organizarlo todo, como si fuera un armario particularmente caótico que me exigiera la atención a gritos. Pero, en cambio, me encontraba apretando los dientes, montada en la ola de mi ansiedad natural, porque esto no era permanente, él y yo, y pensar lo contrario nos haría daño a los dos.

Lo que me lleva al punto tres: estaba muy colado por mí. Y no al estilo «hasta el final del verano», que habría sido lo mejor. En realidad, nunca hablaba del futuro, como si tuviéramos muchísimo tiempo y no hubiera una fecha definitiva para el fin de nuestra relación. Yo, claro, quería dejar las cosas claras desde el principio: que me marcharía, sin ataduras. El disco rallado que me repetía a mí misma por fin expresado en voz alta. Pero siempre que intentaba hablar de esto, él se evadía tan fácilmente que era como si pudiera leerme el pensamiento, ver lo que venía a continuación y, por una vez, moverse con agilidad para evitar el tema completamente.

Ahora, tras interrumpir su trabajo con *La canción de la patata* para que Ted pudiera ir a trabajar, Dexter se acercó y se puso de pie frente a mí, estirando los brazos sobre la cabeza.

—Es emocionante ver a un grupo trabajando en sus temas, ¿a que sí?

—Aguanto-a es una bobada de rima —respondí—, pseudo o no.

Puso una mueca de dolor y luego sonrió.

—Está sin terminar —explicó.

Dejé mi crucigrama, que llevaba por la mitad, y él lo cogió mirando lo que había hecho.

—Impresionante —dijo—. Y por supuesto la señorita Remy hace los crucigramas con tinta. ¿Qué pasa, que nunca te equivocas?

—No.

—Pero estás aquí —dijo.

—Vale —admití—, quizá una vez.

Volvió a sonreír. Llevábamos solo unas semanas saliendo, pero estos intercambios tan fáciles que todavía me sorprendían. Desde aquel primer día en mi cuarto, sentí que de algún modo nos habíamos saltado las formalidades de los Principios de las Relaciones: esos momentos incómodos en los que no estás enrollado y todavía estas tanteando las barreras y los límites del otro. Tal vez fuera porque habíamos estado dando vueltas alrededor el uno del otro antes de que se catapultara a través de mi ventana. Pero si me permitía pensar mucho sobre ello, cosa que no hacía, me daba cuenta de que me había sentido cómoda con él desde el principio. Y era evidente que él se había sentido cómodo conmigo, a juzgar por cómo me cogió la mano el primer día. Como si supiera, incluso entonces, que estaríamos aquí ahora.

–Te apuesto –me retó– que puedo nombrar más estados que tú antes de que esa mujer salga de la tintorería.

Lo miré. Estábamos sentados junto a la puerta de Joie, en nuestro descanso para el almuerzo. Yo bebía una coca-cola *light* y él devoraba un paquete de galletas rellenas de higo.

–Dexter –dije–, hace mucho calor.

–Venga –insistió, acariciándome una pierna con la mano–. Una apuesta.

–No.

–¿Tienes miedo?

–Claro que no.

Ladeó la cabeza y luego me apretó un poco la rodilla. Por supuesto, estaba dando golpecitos con el pie.

–Vamos. Está a punto de entrar. Cuando se cierre la puerta tras ella, empezamos.

–Jesús –dije–. ¿Qué nos apostamos?

–Cinco dólares.

–Aburrido. Y demasiado fácil.

–Diez.

–Vale. Y tienes que invitarme a cenar.

–Hecho.

Observamos cómo la mujer, con pantalones cortos y camiseta de color rosa y cargada con un montón de vestidos arrugados, abría la puerta de la tintorería. Cuando se cerró, empecé:

–Maine.

–Dakota del Norte.

–Florida.

–Virginia.

–California.

–Delaware.

Los iba contando con los dedos: él había hecho trampa alguna vez, aunque lo negaba con gran vehemencia, así que tenía que tener pruebas. Las apuestas, para Dexter, eran como los duelos de las películas antiguas, donde los hombres con traje blanco se abofeteaban en la cara con guantes y el honor estaba en juego. Hasta entonces yo no había ganado todas, pero tampoco lo había hecho mal. Aunque para mí eran una novedad.

Las apuestas de Dexter, al parecer, eran legendarias. La primera que vi fue con John Miller, un par de días después de que empezáramos a salir, una de las primeras veces que había ido a la casa amarilla con él. Encontramos a John Miller sentado en la mesa de la cocina en pijama, comiendo un plátano. Había un racimo entero en la mesa y parecían fuera de lugar en esa cocina, en la que los principales grupos de comida solían ser batidos y cerveza.

–¿Y estos plátanos? –preguntó Dexter, que sacó una silla y se sentó.

John Miller, que todavía parecía medio dormido, levantó la vista y respondió:

–Es la fruta del mes. Mi abuela me los ha regalado por mi cumpleaños.

–Potasio –informó Dexter–. Hay que consumirlo todos los días, ¿sabes?

John Miller bostezó, como si estuviera acostumbrado a este tipo de información estúpida. Y volvió a concentrarse en su plátano.

–Te apuesto –lo retó Dexter, con la voz que luego reconocería como la que siempre precedía a las apuestas, profunda y como de presentador de un concurso–, a que no eres capaz de comerte diez plátanos.

John Miller terminó de masticar lo que tenía en la boca y luego tragó.

–Te apuesto –contestó– a que tienes razón.

–Es un desafío –siguió Dexter. Con una rodilla, que le temblequeaba, le dio un empujoncito a una silla, para mí, y dijo con la misma voz lenta y profunda–. ¿Te atreves?

–¿Estás loco?

–Diez dólares.

–No voy a comerme diez plátanos por diez dólares –se indignó John Miller.

–¡Es un dólar por plátano!

–Y además –añadió John Miller, que arrojó la cáscara de plátano al cubo de basura lleno a rebosar, y falló–, ya me están cansando estas apuestas tuyas de doble o nada, Dexter. No puedes ir por ahí apostando cada vez que te venga en gana.

–¿No aceptas el desafío?

–¿Quieres dejar de hablar con esa voz?

–Veinte dólares –insistió Dexter–. Veinte dólares...

–No –contestó John Miller.

–... y limpio el cuarto de baño.

Esto cambiaba las cosas, claramente. John Miller miró los plátanos y luego a Dexter. Y de nuevo los plátanos.

–¿Cuenta el que me acabo de comer?

–No.

John Miller dio una palmada en la mesa.

–¿Qué? ¡Pero si todavía no me ha llegado al estómago, hombre!

Dexter pensó un momento.

–Vale, dejaremos que sea Remy la que decida.

–¿Qué? –pregunté. Los dos me miraban.

–Tú eres imparcial –explicó Dexter.

–Es tu novia –protestó John Miller–. ¡Eso no es imparcial!

–No es mi novia. –Dexter me miró, como si creyera que eso me molestaría, lo que demostraba que no me conocía en absoluto. Y precisó–: Lo que quiero decir es que, aunque estemos saliendo –hizo una pausa, como esperando a ver si yo metía baza, pero como no lo hice, continuó–, tú eres una persona independiente con tus propias opiniones y convicciones. ¿Cierto?

–No soy su novia –le dije a John Miller.

–Me quiere mucho –señaló Dexter, como en un aparte, y sentí que me ardía la cara–. Bueno –continuó, hablando animadamente–, Remy. ¿Qué te parece? ¿Cuenta o no cuenta?

–Pues –respondí– yo creo que algo tiene que contar. Tal vez la mitad.

–¡La mitad! –Dexter me miró como si estuviera encantado, como si él mismo me hubiera modelado con barro–. Perfecto. Así que, si estás dispuesto a aceptar este desafío, debes comer nueve plátanos y medio.

John Miller se lo pensó un momento. Más tarde me enteré de que el dinero siempre escaseaba en la casa amarilla y estos desafíos ayudaban a equilibrar la diferencia de fondos entre una persona y otra. Con veinte dólares bastaba para comprar comida y cerveza al menos durante un par de días. Y solo eran nueve plátanos. Y medio.

–De acuerdo –aceptó John Miller. Y chocaron las manos.

Para que pudiera celebrarse un desafío, había que convocar a testigos. Trajeron a Ted del porche trasero, junto con una chica con la que estaba saliendo a la que me presentaron como María Averías (preferí no preguntar). Y tras buscar sin éxito al teclista, Lucas, acordaron que Mono, el perro de Dexter, sería un sustituto aceptable. Nos reunimos todos en torno a la mesa y en el sofá largo y marrón próximo a la nevera, mientras John Miller respiraba hondo y se estiraba, como si se estuviera preparando para una carrera de velocidad.

–Muy bien –dijo Ted, el único con un reloj que funcionaba, y por tanto el encargado de cronometrar–, ¡adelante!

Si nunca habéis visto a alguien aceptar un desafío relacionado con la comida, como era mi caso, tal vez penséis que puede ser emocionante. Pero la cosa no consistía en ingerir nueve plátanos y medio rápidamente: solo había que comerlos. Así que por el cuarto empezamos a aburrirnos. Ted y María Averías se fueron a la Casa de los Gofres, dejándonos a Dexter, a Mono y a mí para controlar. Resultó que no hizo falta: John Miller admitió la derrota a mitad del sexto plátano, luego se levantó con mucho cuidado y se encaminó al cuarto de baño.

–Espero que no lo hayas matado –le dije a Dexter cuando la puerta se cerró tras él y sonó el cerrojo.

–Claro que no –respondió tranquilamente, estirándose en su silla–. Tendrías que haberlo visto el mes pasado, cuando se comió quince huevos de un tirón. Entonces sí que nos preocupamos. Se puso rojo como un tomate.

–Oye –comenté–, qué raro que tú nunca tengas que tragar cantidades descomunales de comida.

–No es verdad. En abril tuve que superar el desafío más brutal de todos.

Odiaba tener que preguntar qué se había merecido ese título, pero me venció la curiosidad.

–¿Y qué fue?

–Novecientos gramos de mayonesa –declaró–. En veinte minutos justos.

Con solo pensarlo se me revolvió el estómago. Odiaba la mayonesa en cualquiera de sus usos: ensaladilla rusa, ensalada de atún e incluso los huevos rellenos.

–Qué asco.

–Ya lo sé –asintió con orgullo–. Nunca podré superarlo, por mucho que lo intente.

Tuve que preguntarme a qué tipo de persona le producía tanta satisfacción competir constantemente. Y Dexter hacía apuestas sobre cualquier cosa, estuviera bajo su control o no. Algunas de sus favoritas recientemente incluían: te apuesto veinticinco centavos a que el siguiente coche que pasa es azul o verde, cinco dólares a que puedo hacer algo comestible con maíz de lata, patatas fritas y mostaza y, claro, cuántos estados puedes nombrar mientras esa mujer recoge la ropa de la tintorería.

Yo llegué a los veinte, mientras que Dexter se quedó atascado en diecinueve.

–California –dijo por fin, mirando nervioso al escaparate de la tintorería, donde vimos que la mujer hablaba con alguien junto al mostrador.

–Ya está dicho –repliqué.

–Wisconsin.

–Montana.

–Carolina del Sur.

La puerta se abrió: era ella.

–Se acabó –exclamé–. He ganado.

–¡De eso nada!

Levanté los dedos, con los que había estado contando.

–Te gano por uno –afirmé–. Págame.

Se metió las manos en los bolsillos, suspirando, y en lugar de sacar dinero me atrajo hacia él, rodeando mi cintura con los dedos extendidos y ocultando su cara en mi cuello.

–No –dije, poniéndole las manos en el pecho–, de eso nada.

–Seré tu esclavo –me susurró al oído, y sentí un escalofrío por la espalda, pero lo descarté inmediatamente. Me recordé a mí misma que siempre había tenido novio en verano, alguien que me llamaba la atención al final de curso y por lo general me duraba hasta que me iba de vacaciones a la playa con mi familia en agosto. La única diferencia esta vez es que pondría rumbo al oeste, en lugar de al este. Y me gustaba pensar en ello en estos términos, como de brújula, algo totalmente asentado que permanecería, inalterable, mucho después de mi partida.

Además, ya sabía que nunca funcionaría a largo plazo. Era tan imperfecto ya, se le veían las grietas y fisuras. Solo podía imaginar qué tipo de daños estructurales habría bajo la superficie, en lo profundo de los cimientos. Pero de todas formas, me resultaba difícil mantener la mente despejada mientras me besaba allí, en julio, con otra apuesta ganada. Después de todo, ahora iba por delante y parecía que aún teníamos tiempo.

—La cuestión es, ¿le has soltado ya la Charla? –preguntó Jess.

—No –le contestó Chloe–. La cuestión es ¿te has acostado ya con él?

Todas me miraron. No era de mala educación que me preguntaran, claro, normalmente era algo que sabía todo el mundo, o al menos que asumía. Pero ahora dudé, lo que era desconcertante.

—No –reconocí al fin.

A alguien se le cortó la respiración, qué sorpresa, y luego el silencio.

—¡Guau! –exclamó Lissa–. Te gusta.

—No es para tanto –contesté, sin negarlo exactamente, lo cual dio pie a otra ronda de silencio e intercambio de miradas. En el Sitio, al caer el sol, sentí la cama elástica bambolearse ligeramente debajo de mí y me eché hacia atrás, estirando los dedos sobre el metal fresco de los muelles.

—Nada de Charla, nada de sexo –dijo Jess, resumiendo–. Esto es peligroso.

–A lo mejor es diferente –aventuró Lissa, mientras revolvía la bebida con el dedo.

–Nadie es diferente –replicó Chloe–. Remy lo sabe mejor que ninguna.

Era un dato revelador sobre mi adhesión total a un plan en lo tocante a las relaciones que mis mejores amigas tuvieran términos, como títulos de capítulos, para detallar mis acciones. La Charla solía venir justo cuando la fase romántica, divertida y embriagadora del nuevo novio estaba llegando a su punto culminante. Era mi forma de pisar el freno, de cambiar de marcha lentamente y por lo general consistía en que le decía al Ken de turno algo así como: oye, me gustas mucho y nos lo estamos pasando bien, pero mira, no puedo ir muy en serio porque me voy a la playa/voy a concentrarme en los estudios en otoño/estoy superando una ruptura y no estoy lista para una relación a largo plazo. Esta era la charla de verano. La de invierno era más o menos igual, excepto insertando: me voy a esquiar/voy a tener que empollar hasta la graduación/tengo mogollón de problemas en casa. Y normalmente los tíos se lo tomaban de dos maneras posibles. Si les gustaba de verdad, al estilo «ponte el anillo de mi clase* y quiéreme para siempre», salían corriendo, lo cual estaba bien. Si les gustaba pero estaban dispuestos a frenar y poner límites, asentían y disimulaban diciendo que ellos sentían lo mismo. Y entonces quedaba libre para dar el siguiente paso, que –aunque no me sienta orgullosa de mí misma– era acostarme con ellos.

---

* Se refiere a los anillos conmemorativos que se hacen los alumnos de algunos institutos en Estados Unidos. *(N. de la T.)*

Pero no directamente. Ahora ya no lo hacía directamente. Prefería invertir el tiempo suficiente para ver las primeras grietas y librarme de los que tenían fallos que sabría que no podría soportar a largo plazo, es decir, más de las seis semanas que solía durar la fase «novio nuevo y diversión».

Antes, era fácil. Ahora, era selectiva. ¿Veis? Hay una gran diferencia.

Y además, había algo distinto en Dexter. Siempre que intentaba volver a mi guión establecido, algo me detenía. Podría soltarle la charla, y seguramente le parecería bien. Podría acostarme con él, y seguramente también le parecería bien, mucho más que bien. Pero en algún lugar de mi conciencia, algo me decía que tal vez no, que tal vez pensaría mal de mí o algo. Sabía que era una tontería.

Y además, había estado ocupada. Probablemente aquella era la razón.

Chloe abrió una botella de agua, dio un trago, y luego bebió de una botellita de *bourbon* que tenía en la mano.

–¿Qué estás haciendo? –me preguntó a quemarropa.

–Solo divirtiéndome –respondí, dando un sorbo de mi Zip *light*. Me resultó fácil decirlo, pues acababa de pensar en ello–. Él también se va al final de verano, ¿sabes?

–¿Entonces por qué no le has soltado la Charla? –insistió Jess.

–Pues –contesté, y moví un poco mi vaso para ganar tiempo–, no lo he pensado, la verdad.

Se miraron unas a otras y calcularon las implicaciones de mis palabras. Lissa comentó:

–A mí me parece muy majo, Remy. Es muy dulce.

–Es un patoso –gruñó Jess–. No hace más que pisarme.

–A lo mejor –sugirió Chloe, como si se le acabara de ocurrir–, es que tienes los pies grandes.

–A lo mejor –le contestó Jess–, deberías cerrar el pico.

Lissa suspiró y cerró los ojos.

–Venga, chicas. Por favor. Estamos hablando de Remy.

–No tenemos por qué hablar de Remy –dije–. De verdad que no. Hablemos de otra.

Hubo un silencio de varios segundos: bebí un poco más de mi vaso, Lissa encendió un cigarrillo. Por fin, Chloe intervino:

–¿Sabes? La otra noche Dexter me dijo que me daría diez dólares si era capaz de hacer el pino sobre la cabeza durante veinte minutos. ¿Qué quiere decir eso?

Todas me miraron. Y yo dije:

–No le hagas ni caso. ¿Siguiente?

–Yo creo que Adam está saliendo con otra –soltó Lissa de repente.

–Vale –asentí–. Eso sí que es interesante.

Lissa pasó el dedo por el borde del vaso, con la cabeza gacha, y uno de sus rizos rebotó ligeramente con el movimiento. Casi un mes después de que Adam cortara con ella, había pasado del estado lloroso a estar todo el día tristona, con algún momento puntual en el que se la oía reír y luego interrumpirse, como si se le hubiera olvidado que no debía estar contenta.

–¿Quién es? –preguntó Chloe.

–No lo sé. Conduce un Mazda rojo.

Jess me miró y meneó la cabeza. Yo quise saber.

–Lissa, ¿has estado pasando por su casa?

163

–No –contestó, y levantó la cabeza. Todas la mirábamos, sabiendo que mentía–. ¡No! Pero el otro día la calle Willow estaba en obras y entonces...

–¿Quieres que crea que eres una débil? –le dijo Jess–. ¿Quieres darle esa satisfacción?

–¿Cómo puede estar con otra tan pronto? –le preguntó Lissa, y Jess suspiró meneando la cabeza–. Yo todavía no estoy bien del todo y él está con otra. ¿Cómo puede ser?

–Porque es un cabrón –afirmé.

–Porque es un tío –añadió Chloe–. Y los tíos no se encariñan con nadie, porque nunca se entregan completamente, y además mienten. Por eso hay que tratarlos con gran precaución, sin confiar en ellos, y mantenerlos a distancia siempre que sea posible. ¿Verdad, Remy?

La miré y allí estaba otra vez: ese movimiento en sus ojos que quería decir que había visto algo en mí últimamente que no reconocía, y le preocupaba. Porque si yo no era la Remy fría y dura, entonces ella no podía ser la Chloe de siempre tampoco.

–Cierto –asentí, y sonreí a Lissa. Yo tenía que indicarle el camino, claro. Si no, no lo conseguiría–. Totalmente.

La banda no se llamaba los Bemoles. Aquella solo era su identidad para las bodas, que se habían visto obligados a adoptar por un incidente relacionado con la furgoneta, algunas autoridades en Pensilvania y el hermano de Don, Michael, que era abogado allí. Al parecer habían tocado en la boda de mi madre para pagar una especie de deuda, pero también había sido el momento adecuado para cambiar de ciudad, como el grupo, que en realidad se llamaba Pelotón de la Verdad, hacía todos los veranos.

Durante los últimos dos años habían ido recorriendo el país, siempre siguiendo el mismo proceso: encontraban una ciudad con una escena musical decente, alquilaban un piso barato y empezaban a tocar por los bares. En la primera semana se buscaban un trabajo para el día, preferiblemente en un mismo sitio, ya que compartían el modo de transporte. Ahora Dexter y Lucas trabajaban en Flash Camera, mientras que John Miller preparaba cafés en Jump Java y Ted metía en bolsas la compra en el Mercado del Alcalde. Aunque algunos habían estudiado algo en la universidad, y en el caso de Ted hasta tenían una diplomatura, preferían trabajos fáciles donde no hubiera que hacer horas extras ni pensar mucho. Luego se buscaban la vida en los locales nocturnos, esperando lograr un concierto semanal, como tenían ahora en Bendo. Los martes por la noche, que solían ser los más tranquilos, eran solo suyos.

No llevaban más que un par de días en la ciudad cuando conocí a Dexter en Automóviles Don Davis: pernoctaban en la furgoneta, en el parque, hasta que encontraron la casa amarilla. Ahora parecía que se quedarían hasta que los echaran de la ciudad por deber dinero, haber cometido alguna infracción menor (no sería la primera vez) o por aburrimiento. Todo estaba planeado para ser temporal: se jactaban de ser capaces de hacer la maleta y de marcharse en una hora justa, con el dedo puesto en el mapa arrugado que llevaban en la guantera de la furgoneta en busca de un nuevo destino.

Así que tal vez fuera eso lo que me impedía soltar la Charla, la idea de que su vida era en este momento tan poco permanente como la mía. Yo no quería ser como las otras chicas que seguramente estaban en otras ciudades, escuchando copias piratas del Pelotón de la Verdad y suspirando por Dexter Jones, nacido en Washington D. C., piscis, cantante, aficionado a las apuestas, dirección permanente desconocida. Su historia era tan turbia como clara la mía, y su perro parecía ser el único familiar que le interesaba. Pronto yo sería Remy Starr, procedente de Lakeview, residente en Stanford, especialidad sin decidir, con interés en Económicas. Solo coincidíamos durante unas cuantas semanas, pasajeras. No había necesidad de seguir el protocolo.

Aquella noche Chloe, Jess, Lissa y yo fuimos a Bendo sobre las nueve. Pelotón de la Verdad ya estaba tocando, ante un público escaso pero entusiasta. Me percaté, e inmediatamente decidí no percatarme, de que la mayoría eran chicas, algunas apiñadas cerca del escenario, con la cerveza en la mano y moviéndose al ritmo.

La música era una mezcla de versiones y canciones originales. Las versiones eran, como decía Dexter, «un mal necesario»: obligatorias en las bodas y útiles en los bares, al menos al principio, para evitar que te lanzaran chapas de cerveza y colillas. (Al parecer, esto también les había ocurrido.) Pero Dexter y Ted, los creadores del grupo en el primer año del instituto, preferían sus composiciones originales. Las más largas y ambiciosas eran las canciones de la patata.

Para cuando nos sentamos, estaban tocando los últimos versos de *Gimme Three Steps*, de Lynyrd Skynyrd, mientras las chicas aplaudían y silbaban. Tras unos segundos de acordes de calentamiento y unas palabras entre Ted y Dexter, Dexter anunció:

–Vamos a tocar para vosotros una canción original, que será todo un clásico. Amigos, esta es *La canción de la patata*.

Las chicas vitorearon de nuevo y una de ellas, una pelirroja voluptuosa y ancha de hombros que reconocí de las eternas colas del servicio de chicas, se acercó más al escenario, colocándose casi a los pies de Dexter. Él le sonrió educadamente.

> *La vi en la sección de frutería*
> *el sábado pasado*
> *tan solo hacía siete días*
> *que me había dejado.*

Otro grito de alguien a quien al parecer ya le gustaba *La canción de la patata*. Bien, pensé. Hay otras dos docenas más.

> *Antes amaba mis filetes,*
> *mis gustos animales,*
> *ahora se ha hecho vegetariana,*
> *solo come vegetales.*
> *Nada de lomo ni jamón,*
> *hamburguesas ni asado,*
> *yo no quise dejar la carne*
> *y me dejó plantado.*
> *Al verla junto a las lechugas*
> *mi corazón latía.*

Y se llevó la mano al pecho, con aspecto triste, a lo que el público respondió entusiasmado.

> Querría que esta belleza verde
> de nuevo fuera mía.
> Cuando se fue hacia la caja
> empujando su carrito
> era mi oportunidad
> y le dije a voz en grito...

Hizo una pausa, dejando que la música creciera, y John Miller golpeó la batería más rápido, con más ritmo. Vi que algunos del público ya coreaban la letra.

> No me des tomate en lata
> que lo único que quiero es tu linda patata.

> Asada, frita, o en puré
> en tortilla o cremosa,
> la hagas como la hagas, baby,
> está siempre deliciosa.

–¿Y esto es una canción? –me preguntó Jess, pero Lissa se estaba riendo, dando palmas.

–Son muchas canciones –le expliqué–. Es un opus.

–¿Un qué? –preguntó, pero no lo repetí porque la canción estaba llegando a su punto culminante, que era básicamente un recitado de todos los tipos posibles de verdura. El público gritaba y Dexter cantó con brío hasta llegar al final de la canción. Cuando terminaron, con un estruendo de platillos, el público rompió a aplaudir. Dexter se inclinó sobre el micrófono, dijo que volverían dentro de unos minutos y se bajó del escenario, agarrando un vaso de plástico por el camino. Vi cómo la pelirroja se le acercaba, cerrándole el paso cuando él cruzaba la pista.

—¡Ooh, Remy! —exclamó Chloe, que también se había dado cuenta—, tu chico tiene una admiradora.

—No es mi chico —contesté, y di un sorbo de cerveza.

—Remy es una *groupie* —le dijo Chloe a Jess, que se rio—. Ahí quedó la regla de prohibido músicos. En cuanto te descuides la veremos en el autobús y vendiendo camisetas en el aparcamiento, enseñando las tetas para colarse tras el escenario.

—Al menos tiene tetas que enseñar —dijo Jess.

—Yo también tengo —soltó Chloe, señalándose el pecho—. Solo porque no me llevan encorvada no quiere decir que no sean considerables.

—De acuerdo, talla B —asintió Jess, y dio un sorbo de su bebida.

—¡Tengo tetas! —gritó Chloe, un poco demasiado alto. Ya había tomado un par de botellitas en el Sitio—. Mis tetas son geniales, maldita sea. ¿Sabes? ¡Son fantásticas! Mis tetas son impresionantes.

—Chloe —intervine, pero era demasiado tarde. No solo había dos chicos completamente concentrados en su escote, sino que Dexter se estaba sentando a mi lado, con una expresión divertida en la cara. Chloe se puso roja, cosa rara en ella, mientras Lissa le daba palmaditas compasivas en el hombro.

—Así que es cierto —observó Dexter por fin—. Las chicas hablan de tetas cuando están en grupo. Siempre lo pensé, pero hasta ahora no tenía pruebas.

–Chloe estaba dejando algo claro –le explicó Lissa.

–Muy claro –convino Dexter, y Chloe se pasó una mano por el pelo y giró la cabeza, como si de repente estuviera fascinada por la pared–. Bueno, en cualquier caso –añadió alegremente–, *La canción de la patata* ha ido muy bien, ¿no os parece?

–A mí sí –dije acercándome mientras él me ponía el brazo en la cintura. Así era Dexter, no era un pegajoso como Jonathan, pero tenía varios gestos particulares que me gustaban. Por ejemplo, cómo me ponía la mano en la cintura. Y había algo que me volvía loca: cómo colocaba sus dedos en mi cuello, de forma que me tocaba el pulso con el pulgar. Era difícil de explicar, pero siempre me daba escalofríos, casi como si me estuviera tocando el corazón.

Levanté la vista y Chloe me estaba mirando, vigilante como siempre. Me libré enseguida de ese pensamiento y apuré la cerveza justo cuando llegaba Ted.

–Muy bonita esa segunda estrofa –fue lo primero que soltó, y no de forma agradable, sino sarcástica y mordaz–. ¿Sabes? Si te cargas la letra, desgracias la canción.

–¿Qué me he cargado? –preguntó Dexter.

Ted suspiró audiblemente.

–No es «querría que esta princesa verde, de nuevo fuera mía» sino «quería».

Dexter se lo quedó mirando, completamente impávido, como si acabara de darle el parte meteorológico. Chloe quiso saber:

–¿Cuál es la diferencia?

–¡Todo es diferente! –saltó Ted–. «Querría» es más correcto por lo que tiene la connotación de la alta sociedad, las normas establecidas y el statu quo. Mientras que «quería» pertenece más a la cultura informal, realista y de clase baja, que se refiere tanto al hablante de la canción como a la música que la acompaña.

–¿Y todo esto en una palabra? –le preguntó Jess.

–Una palabra –respondió Ted totalmente serio–, puede cambiar el mundo entero.

Todos pensamos en esto durante un momento. Por fin, Lissa le comentó a Chloe, lo bastante alto para que lo oyésemos todos (ella también se había tomado una o dos botellitas).

–Seguro que sacó muy buena nota en el SAT.

–Shhhh –siseó Chloe igual de alto.

–Ted –terció Dexter–, te entiendo. Completamente. Gracias por hacerme notar la diferencia, no volveré a cometer el mismo error.

Ted se quedó callado un momento.

–Vale –asintió, un poco incómodo–. Bueno. Bien. Esto... me voy a fumar.

–Buena idea –dijo Dexter. Y Ted se marchó entre la gente hacia la barra. Un par de chicas que estaban cerca de la puerta lo miraron al pasar, y asintieron con la cabeza. Dios mío, esto de los grupos de música era una idiotez. Algunas no tenían vergüenza.

–Impresionante –le dije a Dexter.

–Tengo mucha práctica con él –explicó–. Ted es muy apasionado. Y, en realidad, lo único que quiere es que lo escuchen. Lo escuchas, asientes, estás de acuerdo. Tres pasos. Facilísimo.

–Facilísimo –repetí, y luego deslizó su mano hasta mi cuello, presionando con los dedos de aquella manera, y volví a notar esa extraña sensación. Esta vez, no me fue tan fácil librarme de ella, y cuando Dexter se acercó más y me dio un beso en la frente, cerré los ojos y me pregunté cuánto tiempo dejaría que esto continuara antes de escabullirme. Tal vez no sería el verano entero. Tal vez tendría que hacerlo descarrilar antes, para evitar un choque total al final.

–Llamando a Dexter –se oyó decir a una voz de la parte delantera de la sala. Levanté la vista: era John Miller, con los ojos entrecerrados por las luces–. Buscado a Dexter. Te buscan en el pasillo cinco para comprobar un precio.

La pelirroja estaba otra vez junto al escenario, bien pegada. Volvió la cabeza siguiendo la mirada de John Miller hasta nosotros. Hasta mí. Y yo le devolví la mirada, sintiéndome de repente posesiva sobre algo que ni siquiera estaba segura de que quisiera llamar mío.

–Me tengo que ir –anunció Dexter. Luego se inclinó sobre mi oreja y me susurró al oído–: ¿Me esperas?

–Quizá –respondí.

Se rio, como si fuera una broma, y desapareció entre la gente. Unos segundos después lo vi subir al escenario, desgarbado y torpe: de camino al micrófono, le dio una patada a un bafle y lo hizo caer. Llevaba un cordón desatado, por supuesto.

–Ay, tía –suspiró Chloe. Me estaba mirando fijamente, meneando la cabeza, y me dije que estaba equivocada, muy equivocada, mientras ella decía–: Has caído.

CAPÍTULO 9

–Yo creía que era una barbacoa. Ya sabes, perritos y hamburguesas, patatas fritas y macedonia de frutas. –Dexter cogió una caja de bollitos de crema y los metió en el carro–. Bueno, y bollitos de crema.

–Y lo es –aseguré, revisando la lista antes de coger un bote de tomates importados secados al sol, de cuatro dólares–. Pero es una barbacoa organizada por mi madre.

–¿Y?

–Y –respondí–, mi madre no cocina.

Me miró, expectante.

–Nada. Mi madre no cocina nada en absoluto.

–Tendrá que cocinar de vez en cuando.

–No.

–Todo el mundo sabe hacer unos huevos revueltos, Remy. Venimos programados al nacer, es la configuración por defecto. Como saber nadar y saber que no hay que mezclar pepinillos con los cereales. Simplemente se sabe.

–A mi madre –le dije, avanzando por el pasillo mientras él se quedaba algo rezagado, dando grandes zancadas– ni siquiera le gustan los huevos revueltos. Solo come huevos benedictinos.

–¿Y eso qué es? –quiso saber, mientras se detenía distraído ante una enorme pistola de agua que habían colocado en medio de la sección de cereales, a la altura de los niños.

–¿No sabes lo que son los huevos benedictinos?

–¿Debería saberlo? –preguntó, mientras tomaba la pistola de agua y apretaba el gatillo, que hizo clic-clic-clic. Apuntó con ella a la esquina, como un francotirador, escondido bajo un montón de latas de maíz.

–Es una forma de preparar los huevos muy complicada y elegante que lleva salsa holandesa –le expliqué–. Y *muffins* ingleses.

–Aggg. –Hizo una mueca de asco–. Odio los *muffins* ingleses.

–¿Qué?

–Los *muffins* –repitió mientras colocaba la pistola en su sitio–. No los soporto. Ni siquiera soy capaz de pensar en ellos. De hecho, deberíamos dejar de mencionarlos ahora mismo.

Nos detuvimos frente a las especias: mi madre quería salsa asiática de pescado. Busqué entre las botellas con atención, frustrada, mientras Dexter se entretenía haciendo malabarismos con cajitas de sacarina. Había descubierto que ir de compras con él era como llevar a un niño pequeño. Se distraía constantemente, todo lo cogía, y ya habíamos metido en el carro demasiados caprichos, de los que pensaba deshacerme en la caja cuando no estuviera mirando.

–¿Me estás diciendo –le dije, alargando el brazo cuando vi la salsa de pescado–, que eres capaz de comerte un tarro de mayonesa de una sentada, pero los *muffins* ingleses, que no son más que pan, te parecen asquerosos?

–Aggg. –Volvió a estremecerse, de la cabeza a los pies, y se llevó la mano al estómago–. Nada de *muffins*, lo digo en serio.

Estábamos tardando mil años. La lista de mi madre solo tenía unos quince artículos, pero eran todos muy particulares: queso de cabra importado, pan de *focaccia*, una marca específica de aceitunas en un tarro rojo, no verde. Y además, estaba la nueva barbacoa que había comprado para la ocasión, la mejor de toda la tienda, según Chris, quien no le impidió que se excediera en la factura como habría hecho yo, así como los muebles nuevos para el patio (si no, ¿dónde vamos a sentarnos?). Mi madre se estaba gastando una fortuna en lo que debería ser una sencilla barbacoa para celebrar el 4 de julio.

Había sido todo idea suya. Desde que regresaron de su luna de miel no había parado de trabajar en su libro, pero hacía unos días había aparecido a mediodía con una inspiración: una barbacoa auténtica con toda la familia, típicamente americana, para el 4 de julio. Vendrían Chris y Jennifer Anne, y la secretaria de Don, Patty, que estaba sin pareja, pobrecita, y ¿no sería estupendo si se liara con el decorador de mi madre, Jorge, a quien teníamos que invitar para agradecerle su trabajo en la nueva ala? ¿Y no sería una ocasión estupenda para que todos conocieran a mi nueva pareja (gesto mío de dolor) e inaugurar nuestro patio nuevo y nuestras vidas maravillosas, increíbles y hermosas como familia?

Oh, sí. Claro. Por supuesto.

–¿Qué? –me preguntó Dexter colocándose delante del carro que yo había ido empujando, al parecer cada vez más rápido, mientras los pensamientos estresantes ocupaban mi cabeza. Le di un golpe con el carrito en el estómago que lo hizo retroceder. Lo agarró con las manos y lo empujó de nuevo hacia mí–. ¿Qué te pasa?

–Nada –respondí, intentando poner el carro en marcha de nuevo. No pude. No se movía–. ¿Por qué lo dices?

–Porque has puesto una cara, como si el cerebro te fuera a estallar.

–Qué bonito –le dije–. Muchísimas gracias.

–Y además –continuó–, te estás mordiendo el labio. Solo haces eso cuando estás a punto de entrar en un estado superobsesivo.

Me lo quedé mirando. Como si yo fuera tan fácil de interpretar, un rompecabezas que se podía resolver en... ¿cuánto tiempo llevábamos, dos semanas? Era insultante.

–Estoy bien –dije fríamente.

–¡Ah! La voz de la reina de hielo. Lo que quiere decir que tengo razón, claro. –Rodeó el carrito, agarrándose al borde, y se puso detrás de mí, con las manos sobre las mías. Empezó a empujar y caminar a su modo tontorrón, obligándome a llevar su ritmo, lo cual era incomodísimo y me dio vergüenza. Era como andar con un zapato lleno de canicas–. ¿Y si hago el ridículo? –preguntó, como si estuviera exponiendo una teoría de, por ejemplo, física cuántica–. ¿Y si rompo un jarrón antiguo de la familia? ¿O hablo de tu ropa interior?

Le lancé una mirada asesina y empujé el carro con más fuerza, haciendo que tropezara. Pero aguantó y me atrajo hacia él, con los dedos extendidos sobre mi estómago. Luego se inclinó y me susurró al oído:

–¿Y si hago una apuesta con Don, allí mismo en la barbacoa, y lo reto a comerse todo el tarro de tomates secos con un tarro de margarina detrás? ¿Y qué pasaría si... –contuvo la respiración teatralmente–, Dios mío, si se lo comiera?

Me tapé la cara con la mano y meneé la cabeza. Odiaba que me hiciera reír cuando yo no quería: me parecía que era perder el control totalmente, cosa que no era nada típica de mí, como el peor defecto.

–Pero ya sabes –me aseguró, aún en la oreja–, que probablemente eso no va a ocurrir.

–Te odio –declaré, y él me besó en el cuello, soltando por fin el carrito.

–No es verdad –contestó, y echó a andar por el pasillo, ya distraído por un enorme expositor de queso en lonchas en la sección de lácteos–. Totalmente falso.

–¡Remy, me he enterado de que vas a ir a Stanford!

Asentí y me cambié el vaso de mano, mientras tanteaba con la lengua para ver si tenía espinacas entre los dientes. Y no tenía. Pero la secretaria de Don, Patty, a quien no había visto desde aquella escena lacrimógena en el baile de la boda, estaba frente a mí expectante, con un gran hierbajo encajado alrededor de un incisivo.

–Bueno –observó, secándose la frente con una servilleta–, es una universidad estupenda. Debes de estar entusiasmada.

–Lo estoy –respondí. Luego levanté la mano con naturalidad y me rocé un diente, esperando que lo entendiera subconscientemente, como por ósmosis, y tomara nota. Pero no. Seguía sonriéndome, con nuevas perlas de sudor en la frente, mientras apuraba el resto del vino y miraba alrededor, preguntándose qué decir a continuación.

De repente se distrajo, igual que yo, por un pequeño alboroto cerca de la nueva barbacoa, donde a Chris le habían asignado la preparación de la carísima carne que mi madre había encargado especialmente al carnicero. Como había oído decir a alguien, eran «bueyes brasileños», fíjate, como si por vivir al sur del ecuador fueran de mayor calidad que las vaquitas que rumian en los prados de Michigan.

Chris no lo llevaba bien. En primer lugar, se había quemado parte de una ceja y bastante vello del brazo al encender la barbacoa. Luego había tenido problemas con la complicada espátula, que formaba parte de los accesorios de último modelo que mi madre se había llevado dejándose convencer por el vendedor, con lo cual uno de los chuletones voló por el patio y aterrizó sobre uno de los zapatos importados de nuestro decorador, Jorge.

Las llamas se elevaban de la barbacoa mientras Chris luchaba con la válvula del gas. Todos los reunidos nos quedamos mirando, con las bebidas en la mano, cómo las llamas crecían y hacían crepitar y chisporrotear la carne, hasta que de repente se apagaron completamente con un gorgoteo. Mi madre, enfrascada en una conversación con un vecino, miró un momento sin mostrar interés, como si la quema y destrucción metódica del plato principal no fuese su problema.

–¡No os preocupéis! –gritó Chris mientras las llamas volvían a subir y él las atacaba con la espátula–. Todo está bajo control.

Su voz denotaba tanta seguridad como su aspecto, que con solo media ceja y el olor a pelo quemado, no era mucha.

–¡Todo el mundo, por favor! –llamó mi madre, haciendo un gesto en dirección a la mesa donde habíamos colocado los quesos y aperitivos–. ¡Comed! ¡Comed! ¡Hay muchísima comida!

Chris se apartaba el humo de la cara mientras Jennifer Anne, a su izquierda, se mordía el labio. Había traído varios platos, todos en envases de plástico con tapas a juego en colores pastel. En la base de cada tapa, con rotulador indeleble, ponía: PROPIEDAD DE JENNIFER A. BAKER, SE RUEGA SU DEVOLUCIÓN. Como si el mundo entero fuera parte de una conspiración para robarle los *tupperware*.

–Barbara –exclamó Patty–, esto es estupendo.

–Oh, no es nada –repuso mi madre, abanicándose con la mano. Llevaba un pantalón negro y una camiseta sin mangas color lima que resaltaba el moreno de la luna de miel, y el pelo recogido con una diadema: era la imagen perfecta de una anfitriona de urbanización, como si en cualquier momento fuera a encender una antorcha y sacar galletitas de queso.

Siempre era interesante ver cómo las relaciones de mi madre se manifestaban en su personalidad. Con mi padre era una *hippy* en todas las fotos que había visto de joven, con faldas vaporosas o vaqueros desgastados, el pelo negro y largo con la raya al medio. Cuando estuvo casada con Harold, el profesor de universidad, se volvió académica, y llevaba chaquetas de *tweed* y las gafas de lectura siempre puestas, aunque veía bien sin ellas. Al casarse con Win, el médico, se transformó en pija, con sus *twinsets* y falditas de tenis, por mucho que no le diera a la bola ni aunque le fuera la vida en ello. Y con Martin, el golfista profesional a quien conoció en el club de campo, claro, tuvo una fase juvenil, porque era seis años más joven que ella: minifaldas, vaqueros, vestiditos ligeros. Ahora, como esposa de Don, Barb se nos había vuelto una mujer de urbanización: ya me los imaginaba, dentro de unos años, con chándal a juego montados en un carrito de golf yendo a practicar su *swing*. De verdad esperaba que fuese el último matrimonio de mi madre, porque no estaba segura de que ni ella ni yo pudiéramos soportar otra encarnación.

Ahora observé mientras Don, con una camisa de golf y bebiendo cerveza de la botella, tomaba otro colín, dejándolo caer en la boca. Yo creía que iba a ser el maestro de la barbacoa, pero ni siquiera parecía gustarle mucho la comida, la verdad, a juzgar por las ingentes cantidades de batidos de proteínas que consumía, esas latas de dieta líquida que dicen tener todo el valor nutricional de una buena comida y la comodidad de una lata. Los compraba por cajas en el Club de Sam. Por alguna razón, más aún que los desayunos pechugones, me molestaba ver a Don pasear por la casa leyendo el periódico, con sus zapatillas de cuero, una lata de batido en la mano, y el *fffffttttt* que hacía al abrirla anunciando su presencia.

–Remy, cariño –me llamó mi madre–, ¿puedes venir un momento?

Me excusé con Patty y atravesé el patio. Al llegar a su lado, mi madre me cogió suavemente de la muñeca, me acercó a ella y susurró:

–¿Crees que deberíamos preocuparnos por la carne?

Miré hacia la barbacoa, donde Chris se había colocado de tal forma que era difícil, pero no imposible, ver que los estupendos chuletones de buey brasileño habían quedado reducidos a objetos pequeños y carbonizados parecidos a rocas de lava.

–Sí y no –le dije, y ella me acarició distraídamente. Mi madre siempre tenía las manos frías, por mucho calor que hiciera. De repente la recordé poniéndome la mano en la frente cuando era pequeña, comprobando si tenía fiebre, y yo pensando entonces lo mismo que ahora–. Ya me encargo yo.

–¡Oh, Remy! –exclamó, apretándome la mano–, ¿qué voy a hacer sin ti?

Desde que volvió de su viaje se repetían estos impulsos repentinos en los que le cambiaba la cara y yo sabía que estaba pensando que de verdad me iba a marchar a Stanford, y que estaba a punto de ocurrir. Ella tenía un marido nuevo, una nueva ala y un nuevo libro. Estaría bien sin mí, y ambas lo sabíamos. Esto es lo que hacían las hijas. Se marchaban y luego volvían a casa con vida propia. Era el argumento básico de muchos de sus libros: chica se independiza, tiene éxito, encuentra el amor, lleva a cabo su venganza. En ese orden. La parte de independizarse y tener éxito me gustaba. El resto serían puntos extra.

–Vamos, mamá –la tranquilicé–. Ni te vas a enterar de que me he ido.

Suspiró, meneando la cabeza, y me atrajo hacia ella para darme un beso en la mejilla. Olí su perfume, mezclado con laca, y cerré los ojos un instante, aspirándolo. Pese a todos los cambios, algunas cosas seguían igual.

Y eso era justo lo que estaba pensando de pie en la cocina, mientras sacaba las hamburguesas del fondo de la nevera, donde las había escondido tras una pila de batidos. En el supermercado, cuando Dexter me preguntó por qué las compraba si no estaban en la lista, le dije que me gustaba estar preparada para cualquier eventualidad, porque nunca se sabe. Es posible que fuera demasiado cínica. O tal vez, como tantos otros que vivían en la órbita de mi madre, había aprendido las lecciones del pasado.

–Así que es verdad. –Me di la vuelta y vi a Jennifer Anne detrás de mí. En una mano tenía dos paquetes de perritos calientes, en la otra una bolsa de panecillos. Me sonrió a medias, como si nos hubieran pillado a las dos haciendo lo mismo, y dijo–: Las grandes mentes piensan parecido, ¿no?

–Estoy impresionada –reconocí, cuando se acercó, abrió un paquete y empezó a colocar los perritos en un plato–. La conoces bien.

–No, pero conozco a Christopher –dijo–. He tenido mis reservas sobre esa barbacoa desde el día que la trajimos a casa. Él se quedó embelesado nada más verla. En cuanto el dependiente se puso a hablar sobre la convección, no hubo nada que hacer.

–¿Convección? –pregunté.

Ella suspiró y se apartó el pelo de la cara.

–Es algo del proceso de calentamiento –explicó–. En lugar de subir, el calor envuelve la comida. Y eso fue lo que enganchó a Christopher. El tipo no dejaba de repetirlo, como un mantra. Envuelve la comida. Envuelve la comida.

Solté una carcajada y ella me miró y sonrió, casi tímidamente, como si primero tuviera que asegurarse de que no me estaba riendo de ella. Luego nos quedamos quietas, las dos con las provisiones en la mano, hasta que nos dimos cuenta de que estábamos al borde de un momento Kodak y teníamos que ponernos en acción.

–Bueno –dije–, pues estaba yo pensando que cómo vamos a explicar este cambio de menú de último momento.

–Los chuletones no estaban bien –respondió tranquilamente–, tenían un olor raro. Y además, esto es tan típico, hamburguesas y perritos. A tu madre le encantará.

–De acuerdo –asentí cogiendo el plato de la carne picada. Ella tomó los panecillos y su plato y se dirigió hacia la puerta del patio. Yo la seguí, encantada de dejarle manejar la situación.

Estábamos a mitad de camino de la puerta cuando se volvió e hizo un gesto con la cabeza en dirección al jardín delantero, y dijo:

–Parece que ha llegado tu invitado.

Miré por la ventana. Y allí estaba Dexter, caminando por la acera, una buena media hora tarde. Llevaba una botella de vino (impresionante) y vestía vaqueros y una camiseta blanca limpia (más impresionante aún). También sujetaba una correa, en cuyo extremo venía atado Mono, que avanzaba deprisa, con la lengua fuera, a una velocidad espectacular para su edad.

–¿Puedes llevar esto? –le pregunté a Jennifer Anne, entregándole mi plato con las hamburguesas.

–Claro –contestó–, te veo fuera.

Cuando eché a andar por el camino de entrada, con la puerta mosquitera golpeando a mi espalda, Dexter estaba atando a Mono al buzón. Al acercarme le oí hablar con el perro en el tono con el que se habla a una persona, y Mono ladeaba la cabeza, todavía jadeando, como si estuviera escuchando atentamente y esperando su turno para contestar.

–... Puede que no le gusten los perros, así que te vas a quedar aquí, ¿vale? –decía Dexter mientras hacía varios nudos en la correa, como si Mono, cuya pata trasera temblaba al sentarse, poseyera algún tipo de fuerza sobrehumana–. Y más tarde iremos a buscar una piscina donde puedas darte un chapuzón y después, tal vez, si tenemos ganas de hacer locuras, iremos a dar una vuelta en la furgoneta y puedes sacar la cabeza por la ventanilla. ¿De acuerdo?

Mono siguió jadeando, con los ojos cerrados, mientras Dexter le rascaba debajo de la barbilla. Cuando me acerqué, me vio y comenzó a mover la cola, dando golpes contra la hierba.

–Hey –saludó Dexter, dándose media vuelta–. Siento llegar tarde. He tenido un problema con el simio este.

–¿Un problema? –pregunté, agachándome a su lado para que Mono me oliera la mano.

–Bueno –explicó–, últimamente he estado tan ocupado con el trabajo, los conciertos y todo eso, ya sabes, que no le he hecho mucho caso. Se siente solo. No conoce a ningún perro por aquí, y él es muy sociable. Está acostumbrado a tener un grupo grande de amigos.

Me lo quedé mirando, y luego a Mono, que se estaba mordisqueando la pata.

–Ya veo –comenté.

–Y esta tarde, cuando me estaba preparando para irme, me seguía por todas partes, en plan patético. Lloriqueando. Arañándome los zapatos. –Le pasó la mano por la cabeza, tirándole de la pelambrera de un modo que parecía doloroso, pero al perro parecía gustarle y gruñía de felicidad–. Puede quedarse aquí, ¿no? –me preguntó Dexter, y se levantó. Mono agitó la cola con esperanza, estirando las orejas, como parecía hacer siempre al oír la voz de su amo–. No dará problemas.

–Sí, está bien –contesté–. Le traeré agua.

Dexter me sonrió, con una sonrisa agradable, como si lo hubiera sorprendido.

–Gracias –me dijo, y luego añadió, hacia Mono–. ¿Ves? Te lo dije. Le gustas.

Mono había vuelto a mordisquearse la pata, como si esto último no fuera con él. Luego le traje agua del garaje, Dexter volvió a comprobar el nudo de la correa y nos dirigimos a la parte lateral de la casa, de donde ya llegaba el olor de los perritos.

Mi madre estaba conversando animadamente con Patty cuando me acerqué, pero al ver a Dexter dejó de hablar, se llevó una mano al pecho, uno de sus típicos gestos como un revoloteo y dijo:

–Hola. Tú debes de ser Dexter.

–Lo soy –confirmó Dexter, y tomó la mano que le ofrecía y le dio un apretón.

–¡Te recuerdo de la boda! –exclamó mi madre, como si acabara de descubrirlo, aunque ya le había mencionado dos veces la conexión–. ¡Eres un cantante maravilloso!

Dexter pareció complacido y al tiempo avergonzado. Mi madre no le había soltado la mano.

–Fue una boda estupenda –respondió por fin–. Enhorabuena.

–Oh, tienes que beber algo –le sugirió mi madre, buscándome con la mirada. Por supuesto, yo estaba allí mismo, entre los dos–. Remy, cariño, ofrécele a Dexter una cerveza. ¿O una copa de vino? ¿O un refresco?

–Cerveza está bien –me dijo Dexter.

–Remy, cariño, hay más cervezas frías en la nevera, ¿de acuerdo?

Mi madre me puso una mano en la espalda, llevándome hacia la cocina, y luego enganchó a Dexter del brazo y añadió:

–Tienes que conocer a Jorge, es un decorador brillante. ¡Jorge! ¡Ven aquí, tengo que presentarte ahora mismo al nuevo novio de Remy!

Jorge se acercó por el patio mientras mi madre seguía trinando sobre lo maravillosos que eran todos los allí presentes. Mientras tanto, me dirigí a la cocina en busca de una cerveza para Dexter, como si fuera una chica del servicio. Para cuando se la llevé, Don se había unido a la conversación y, por alguna extraña razón, todos hablaban de Milwaukee.

–Nunca he pasado más frío en mi vida –estaba diciendo Don, metiéndose en la boca un puñado de frutos secos importados–. El viento te puede destrozar en cinco minutos. Y para los coches es mortal. Por la sal.

–Pero la nieve es magnífica –respondió Dexter, tomando la cerveza que le ofrecía y rozando ligeramente mis dedos–. Y la escena musical está mejorando mucho. Todavía está en sus inicios, pero está ahí.

Don resopló al oír esto y tomó otro trago de su cerveza.

–La música no es una profesión de verdad –dijo–. Hasta el año pasado este chico estaba estudiando empresariales, ¿no es increíble? En la Universidad de Virginia.

–Qué interesante –observó mi madre–. Y dime, ¿cuál es vuestra relación?

–Don es el cuñado de mi padre –le dijo Dexter–. Su hermana es mi tía.

–¡Eso es estupendo! –exclamó mi madre, con entusiasmo algo excesivo–. El mundo es un pañuelo, ¿a que sí?

–¿Sabes? –siguió Don–, Dexter tenía una beca completa. Todo pagado. Y lo dejó. Le rompió el corazón a su madre. ¿Y por qué? Pues por la música.

Entonces ni siquiera mi madre fue capaz de decir algo. Yo me quedé mirando a Don sin saber a qué venía aquello. Tal vez eran los batidos de proteínas.

–Es un cantante magnífico –le dijo mi madre a Jorge, que asintió, como si no lo hubiera oído varias veces. Don parecía estar distraído, y miraba al otro lado del patio con la cerveza vacía en la mano. Miré a Dexter y me di cuenta de que nunca lo había visto así: un poco acobardado, incómodo, incapaz de responder con una de sus réplicas graciosas, que siempre parecía tener preparadas. Se pasó una mano por el pelo, dándose tirones, y luego miró a su alrededor mientras daba otro sorbo de cerveza.

–Ven –le dije, y le di la mano–. Vamos a comer algo. –Y tiré de él suavemente hasta la barbacoa, donde Chris parecía muy contento de estar pinchando las salchichas, otra vez en su elemento.

–¿Sabes qué? –le dije, y él levantó la vista arqueando las cejas–. Don es un gilipollas.

–No, no es cierto –me contradijo Dexter. Sonrió, como si no fuera gran cosa, y luego me pasó un brazo por los hombros–. En todas las familias hay una oveja negra, ¿no? Es algo típicamente americano.

–A mí me lo vas a decir –intervino Chris, dándole la vuelta a una hamburguesa–. Al menos tú no has estado en la cárcel.

Dexter dio un buen trago a la cerveza.

–Solo una vez –respondió alegremente, y me guiñó el ojo.

Y eso fue todo. Rápidamente, volvió a ser el mismo, como si lo que acababa de ocurrir no fuera más que una gran broma, en la que él participaba, y que no le hubiera molestado lo más mínimo. Pero yo, sin embargo, no dejaba de mirar a Don y me ardía el estómago, como si ahora tuviera una cuenta pendiente. Ver a Dexter tan callado, aunque hubiera sido solo un segundo, lo hizo más real para mí. Como si durante esos breves instantes no fuera solo mi ligue de verano sino algo más, algo que me importaba.

El resto de la tarde transcurrió bien. Las hamburguesas y los perritos estaban buenos, la mayor parte de la crema de aceitunas y de los tomates secados al sol sobró, mientras que los huevos rellenos y la ensalada de tres clases de judías de Jennifer Anne fueron un éxito. Incluso vi a mi madre chuparse los dedos después de tomar un pedazo de su pastel de crema de chocolate, adornado con una buena porción de nata montada de bote. Tanto *gourmet* para esto.

Al anochecer todos se despidieron y mi madre desapareció en su cuarto, diciendo que estaba completamente hecha polvo porque ser la anfitriona de una fiesta, aunque los demás hagan casi todo el trabajo, es agotador. Así que Jennifer Anne, Chris, Dexter y yo recogimos los platos y guardamos las sobras. Tiramos casi toda la porquería *gourmet*, además de la carne quemada. Solo salvamos un chuletón, después de rasparle la parte negra, para Mono.

–Le va a encantar –aseguró Dexter al tomarlo de manos de Jennifer Anne, que lo había envuelto en papel de aluminio con las esquinas perfectamente dobladas–. Suele comer pienso, así que esto es como un banquete de Navidad.

–¡Qué nombre tan interesante tiene! –dijo ella.

–Me lo regalaron cuando cumplí diez años –le contó Dexter, mirando hacia fuera–. En realidad yo quería un mono, así que fue una desilusión. Pero ha resultado ser mucho mejor que un mono. Creo que los monos pueden ser muy malos.

Jennifer Anne lo miró, un tanto curiosa, y luego sonrió.

–Eso he oído yo también –dijo, con buena intención, y siguió tapando los restos de pan de pita con plástico de cocina.

–Si tienes un minuto –le dijo Chris a Dexter, mientras limpiaba la encimera con una esponja–, tienes que subir a ver mis crías. Son alucinantes.

–Ah, vale –respondió Dexter con entusiasmo. Luego me miró–. ¿No te importa, Remy?

–No, sube –le dije, como si fuera su madre o algo, y subieron las escaleras pesadamente hacia el cuarto de los lagartos.

Al otro lado de la cocina, Jennifer Anne suspiró mientras cerraba la nevera.

–Nunca entenderé esta afición suya –reconoció–. Gatos y perros, vale, se pueden acariciar. ¿Pero quién querría acariciar un lagarto?

Era una pregunta difícil de contestar, así que quité el tapón del fregadero, donde estaba fregando los platos, y dejé que el agua se fuera por el desagüe borboteando. Arriba parecía una fiesta de parvulitos: risitas, muchos ooohs y aaahs, y ruiditos seguidos de carcajadas.

Jennifer Anne levantó los ojos al techo, claramente irritada.

–Dile a Christopher que estoy en el estudio –me pidió, mientras cogía el bolso de la entrada, donde lo había dejado junto a sus recipientes de plástico, ahora limpios y con sus respectivas tapaderas. Sacó un libro y se encaminó a la habitación de al lado, donde unos segundos después oí el suave murmullo de la televisión.

Cogí la carne envuelta en papel de aluminio y salí al exterior, después de encender la luz del porche. Al bajar por el camino Mono se levantó y comenzó a mover el rabo.

–Hola, chico –lo saludé. Me rozó la mano con el hocico, olió la carne y empezó a empujarme los dedos con la nariz, olisqueando–. Te he traído una sorpresa.

Mono se comió la carne en dos bocados y a punto estuvo de llevarse también parte de mi dedo meñique. Vale que era de noche. Cuando terminó eructó y se tumbó boca arriba, con la espalda arqueada y la barriga hacia afuera, y me senté en la hierba a su lado.

Era una noche agradable, clara y fresca, un tiempo perfecto para el 4 de julio. Unas calles más allá, había gente tirando cohetes y el ruido punteaba la oscuridad. Mono no dejaba de rodar hacia mí, chocándose contra mi codo, hasta que me rendí y le rasqué la pelambrera enmarañada de la barriga. Necesitaba un baño. Urgentemente. Además le olía fatal el aliento. Pero aun así era un perro muy bonito, y parecía que estaba tarareando mientras lo acariciaba.

Estuvimos un rato allí sentados hasta que oí el golpe de la mosquitera al cerrarse y Dexter me llamó. Al oír su voz, Mono se sentó de golpe, con las orejas alerta, y se puso en pie caminando hacia él tanto como pudo, hasta que la correa se estiró al máximo.

–Hola –dijo Dexter. No le distinguía la cara, solo el contorno contra la luz del porche. Mono ladró, como si lo hubiera llamado, y agitó el rabo frenéticamente estilo molinillo. Me pregunté si se caería del fuerte impulso que le daba.

–Hola –respondí, y comenzó a bajar los escalones en nuestra dirección.

Mientras se acercaba por el jardín, observé a Mono, maravillada por la excitación que mostraba todo su cuerpo al ver a esta persona, de la que solo había estado separado durante poco más de una hora. ¿Cómo sería querer tanto a alguien? Tanto, que no pudieras controlarte cuando se acercara, que te gustaría liberarte de lo que te estuviera sujetando y lanzarte contra él con tanta fuerza como para derribaros a los dos. Tuve que preguntármelo, pero era evidente que Mono lo sabía: se veía, se notaba que el cariño emanaba de él, como el calor. Casi lo envidié. Casi.

Aquella noche, más tarde, estaba tumbada en la cama de Dexter cuando cogió la guitarra. Me dijo que no tocaba muy bien, sentado frente a mí, sin camiseta, descalzo, buscando las cuerdas con los dedos en la oscuridad. Tocó un poco de algo, una canción de los Beatles, luego unos cuantos versos de la última versión de «El opus de la patata». No lo tocaba como Ted, claro, sus acordes sonaban más inseguros, como si acertara de chiripa. Me tumbé sobre las almohadas y escuché mientras me cantaba. Un poco de esto y de aquello. Ningún tema completo. Y entonces, justo cuando parecía que me iba a quedar dormida, otra cosa:

–*Esta canción de cuna tiene pocas palabras, unos cuantos acordes...*

–No. –Me senté de golpe, completamente despierta–. No cantes eso.

Se había quedado asombrado cuando le conté la historia. Habíamos estado con nuestro desafío particular, una especie de «Adivina lo que nunca te imaginarías de mí». Me enteré de que era alérgico a las frambuesas, que se había roto los dientes al chocarse contra un banco en sexto curso mientras corría, y que su primera novia era una prima lejana de Elvis. Y yo le dije que había estado a punto de hacerme un *piercing* en el ombligo pero me desmayé, que un año había sido la niña de mi grupo que más galletitas de las *girl scouts* había vendido, y que mi padre era Thomas Custer y había escrito *Canción de cuna* para mí.

Por supuesto que conocía la canción, me dijo, y tarareó los acordes iniciales, recordando las palabras. Incluso la habían cantado un par de veces en bodas, me dijo: algunas novias la elegían para bailar con su padre. Lo que me pareció estúpido, si se piensa en la frase «te voy a decepcionar», ahí mismo lo dice, en la primera estrofa, más claro que el agua. ¿Qué tipo de padre dice una cosa así? Pero hacía mucho tiempo que había dejado de hacerme esa pregunta a mí misma.

Todavía estaba tocando los acordes, encontrándolos en la oscuridad.

–Dexter.

–¿Por qué la odias de esa manera?

–No la odio. Es solo que... estoy harta de ella, eso es todo.

Pero eso tampoco era cierto. A veces la odiaba, porque era una mentira. Como si mi padre hubiera sido capaz, con unas cuantas palabras garabateadas en un motel barato, de disculpar el hecho de no haberse molestado en conocerme. Había pasado siete años con mi madre, casi todos buenos hasta una última bronca que le hizo marcharse a California, cuando ella estaba embarazada, aunque ella no se había enterado hasta más tarde. Dos años después de nacer yo, murió de un ataque al corazón, sin haber regresado para verme. Esta canción era su excusa definitiva, admitiendo ante el mundo que me iba a decepcionar. ¿No lo hacía eso muy noble, en realidad? Como si me estuviera ganando la partida, sus palabras vivían para siempre, mientras que yo me quedaba muda, sin poder rebatirle, sin nada que decir.

Dexter rasgueó la guitarra al azar, sin tocar ninguna melodía, solo por tocar. Y dijo:

–Qué cosa, haber oído esta canción toda mi vida sin saber que era para ti.

–Es solo una canción –dije, pasando los dedos por el alféizar de la ventana, alrededor de las bolas de nieve–. Ni siquiera lo conocí.

–Es una pena. Seguro que era un tío guay.

–A lo mejor –dije. Me sentía rara hablando sobre mi padre en voz alta. Era algo que no había vuelto a hacer desde sexto, cuando mi madre descubrió la terapia como otros descubren a Dios, y nos llevó a todos a terapia individual, de grupo y artística hasta que se le acabó el dinero.

–Lo siento –se disculpó en voz baja, y me irritó su tono solemne y serio. Como si por fin hubiera encontrado el mapa y estuviera acercándose peligrosamente, en círculos.

–No es nada –respondí.

Se quedó callado un momento y recordé su cara de esa tarde, cuando los comentarios de Don lo habían pillado desprevenido, y la vulnerabilidad que había visto en ella. Me había desconcertado, porque estaba acostumbrada al Dexter que me gustaba, el chico divertido con la cintura delgada y los dedos que me tocaban en el cuello justo así. En esos segundos había visto otra faceta suya, y si ahora hubiera luz, él habría visto lo mismo de mí. Así que, como tantas veces en mi vida, le estaba agradecida a la oscuridad.

Me di la vuelta, me apreté contra la almohada y escuché el sonido de mi propia respiración. Lo oí moverse, un golpecito suave cuando dejó la guitarra en el suelo, y luego me rodeó con sus brazos, envolviendo mi espalda, con la cara contra mis hombros. Estaba tan cerca de mí en ese momento, demasiado cerca, pero nunca había alejado a un chico de mí por eso. Si acaso al revés, los había acercado, dejándolos entrar, como hice ahora, convencida de que conocerme bien sería suficiente para que se marcharan asustados.

CAPÍTULO 10

–Hombre, por favor –resopló Lissa, deteniéndose frente a un anaquel lleno de sábanas–, ¿quién sabe distinguir entre un edredón y una funda nórdica?

Estábamos en Ropa de Cama, Etc. armadas con la tarjeta oro de su madre, la lista de artículos que la universidad recomendaba para todos los novatos y una carta de la futura compañera de cuarto de Lissa, una chica llamada Delia, de Boca Ratón, Florida. Se había puesto en contacto para que pudieran coordinar los colores de la ropa de cama, aclarar quién llevaría la tele, el microondas, los cuadros, y para «romper el hielo», de forma que en agosto, cuando empezaran las clases, ya fueran «como hermanas». Si lo de Adam tenía a Lissa deprimida sobre el inicio del curso, esta carta, escrita en papel rosa con tinta plateada y de la que salió una lluvia de purpurina al sacarla del sobre, la remató.

–Una funda nórdica –le expliqué, mientras miraba un montón de toallas moradas–, es una funda de edredón, normalmente de plumas. Y un edredón es como una colcha de retazos pero más elegante.

Me miró de mala manera, suspiró y se apartó el pelo de la cara. Últimamente parecía estar siempre de mal humor, derrotada, como si a los dieciocho años la vida fuera un desastre sin posibilidad de arreglo.

–Pues tengo que comprar un edredón en tonos lilas y rosas –me informó, leyendo la lista de Delia–, y sábanas a juego. Y un faldón, que no sé lo que es.

–Es una tela con volantes que rodea la base de la cama –declaré–, para tapar las patas y dar continuidad al color, hasta el suelo.

Me miró arqueando las cejas

–¿Continuidad al color? –me preguntó.

–Mi madre compró un dormitorio nuevo hace unos años –me justifiqué, y le quité la lista de la mano– y me convertí en una experta en sábanas de hilo y algodón egipcio.

Lissa detuvo el carro junto a un expositor de papeleras de plástico, y cogió una color lima con reborde azul.

–Debería comprar esta –me dijo, haciéndola girar–, solo para que desentone con los colores que ha elegido ella. De hecho, tendría que comprar las cosas más horrendas que encuentre, como protesta total por haber asumido que me dejaría guiar por sus gustos.

Miré alrededor. No era difícil encontrar cosas horrendas en la tienda, que no solo tenía papeleras color verde lima, sino también cajitas para pañuelos de papel con estampado de leopardo, cuadros de gatitos jugando con cachorritos y alfombrillas para el baño con forma de pies.

–Lissa –dije con precaución–, tal vez sería mejor dejarlo para otro día.

–No es posible –gruñó, mientras tomaba un paquete de sábanas, del tamaño equivocado y rojo fuerte, y las metía en el carro–. Voy a ver a Delia la semana que viene, en el curso de orientación, y seguro que me pregunta cómo van las compras.

Cogí las sábanas rojas y las devolví a su sitio mientras ella miraba enfurruñada los vasos para cepillos de dientes, sin ningún entusiasmo.

—Lissa, ¿de verdad quieres empezar así la universidad? ¿Con una actitud de mierda?

Levantó los ojos al cielo.

—Sí, claro, bueno, para ti es todo muy fácil, señorita Me-voy-a-la-otra-punta-del-país-libre-y-sin-problemas. Tú estarás al sol de California, haciendo *windsurf* y comiendo *sushi*, mientras yo me quedo aquí, en el mismo sitio de siempre, viendo cómo Adam se liga a todas las chicas de la clase una detrás de otra.

—¿*Windsurf* y *sushi*? ¿A la vez? —pregunté.

—¡Ya sabes lo que quiero decir! —saltó, y una mujer que estaba colocando las etiquetas a una pila de trapos de cocina nos miró. Lissa bajó la voz y añadió—: Puede que ni siquiera vaya a la universidad. Puede que renuncie a la plaza y me vaya a África de voluntaria y me afeite la cabeza y me dedique a cavar letrinas.

—¿Afeitarte la cabeza? —le dije, porque aquello era lo más ridículo de todo—. ¿Tú? ¿Tienes idea de lo feas que son las cabezas de la mayoría de la gente? Están llenas de bultos, Lissa. Y no lo sabrás hasta que sea demasiado tarde y ya estés calva.

—¡No me estás haciendo ni caso! —exclamó—. Tú siempre lo has tenido fácil, Remy. Tan guapa y segura y lista. Contigo no han cortado nunca y te han dejado hecha polvo.

—Eso no es cierto —respondí con calma—. Y lo sabes.

Hizo una pausa, mientras recordaba nuestra historia común. Vale, tal vez tenía fama de llevar la voz cantante en mis relaciones, pero había un motivo para ello. Ella no sabía lo que había ocurrido aquella noche en casa de Albert, muy cerca de la ventana de su propio dormitorio. Pero, desde entonces, también me habían dado unas cuantas patadas. Incluso Jonathan me había pillado desprevenida.

–Había planeado todo mi futuro con Adam –añadió, en voz baja–. Y ahora no tengo nada.

–No –le dije–, lo único que no tienes es a Adam. Hay una gran diferencia, Lissa. Es solo que todavía no la ves.

Protestó y cogió una caja de pañuelos de papel con estampado de vacas y la metió en el carro.

–Veo que todas estáis haciendo exactamente lo que queríais con vuestra vida. Todas en la línea de salida, pateando la pista y listas para echar a correr, y yo ya estoy coja, a punto de que me devuelvan al establo para darme el tiro de gracia.

–Cielo –le dije, intentando tener paciencia–, solo hemos terminado el instituto hace un mes. Esto ni siquiera es el mundo real. Es solo el tiempo entre medias.

–Bueno, pues no me gusta nada –protestó, haciendo un gesto que abarcaba no solo la tienda, sino el mundo entero–, entre medias o no. Prefiero el instituto sin ninguna duda. Volvería en un segundo, si pudiera.

–Es demasiado pronto para la nostalgia –dije–. De verdad.

Fuimos andando por el pasillo principal hacia la sección de las persianas, sin hablar. Mientras ella refunfuñaba sobre las cortinas, me acerqué a la sección de las rebajas, donde había una oferta de artículos de picnic de verano, solo ese día. Había platos de plástico de todos los colores, cubiertos con mangos transparentes y tenedores con dientes metálicos. Cogí un conjunto de vasitos decorados con flamencos rosa: claramente horrendos.

Pero estaba pensando en la casa amarilla, donde los únicos utensilios de cocina eran un plato de cerámica, unos cuantos tenedores y cuchillos desparejados, tazas de las que regalan en las gasolineras y los platos de papel que Ted hubiera conseguido sacar del saco de productos defectuosos en el Mercado del Alcalde. Era la primera vez que había oído decir en mi vida «¿me pasas la cuchara?» en lugar de «una cuchara», lo que implicaría que había más de una. Y aquí, en una oferta especial, teníamos todo un set de cubiertos de plástico con mango azul, una plétora de cubertería por solo 6,99 dólares. Los cogí y los metí en el carro sin pensarlo.

Unos diez segundos después me di cuenta. ¿Qué estaba haciendo? ¿Comprar cubiertos para un chico? ¿Para un novio? Era como si de repente me hubieran lavado el cerebro los extraterrestres, igual que a mi hermano. ¿Qué tipo de chica compra cubiertos para un chico con el que apenas lleva un mes saliendo? Las locas desesperadas por casarse y tener niños, precisamente, me dije, estremeciéndome con solo pensarlo. Tiré los cubiertos de nuevo sobre la mesa a tal velocidad que chocaron con unos platos de delfines y causaron suficiente conmoción para que Lissa, que estaba mirando las lámparas de lectura, se distrajera.

Tranquilízate, me dije mientras respiraba hondo, y volvía a expulsar el aire rápidamente, ya que todo en Ropa de Cama, Etc. olía a velas aromáticas.

–¿Remy? –dijo Lissa. Tenía una lamparita verde en la mano–. ¿Estás bien?

Asentí y ella volvió a curiosear. Al menos se estaba sintiendo mejor: la lámpara pegaba con la papelera.

Empujé el carro atravesando las secciones de toallas de mano, cajas y recipientes variados, y el pasillo de las velas, donde el olor se convirtió en hedor, sin dejar de recordarme a mí misma que no todo tiene necesariamente un significado oculto. Eran unos cubiertos de oferta, por favor, no un anillo de compromiso. Aquello me calmó un poco, aunque la parte más racional de mi cerebro me decía que nunca en más o menos quince relaciones desde secundaria había tenido el impulso de comprarle a un novio nada más permanente que un refresco. Incluso en cumpleaños y Navidades me ceñía a regalos básicos, como camisetas y CD, cosas que antes o después pasarían de moda. No como los cubiertos de plástico, que probablemente perdurarían para saludar a las cucarachas tras el holocausto nuclear. Además, si nos ponemos a analizar el significado profundo de los regalos, los platos equivalían a la comida, que equivalía al sustento, que equivalía a la vida, con lo cual, al regalar un solo tenedor de plástico estaba diciendo básicamente que quería cuidar de Dexter para siempre jamás, amén. Aggg.

De camino a la caja, Lissa y yo volvimos a pasar frente a la mesa de las ofertas. Ella cogió un despertador estilo retro.

–Es chulo –afirmó–. Y mira esos platos y cubiertos de plástico. Tal vez me vengan bien cuando nos preparemos algo en el cuarto.

–Puede –dije, encogiéndome de hombros e ignorando la mesa como si fuera un ex novio.

–Pero, ¿y si no los uso? –continuó, con la voz que reconocí como la Lissa entrando en el Modo Indeciso Principal–. Al fin y al cabo son solo siete dólares, ¿no? Y son chulos. Pero seguramente no voy a tener sitio.

–Seguramente no –asentí, comenzando a empujar el carro de nuevo.

No se movió, con el despertador en una mano, y tocando el saquito de plástico en el que venían los cubiertos.

–Pero son muy bonitos, la verdad –dijo–. Y será mejor que usar los que vienen con la comida a domicilio. Pero claro, son muchos. Si vamos a estar solo Delia y yo...

Esta vez no dije nada. Lo único que olía eran las velas.

–Pero es posible que a veces vengan amigos, no sé, a tomar una pizza o algo. –Suspiró–. No, déjalo, es solo un impulso. No lo necesito.

Comencé a empujar el carro de nuevo y ella dio unos pasos. Dos, para ser exactos.

–Por otra parte –prosiguió, y dejó de hablar. Suspiró. Y luego–: No, déjalo...

–¡Madre mía! –exclamé, alargando el brazo para coger una bolsa de plástico y meterla en el carro–. Yo lo compro. Venga, vámonos ya, ¿de acuerdo?

Me miró con los ojos desorbitados.

–¿Los quieres de verdad? Porque no estoy segura de que yo los vaya a usar...

–Sí –respondí en voz alta–. Los quiero. Los necesito. Vamos.

–Bueno, vale –dijo Lissa, insegura–. Si los quieres de verdad.

Más tarde, cuando la dejé en su casa, le dije que se asegurara de coger todas las bolsas, incluso los cubiertos de plástico. Pero, típico de ella, se llevó todas las bolsas excepto una. Y a mí se me olvidó totalmente hasta unas cuantas noches más tarde, cuando Dexter y yo estábamos descargando de mi coche la compra que había hecho para la casa amarilla: mantequilla de cacahuete, pan, zumo de naranjas y Doritos. Cogió todas sus bolsas y estaba a punto de cerrar el maletero cuando se detuvo y se agachó.

–¿Qué es esto? –preguntó, sacando una bolsa de plástico blanca, cerrada con un nudo –Lissa era una buena alumna– para que no se cayera el contenido.

–Nada –dije, e intenté quitársela.

–Espera, espera –insistió, levantándola fuera de mi alcance. La mantequilla de cacahuete se cayó de una de sus otras bolsas y empezó a rodar por el patio, pero no le prestó atención, demasiado intrigado por lo que yo no quería que viera–. ¿Qué es?

–Algo que he comprado para mí –contesté secamente, intentando agarrarlo. No hubo suerte. Era demasiado alto y sus brazos demasiado largos.

–¿Es un secreto?

–Sí.

–¿De verdad?

–Sí.

Meneó la bolsa un poco, escuchando el sonido que hacía.

–No suena a secreto –dijo.

–¿Y cómo suena un secreto? –le pregunté. Idiota–. Dámelo.

–A tampones –dijo, y volvió a sacudirla–. Esto no suena a tampones.

Lo miré fijamente y me la devolvió, como si ahora no quisiera averiguarlo. Caminó por el césped para coger la mantequilla de cacahuete, la limpió en la camiseta, por supuesto, y volvió a meterla en la bolsa.

–Si quieres saberlo –le dije, como si no tuviera ninguna importancia–, son solo unos cubiertos de plástico que compré en Ropa de Cama, Etc.

Se quedó pensando.

–Cubiertos de plástico.

–Sí. Estaban de oferta.

Nos quedamos allí parados. Dentro de la casa se oía la tele y alguien que se reía. Mono estaba al otro lado de la puerta mosquitera, agitando la cola a toda velocidad.

Limpié un poco de tierra de la parte trasera del coche –¿era un arañazo?– y dije a la ligera:

–Sí, bueno. Lo básico, ya sabes.

–¿Necesitas cubiertos? –me preguntó.

Me encogí de hombros.

–Porque –continuó, y suprimí las ganas de hacer una mueca–, es gracioso, porque yo necesito cubiertos. Muchísimo.

–¿Podemos entrar, por favor? –le pregunté, mientras cerraba el maletero–. Hace mucho calor aquí.

Volvió a mirar la bolsa, y luego a mí. Y luego, despacio, la sonrisa que conocía y temía se extendió por su cara.

–Me has comprado cubiertos de plástico –declaró–. ¿No?

–No –gruñí, limpiando la matrícula.

–¡Sí! –Se echó a reír a carcajadas–. Me has comprado tenedores. Y cuchillos. Y cucharas. Porque...

–No –dije subiendo la voz.

–¡... me quieres! –Sonrió, como si hubiera resuelto el rompecabezas definitivo, mientras yo sentía cómo me ponía colorada. La estúpida de Lissa. Podría haberla matado.

–Estaban rebajados –repetí, como si fuera una excusa.

–Me quieres –afirmó sencillamente, tomando la bolsa y añadiéndola a las demás.

–Solo siete dólares –añadí, pero él ya se alejaba, tan seguro de sí mismo–. Estaban en liquidación, por el amor de Dios.

–Me quieres –repitió por encima del hombro, con retintín–. Me. Quieres.

Me quedé en el patio, al pie de las escaleras, sintiendo por primera vez desde hacía mucho tiempo que las cosas estaban totalmente fuera de mi control. ¿Cómo había dejado que ocurriera? Años de CD y jerséis, de regalos intercambiables y ahora unos cubiertos de picnic y había perdido completamente mi ventaja. Parecía imposible.

Dexter caminó hasta la puerta. Mono daba vueltas como un loco, olisqueando las bolsas, hasta que los dos entraron y la puerta se cerró tras ellos. Algo me dijo, allí mismo, que debería dar media vuelta, volver al coche y conducir hasta casa lo más rápido posible, y luego cerrar con llave todas la puertas y ventanas y resguardarme para proteger mi dignidad. O mi cordura. Tantas veces vemos una oportunidad de detener las cosas antes de que empiecen. O incluso de pararlas a medio camino.

Pero era incluso peor cuando sabías en ese preciso momento que todavía estabas a tiempo de salvarte, y sin embargo eras incapaz de moverte.

La puerta volvió a abrirse y allí estaba Mono, jadeando. Por encima, colgando del marco de la puerta desde la izquierda, había una mano cuyos dedos rodeaban un tenedor azul fuerte y lo hacían girar sugestivamente, como si fuera algún tipo de señal que deletreaba mensajes en algún código supersecreto de espías. ¿Qué decía? ¿Qué quería decir? ¿Acaso me importaba a estas alturas?

El tenedor siguió moviéndose, llamándome. Última oportunidad, pensé.

Lancé un fuerte suspiro y comencé a subir las escaleras.

Había ciertas formas de saber cuándo mi madre se estaba acercando al fin de una novela. En primer lugar, empezaba a trabajar a todas las horas del día, no solo en su horario de doce a cuatro. Luego empezaba a despertarme por la noche el sonido de la máquina de escribir, y al mirar por la ventana del dormitorio veía la luz de la ventana de su estudio dibujar rectángulos alargados en el lateral del patio. Además, comenzaba a hablar sola mientras escribía, en voz muy baja. Sus palabras no llegaban a entenderse, pero a veces parecía que había dos personas, una dictando y otra escribiendo rápidamente, una línea ta-ta-ta-ta tras otra. Y, por último, el signo más revelador de todos, el que la delataba: cuando cogía el ritmo y las palabras le salían tan rápidamente que tenía que luchar para mantenerlas dentro del tiempo que tardaba en trasladarlas a la página, entonces siempre ponía a los Beatles, y cantaban para ella hasta el epílogo.

Un día de mediados de julio, bajaba a desayunar frotándome los ojos cuando me detuve en medio de la escalera y escuché. Sí. Paul McCartney, con voz aguda, algo de la primera época.

La puerta del cuarto de los lagartos se abrió detrás de mí y Chris salió con su uniforme de trabajo, cargado con varios tarros vacíos de comida para bebés, que formaba parte de la dieta diaria de los lagartos. Ladeó la cabeza y cerró la puerta a su espalda.

–Parece que es el disco con la canción sobre Noruega –observó.

–No –dije mientras bajaba las escaleras–. Es en el que están todos en una terraza, mirando hacia abajo.

Asintió y bajó a mi ritmo detrás de mí. Cuando llegamos a la cocina, vimos que la cortina de cuentas estaba echada en la entrada del estudio y al otro lado la voz de Paul había dado paso a la de John Lennon. Me acerqué y miré a través de la cortina. Quedé impresionada por el taco de papeles sobre la mesa y una vela agotada. Al menos eran doscientas páginas. Cuando se lanzaba, no había quien la parase.

Volví a la cocina y aparté dos latas vacías de batido –estaba decidida a no recoger las cosas de Don, aunque me ponía a prueba todos los días– antes de prepararme un tazón de cereales con plátanos y una gran taza de café. Luego me senté, de espaldas a la mujer desnuda de la pared, y descolgué el calendario familiar de regalo de Automóviles Don Davis, con la foto del mismo Don sonriendo delante de un 4x4.

Era el 15 de julio. Dentro de dos meses, día más o menos, pondría rumbo al aeropuerto con mis dos maletas y mi ordenador portátil. Siete horas después llegaría a California para comenzar mi vida en Stanford. Había pocas cosas anotadas hasta entonces; incluso el día de mi marcha apenas estaba marcado, excepto por un círculo con barra de labios que había hecho yo misma, como si fuera importante solo para mí.

–Oh, tío –gruñó Chris delante de la nevera. Lo miré y estaba sujetando una bolsa casi vacía de pan de molde: lo único que quedaba era la rebanada del principio y la del final, que supongo que tienen un nombre, pero nosotros siempre las llamábamos los culos–. Lo ha vuelto a hacer.

Don llevaba tanto tiempo viviendo solo que le costaba comprender que había otras personas que vendrían después de él y, a veces, usarían las mismas cosas que él. No se le ocurría otra cosa que terminar el cartón de zumo de naranja y volverlo a dejar en la nevera, o coger las últimas rebanadas de pan utilizables y dejar los extremos para Chris. Aunque tanto Chris como yo le habíamos pedido educadamente que apuntara las cosas que se terminaban para comprarlas (teníamos una lista en la nevera, LISTA DE LA COMPRA), se olvidaba o no se tomaba la molestia.

Chris cerró la puerta de la nevera con excesivo entusiasmo, haciendo temblar las hileras de batidos colocadas sobre ella. Las latas chocaron unas contra otras y una se cayó entre la nevera y la pared con un golpe seco.

–Odio esos chismes –gruñó, metiendo las rebanadas de pan en el horno tostador–. Y, joder, acababa de comprar esta bolsa de pan. Si se bebe todos esos batidos, ¿cómo es que se come también mi pan? ¿No se supone que son una comida completa?

–Eso creía yo.

–Hombre –continuó, mientras la música aceleraba en el cuarto contiguo, con muchos yeah-yeah-yeah–, lo único que pido es un poco de consideración, ¿no? Hoy por ti y mañana por mí. No es pedir demasiado, me parece a mí. ¿Te parece?

Me encogí de hombros y volví a mirar el círculo de lápiz de labios. No era mi problema.

–¿Remy? –la voz de mi madre llegó del estudio; el ruido de la máquina de escribir se había detenido por un momento–. ¿Puedes hacerme un favor?

–Claro –contesté.

–¿Me traes un café? –La máquina comenzó de nuevo–. ¿Con leche?

Me levanté y le serví una taza casi hasta arriba; luego añadí leche desnatada hasta el borde: una de las pocas cosas que teníamos totalmente en común era que tomábamos el café igual. Me acerqué a la puerta del estudio, llevando en equilibrio su taza y la mía, y corrí a un lado la cortina.

La habitación olía a vainilla, y tuve que hacerme sitio apartando una fila de tazas, la mayoría medio llenas, con los bordes manchados de lápiz de labios rosa perlado, que era el que usaba en casa. Uno de los gatos estaba acurrucado en la silla junto a la suya y me siseó sin muchas ganas cuando lo aparté para poder sentarme. Delante de mí estaba el montón de hojas escritas a máquina, perfectamente alineadas. Tenía razón: iba como una máquina. El número en la página superior era 207.

Sabía que no debía hablar hasta que terminara con la frase o escena que estuviera escribiendo en ese momento. Así que cogí la página 207 y la leí rápidamente, acomodándome con las piernas dobladas sobre el asiento.

–Luc –llamó Melanie desde la otra habitación de la suite, pero no se oyó más que silencio–. Por favor.

No hubo respuesta del hombre que solo unas horas antes la había besado bajo una lluvia de pétalos de rosa, declarándole su amor frente a la alta sociedad de París. ¿Cómo podía un matrimonio ser tan frío? Melanie se estremeció con su camisón de encaje y sintió que los ojos se le llenaban de lágrimas al ver su ramo de rosas blancas y lilas, que la doncella había dejado sobre la mesita de noche. Todavía estaba fresco y nuevo, y Melanie recordó que se había llevado las flores a la cara, aspirando su aroma, cuando le invadió la sensación de que ahora era la señora de Luc Perethel. Una vez, las palabras le habían parecido mágicas, como un conjuro en un cuento de hadas. Pero ahora, con la ciudad iluminada al otro lado de su ventana abierta, Melanie no suspiraba por su marido, sino por otro hombre, en otra ciudad. Oh, Brock, pensó. No se atrevió a decir las palabras en voz alta, por temor a que se las llevara el viento, fuera de su alcance, hasta encontrar al único amor verdadero que había tenido nunca.

Oh, oh. Levanté la vista hacia mi madre, que seguía tecleando, con el ceño fruncido y moviendo los labios. Bueno, yo sabía que lo que escribía era pura ficción.

Después de todo, esta mujer tejía historias sobre la vida y los amores de los ricos mientras nosotros usábamos cupones en el supermercado y nos cortaban la línea de teléfono cada dos por tres. Y no era que a Luc, el recién estrenado y frío marido, le encantaran los batidos de proteínas o algo así. Eso esperaba.

–Oh, gracias.

Al ver la taza de café recién hecho, alargó los dedos, la cogió y dio un sorbo. Llevaba el pelo recogido en una cola de caballo, sin maquillaje, y llevaba puesto el pijama y las zapatillas con estampado de leotardo que le había regalado yo en su último cumpleaños. Bostezó, recostándose en la silla, y dijo:

–Llevo toda la noche escribiendo. ¿Qué hora es?

Eché un vistazo al reloj de la cocina, visible a través de la cortina, que todavía se movía ligeramente.

–Las ocho y cuarto.

Suspiró y volvió a llevarse la taza a los labios. Miré la página, todavía en la máquina de escribir, para intentar averiguar qué pasaba después, pero lo único que vi fueron varias líneas de diálogo. Al parecer, Luc tenía algo que decir después de todo.

–Así que va bien –comenté, señalando con la cabeza el montón de folios junto a mi codo.

Me hizo un gesto con la mano, para indicar que más o menos.

–Oh, no sé, estoy justo a la mitad, y ya sabes que siempre hay un punto muerto. Pero anoche estaba a punto de dormirme cuando tuve una inspiración. Tenía que ver con los cisnes.

Esperé, pero al parecer eso era todo lo que iba a decirme. Cogió una lima de uñas de una taza llena de lápices y bolígrafos, y se puso manos a la obra con un meñique, al que dio forma hábilmente.

–Cisnes –repetí al fin.

Arrojó la lima de uñas sobre la mesa y estiró los brazos sobre la cabeza.

–¿Sabes? –añadió, recogiéndose un mechón de pelo suelto detrás de la oreja–, en realidad son criaturas horribles. Son hermosos, pero malvados. Los romanos los usaban en lugar de perros guardianes.

Asentí mientras bebía mi café. Al otro lado de la habitación, oí roncar al gato.

–Y eso –continuó– me hizo pensar en el precio de la belleza. O, ya que estamos, ¿cuál es el precio de todo? ¿Cambiarías el amor por la belleza? ¿O la felicidad por la belleza? ¿Puede una persona hermosa con una vena malvada merecer la pena? Y si te merece la pena, porque decides quedarte con el cisne hermoso con la esperanza de que no se vuelva contra ti, ¿qué harías si te atacara?

Eran preguntas retóricas. O eso creí.

–No podía dejar de pensar en todo esto –me confesó, meneando la cabeza–. Y no podía dormir tampoco. Creo que es ese tapiz ridículo que Don insistió en colgar en la pared. No puedo relajarme viendo todos esos retratos minuciosos de batallas militares y personas crucificadas.

–Es un poco excesivo –dije. Cada vez que entraba en el cuarto a coger algo me quedaba paralizada. Era difícil apartar la vista del panel que ilustraba la decapitación de san Juan Bautista.

–Así que bajé, pensando en reescribir un poco, y ahora son las ocho de la mañana y todavía no estoy segura de cuál es la respuesta. ¿Cómo es posible?

La música se terminó y todo quedó en silencio. Estaba segura de sentir que mi úlcera se removía, pero es posible que fuese el café. Mi madre siempre se ponía muy dramática cuando escribía. Al menos una vez en cada novela, aparecía en la cocina al borde de las lágrimas, histérica, diciendo que había perdido cualquier talento que alguna vez poseyera, que el libro estaba atascado, un desastre, el final de su carrera, y Chris y yo nos quedábamos allí callados hasta que volvía a salir gimiendo y llorando. Al cabo de unos minutos, horas o, en los malos momentos, días, volvía al estudio, cerraba la cortina y se ponía a escribir. Y meses después, cuando llegaban los libros, con ese olor a nuevo, las cubiertas lisas y los lomos todavía sin arrugas, siempre se le olvidaban las crisis que habían contribuido a crearlos. Si se lo recordaba, decía que las novelas eran como los partos: si nos acordáramos de lo mal que lo pasamos, no volveríamos a repetirlos jamás.

–Ya lo solucionarás –la tranquilicé–. Siempre lo haces.

Se mordió el labio, bajó la vista hacia la hoja de la máquina y luego miró por la ventana. El sol la iluminaba y me di cuenta de que tenía aspecto cansado, incluso triste.

–Ya lo sé –dijo, como si solo me diera la razón para zanjar la conversación. Y después, tras uno o dos segundos, cambió de tema completamente y me preguntó–:

–¿Cómo está Dexter?

–Bien, supongo –contesté.

–Me cae muy bien. –Bostezó y luego me sonrió como disculpándose–. No se parece a los otros chicos con los que has salido.

–Tenía una regla contra los músicos –expliqué.

Suspiró.

–Yo también.

Me reí, y ella también. Luego añadí:

–A ver, ¿por qué la rompiste?

–Pues por lo mismo que todo el mundo –contestó–. Me enamoré.

Oí el golpe de la puerta cuando Chris se marchó a trabajar y gritó una despedida según se iba. Lo vimos caminar hacia su coche, con una limonada, su equivalente al café, en la mano.

–Creo que le va a comprar un anillo, si es que no lo ha hecho ya –dijo mi madre pensativamente–. Tengo el presentimiento.

Chris puso el coche en marcha y salió a la calle. Giró en el fondo del callejón y se fue, bebiendo la limonada mientras conducía.

–Bueno –dije–, tú sabes de esas cosas.

Terminó su café y alargó la mano para acariciarme la mejilla, trazando el contorno de mi cara. Un gesto dramático, como casi todos los suyos, pero me reconfortaba que llevara haciéndolo desde que tenía memoria. Sus dedos, como siempre, estaban fríos.

–Oh, mi Remy –me dijo–. Tú eres la única que lo entiende.

Sabía a qué se refería, y al mismo tiempo no. Yo era muy parecida a mi madre, pero no en cosas de las que me sintiera orgullosa. Si mis padres hubieran seguido juntos y se hubieran convertido en viejos *hippies* cantando canciones protesta mientras fregaban los platos después de cenar, tal vez yo habría sido distinta. Si hubiera visto lo que el amor es capaz de hacer, o qué era, tal vez habría creído en él desde el principio. Pero había pasado gran parte de mi vida viendo cómo los matrimonios se hacían y deshacían. Así que lo entendía, sí. Pero a veces, como últimamente, deseaba no entenderlo, en absoluto.

–Pero se está llenando.

–Se está llenando pero no está lleno. –Le quité el detergente y abrí el tapón–. Tiene que estar lleno.

–Yo siempre pongo el jabón justo cuando empieza –dijo.

–Y por esa razón –afirmé, echando un poco de detergente a medida que subía el nivel del agua–, tu ropa no queda limpia del todo. Es cuestión de química, Dexter.

–Es la colada –dijo él.

–Exactamente.

Suspiró.

–¿Sabes? –añadió, mientras yo vertía el resto del detergente y cerraba la tapa–, los otros son aún peores. Casi nunca ponen la lavadora, ni mucho menos separan la ropa de color y la negra.

–La ropa blanca y la de color –lo corregí–. La negra y la de color van juntas.

–¿Eres tan perfeccionista con todo?

–¿Quieres que se te destiña todo de rosa otra vez?

Aquello le hizo callar. Nuestra pequeña lección doméstica de la tarde se debía a que había puesto a lavar una camisa roja nueva en el ciclo de agua caliente, lo que había dejado todo lo demás teñido de rosa. Desde el incidente de los cubiertos, había hecho todo lo posible por ser lo contrario de una ama de casa, pero no podía soportar un novio rosa. Así que allí estábamos, en el cuarto de la lavadora de la casa amarilla, un lugar que solía evitar por la enorme pila de calzoncillos, calcetines y camisetas sin lavar que lo ocupaba, y que a menudo se desparramaba por el pasillo. Lo cual no era de extrañar, pues casi nadie compraba detergente. La semana pasada, al parecer, John Miller había lavado todos sus vaqueros con Palmolive.

Una vez que empezó el ciclo, salté con cuidado sobre un montón de calcetines asquerosos hasta el pasillo y cerré la puerta todo lo que pude. Luego seguí a Dexter a la cocina, donde Lucas estaba sentado a la mesa, comiendo una mandarina.

–¿Has puesto una lavadora? –le preguntó a Dexter.

–Sí.

–¿Otra vez?

Dexter asintió.

–Estoy blanqueando la ropa.

Lucas pareció impresionado. Pero él llevaba una camisa con una mancha de *ketchup* en el cuello.

–Guau –exclamó–. Es...

Y de repente se hizo la oscuridad. Total. Se apagaron todas las luces, la nevera dejó de zumbar, la lavadora dejó de dar vueltas. La única luz que se veía era la lámpara del porche de la casa vecina.

–¡Hey! –gritó John Miller desde el salón, donde estaba concentrado como cada noche a esta hora viendo *La ruleta de la fortuna*–. Estaba a punto de adivinarlo, tío.

–Cállate –soltó Lucas, que se levantó, se acercó al interruptor de la luz y lo pulsó unas cuantas veces, clic-clac-clic–. Debe de ser un fusible.

–Es toda la casa –dijo Dexter.

–¿Y?

–Pues que si fuera un solo fusible, algo funcionaría –continuó Dexter, que cogió un mechero del centro de la mesa y lo encendió–. Debe de ser un apagón. Seguramente toda la red.

–Oh.

Lucas volvió a sentarse. En el salón se oyó un golpe cuando John Miller intentó avanzar en la oscuridad.

Aquel no era mi problema. Ni mucho menos. Pero aun así, no pude evitar mencionar:

–Esto... en la casa de al lado hay luz.

Dexter reclinó su silla hacia atrás y miró por la ventana para comprobarlo.

–Es verdad –confirmó–. Interesante.

Lucas empezó a pelar otra mandarina mientras John Miller aparecía en el umbral de la puerta de la cocina. Su pálida piel parecía brillar en la oscuridad.

–Se ha ido la luz –anunció, como si fuéramos ciegos y necesitáramos que nos lo dijera.

–Gracias, Einstein –gruñó Lucas.

–Es un cortocircuito –decidió Dexter–. Algún cable suelto o algo.

John Miller entró y se dejó caer en el sofá. Durante un minuto nadie dijo nada, y me di cuenta de que, para ellos, aquello no era un gran problema. Luces, ¡bah!, qué más da.

–¿No habéis pagado la factura? –le pregunté al fin a Dexter.

–¿Factura? –repitió.

–La factura de la luz.

Silencio. Y luego dijo Lucas:

–Jo, tío. La maldita factura de la luz.

–Pero la hemos pagado –dijo John Miller–. Estaba ahí, en la encimera, la vi ayer mismo.

Dexter lo miró.

–¿La viste o la hemos pagado?

–¿Las dos cosas? –aventuró John Miller, y Lucas suspiró con impaciencia.

–¿Dónde estaba? –quise saber, levantándome. Era evidente que alguien tenía que hacer algo–. ¿En qué encimera?

–Ahí –indicó señalando con el dedo, pero estaba oscuro y no se veía–. En el cajón donde guardamos las cosas importantes.

Dexter cogió un mechero y encendió una vela, después se dio la vuelta hacia el cajón y empezó a rebuscar entre las cosas que ellos consideraban importantes. Al parecer, esto incluía paquetes de salsa de soja, una muñequita hawaiana de plástico y cajas de cerillas de todos los supermercados y bares de la ciudad.

Ah, y varios papeles, uno de los cuales Dexter levantó.

–¿Es esta?

Se la quité de la mano y me esforcé por leer lo que ponía.

–No –contesté, despacio–, esto es un aviso que dice que si no pagabais la factura antes de... a ver... ayer, os iban a cortar la luz.

–¡Guau! –exclamó John Miller–. ¿Cómo se nos ha pasado eso?

Le di la vuelta al papel: en la parte de atrás había varios cupones de *pizza*, con uno arrancado, y los que quedaban un poco grasientos.

–Ni idea –dije.

–Ayer –dijo Lucas pensativo–. Jo, así que nos han dado medio día más. Qué generosidad la suya.

Me lo quedé mirando.

–Muy bien –intervino Dexter–, ¿a quién le tocaba pagar la factura de la luz?

Otro silencio. Entonces John Miller dijo:

–¿Ted?

–Ted –dijo Lucas.

–Ted –repitió Dexter, que alargó la mano hacia el teléfono y lo descolgó. Marcó un número y se quedó sentado, tamborileando en la mesa con los dedos–. Hola, oye, Ted. Dexter. ¿A qué no sabes dónde estoy? –Escuchó un momento–. No. En la oscuridad. Estoy en la oscuridad. ¿No tenías que haber pagado la factura de la luz?

Oí que Ted decía algo, hablando muy rápido.

–¡Estaba a punto de averiguarlo! –gritó John Miller–. Solo me hacía falta una L o una V.

–Eso no le importa a nadie –replicó Lucas.

Dexter siguió escuchando a Ted, que al parecer no había hecho aún ninguna pausa, asintiendo de vez en cuando con un mmm-mmm. Por fin, dijo:

–Ah, vale. –Y colgó.

–¿Y bien? –preguntó Lucas.

–Ted lo tiene controlado.

–¿Y eso qué quiere decir? –quise saber.

–Eso quiere decir que está supercabreado, porque, según parece, me tocaba a mí pagar la factura de la luz.

–Sonrió–. ¡A ver! ¿Quién quiere contar historias de fantasmas?

–Dexter, de verdad –insistí. Esta clase de irresponsabilidad me irritaba la úlcera, pero al parecer Lucas y John Miller estaban acostumbrados. Ninguno de los dos parecía particularmente afectado, ni siquiera sorprendido.

–No pasa nada, no pasa nada –dijo–. Ted tiene el dinero, así que va a llamarlos para ver si consigue que nos den la luz esta noche o mañana temprano.

–Bien por Ted –aprobó Lucas–. Y tú, ¿qué?

–¿Yo? –preguntó Dexter, sorprendido–. ¿Qué pasa conmigo?

–Quiere decir –expliqué–, que deberías hacer algo por la casa, a modo de disculpa.

–Exacto –afirmó Lucas–. Hazle caso a Remy.

Dexter me miró.

–Cariño, no me estás ayudando.

–¡Estamos a oscuras! –exclamó John Miller–. Y es culpa tuya, Dexter.

–Vale, vale –se rindió Dexter–. Muy bien. Haré algo por la casa. Voy a...

–¿Limpiar el baño? –sugirió Lucas.

–No –respondió Dexter tajante.

–¿Poner una lavadora con mi ropa?

–No.

Por fin, John Miller propuso:

–¿Comprar cerveza?

Todos esperaron.

–Sí –asintió Dexter–. ¡Sí! Invito a cerveza. Tomad. –Se metió la mano en el bolsillo y sacó un billete arrugado, que levantó para que todos lo viésemos–. Veinte pavos. Ganados con el sudor de mi frente. Para vosotros.

Lucas lo cogió de la mesa a toda velocidad, como si temiese que Dexter cambiara de opinión.

–Estupendo. Vamos.

–Yo conduzco –declaró John Miller, poniéndose en pie de un salto. Lucas y él salieron de la cocina discutiendo sobre dónde estaban las llaves. Luego la puerta se cerró de golpe y se marcharon.

Dexter se inclinó hacia la encimera de la cocina y encontró otra vela. La encendió y la puso sobre la mesa de la cocina mientras yo me sentaba en la silla junto a la suya.

–Romántico –observé.

–Evidentemente –convino–, todo ha sido un plan para quedarme a solas contigo en una casa oscura a la luz de las velas.

–Qué pastelero –dije.

Sonrió.

–Lo intento –sonrió.

Nos quedamos un rato allí sentados, en silencio. Noté que me observaba y al cabo de un rato me levanté y me senté en su regazo.

–Si fueras mi compañero de piso y me hicieras una jugarreta de éstas –le aseguré mientras me apartaba el pelo de los hombros–, te mataría.

–Aprenderías a apreciarlo.

–Lo dudo.

–Yo creo –dijo– que en realidad te sientes atraída en secreto por todas esas partes de mi personalidad que dices que aborreces.

Me lo quedé mirando.

–No creo.

–¿Entonces qué es?

–¿Qué es qué?

–¿Qué es lo que te atrae de mí?

–Dexter.

–No, en serio. –Me atrajo hacia él, de forma que mi cabeza estaba junto a la suya, con las manos entrelazadas alrededor de mi cintura. Delante de nosotros oscilaba la vela, proyectando sombras desiguales contra la pared de enfrente–. Dímelo.

–No –respondí, y añadí–: Me da corte.

–No, no tiene por qué. Mira, te voy a decir lo que me gusta de ti.

Gemí.

–Bueno, salta a la vista que eres muy guapa –prosiguió, ignorando mis protestas–. Y eso, lo admito, fue lo primero que me llamó la atención en el concesionario aquel día. Pero luego, tengo que decir que lo que me conquistó es tu seguridad. Hay tantas chicas inseguras, preguntándose todo el tiempo si están gordas o si te gustan de verdad, pero tú no. Joder. Tú actuaste como si te importara un bledo que hablara contigo o no.

–¿Actuaste?

–¿Ves? –Noté que sonreía–. A eso me refiero.

–¿Así que te atrae el hecho de que sea una tipa dura?

–No, no. No es eso. Me gustó que fuese un reto llegar más allá, abrirme un hueco. A la mayoría de las personas se las cala con facilidad. Pero una chica como tú, Remy, tiene muchas capas. Lo que está a la vista está muy lejos de la realidad. Puede que parezcas dura, pero, en el fondo, eres una blandengue.

–¿Qué? –protesté. Me ofendí de verdad–. No soy blanda.

–Me compraste los cubiertos.

–¡Estaban de oferta! –grité–. ¡Por favor!

–Te portas muy bien con mi perro.

Suspiré.

–Y –continuó–, no solo te ofreciste voluntaria para venir y enseñarme a separar como es debido la ropa negra y la de color...

–La ropa blanca y la de color.

–... sino que también nos has ayudado a solucionar el problema con la factura de la luz y a limar las diferencias entre nosotros. Admítelo, Remy. Eres encantadora.

–Cállate –protesté.

–¿Y por qué te parece eso malo? –preguntó.

–No es malo –dije–. Pero no es cierto.

Y no lo era. Me habían llamado muchas cosas en mi vida, pero encantadora nunca había sido una de ellas. Me ponía nerviosa, como si hubiera descubierto un secreto que ni yo sabía que ocultaba.

–Muy bien –declaró–. Ahora tú.

–Ahora yo, ¿qué?

–Que me digas por qué te gusto.

–¿Y quién te ha dicho que me gustas?

–Remy –dijo severamente–. No me obligues a llamarte encantadora otra vez.

–Vale, vale. –Me incorporé y gané tiempo acercando la vela al borde de la mesa. Hablando de perder la ventaja, mira adónde había llegado: confesiones a la luz de las velas–. Bueno –dije por fin, sabiendo que estaba esperando–, me haces reír.

Asintió.

–¿Y qué más?

–Estás bastante bien.

–¿Bastante bien? Yo te he llamado guapa.

–¿Quieres ser guapo? –le pregunté.

–¿Estás diciendo que no lo soy?

Levanté los ojos al techo, meneando la cabeza.

–Es broma, ya me callo. Por favor, relájate, que no te estoy pidiendo que me recites la Declaración de Independencia a punta de pistola.

–Ojalá –reconocí, y él se rio con tanta fuerza que apagó la vela de la mesa y volvió a dejarnos en la más absoluta oscuridad.

–Vale –dijo él, cuando me di la vuelta para mirarlo de frente y le pasé los brazos por el cuello–. No hace falta que lo digas en voz alta. Ya sé por qué te gusto.

–¿Ah, sí?

–Sí.

Me rodeó la cintura con los brazos, acercándome hacia él.

–A ver –lo animé–, cuéntame.

–Es una atracción animal –declaró simplemente–. Pura química.

–Mmm –respondí–. Puede que tengas razón.

–De todas formas, no me importa el motivo.

–¿No?

–No. –Tenía las manos en mi pelo, y yo me inclinaba hacia él, sin ser capaz de ver bien su cara, pero su voz sonaba con claridad, junto a mi oreja–: Lo importante es que te gusto.

CAPÍTULO 11

—Esto —aseguró Chloe mientras otra pompa se elevaba y le explotaba en la cara— es asqueroso.

—Calla —le dije—, que te está oyendo, ¿sabes?

Suspiró y se limpió la cara con el dorso de la mano. Hacía mucho calor y el asfalto negro de la calle reverberaba. Mono, sin embargo, sentado entre las dos en una piscina infantil de plástico y metido hasta la cadera en agua fría, estaba totalmente feliz.

—Límpiale las patas delanteras —le pedí a Chloe, mientras me echaba champú en la mano y hacía espuma con él—. Están sucísimas.

—Todo en él está sucísimo —gruñó mientras Mono se incorporaba y volvía a sacudirse, mojándonos con una ola de restos de jabón y agua sucia—. ¿Y has visto estas uñas? Son más largas que las de Talinga, por el amor de Dios.

Mono se puso en pie de repente y empezó a ladrar al ver un gato que caminaba sobre los setos que delimitaban el patio de Chloe.

—Abajo, chico —ordenó Chloe—. Oye, siéntate, Mono. Siéntate.

Mono volvió a sacudirse, duchándonos a las dos, y yo le empujé el trasero hacia abajo. Se sentó, salpicándonos, y dejó caer la cola hacia un lado.

–Buen chico –lo felicité, aunque ya estaba intentando volver a levantarse.

–¿Sabes? Si mi madre apareciera ahora, me echaría de casa –dijo Chloe mientras regaba el pecho de Mono con la manguera–. Con solo ver esta bestia sarnosa tan cerca de su adorado Chem especial categoría azul, le haría tener un aneurisma.

–Categoría azul ¿qué?

–Es un tipo de césped –explicó.

–Ah.

Chloe me había respondido con un rotundo no cuando abrió la puerta y me vio con el champú en la mano y el perro, incluso antes de que pudiera empezar a hablar para convencerla. Pero al cabo de unos minutos de persuasión, más la promesa de invitarla a cenar y lo que quisiera aquella noche, había cedido y hasta parecía que empezaba a cogerle cariño a Mono. Incluso lo acarició con precaución cuando saqué la piscina del maletero, una ganga en el Wal-Mart por solo nueve dólares. Tenía pensado bañarlo en mi casa, pero Chris había decidido elaborar un complicado sistema de riego para los lagartos justo aquel día, lo que me dejaba pocas opciones.

–Todavía no me puedo creer lo bajo que has caído –comentó mientras yo terminaba con el aclarado final. Luego dejamos que Mono saliera de la piscina y se sacudiera a placer en el camino de entrada–. Esto es comportamiento totalmente de novia.

–No –aseguré, apartando a Mono del césped antes de que Chloe tuviera ocasión de ponerse histérica–. Esto es un acto humanitario. El pobre estaba sufriendo.

Y era cierto. Además, últimamente había pasado bastante tiempo con Mono y, la verdad, olía de forma peculiar. Si lo único que hacía falta para solucionarlo era una botella de champú canino de cinco dólares, un cortaúñas y un corte de pelo rápido, ¿qué había de malo en actuar? En cualquier caso, no era por mí. Era por Mono.

—Yo creía que no te ibas a enganchar –me dijo, mientras sacaba el cortaúñas del bolsillo y obligaba al perro a sentarse de nuevo.

—Y no estoy enganchada –respondí–. Es solo para el verano. Ya te lo he dicho.

—No estoy hablando de Dexter. –Señaló a Mono con la cabeza, que ahora intentaba lamerme la cara. Apestaba a cítricos: el único champú que quedaba tenía aroma a naranja. Pero le habíamos cortado el pelo sobre los ojos y en las patas, lo que le hacía parecer cinco años más joven. Lola tenía razón: un buen corte de pelo lo cambia todo–. Esto es un nivel más de compromiso. Y de responsabilidad. Va a complicar mucho las cosas.

—Chloe, es un perro, no un niño de cinco años con complejo de abandono.

—De todas formas. –Se agachó a mi lado, mirando cómo terminaba con una pata y pasaba a la otra–. Y además, ¿qué pasó con eso de un verano loco y sin ataduras? Cuando dejaste a Jonathan pensé que nos íbamos a pasar el verano ligando. Sin preocupaciones. ¿Te acuerdas?

—No estoy preocupada –dije.

—Ahora no –respondió en tono inquietante.

—Ni nunca –aseguré. Me levanté–. Ya está. Listo.

Dimos un paso atrás y contemplamos nuestra obra.

—Muchísimo mejor –dijo.

–¿Tú crees?

–Cualquier cosa habría sido mejor –declaró, encogiéndose de hombros. Pero entonces se agachó y lo acarició, pasándole la mano por la cabeza mientras yo extendía un par de toallas sobre el asiento trasero de mi coche. Mono me caía bien, claro, pero eso no quería decir que estuviera dispuesta a pasarme las próximas semanas quitando pelos de perro de la tapicería.

–Vamos, Mono –lo llamé. Se puso en pie de un salto y vino corriendo por el camino. Se metió dentro e inmediatamente sacó la cabeza por la ventanilla, olisqueando el aire–. Gracias por ayudarme, Chloe.

Me senté en el asiento delantero, con el cuero muy caliente bajo las piernas y ella se quedó allí de pie observándome, con las manos en las caderas.

–¿Sabes? –me dijo–. No es demasiado tarde. Si rompes ahora con él, todavía tendrías un mes de vacaciones de calidad como chica soltera, antes de ir a la universidad.

Metí la llave en el contacto.

–Lo tendré en cuenta –dije.

–¿Nos vemos sobre las cinco y media?

–Sí –asentí–. Paso a buscarte.

Asintió y se quedó allí, protegiéndose los ojos con una mano, mientras yo retrocedía marcha atrás hasta la calle. Claro que para ella estaba muy claro cómo cortaría yo con Dexter. Siempre habíamos hecho las cosas de la misma manera. Chloe, después de todo, era mi gemela en todo lo relativo a los chicos y las relaciones. Pero ahora la tenía despistada, apartándome del camino de una forma que ella no entendía. Sé cómo se sentía. Desde que había conocido a Dexter, a mí tampoco me parecía que las cosas tuvieran mucho sentido.

El *collage* estaba en la pared de la cocina de la casa amarilla, justo encima del sofá. Había empezado de forma inocente, con un par de fotos grapadas; a primera vista, pensé que eran amigos de los chicos. Pero al examinarlas de cerca, me di cuenta de que las fotos, como las que Dexter me había dado unas semanas antes, eran de clientes de Flash Camera.

Dexter y Lucas trabajaban los dos en la máquina de revelado, lo que básicamente consistía en sentarse en una silla, mirar las imágenes por un agujero y marcarlas y ajustarlas, si era posible, para lograr el color y el brillo óptimos. No era física nuclear, pero había que ser habilidoso, tener buen ojo y sobre todo, la suficiente atención para concentrarse en una actividad a veces monótona durante una o dos horas seguidas. Con esto, Dexter quedaba prácticamente descartado. Después de arruinar el carrete de unas vacaciones únicas en Hawai, y veinte cámaras de fotos desechables de una boda, el dueño de Flash Camera lo invitó amablemente a ocupar un puesto en el mostrador, donde podría usar sus buenas dotes como relaciones públicas. Y como era tan majo, le dejó seguir cobrando el sueldo de técnico, de lo que Lucas no dejaba de quejarse siempre que se presentaba la ocasión.

–Mi trabajo tiene una responsabilidad mucho mayor –refunfuñaba cada vez que les pagaban–. Lo único que tienes que hacer tú es un par de cuentas y ordenar por orden alfabético.

–Ah –se justificaba Dexter siempre, colocándose la placa con su nombre como si fuera un empleado modelo–, pero yo ordeno alfabéticamente muy, muy bien.

En realidad, no era cierto. Perdía constantemente las fotos de la gente porque se distraía y metía las erres con las bes o, a veces, al leer las etiquetas, las ordenaba por la primera letra del nombre, en lugar del apellido. Si trabajase para mí, no le hubiera encargado nada más difícil que afilar lápices, e incluso eso, solo bajo supervisión.

Así que mientras Ted, que trabajaba en el supermercado, conseguía algunos productos machacados pero comestibles, y John Miller estaba constantemente acelerado con todo el café que bebía en su trabajo en Jump Java, Dexter y Lucas no tenían mucho que ofrecer. Hasta que empezaron a hacer dobles copias de las fotos que los intrigaban.

Y eran chicos, así que la cosa había empezado con algunas fotos subidas de tono. No eran exactamente fotos X: la primera que vi en la pared era la de una mujer en bragas y sujetador, posando delante de una chimenea. Pero no era exactamente guapa y tampoco ayudaba que en el fondo de la imagen, claramente visible, hubiera una bolsa grande de arena para gatos, con las palabras ¡GATITO LIMPIO! estampadas en la parte de delante, lo que eliminaba esa calidad exótica, a lo *Playboy*, que supuse que la mujer y el que tomó la foto estaban buscando.

Al ir pasando las semanas, se fueron añadiendo más fotos al *collage*. Había instantáneas de vacaciones, una familia que posaba delante del monumento a Washington, con todos sonriendo menos una hija que tenía el ceño fruncido amenazadoramente, con el dedo corazón claramente a la vista. Unas cuantas fotos de desnudos, incluida la de un hombre obeso en calzoncillos, tumbado sobre sábanas con estampado de leopardo. Ninguno de ellos tenía ni idea que en una casa amarilla en Merchant Drive sus recuerdos personales estaban pegados a la pared, exhibidos como arte por desconocidos.

El día que lavé a Mono, Chloe y yo lo devolvimos sobre las seis después de pasar a buscarla. Dexter ya estaba en casa, sentado en el salón viendo la tele y comiendo mandarinas. Al parecer estaban de oferta y a Ted le hacían descuento. Venían en cajas de unas veinticinco y, como los batidos de Don en mi casa, estaban por todas partes.

–Atención –anuncié mientras abría la puerta y sujetaba a Mono por el collar–. Mira.

Lo solté y entró resbalándose y agitando la cola como loco, antes de saltar sobre el sofá y tirar un montón de revistas al suelo.

–¡Oh, tío, mírate! –exclamó, rascándole detrás de las orejas–. Huele diferente –observó–. Como si lo hubieras bañado con Fanta de naranja.

–Es el champú –dijo Chloe, dejándose caer en la silla de plástico junto a la mesita de café–. Dejará de apestar dentro de, más o menos, una semana.

Dexter me miró y yo meneé la cabeza para hacerle ver que era broma. Mono se había bajado del sofá de un salto y se dirigió a la cocina, donde le oímos beber lo que parecían dos litros de agua seguidos.

–Bueno –declaró Dexter–, ya veo que los cambios de imagen dan mucha sed.

La puerta se abrió y entró John Miller. Tiró las llaves sobre un altavoz, se colocó en el centro de la habitación para interrumpir la conversación y anunció, simplemente:

–Tengo novedades.

Todos lo miramos. Entonces la puerta volvió a abrirse y entró Ted, todavía con la bata verde del Mercado del Alcalde, cargado con dos cajas de mandarinas.

–Oh, no –se quejó Dexter–, por favor, no más mandarinas.

–Tengo noticias –anunció Ted, sin hacerle caso–. Importantes. ¿Dónde está Lucas?

–Trabajando –respondió Dexter.

–Yo también tengo noticias –dijo John Miller– y yo he llegado antes, así que...

–Las mías son importantes –insistió Ted, haciéndolo callar con un gesto–. Bueno, pues...

–¡Un momento! –gritó John Miller meneando la cabeza, con expresión incrédula. Había nacido indignado, eternamente convencido de que se la estaban jugando–. ¿Por qué siempre haces lo mismo? ¿Sabes? Es posible que mis noticias también sean importantes.

Se hizo el silencio mientras Ted y Dexter intercambiaban una mirada escéptica, que no le pasó desapercibida a John Miller, quien suspiró muy fuerte, meneando la cabeza.

–Tal vez –comentó Dexter por fin, levantando las manos– deberíamos pensar un momento en el hecho de que llevábamos un montón de tiempo sin ninguna noticia importante y, ahora, simultáneamente, tenemos dos grandes novedades a la vez. La cosa me parece impresionante.

–La cosa –dijo Ted en voz alta– es que he conocido hoy a una tía de A y R, de Rubber Records, y esta noche va a venir a oírnos tocar.

Silencio. Solo se oyeron los pasos de Mono, que entró con la boca goteando agua y sus uñas recién cortadas haciendo tip-tapi-tipi-tap en el suelo.

–¿Alguien huele a naranjas? –preguntó Ted, olisqueando.

–Eso –afirmó John Miller muy serio, lanzándole una mirada aviesa– ha sido totalmente injusto.

–¿A y R? –preguntó Chloe–. ¿Qué es eso?

–Artistas y Repertorio –explicó Ted, que se quitó la bata y la enrolló en una bola que se metió en el bolsillo trasero–. Lo que quiere decir que si le gusta el concierto, tal vez nos ofrezca un contrato.

–Yo tenía novedades –gruñó John Miller, pero ya no importaba. Sabía que había perdido– importantes.

–¿Cómo de serio es esto? –le preguntó Dexter a Ted, inclinándose hacia adelante–. ¿En plan «estamos de charla y te digo que, sí, bueno, me pasaré a veros», o «tengo influencia en la discográfica y seguro que me paso a veros»?

Ted se metió la mano en el bolsillo.

–Me dio una tarjeta. Tiene una reunión esta noche, pero cuando le dije que normalmente empezábamos la segunda parte del concierto a eso de las diez y media me dijo que llegaría sin problemas.

Dexter me bajó de su regazo, se levantó y Ted le pasó la tarjeta.

–De acuerdo –asintió–. Busca a Lucas. Tenemos que hablar de esto.

–Ya sabes que a lo mejor no es nada –intervino John Miller, todavía un poco dolido–. A lo mejor te estaba tomando el pelo.

–Seguramente –contestó Ted–. Pero también es posible que le hayamos gustado y nos consiga una reunión y antes del final del verano estemos en un lugar más grande, tocando en un local más grande en una ciudad más grande. Le pasó a los Spinnerbait.

–Odio a los Spinnerbait –dijo John Miller, y los tres asintieron como si fuera un hecho demostrado.

–Pero los Spinnerbait tienen un contrato –añadió Dexter–. Y un disco.

–¿Spinnerbait? –pregunté yo.

–Son un grupo que empezó tocando en los bares cerca de Williamsburg al mismo tiempo que nosotros –contó Dexter–. Unos gilipollas. Niños pijos. Pero tenían un guitarrista muy bueno...

–No era tan bueno –protestó Ted indignado–. Totalmente sobrevalorado.

–Y sus canciones originales estaban muy bien. Firmaron con una discográfica el año pasado –suspiró Dexter, y luego levantó los ojos al techo–. Odiamos a los Spinnerbait.

–Odiamos a los Spinnerbait –repitió John Miller y Ted asintió.

–Vale, hay que buscar a Lucas –decidió Dexter, dando una palmada–. Sesión de emergencia. ¡Reunión de grupo!

–¡Reunión de grupo! –gritó Ted, como si todos los miembros del grupo capaz de oírlo no estuvieran a medio metro de él–. Voy a lavarme y nos reencontramos en la cocina, veinte minutos.

Dexter cogió el teléfono inalámbrico que estaba sobre la tele, marcó varios números y salió de la habitación con él pegado a la oreja. Le oí preguntar por Lucas y luego dijo:

–¿A que no sabes qué ha conseguido hoy Ted en el trabajo? –Luego una pausa, mientras Lucas exponía su teoría–. No, mandarinas no...

John Miller se sentó en el sofá, cruzó las piernas y se estiró hacia atrás de forma que se dio un golpe en la cabeza contra la pared. Chloe me miró, arqueó las cejas y sacó un cigarrillo del paquete. Después de encenderlo, dejó la cerilla apagada en un cenicero que estaba a rebosar de cáscaras de mandarina.

–Está bien, me rindo –dije por fin–. ¿Qué noticias tienes?

–No, ahora sería una decepción –gruñó. Todavía me seguía pareciendo un niño pequeño, pelirrojo y con pecas, como un escolar que podría aparecer en la tele en un anuncio de mantequilla de cacahuetes. No ayudaba el hecho de que estuviera enfurruñado.

–Como quieras –le dije, y cogí el mando a distancia para poner la tele. No iba a mendigarle ni nada de eso.

–Mis noticias eran –dijo despacio, separando la cabeza de la pared–, que hoy por fin me ha dicho que va a venir a Bendo esta noche.

–¿Ah, sí?

–Sí. Llevo semanas pidiéndoselo. –Levantó la mano y se rascó la oreja–. Y eso significa mucho porque estaba empezando a pensar que no iba a llegar a ninguna parte con ella.

Le dije a Chloe:

–John Miller está enamorado de su jefa.

Chloe exhaló ruidosamente.

–¿En la cafetería?

John Miller volvió a suspirar.

–En realidad no es mi jefa –nos contó–. Es más bien una colega de trabajo. Una amiga.

Chloe me miró.

–¿Es Scarlett Thomas?

Asentí, pero John Miller abrió los ojos de golpe.

–¿La conoces?

–Algo –respondió Chloe, encogiéndose de hombros–. Pero Remy la conoce mejor. Chris y ella salieron hace siglos, ¿no?

Tragué saliva y me concentré en cambiar los canales de la tele. Me enteré del entusiasmo de John Miller por Scarlett cuando era solo curiosidad, luego observé (junto al resto de los empleados de varias tiendas del Pueblo del Alcalde) cómo fue progresando y convirtiéndose en una devoción infantil hasta alcanzar los niveles absolutamente románticos de la actualidad. Scarlett era la encargada de Jump Java, y solo había contratado a John Miller por Lola, a quien le debía un favor por su último corte y tinte. Las veces que oí cómo John Miller la alababa, logré mantener en secreto que la conocía más que de pasada. Hasta ahora.

Noté cómo me miraba, aunque pretendí seguir con profundo interés una noticia sobre los problemas estructurales de la nueva presa del condado. Y dijo:

–¿Remy? ¿Conoces a Scarlett?

–Mi hermano salió con ella –dije, restándole importancia–, hace mil años.

Se inclinó, cogió el mando y le dio a un botón para quitar el volumen. La presa siguió en la pantalla, aguantando el agua perfectamente, en mi opinión.

—Cuéntamelo —me pidió—. Ahora mismo.

Me lo quedé mirando.

—Quiero decir —añadió rápidamente—, ¿puedes contarme algo? ¿Lo que sea?

Al otro lado del cuarto Chloe se rio. Yo me encogí de hombros y dije:

—Mi hermano salió con ella en el último año del instituto. No fue nada serio. Chris todavía era un porrero y Scarlett era demasiado lista para aguantarlo. Además, entonces ya tenía a Grace.

Él asintió. Grace era la hija de Scarlett, de tres años. Había nacido cuando ella todavía estaba en el instituto, lo que causó un pequeño escándalo en el barrio. Pero Scarlett no dejó de estudiar, recuperó en verano los cursos que había perdido y ahora iba a clase a tiempo parcial en la universidad, además de ser la encargada de Jump Java y, aparentemente, aguantar al enamorado John Miller lanzándole miradas de adoración por encima de las magdalenas unas veinte horas a la semana.

—¿No te parece que Scarlett es demasiado para ti? —le preguntó Chloe, sin ser desagradable—. Quiero decir, que tiene una hija.

—A mí se me dan fenomenal los niños —respondió indignado—. Grace me adora.

—Grace adora a todo el mundo —dije. Igual que Mono, pensé. Los niños y los perros son demasiado fáciles.

—No —contestó—, me adora especialmente.

Dexter asomó la cabeza por la puerta y señaló a John Miller con un dedo.

–¡Reunión de grupo! –ordenó.

–Reunión de grupo –repitió John Miller levantándose. Luego me miró y añadió–: Te agradecería mucho si me ayudaras un poco esta noche, Remy. ¿A lo mejor le puedes hablar bien de mí?

–No puedo prometerte nada –aseguré–. Pero veré lo que puedo hacer.

Al oír esto se puso más contento y se marchó a la cocina. Me levanté, cogí el bolso y busqué las llaves.

–Vámonos –le pedí a Chloe–, ya que hay reunión de grupo y eso.

Asintió, se metió los cigarrillos en el bolsillo, se dirigió hacia la puerta y la empujó.

–Llamaré a Lissa desde el coche por si quiere encontrarse con nosotras en el Sitio.

–Buena idea.

Cuando la puerta se cerró de golpe tras ella, Dexter se acercó a mí.

–Es algo grande –afirmó, sonriendo–. Bueno, a lo mejor no es nada. Quizá sea una tremenda decepción.

–Menudos ánimos.

–O quizá –continuó, mesándose el pelo como hacía cuando apenas era capaz de contenerse–, es el comienzo de algo. ¿Sabes? Cuando los Spinnerbait tuvieron esa reunión con la discográfica, inmediatamente empezaron a tocar en locales más grandes. Podríamos ir a Richmond, o Washington, fácilmente. Podría ocurrir.

Estaba allí de pie, sonriendo, y me obligué a devolverle la sonrisa. Claro que eran buenas noticias. ¿No era yo la que quería que fuese todo transitorio? Era lo mejor que podía ocurrir, en realidad, que él tuviera una gran oportunidad y se perdiera en el horizonte montado en la furgoneta blanca y sucia, con el tubo de escape colgando. Con el tiempo sería simplemente una historia que contar, la del músico loco con el que había pasado los últimos días del verano antes de la universidad, igual que Scarlett Thomas no era más que una nota a pie de página en la vida de Chris. «Tenían unas canciones ridículas sobre las patatas, me oía contarle a alguien. Todo un opus.»

Sí, seguro. Era mejor así.

Dexter se inclinó y me dio un beso en la frente. Luego me miró fijamente, ladeando la cabeza.

–¿Estás bien? Tienes una cara rara.

–Gracias, hombre –le dije.

–No, quiero decir que pareces...

–¡Reunión de grupo! –gritó Ted desde la cocina–. ¡Reagrupamiento ahora mismo!

Dexter miró hacia la puerta y luego a mí.

–Vete –le dije apoyando las palmas en su pecho y empujándolo hacia atrás suavemente–. Reunión de grupo.

Sonrió, y por un momento sentí un tirón, una sensación desconocida que, por un instante, me llevó a querer retenerlo a mi lado. Pero para entonces ya iba caminando hacia atrás, hacia la cocina, donde las voces de sus compañeros iban subiendo de volumen mientras hacían planes.

–Te veo en Bendo sobre las nueve –dijo–, ¿no?

Asentí, tan tranquila como siempre, y dobló la esquina dejándome allí. Viéndolo marchar. Qué sensación más extraña. Decidí que no me gustaba. En absoluto.

Hacia las diez y media, cuando la segunda parte del concierto del Pelotón de la Verdad estaba a punto de empezar, la mujer de A y R todavía no había aparecido. Los lugareños estaban inquietos.

–Yo digo que salgamos y nos olvidemos de ella –dijo Lucas, escupiendo hielo en su vaso de *ginger ale*–. Con tanta preocupación estamos tocando fatal de todas formas. Ted no ha parado de desafinar.

Ted, sentado a mi lado y arañando la mesa haciendo rayas, lo miró amenazadoramente.

–Yo –afirmó– soy el único motivo por el que va a venir. Así que déjame en paz.

–Vamos, vamos –terció Dexter tironeándose del cuello de la camisa, como llevaba haciendo toda la noche. Se lo había deformado totalmente, y colgaba de medio lado–. Tenemos que salir y tocar lo mejor posible. Nos jugamos mucho.

–Pero sin presiones –gruñó Lucas.

–¿Dónde narices está John Miller? –preguntó Ted, levantándose de la mesa y estirando el cuello para mirar por todo el local–. ¿No es esto una reunión de grupo?

–Ha sido espontánea –dijo Dexter, tirándose de nuevo del cuello–. Además, está con la chica esa. La jefa del café.

Todos miramos a la vez. Y allí, en una mesa cerca del escenario, estaba sentado John Miller con Scarlett. Había dejado las baquetas sobre la mesa y hablaba animadamente, usando mucho las manos. Scarlett bebía una cerveza y escuchaba, con una sonrisa educada. De vez en cuando miraba alrededor, como si hubiera esperado que estuviera todo el grupo y se preguntaba dónde se habrían metido.

–Patético –declaró Ted–. Nos deja a nosotros y al futuro del grupo tirados por una tía. Es un comportamiento típico de Yoko Ono, colega.

–Déjalo –dijo Dexter–. Bueno, yo creo que podríamos empezar con *La canción de la patata 2* y luego con la versión de la pera, y luego...

Dejé de escucharlos y me puse a dibujar con el dedo en el cerco de agua que había dejado mi cerveza. A mi izquierda, vi que Chloe, Lissa y Jess hablaban con un grupo de chicos en la barra. En el Sitio, antes, Chloe había decidido que todas tenían que «volver a salir» y aprovechar al máximo lo de ser «chicas solteras en verano», y se había proclamado a sí misma la jefa de la iniciativa. Hasta el momento habían progresado: ella estaba sentada en una banqueta junto a un chico rubio con pinta de surfista. Lissa hablaba con dos chicos, uno muy mono, que seguía estudiando el local como buscando algo mejor (mala señal) y otro no tan mono, pero que también estaba bien y parecía estar interesado, sin sentirse molesto por ser el candidato segundón. Y luego estaba Jess, atrapada junto a los grifos de cerveza por un chico pequeño y fibroso que hablaba con tanto entusiasmo que ella tenía que inclinarse hacia atrás, lo que solo podía significar que estaba escupiendo más que palabras.

–... decidido que no haríamos versiones. Eso fue lo que decidimos en la reunión de ayer –dijo Dexter.

–Yo solo digo que si las canciones de la patata no funcionan bien, necesitamos un plan B –respondió Lucas–.

¿Y si odia las patatas? ¿Y si piensa que las canciones son, ya sabes, infantiles y típicas de fiestas de niñatos?

Hubo un momento de sorpresa mientras Dexter y Ted asimilaban esto en silencio. Luego Ted dijo:

–¿Eso es lo que piensas?

–No –dijo Lucas rápidamente, lanzando una mirada de soslayo a Dexter, que se estaba dando tantos tirones del cuello de la camisa que tuve que agarrarle la mano y hacérsela bajar. Apenas se dio cuenta. Lucas agregó:

–Yo solo digo que no queremos sonar poco originales.

–¿Y hacer versiones es original? –dijo Dexter.

–Las versiones animarán al público y le mostrarán que tenemos muchos registros –respondió Lucas–. Mirad, he estado en muchos grupos...

–Venga ya –protestó Ted, levantando las manos dramáticamente–. Otra vez lo mismo. Ilumínanos, sabio entre los sabios.

–Y sé por experiencia que a los de las discográficas les gusta ver un repertorio completo que anime al público y muestre nuestro potencial como grupo. Y eso supone tocar una mezcla de nuestros propios temas y de versiones de otros, sí, pero con nuestro estilo. No vamos a cantar *I've Got You Babe* como lo hacían Sonny y Cher. Le damos nuestro propio aire.

–¡No vamos a cantar ninguna canción de Sonny y Cher esta noche! –bramó Ted–. Ni de coña, tío. No vamos a convertirnos en los Bemoles para esta tía. Eso es mierda para bodas. Olvídate.

–Era solo un ejemplo –repuso Lucas tranquilamente–. Podemos tocar otra canción. Cálmate, ¿vale?

–¡Hey! –gritó Robert, el dueño de Bendo, desde detrás de la barra–, ¿pensáis trabajar esta noche o qué?

–Vamos –ordenó Ted poniéndose en pie y apurando la cerveza.

–¿Es que hemos decidido algo? –preguntó Lucas, pero Ted lo ignoró y se dirigió al escenario.

Dexter suspiró y se pasó los dedos por el pelo. Nunca lo había visto así, con tanta tensión.

–Joder –exclamó en voz baja, meneando la cabeza–. Esto es estresante de narices.

–Deja de pensar en ello –le dije–. Salid ahí y tocad como siempre. Tanto pensar es lo que os está descolocando.

–Hemos tocado fatal, ¿verdad?

–No –contesté, y no era totalmente mentira. Pero Ted había desafinado, John Miller estaba chuleando descaradamente, tirando las baquetas hacia lo alto (y fallando al recogerlas) y Dexter se había equivocado en la letra de *La canción de la patata 3*, que yo sabía que era capaz de cantar dormido, literalmente–. Pero se os notaba inseguros. Temblorosos. Y normalmente no estáis así. Habéis hecho esto un millón de veces.

–Un millón de veces. –Pero seguía sin sonar convencido.

–Es como montar en bici –le aseguré–. Si realmente piensas mucho en ello, te das cuenta de lo complicado que es. Tienes que montarte y echar a andar, sin preocuparte de la mecánica. Hay que dejar que vaya sola.

–Tú –me dijo, dándome un beso en la mejilla– tienes toda la razón. ¿Cómo es posible que siempre tengas razón?

–Es una maldición –respondí, encogiéndome de hombros.

Me apretó un poco la pierna y se levantó, todavía dándose tirones del cuello de la camisa. Lo observé avanzar entre la gente y, al pasar, darle un manotazo en la cabeza a John Miller, que todavía estaba hablando con Scarlett. Ted se colgó la guitarra, rasgueó unos acordes y luego él, Lucas y Dexter intercambiaron miradas y asintieron con la cabeza, para establecer el plan de ataque.

La primera canción sonó un poco vacilante. Pero la siguiente salió mejor. Noté que Dexter se relajaba, que iban entrando en calor, y para la tercera, cuando vi entrar a la de la discográfica, había logrado el mejor sonido de toda la noche. La reconocí inmediatamente. En primer lugar, era un poco mayor para Bendo, un local de universitarios para abajo y, en segundo lugar, iba vestida con demasiada elegancia para esta ciudad pequeña: pantalones negros, camisa de seda, gafitas negras con el suficiente toque de empollona para ser guay. Tenía el pelo largo y lo llevaba recogido en la nuca con una coleta suelta. Y cuando se acercó a la barra para pedir, los chicos que hablaban con mis amigas se callaron para mirarla. Al terminar la canción, la gente se aglomeraba junto al escenario y vi a Ted mirar hacia la barra, verla y comentarle algo a Dexter en voz baja.

Cuando los aplausos y gritos se calmaron, Dexter se tiró del cuello de la camisa y anunció:

—Bueno, vamos a interpretar para vosotros un tema llamado *La canción de la patata*.

La gente vitoreó: llevaban tocando en Bendo el tiempo suficiente para que *La canción de la patata*, en sus muchas encarnaciones, fuera conocida. Ted comenzó con la introducción, John Miller cogió las baquetas y se lanzaron.

No aparté la vista de la chica de la barra. Escuchaba con la cerveza en la mano, tomando un trago de vez en cuando. Sonrió en el verso sobre la belleza verde y de nuevo cuando el público participó gritando «¡linda patata!». Y cuando terminó, aplaudió con entusiasmo, no solo por educación. Buena señal.

Sintiéndose seguros, continuaron con otra *Canción de la patata*. Pero esta no les salió tan redonda y el público no se la sabía bien. Lo hicieron lo mejor que pudieron, pero les quedó sosa y hubo un momento en el que John Miller, que había aprendido hacía poco la parte nueva, se equivocó y perdió el ritmo un instante. Vi cómo Dexter ponía cara de dolor y se tiraba del cuello. Ted miraba a todas partes menos a la barra. Después atacaron otro tema original, esta vez ni siquiera sobre patatas, pero tampoco les fue muy bien y lo cortaron tras dos estrofas, en lugar de tres.

La chica de la discográfica parecía distraída, casi aburrida, mirando alrededor y después (muy mala señal) a su reloj. Ted se inclinó hacia Dexter, que meneó la cabeza rápidamente. Pero Lucas se inclinó hacia adelante, asintiendo, y Ted dijo otra cosa, y Dexter se encogió de hombros y volvió al micrófono. John Miller marcó el ritmo, Ted lo siguió y se lanzaron a tope con un viejo tema de Thin Lizzy. La gente se les entregó de nuevo, acercándose al escenario. Después de la primera estrofa, la chica pidió otra cerveza.

Cuando terminó la canción, Ted habló con Dexter, que dudó. Luego Ted dijo otra cosa, y Dexter hizo una mueca meneando la cabeza.

Hazlo y punto, pensé para mí. Otra versión no te va a matar.

Dexter miró a Lucas, que asintió, y me relajé. Sonaron los primeros acordes, que me resultaron familiares, de algún modo, como si los conociera bajo otra forma. Escuché un segundo y la sensación se hizo más fuerte, como si la tuviera en la punta de la mente, lo bastante cerca para tocarla. Y entonces, lo pillé.

–*Esta canción de cuna* –cantó Dexter– *son solo unas palabras/tiene pocas palabras....*

Oh, Dios mío, pensé.

–*Unos cuantos acordes...*

Sonaba más retro, a cantante de salón, y el tono sensiblero, que la había convertido en un éxito en bodas y emisoras de música facilona, se había transformado en otra cosa: ahora se burlaba de sí misma, como si se riera de su propia seriedad. Sentí un vuelco en el estómago: él sabía cómo me sentía sobre esto. Lo sabía. Y aun así, siguió cantando.

–*Paz en esta habitación vacía. Pero puedes oírla, oírla...*

A la gente le encantaba, vitoreaban, algunas chicas de la fila trasera se movían al compás con la mano en el corazón, como viejas divas en un telemaratón navideño.

Miré hacia la barra y vi a Chloe clavándome la mirada. Pero no tenía una expresión de suficiencia, sino algo aún peor. Puede que fuera lástima, pero volví la cabeza antes de saberlo con seguridad. Y cerca de ella, la chica de A y R se balanceaba, sonriendo. Le encantaba.

Me levanté de la mesa. A mi alrededor todos cantaban a coro una canción que habrían oído toda su vida también, pero nunca en el mismo contexto que yo. Para ellos era lo bastante antigua y ñoña como para ser nostálgica, un tema que tal vez habrían escuchado sus padres. A lo mejor la habían tocado en sus *bar mitzvá* o en la boda de su hermana, bailada al mismo ritmo que *Daddy's Little Girl* y *Butterfly Kisses*. Pero funcionaba. Su atractivo era evidente, la energía de la gente se notaba con muchísima fuerza: era el tipo de respuesta que Ted, ni en un millón de sueños de patatas, podría haber esperado.

–*Te voy a decepcionar* –cantó Dexter mientras yo avanzaba hacia la barra–. *Pero esta canción de cuna....*

Me dirigí a los aseos, donde por una vez no había cola, y me encerré en un cubículo. Luego me senté, me pasé las manos por el pelo y traté de calmarme. Esa canción no significaba nada. Durante toda mi vida, había dejado que otros le dieran demasiado peso, hasta que pesó lo bastante para aplastarme, pero era solo música. Incluso aquí, encerrada en el baño, la oía sonar, esas notas que conocía desde que tenía memoria, ahora distintas y cambiadas, con otro hombre al que apenas conocía y que tenía relación conmigo, aunque fuera poca, cantando las mismas palabras.

¿Qué había dicho mi madre cuando la escuchábamos en el único disco rayado que tenía de mi padre, cuando todavía teníamos un tocadiscos? Su regalo para ti, me decía, apartándome distraídamente el pelo de la frente con una expresión soñadora, como si pensara que algún día yo llegaría a entender lo importante que era. Para entonces, ya se le habían olvidado los malos momentos con mi padre, de los que yo me había enterado de segunda mano: lo pobres que eran, cómo no había pasado casi nada de tiempo con Chris cuando era un bebé, y que solo se había casado con ella, y resulta que ni siquiera legalmente, en un último intento por arreglar una relación que ya no había quien arreglara. Menudo legado. Menudo regalo. Era como un regalo en un concurso en el que había perdido el premio gordo: un puñado de arroz y unas maletas baratas que me daban de camino a la puerta. Menudo consuelo.

Sonó la nota final: los platillos resonaron. Luego un gran aplauso y vítores. Se acabó.

Muy bien. Salí del cubículo y me dirigí directa a la barra, donde Chloe estaba sentada en un taburete con expresión de aburrimiento. Pelotón de la Verdad seguía tocando, un popurrí de canciones exageradas, interpretadas al estilo Led Zeppelin, con estruendo de guitarras y muchos aullidos, que reconocí como el tema final. El chico con el que Chloe había estado hablando se había marchado, Lissa todavía seguía hablando con el que no era mono pero casi y Jess me imaginé que había usado una de sus excusas habituales y estaría «en la cabina de teléfono» o «cogiendo algo del coche».

–¿Qué le ha pasado al surfista? –le pregunté a Chloe mientras me hacía sitio en la banqueta.

–Novia –me informó, señalando con un movimiento de cabeza a una mesa a nuestra izquierda, donde el chico estaba morreándose con una pelirroja con un *piercing* en la ceja.

Asentí mientras Ted daba unos cuantos rasgueos moviendo el brazo como un aspa de molino y John Miller atacaba un solo de batería, con la cara casi tan roja como su pelo. Me pregunté si Scarlett estaría impresionada, pero había dejado su sitio y no pude comprobarlo.

–Interesante elección la canción de antes, ¿no? –me soltó Chloe, apoyando el pie en el suelo de forma que nos giramos un poco en el taburete, hacia un lado y después hacia el otro–. Tuve la sensación de haberla oído antes.

Yo no dije nada y en lugar de eso observé cómo John Miller seguía luchando con su batería mientras la gente aplaudía.

–De todas las cosas que Dexter debería saber a estas alturas –continuó–, la más evidente de todas es que odias esa canción. Vamos, por favor. Es básico.

–Chloe –le pedí en voz baja–, cállate, ¿vale?

Sentí cómo me miraba, con los ojos ligeramente desorbitados, antes de volver a dar vueltas a su bebida con el dedo. Ahora solo una persona me separaba de la chica de la discográfica. Estaba apuntando algo con un lápiz que le había pedido al camarero, que la observaba escribir con gran interés sin prestar atención a un montón de gente que agitaba su dinero para pedir una cerveza.

–¡Somos los Pelotón de la Verdad! –vociferó Dexter–. Y estamos aquí todos los martes. ¡Gracias y buenas noches!

Entró la música de baile enlatada y todos se dirigieron a la barra. Vi a Dexter bajarse de un salto del escenario, hablar con Ted un momento y los dos se encaminaron hacia nosotros, con Lucas detrás. John Miller salió lanzado en busca de Scarlett a quien vi de pie junto a la puerta, como si intentara escaparse gradualmente.

La chica de A y R le tendió la mano a Dexter en cuanto los vio venir.

–Arianna Moss –se presentó, y Dexter le estrechó la mano con una fuerza un poco excesiva–. Muy buena actuación.

–Gracias –replicó, y ella siguió sonriéndole. Miré alrededor, hacia la puerta, y me pregunté dónde estaría Jess.

Ted, acercándose más, añadió:

–La acústica aquí es terrible. Sonaríamos mucho mejor con un equipo decente. Y el público es bastante soso.

Dexter le lanzó una mirada como diciéndole que no estaba ayudando.

–Nos encantaría conocer tu opinión –la animó–. ¿Puedo invitarte a una cerveza?

Ella miró rápidamente su reloj.

–Claro. Déjame que haga una llamada primero.

Mientras se alejaba, sacando un teléfono móvil del bolsillo, Dexter me vio, me saludó con la mano y me dijo moviendo los labios que tardaría solo un minuto. Me encogí de hombros y empezó a avanzar hacia mí, pero Ted lo sujetó.

–¿Qué demonios estás haciendo? –le preguntó–. Ha venido a hablar con todos nosotros, Dexter, no solo contigo.

–Solo le ha dicho que le encantaría conocer su opinión –dijo Lucas–. Tranquilízate.

–¡La va a invitar a una cerveza! –protestó Ted.

–Eso se llama relaciones públicas –aclaró Dexter, lanzando una mirada en mi dirección. Pero ya regresaba Arianna Moss, metiéndose el teléfono en el bolsillo.

–¿Y a qué ha venido esa canción? –Ted meneó la cabeza, incrédulo–. Habría sido mejor Sonny y Cher. Joder, cualquier cosa habría sido mejor. Vamos, como si nos enfundáramos un chándal y nos pusiéramos a tocar en un club de la tercera edad, por favor.

–Pues le ha encantado –repuso Dexter, intentando llamar mi atención, pero dejé que un chico grande con una gorra de béisbol se interpusiera en su línea de visión.

–Es verdad –corroboró Lucas–. Además, nos sacó del pozo sin fondo al que nos había arrojado *La canción de la patata*.

–*La canción de la patata* –resopló Ted– estaba funcionando perfectamente. Si John Miller se hubiera molestado en presentarse a tiempo al último ensayo...

–La culpa siempre es de otro, ¿verdad? –saltó Lucas.

–Callaos, chicos –pidió Dexter en voz baja.

–¿Listos para hablar? –preguntó Arianna Moss al acercarse. Se lo preguntó a Dexter. Yo lo noté, y Ted también. Pero solo a él le molestó de verdad, por supuesto.

–Claro –contestó Dexter–. ¿Allí está bien?

–Sí.

Echaron a andar y yo volví a girarme de espaldas, haciéndole una seña al camarero para que me pusiera una cerveza justo cuando pasaban detrás de mí. Después de pagar, vi que se habían sentado en una mesa junto a la puerta, Dexter y ella en un lado y Lucas y Ted enfrente. Ella hablaba y ellos escuchaban.

Jess apareció junto a mi codo.

–¿Ya es hora de irnos? –me preguntó.

–¿Dónde estabas? –preguntó Chloe.

–Tenía que coger algo del coche –respondió sin expresión.

–Remy, hola, estás aquí –dijo John Miller apareciendo a mi lado–. ¿Has visto a Scarlett?

–La última vez que la vi estaba cerca de la puerta.

Volvió bruscamente la cabeza, estudiando la pared. Luego se puso a hacer señas con los brazos.

–¡Scarlett! ¡Aquí!

Scarlett levantó la vista, nos vio, y sonrió de un modo que me hizo pensar que había tenido razón al pensar que esperaba marcharse sin ser vista. Pero John Miller le hacía señas para que viniera, sin darse cuenta, así que no tuvo más remedio que avanzar entre la gente hacia nosotros.

–Habéis estado geniales –le dijo a John Miller, que sonrió de felicidad–. Fenomenal.

–Normalmente tocamos mejor –aseguró John Miller vacilando un poco–, pero esta noche Ted no ha estado fino. Llegó tarde al último ensayo y no se sabía los nuevos arreglos.

Scarlett asintió y miró a su alrededor. Había más gente junto a la barra, haciendo cola en hileras de tres, y empezaban a empujarnos.

Lucas se acercó por detrás de John Miller y consiguió darle una colleja llevando dos cervezas en equilibrio.

–Oye, si tienes un minuto, ya sabes, estamos ahí hablando con la tía de la discográfica, y probablemente nos va a conseguir una gira en Washington, bueno, claro, si es que te importa lo más mínimo.

John Miller se frotó la nuca.

–¿Washington? ¿En serio?

–En ese teatro grande, donde una vez vimos a los Spinnerbait –Lucas hizo una mueca–. Pero odio a los Spinnerbeit.

–Odio a los Spinnerbait –corroboró John Miller, cogiendo una cerveza–. Es un grupo –le explicó a Scarlett.

252

–Ah –dijo ella.

–Venga –insistió Lucas–. Quiere hablar con todos nosotros. Esto puede ser algo grande, tío.

–Vuelvo en un minuto –le dijo John Miller a Scarlett, apretándole brevemente el brazo–. Es solo, ya sabes, asuntos oficiales del grupo. Decisiones directivas y esas cosas.

–Claro –contestó Scarlett, mientras él seguía a Lucas hasta la mesa. Ted les hizo sitio a los dos. Vi que Dexter estaba sentado en el rincón, contra la pared, doblando un librito de cerillas y escuchando atentamente mientras Adrianna Moss hablaba.

–Pobrecita –le dijo Chloe a Scarlett–. Está obsesionado.

–Es muy majo –dijo Scarlett.

–Es patético –declaró Chloe, y se bajó de un salto de la banqueta–. Voy al servicio. ¿Vienes?

Meneé la cabeza. Apartó a un par de chicos y desapareció entre la gente. Cuando la masa se movía a nuestro alrededor, vislumbraba a Dexter de vez en cuando. Parecía que estaba explicando algo y Arianna Moss asentía con la cabeza, mientras bebía su cerveza. Ted y Lucas hablaban y John Miller parecía totalmente distraído, mirando en nuestra dirección cada pocos segundos para asegurarse de que Scarlett no se había escapado.

–John Miller es muy majo –comenté, sintiéndome obligada porque no dejaba de mirarme.

–Es verdad –asintió–. Pero es un poco joven para mí. No estoy segura de que tenga madera de padre, no sé si me entiendes.

Quería decirle que eso, al menos por mi experiencia, no era un factor tan importante en una relación como pudiera parecer, pero decidí callarme.

–¿Y cuánto tiempo llevas tú con Dexter? –me preguntó.

–No mucho.

Volví a mirar hacia la mesa. Dexter movía las manos en el aire mientras Arianna Moss se reía y encendía un cigarrillo. Si no supiera quiénes eran, podría parecer que tenían una cita.

–Parece un chico genial –comentó–. Dulce. Y divertido.

Asentí.

–Sí. Lo es.

De repente Ted apareció a mi lado, atravesando un grupo de chicas grandullonas con camisetas ajustadas que parecían estar celebrando una despedida de soltera: una de ellas llevaba un velo, y el resto sombreros de Barbie.

–¡Dos cervezas! –le gritó al camarero con su tono típico de cabreo, y luego se quedó allí quieto un segundo, furioso, hasta que nos vio.

–¿Qué tal va? –quise saber.

Lanzó una mirada iracunda a la mesa.

–Bien. Seguramente Dexter se la ligará en menos de una hora, pero no creo que eso ayude al grupo para nada.

Scarlett me miró y arqueó las cejas. Yo dije:

–¿Ah, sí?

–Bueno –se encogió de hombros, como si solo ahora se diese cuenta de que quizá yo no fuese la persona ideal a quien contarle aquello. Tampoco eso lo detuvo, así era Ted–: Ya sabes cómo es. Se lía con alguien, las cosas terminan mal y nos quedamos sin conciertos, o sin sitio para vivir o sin cien pavos para comer. Siempre hace lo mismo.

Me sentí tan estúpida que pensé que se me notaría en la cara. Cogí la bebida de Chloe, que ya era todo hielo, y le di un buen trago, simplemente por hacer algo.

–La cuestión es –gruñó mientras le ponían las cervezas delante– que si queremos que el grupo funcione tenemos que pensar como grupo. Punto.

Y se marchó, dándoles un empujón tan fuerte a las chicas que estaban detrás de nosotros que le dedicaron una oleada de insultos y gestos obscenos. Y yo estaba allí atrapada con Scarlett, como una fan del montón.

–Bueno –observó Scarlett incómoda–. Estoy segura de que no lo ha dicho en serio.

Odié que sintiera lástima por mí. Era incluso peor que sentir lástima por mí misma, aunque no mucho más. Le di la espalda a la mesa, ahora no me iba a importar un pimiento lo que estuviera pasando allí, y me senté en la banqueta.

–Es igual –dije–. No es que me pille de nuevas lo de Dexter.

–Oh. ¿De verdad?

Cogí la pajita de Chloe y la retorcí entre los dedos.

–Entre tú y yo –dije–, por eso más o menos lo elegí, la verdad. Ya sabes, en otoño me voy a la universidad. No quiero tener grandes compromisos. Por eso es perfecto. Tiene un final predeterminado. Sin complicaciones.

–Claro –convino ella, recuperando el equilibrio después de que alguien le diera un codazo por detrás.

–Es evidente, ¿no? Todas las relaciones deberían ser así de fáciles. Encuentras a un chico mono en junio, te lo pasas bien hasta agosto y quedas libre en septiembre.

Me di cuenta de que era tan fácil expresarlo que debía de ser verdad. ¿No era eso lo que siempre había dicho sobre Jonathan y los demás novios de verano? Y esta vez no era diferente.

Asintió, pero algo en su cara me dijo que no era el tipo de chica que creyera esas cosas, ni mucho menos que las hiciera. Pero, por otra parte, tenía un hijo. Era distinto cuando había otros de por medio. Bueno, al menos en familias normales.

–Sí –continué–, es solo un rollo de verano. Sin preocupaciones. Sin ataduras. Justo como a mí me gusta. Hombre, no es que Dexter tenga madera de marido ni mucho menos. Ni siquiera es capaz de llevar los zapatos atados.

Volví a reírme. Era tan cierto. Tan cierto. ¿En qué habría estado pensando?

Nos quedamos un segundo en un silencio que no era exactamente incómodo pero tampoco muy agradable.

Ella miró el reloj y luego a mi espalda, hacia la gente. Pareció sorprendida un momento y me imaginé que John Miller le habría lanzado otra de sus miradas de «aguanta, cariño, casi he terminado».

–Mira –dijo–, de verdad tengo que irme o la canguro me va a matar. ¿Puedes decirle a John Miller que nos veremos mañana?

–Claro –asentí–. Sin problemas.

–Gracias, Remy. Cuídate, ¿vale?

–Tú también.

La vi avanzar hacia la puerta y salir rápidamente justo cuando John Miller volvía la cabeza para mirarnos de nuevo. Demasiado tarde, pensé. La he asustado. La mala, malísima Remy, fría y dura, había vuelto.

–Y ahora –soltó Jess, apareciendo junto a mí–, tiene que ser la hora de irnos.

–Por mí, sí –convino Chloe–, aquí no hay perspectivas interesantes.

–Lissa está contenta –observó Jess.

Chloe se inclinó hacia adelante y miró hacia el otro extremo de la barra.

–Es el primer chico que habló con ella cuando llegamos, así que será mejor que nos vayamos. Si no, se habrá prometido con él para la hora del cierre. ¡Lissa!

Lissa se sobresaltó.

–¿Sí?

–¡Nos vamos! –Chloe se bajó del taburete y me llevó con ella–. Tiene que haber algo mejor que hacer esta noche. Por narices.

–Pero chicas –se quejó Lissa al acercarse, ahuecándose el pelo–. Estoy hablando con alguien.

–No da la talla –le aseguró Chloe, echándole un vistazo. Él sonrió y saludó con la mano, el pobrecillo–. Puedes conseguir algo mejor.

–Pero es muy majo –protestó Lissa–. Llevo toda la noche hablando con él.

–Exactamente –afirmó Jess–. Necesitas varios chicos, no solo uno. Verdad, ¿Remy?

–Sí –corroboré–. Vámonos ya.

Estábamos casi en la puerta cuando vi a Jonathan. Estaba de pie junto a la máquina de discos hablando con el portero. Desde que habíamos roto lo había visto de lejos un par de veces, pero esta era la primera vez que nos encontrábamos, oficialmente, así que aminoré el paso.

–Hey, Remy –me saludó al pasar, y alargó la mano, como siempre, para acariciarme el brazo. Normalmente me hubiera apartado, fuera de su alcance, pero esta vez no lo hice. Estaba casi igual, el pelo un poco más corto y la piel bronceada. Los cambios típicos del verano, que en septiembre desaparecían rápidamente.

–¿Qué tal todo?

–Bien –contesté, mientras Chloe y Lissa pasaban a mi lado y salían. Noté que Jess se acercaba, como si necesitara recordarme que no perdiera mucho tiempo con él–. ¿Y tú?

–Fenomenal –dije con una gran sonrisa, y me pregunté qué habría visto en él, con su aspecto relamido y siempre tan sobón. Este sí que no daba la talla. Me había contentado con lo más bajo, sin ni siquiera darme cuenta. Pero no es que Dexter fuera mucho mejor, al parecer.

–Oh, Jonathan –exclamé, sonriéndole y acercándome un poco más mientras dos chicas pasaban por detrás de mí–. Siempre fuiste tan modesto...

Se encogió de hombros y volvió a tocarme el brazo.

–Y también fui siempre genial, ¿verdad?

–Yo no diría tanto –contesté, pero seguí sonriéndole–. Me tengo que ir.

–Sí. Vale, nos vemos –me dijo, demasiado alto–. ¿Dónde vas a estar luego? ¿Vas a la fiesta de Arbors?

Levanté la mano por encima de la cabeza y le dije adiós meneando los dedos. Después salí al aire denso y húmedo de la noche. Lissa ya había dado la vuelta al coche y Chloe y ella estaban esperando con el coche en marcha cuando Jess y yo bajamos las escaleras.

–Muy elegante –comentó cuando nos sentamos.

–Solo estaba hablando –dije, pero ella volvió la cabeza mientras bajaba la ventanilla y no dijo nada.

Lissa metió primera y salimos. Sabía que Dexter se preguntaría dónde había ido, y quién era ese con el que había estado hablando, y por qué le había sonreído de esa forma. Era fácil manipular a los chicos. Y así al menos le devolvería la jugada. Por mí, podía tontear con esa chica todo lo que quisiera, que no me iba a quedar cruzada de brazos mientras tanto.

–¿Adónde vamos? –preguntó Lissa, lanzando una mirada rápida en mi dirección

–A los Arbors –dije–. Hay una fiesta.

–Eso ya me gusta más –aprobó Chloe. Se inclinó hacia adelante y encendió la radio. Y de repente fue como en los viejos tiempos: las cuatro juntas, a la caza. Hasta ahora yo había sido la descolgada, la señorita Comprometida, que tenía que calentar el banquillo mientras ellas salían a jugar. Pero ya no. Y todavía quedaba muchísimo verano.

Estábamos casi fuera del aparcamiento cuando lo oí. Una voz que nos llamaba a lo lejos. Chloe apagó la radio y yo me di la vuelta, preguntándome qué decir cuando Dexter me preguntara por qué me iba y qué me pasaba, y cómo rebatir su suposición automática de que estaba actuando como una novia celosa. Lo que no era cierto. En absoluto.

La voz volvió a gritar justo cuando yo miraba por la ventanilla trasera. Pero no era Dexter. Era el chico con el que Lissa había estado hablando. La llamó por su nombre y se quedó allí, confundido, cuando enfilamos la calle y nos alejamos.

Era más de la una cuando Lissa me dejó en la entrada del camino hacia mi casa. Me quité los zapatos y eché a andar sobre la hierba, dando un sorbo de la Zip *light* que había comprado en el camino de vuelta de la fiesta, que había resultado ser un rollazo. Para cuando llegamos, ya había estado la policía y se había marchado, así que fuimos al Quik Zip y nos sentamos en el capó del coche de Lissa, hablando y compartiendo una gran bolsa de palomitas con mantequilla. Una buena forma de terminar lo que había sido, en gran parte, una noche horrible.

Se estaba bien al aire libre. Era una noche cálida, los grillos cantaban y sentía la hierba fresca bajo los pies descalzos. El cielo estaba lleno de estrellas y reinaba el silencio en el vecindario, roto por un perro que ladraba unos metros más allá y el suave tabletear de la máquina de escribir de mi madre, que salía por la ventana del estudio, donde había una luz encendida, como era habitual últimamente.

–¡Hey!

Había alguien detrás de mí. Sentí cómo se me tensaba todo el cuerpo, y luego me invadió un gran calor. Di media vuelta. El vaso de refresco dejó mi mano antes de que me diese cuenta siquiera y salió volando a una velocidad brutal en dirección a la cabeza situada en medio del césped. Le hubiera dado de lleno, blanco perfecto, pero él se movió en el último segundo y el vaso pasó a su lado. Se estrelló contra el buzón y estalló, lo que dejó la acera llena de Zip *light* y hielo.

–¿Pero qué te pasa? –gritó Dexter.

–¿Que qué me pasa? –solté. Noté cómo el corazón me latía acelerado en el pecho. ¿A quién se le ocurre merodear entre las casas pasada la medianoche, y acercarse sigilosamente a la gente?–. Me has dado un susto de muerte.

–No me refiero a ahora. –Se acercó y sus zapatos fueron dejando un rastro en la hierba húmeda, hasta que estuvo frente a mí–. En Bento. Cuando te marchaste sin dar explicaciones. ¿De qué iba todo eso, Remy?

Necesité un momento para calmarme. Y lamentar la pérdida de mi Zip *light*, que había rellenado solo unos minutos antes.

–Estabas ocupado –respondí encogiéndome de hombros–. Y me cansé de esperar.

Se metió las manos en los bolsillos y me miró un segundo.

–No –aseguró–. No es eso.

Le di la espalda y busqué las llaves. Las sacudí hasta que encontré la de la puerta principal.

–Es tarde –dije–. Estoy cansada. Voy a entrar e irme a la cama.

–¿Fue por la canción? –Se acercó aún más mientras yo introducía la llave en la cerradura–. ¿Por eso te dio un pronto y te marchaste?

–No me dio ningún pronto –dije secamente–. Supuse que ya estabas bastante ocupado con esa chica y...

–¡Oh, por favor! –exclamó. Dio un par de pasos hacia atrás, bajando los escalones, y se rio–. ¿De eso se trata? ¿Estás celosa?

Vale. En mi opinión, eso era una declaración de guerra. Di media vuelta.

–Yo no tengo celos –aseguré.

–Ah, muy bien. Entonces no eres humana, ¿no?

Me encogí de hombros.

–Remy, no fastidies. Lo único que sé es que en un momento te estoy diciendo que tardaré un minuto y al instante desapareces, y la última vez que te veo estás hablando con un ex novio y diciéndole que luego os veis. Lo que me sorprendió un poco, porque estamos saliendo. O eso creía yo.

Había tanta información equivocada en esa declaración, que tardé un momento en decidir, haciendo un resumen mental, qué contestar primero.

–Mira –dije secamente–, esperé un rato. Ted dijo que estabas metido en una negociación con esa chica y mis amigas querían marcharse. Así que me marché con ellas.

–Ted –repitió–. ¿Y qué más te dijo Ted?

–Nada.

Se pasó una mano por el pelo y luego la dejó caer a un costado.

–Vale, entonces supongo que todo está bien.

–Totalmente –asentí, di media vuelta de nuevo y metí la llave en la cerradura.

Y entonces, justo cuando estaba a punto de empujar la puerta, añadió:

–Te oí, ¿sabes?

Me detuve, y apreté la palma de la mano contra la madera de la puerta. Me veía en el pequeño cuadrado de cristal, y a él reflejado detrás de mí. Estaba dando paraditas a algo en la hierba, sin mirarme.

–¿Cómo que me oíste?

–Hablar con Scarlett. –Ahora levantó la vista, pero yo no fui capaz de darme la vuelta–. Quería decirte que casi habíamos terminado y que me esperases, si podías. Así que me acerqué, y entonces te oí. Hablando sobre nosotros.

Así que eso era lo que había sorprendido a Scarlett. Me recogí el pelo detrás de la oreja.

–Supongo que es bueno saber a qué atenerse –admitió–. Novio de verano y todo eso. Final predeterminado. Sin preocupaciones. Un poco sorprendente, lo admito. Pero tal vez debiera admirar tu sinceridad.

–Dexter –dije.

–No, no pasa nada. Mi madre me ha dicho siempre que sería un marido espantoso, así que está bien tener una segunda opinión. Además, prefiero saber que crees que no llegaremos a ningún lado. Me ahorro la incertidumbre.

Me di la vuelta y lo miré.

–¿Qué esperabas? ¿Que estuviéramos siempre juntos?

–¿Y solo hay esas dos opciones? ¿Nada o para siempre? –Bajó la voz–. Joder, Remy. ¿Es eso lo que crees de verdad?

Tal vez, pensé. A lo mejor sí.

–Mira –afirmé–, la sinceridad es buena. Yo me voy a la universidad, tú te marchas al final del verano o, después de esta noche, a lo mejor antes. Por como lo dijo Ted, parecía que os ibais mañana.

–¡Ted es un imbécil! –exclamó–. Seguramente también te dijo que me acuesto con todas las chicas que se me ponen por delante, ¿no?

Me encogí de hombros.

–No importa...

–Lo sabía –afirmó–. Sabía que Ted había tenido algo que ver con esto. El factor Ted. ¿Qué te dijo?

–Da lo mismo.

Suspiró con fuerza.

–Hace un año empecé a salir con la chica que contrataba a los grupos en Virginia Beach. Terminó mal y...

Levanté las manos para hacerle parar.

–No me importa. De verdad. No vamos a meternos en confesiones ahora, ¿vale? Créeme, no te gustaría oír las mías.

Pareció sorprendido al oír esto, y por un momento me di cuenta de que no me conocía. En absoluto.

–Sí me gustaría –dijo, en un tono más tranquilo, conciliador, como si aún pudiéramos arreglarlo de alguna forma–. Esa es la diferencia. No estoy en esto para una semana o un mes solamente, Remy. Yo no funciono así.

Pasó un coche y redujo la velocidad. El chico que conducía nos miraba descaradamente. Tuve que resistirme para no enseñarle el dedo anular, pero conseguí dominarme.

–¿De qué tienes miedo? –me preguntó, acercándose–. ¿Sería tan malo descubrir que te gusto de verdad?

–No tengo miedo –respondí–. No es eso. Es solo que así es más fácil.

–¿Me estás diciendo que deberíamos decidir ahora mismo que este verano no significa nada? ¿Que nos utilicemos mutuamente y luego cuando yo me vaya o te vayas tú, se acabó, hasta la vista?

Sonaba fatal dicho así.

–Me he esforzado toda mi vida para salir libre de aquí –declaré–. No puedo llevarme nada cuando me vaya.

–Esto no tiene por qué ser una carga –contestó–. ¿Por qué quieres convertirlo en una?

–Porque sé cómo terminan las cosas, Dexter. –Bajé la voz–. He visto adónde llevan los compromisos, y no es bonito. Los principios son fáciles. Pero los finales son un desastre.

–¿Con quién crees que estás hablando? –me preguntó incrédulo–. Mi madre ha tenido cinco maridos. La mitad del país ha sido parte de mi familia, en un momento u otro.

–No es una broma. –Meneé la cabeza–. Así es como tiene que ser. Lo siento.

Durante un minuto ninguno dijimos nada. Después de tantos años en los que solo había pensado estas cosas, expresarlas en voz alta me resultaba muy extraño, como si ahora fueran oficialmente reales. Mi corazón frío y duro al descubierto, por fin, mostrándose tal cual era. Estás advertido, pensé. Debería habértelo dicho desde el principio. Te voy a decepcionar.

–Ya sé por qué dices esto –declaró al fin–, pero te estás perdiendo muchas cosas, ¿sabes? Cuando funciona, el amor es increíble. No está sobrevalorado. Hay una razón para todas esas canciones.

Bajé la vista hacia mis manos.

–No son más que canciones, Dexter. No significan nada.

Se acercó, se puso justo delante de mí y me cogió las manos.

–Mira, solo cantamos esa canción porque estábamos al borde de la muerte. Lucas me oyó tararearla el otro día y nos inspiramos todos y se nos ocurrieron esos arreglos. Ellos no saben la relación que tiene contigo. Únicamente piensan que tiene mucho tirón con el público.

–Supongo que es así –convine–. Pero no para mí.

Entonces la sentí: esa extraña sensación definitiva que anunciaba que la peor parte de la ruptura ya había pasado y ahora solo quedaba intercambiar unas cuantas palabras de cortesía antes de terminar del todo. Era como ver la línea de meta al otro lado de la colina, el último tramo ya estaba a la vista.

–¿Sabes? –continuó, acariciándome el pulgar con el suyo–, en nuestro caso también podría haber sido al revés. Con todos esos matrimonios y eso. Tú podrías haber creído en nosotros y yo te habría dejado marchar.

–Es posible –respondí. Pero ni siquiera podía imaginarme llegar a creer en el amor como él. No con nuestra historia. Tendrías que estar loco para haber vivido eso y seguir creyendo que el amor era posible.

Se inclinó hacia adelante, todavía sujetando mis manos, y me dio un beso en la frente. Cerré los ojos y presioné los dedos de los pies contra el césped. Contemplé todas las cosas que me habían terminado por gustar: su olor, sus caderas estrechas, la suavidad de su piel contra la mía. Tanto en tan poco tiempo.

–Nos vemos –se despidió, separándose de mí–. ¿Vale? Asentí.

–Vale.

Me apretó las manos por última vez y luego las soltó y echó a andar sobre el césped. Sus pies dejaron huellas frescas: las anteriores se habían borrado, absorbidas, como si hasta entonces no hubiera pasado nada.

Una vez dentro, subí a mi cuarto y me desvestí. Saqué un par de pantalones viejos y una camiseta de tirantes y me metí bajo las sábanas. Conocía esta sensación, la soledad de las dos de la madrugada que, prácticamente, había inventado yo. Era siempre lo peor después de una ruptura. En esas primeras horas de soltería oficial el mundo parece agrandarse, aumentando su tamaño de repente ahora que había que recorrerlo en solitario.

Por eso empecé a escuchar la canción al principio: me distraía. Era la única constante en mi vida. Daba igual qué sentimientos me provocara, era la única cosa que seguía siendo parte de mí a medida que padrastros, novios y casas iban y venían. El disco no cambiaba nunca, las palabras eran siempre las mismas, la voz de mi padre respiraba el mismo número de veces entre cada verso. Pero ahora ni siquiera tenía eso. Ahora tenía en la cabeza el modo en que Dexter la había cantado: burlona, dulce y distinta, con un peso mayor y más extraño.

Seguí pensando en cómo me había besado la frente al despedirnos. Sin duda era la ruptura más agradable del mundo. No es que lo hiciera más fácil. Pero algo es algo.

Me di la vuelta y acomodé la almohada bajo la cabeza, cerrando los ojos. Intenté distraerme con otras canciones: los Beatles, mi CD favorito, viejas canciones de los ochenta de cuando era niña. Pero la voz de Dexter regresaba una y otra vez, y se superponía perfectamente a las palabras que tan bien conocía. Me quedé dormida con la canción sonando en mi cabeza, y cuando fui consciente era por la mañana.

AGOSTO

CAPÍTULO 12

–¡Vamos! ¿Quién quiere KaBoom?

Miré a Lissa. Hacía más de 32 grados, el sol abrasaba y en algún lugar, a mi izquierda, un grupo cantaba *My Old Kentucky Home* a capela. Era oficial: estábamos en el infierno.

–Yo no –dije. Llevaba dos semanas trabajando como vendedora de una nueva bebida deportiva/chute de cafeína y Lissa era incapaz de aceptar que no me gustaba su sabor. Y no era la única.

–Es... es como... limonada gaseosa –declaró Chloe delicadamente, y dio un sorbito pequeño sin tragarlo–. Con un extraño regusto a coca-cola barata.

–¿Entonces qué te parece? –preguntó Lissa mientras rellenaba la fila de vasos de plástico que tenía en la mesita.

–Me parece...–respondió Chloe. Después tragó y puso cara de asco–. Puaaaaajjj.

–¡Chloe! –dijo Lissa, mirando a su alrededor–. De verdad.

–Ya te lo he dicho, está asqueroso –insistí, pero no me hizo caso y siguió sacando más productos de promoción y colocándolos sobre la mesa: discos voladores, camisetas y vasos de plástico con el logotipo del sol amarillo–. Si ya lo sabes, Lissa. Ni siquiera lo bebes tú.

271

–No es cierto –respondió, recolocándose la chapa que decía: «Hola, soy Lissa, ¿quieres KaBoom?». Yo había intentado señalarle que eso podría interpretarse de otra forma, pero no me hizo caso, como una fanática en su misión de llevar el mensaje de KaBoom a los bebedores de cola de todo el mundo–. Yo la bebo como si fuera agua. ¡Es alucinante!

Me di la vuelta y detrás de mí vi a los cuatro miembros de una familia, con las manos llenas de los artículos de regalo de la Feria Toyota de Automóviles Don Davis. Pero no se detuvieron. Es más, la mesa de KaBoom estaba prácticamente desierta, a pesar de los artículos que regalaban Lissa y su colega P. J.

–¡Globos! ¡Globos para todos! ¿Quién quiere un globo de KaBoom? –gritaba Lissa a la multitud–. ¡Regalos para todos, chicos! ¡Tenemos discos voladores! –Cogió uno y lo lanzó hacia el otro extremo del aparcamiento. Voló en línea recta un rato antes de caer muy cerca de un Land Cruiser. Don, que estaba hablando con unos clientes frente a una fila de Camrys, nos lanzó una mirada.

–¡Lo siento! –se disculpó Lissa, tapándose la boca con la mano.

–No lances todos los discos, campeona –le dijo P. J., que cogió un vaso de plástico y lo vació de un trago–. Todavía es temprano.

Lissa le sonrió agradecida, poniéndose colorada, y me di cuenta de que Chloe había acertado sobre sus sentimientos por P. J. Y tanto que KaBoom.

La Feria Toyota de Automóviles Don Davis necesitaba semanas de preparación. Lograba una de las mayores ventas del año y había juegos para los niños, adivinos, máquinas de granizados e incluso un poni de aspecto cansado que caminaba en círculos alrededor de los coches. Y aquí mismo, a la sombra cerca del concesionario, se encontraba la autora y personalidad local Barbara Starr.

Normalmente mi madre no hacía publicidad, excepto cuando acababa de sacar un libro, y ahora se encontraba en un momento de la novela donde ni siquiera quería salir de su estudio, mucho menos de casa. Chris y yo llevábamos años acostumbrados a sus horarios. No hacíamos ruido cuando dormía, aunque fueran las cuatro de la tarde, y nos manteníamos al margen si pasaba por la cocina murmurando ensimismada. Sabíamos que había terminado cuando apartaba la funda de la máquina de escribir a la izquierda por última vez, daba dos palmadas y decía en voz alta y con mucho énfasis: «Gracias». Era lo más cerca que estaba de la religión, esa expresión final de gratitud.

Pero Don no lo entendía. En primer lugar, no respetaba la cortina de cuentas. Entraba, sin dudarlo, y le ponía las manos sobre los hombros cuando ella todavía estaba tecleando. Entonces mi madre escribía aún más deprisa: se notaba que quería sacar lo que llevaba en la cabeza antes de que le cortara la idea del todo. Después Don se iba a duchar, pidiéndole que le llevara una cerveza fría dentro de unos minutos, por favor, querida. Quince minutos después la estaba llamando, preguntándose dónde estaba la cerveza, y ella volvía a escribir muy rápido, aporreando las últimas líneas antes de que él volviera a entrar, oliendo a loción para después del afeitado y preguntando qué había de cena.

Lo más raro de todo era que mi madre le seguía el juego. Parecía seguir totalmente encantada con Don, hasta el punto de que consideraba un precio justo tener que escaparse a escribir de madrugada. Con los demás novios y maridos, ella siempre había seguido su horario y les soltaba la charla, igual que a nosotros, sobre sus «necesidades creativas» y la «disciplina necesaria» del tiempo que pasaba trabajando. Pero ahora parecía más dispuesta a ceder, como si fuera, de verdad, su último matrimonio.

Chloe se dirigió al servicio mientras yo me acercaba a la mesa que Don había colocado para mi madre al lado de la sala de exposición de los coches. En la pancarta que había colgado detrás, con grandes letras rojas enmarcadas en corazones, se leía: ¡CONOZCA A LA FAMOSA AUTORA BARBARA STARR! Mi madre llevaba gafas y se abanicaba con una revista mientras hablaba con una mujer con una riñonera y un niño pequeño sentado en la cadera.

–¡Melina Kennedy es el mejor personaje de todos! –aseguraba la mujer, mientras se cambiaba al niño a la otra cadera–. ¿Sabe? Cuando se separó de Donovan fue tristísimo. No podía dejar de leer, de verdad que no. Tenía que saber si volverían a estar juntos.

–Muchas gracias –dijo mi madre, sonriendo.

–¿Está trabajando en algo nuevo? –preguntó la señora.

–Sí –asintió mi madre. Luego bajó la voz y añadió–: Creo que le gustará. La protagonista se parece mucho a Melina.

–¡Ooooh! –exclamó la señora–. No puedo esperar. De veras que no.

–¡Betsy! –llamó una voz desde la máquina de las palomitas–. ¿Puedes venir un momento?

–Oh, es mi marido –explicó la mujer–. Estoy encantada de haberla conocido por fin. De verdad.

–Igualmente –respondió mi madre mientras la mujer se alejaba hacia donde estaba su marido, un hombre bajito que llevaba un pañuelo en el cuello, estudiando el tacómetro de una furgoneta. Mi madre la miró irse y luego echó un vistazo a su reloj. Don quería que se quedara durante las tres horas, pero yo esperaba que pudiéramos irnos antes. No estaba segura de cuánta música a capela podría soportar.

–Tu público te adora –observé al acercarme.

–Mi público no está aquí, creo yo. Ya han venido dos personas a preguntarme sobre financiación y, básicamente, me he dedicado a indicarle a la gente dónde está el baño –declaró. Luego, más alegremente, añadió–: Pero me gusta mucho la música de ese cuarteto. ¿No son magníficos?

Me dejé caer en el bordillo a su lado, sin molestarme en contestar.

Ella suspiró y se abanicó.

–Hace mucho calor –me dijo–. ¿Me das un poco de tu bebida?

Miré la botella de KaBoom que Lissa me había obligado a coger.

–No te va a gustar –dije.

–Tonterías –respondió tranquilamente–. Hace un calor insoportable. Déjame dar un sorbo.

Me encogí de hombros y se lo pasé. Le quitó el tapón, se lo llevó a los labios y dio un buen trago. Luego puso una cara rara, tragó y me devolvió la botella.

–Te lo advertí –le dije.

Justo entonces la furgoneta de Pelotón de la Verdad entró traqueteando en el aparcamiento y aparcó junto a los coches en exposición. Se abrió la puerta trasera y bajó John Miller, con las baquetas bajo el brazo, seguido de Lucas, que iba comiendo una mandarina. Comenzaron a descargar el equipo y a amontonarlo mientras Ted salía del asiento del conductor y cerraba la puerta de golpe. Y luego, mientras yo los miraba, bajó Dexter, poniéndose una camisa. Comprobó su reflejo en el espejo lateral y se dirigió hacia el otro lado, fuera de mi vista.

No era la primera vez que lo veía, claro. A la mañana siguiente de cortar, de hecho, estaba yo en la cola del Jump Java en busca del café matutino de Lola cuando entró él, atravesó el local con paso resuelto y se dirigió directamente a mí.

–He estado pensando –empezó, sin hola ni nada– que tenemos que ser amigos.

Mis alarmas internas saltaron de inmediato, pues aquello iba contra la lógica de las rupturas que llevaba defendiendo desde siempre. No es posible, pensé, pero en voz alta dije:

–¿Amigos?

–Amigos –repitió–, porque sería una pena si hiciéramos todo eso de sentirnos incómodos, ignorarnos, fingir que no ha pasado nada y tal. De hecho, podríamos pasar de todo el proceso y solucionarlo ahora mismo.

Miré el reloj que había junto a la máquina de café. Eran las 9:05.

–¿No te parece un poco pronto para eso? –pregunté hablando despacio.

–¡Precisamente ahí está la cosa! –afirmó enérgicamente, mientras un hombre que hablaba por el móvil nos miraba–. Anoche cortamos, ¿no?

–Sí –respondí, hablando más bajo que él. Esperaba que me imitara, pero no lo hizo.

–Y hoy, aquí estamos. Nos hemos encontrado, como va a ocurrir otras mil veces antes de que termine el verano. Trabajamos uno enfrente del otro.

–Cierto –admití cuando por fin me tocó pedir, y asentí cuando el dependiente me preguntó si quería el café de siempre para Lola.

–Bueno –continuó–, pues yo digo que reconozcamos que tal vez las cosas sean un poco raras, pero no vamos a andar evitándonos ni a sentirnos incómodos. Si hay algo que nos parezca embarazoso, lo decimos inmediatamente y seguimos adelante. ¿Qué te parece?

–Me parece –contesté– que no va a funcionar.

–¿Por qué no?

–Porque no se puede pasar de estar saliendo a ser amigos así como así –expliqué, mientras cogía unas servilletas–. Es una mentira. Es solo algo que dice la gente para que la ruptura no parezca permanente. Y alguien siempre se lo toma como algo más, y luego sufre aún más cuando, inevitablemente, esa relación «amistosa» sigue siendo un gran paso atrás respecto a la relación anterior, y es como volver a cortar otra vez. Pero peor.

Consideró mis palabras y luego añadió:

–Vale. Tomo nota. Y en este supuesto tuyo, como yo soy el que ha tenido la idea de ser amigos, entonces sería yo el que volvería a sufrir. ¿Correcto?

–Difícil de saber –reconocí, mientras tomaba el café de Lola, le daba las gracias en silencio al dependiente y dejaba un billete de dólar en el bote–. Pero si todo transcurre como suele pasar, sí.

–Entonces –dijo–, te demostraré que te equivocas.

–Dexter –respondí en voz baja, mientras nos dirigíamos hacia la puerta–, venga ya.

Me parecía surrealista estar hablando de la noche anterior en términos tan analíticos, como si le hubiera ocurrido a otra persona y nosotros lo contemplásemos desde un lateral, analizando jugada a jugada.

–Mira, es importante para mí –me dijo mientras me sujetaba la puerta y yo pasaba por debajo de su brazo, sin que me se vertiera el café–. No aguanto que las cosas terminen mal. Odio sentirme incómodo y esas conversaciones penosas y la sensación de que no puedo ir a algún sitio porque sé que tú vas a estar ahí y esas cosas. Por una vez me gustaría saltarme todo eso y ponernos de acuerdo en que lo hemos dejado como amigos. Y lo digo en serio.

Lo miré. La noche anterior, cuando estábamos en el jardín de mi casa, había temido este momento, volver a verlo. Tenía que admitir que me gustaba que ya hubiera pasado, el primer encuentro con el ex. Ya podía tacharlo de la lista y seguir adelante. Cortar eficazmente. Menudo concepto.

–Sería –dije mientras me apartaba el pelo de la cara– el reto supremo.

–Ah –respondió, sonriendo–. Seguro. ¿Te atreves?

¿Me atrevía? Difícil de decir. En teoría sonaba bien, pero supuse que al llevarlo a la práctica habría un par de variables que podrían fastidiar la ecuación. Pero nunca hasta ahora había retrocedido ante un reto.

–Vale –asentí–. Acepto. Somos amigos.

–Amigos –repitió. Y nos dimos la mano.

Eso había sido hacía dos semanas y desde entonces habíamos hablado varias veces, ciñéndonos a temas neutrales como qué ocurría con Rubber Records (no mucho, pero todavía hablaban de tener «una reunión») y cómo estaba Mono (bien, pero sufriendo una plaga de pulgas que tenía a todos en la casa amarilla rascándose y de mal humor). Incluso una vez comimos juntos, sentados en el bordillo delante de Flash Camera. Decidimos que tenía que haber reglas y habíamos establecido dos hasta el momento. La número uno: nada de tocarse innecesariamente, lo que no podía causar más que problemas. Y la número dos era que si pasaba algo o decíamos algo que nos hiciera sentirnos incómodos o raros no habría silencios tensos: tendríamos que admitirlo lo antes posible, decirlo abiertamente, resolverlo y desactivarlo, como si se tratase de una bomba.

Mis amigas pensaban que estaba loca, por supuesto. Dos días después de cortar, había ido con ellas a Bendo y Dexter se había acercado a hablar conmigo. Cuando se marchó, estaban todas con expresión escéptica y de superioridad moral, como si estuviera bebiendo cerveza con una panda de monjas.

–Jo, tía –empezó Chloe, señalándome con el dedo–, no me digas que vais a ser amigos.

–Bueno, no exactamente –dije, lo que las dejó aún más horrorizadas. Lissa, que llevaba casi todo el verano leyendo libros de autoayuda que por lo general yo asociaba con Jennifer Anne, parecía especialmente decepcionada–. Mirad, estamos mejor como amigos que saliendo. Y de todas formas, hemos salido poquísimo tiempo.

–No va a funcionar –me aseguró Chloe, mientras encendía un cigarrillo–. Una muleta para los débiles, eso es lo que es todo ese rollo de ser amigos. ¿Quién decía eso?

Elevé los ojos al techo.

–¡Ah, es cierto! –exclamó chasqueando los dedos–. ¡Eras tú! Siempre lo decías, igual que decías que no había que salir con chicos que tocaran en un grupo...

–Chloe –dije.

–... ni rendirte ante un tío que te persigue con insistencia, porque perderá el interés en el momento en que termina la caza...

–Ya vale.

–... ni enrollarte con alguien que tiene una ex novia por allí cerca, porque si ella no ha entendido el mensaje, es porque él no lo está dejando claro.

–Un momento –protesté–, eso no viene a cuento.

–Dos de tres –replicó, con un gesto de la mano–. Pero creo que la idea está clara.

–Remy –intervino Lissa, dándome golpecitos en la mano–, no pasa nada. Eres humana. Cometes los mismos errores que cualquiera de nosotras. Mira, en ese libro que estaba leyendo, *Aceptar la realidad: lo que el amor puede hacer y lo que no,* hay todo un capítulo sobre cómo rompemos nuestras reglas por los hombres.

–No estoy rompiendo mis reglas –salté, odiando ser la que recibía los consejos esta vez, pasando de ser la Querida Remy a Confundida en Cincinnati en un solo verano.

Ahora, en la Feria Toyota, Chloe y yo dejamos a mi madre charlando con otra admiradora y nos dirigimos a una extensión de césped en busca de sombra. En el escenario, los Pelotón de la Verdad estaban casi listos. Unos días antes, Don nos había contado que los había contratado para tocar durante una hora solo canciones que hablaran de coches, para transmitir la idea de lo divertido que puede ser conducir en verano.

–A ver, tengo un candidato –soltó Chloe mientras Pelotón de la Verdad se lanzaba con *Baby You Can Drive My Car*.

–¿Candidato?

Asintió.

–Universitario.

–Hmm –respondí, abanicándome con una mano.

–Se llama Matt –continuó– y está en segundo. Guapo, alto. Quiere ser médico.

–No sé –respondí–. Hace demasiado calor para salir.

Me miró.

–Lo sabía –afirmó, meneando la cabeza–. ¡Lo sabía!

–¿Qué sabías?

–Que ya no eres una de las nuestras.

–¿Y eso qué quiere decir?

Cruzó las piernas por los tobillos, se descalzó y se echó hacia atrás apoyándose en las manos.

–Dices que estás soltera y lista para salir con nosotras de nuevo.

–Y lo estoy.

–Pero –prosiguió– cada vez que intento presentarte a alguien u organizarte un plan, te niegas.

–Solo una vez –protesté–, y es que los patinadores no son lo mío.

–Fueron dos veces –me corrigió–, y el segundo era muy mono y alto, justo como a ti te gustan, así que no me cuentes rollos. Las dos sabemos cuál es el problema.

–¿Ah, sí? ¿Y cuál es?

Volvió la cabeza e hizo un gesto hacia Pelotón de la Verdad, que tocaban con ímpetu, mientras dos niños con camisetas de KaBoom bailaban y saltaban delante del escenario.

–Tu «amigo» ese.

–Déjalo –repliqué; me parecía ridículo.

–Todavía lo ves –insistió, levantando un dedo y empezando a contar.

–Trabajamos a dos metros, Chloe.

–Todavía hablas con él –continuó, levantando otro dedo–. Apuesto a que incluso has pasado por delante de su casa con el coche cuando ni siquiera te pilla de camino.

Aquello ni siguiera me iba a dignar contestarlo. Joder.

Nos quedamos un par de minutos en silencio mientras los Pelotón de la Verdad tocaban un popurrí de *Cars, Fun, Fun, Fun* y *Born to Be Wild*. No había tantas canciones que hablaran de coches, y parecía que tenían problemas para encontrarlas.

–Bueno, venga –la animé–. Cuéntame.

Ella ladeó la cabeza, desconfiada.

–No lo hagas por hacerme un favor –dijo–. Si todavía no estás lista, se te va a notar. Las dos lo sabemos. No merece la pena.

–Tú dime.

–Vale. Pues son estudiantes de segundo y...

Siguió hablando y yo la escuchaba sin prestar mucha atención, y al mismo tiempo noté que Pelotón de la Verdad se estaba saliendo bastante del tema cuando empezaron a tocar *Dead Man's Curve*. Hablar de una curva letal no animaba exactamente a dejarse un dineral en un coche nuevecito. Don también se dio cuenta y le lanzó a Dexter una mirada asesina hasta que cortaron la canción, justo cuando la curva se iba a volver mortal. De ahí pasaron un poco torpemente a *The Little Old Lady from Pasadena*.

Vi que Dexter le ponía caras a John Miller entre verso y verso, y volví a sentir ese pinchazo, que inmediatamente desestimé, pues no quería volver a oír un «te lo advertí» de Chloe. Tenía que volver a salir antes de que el daño a mi reputación fuera permanente.

–... así que hemos quedado para esta tarde, a las siete. Nos encontraremos en Rigoberto's para cenar. Hoy son gratis los colines.

–Vale –acepté–. Contad conmigo.

Lo que pasa con salir es que a veces se te olvida lo rollazo que puede llegar a ser.

Eso es lo que estaba pensando alrededor de las ocho y media, sentada en una mesa en Rigoberto's mordisqueando un colín y deseando que mi pareja, Evan, un chico grandullón con una melena hasta los hombros que necesitaba urgentemente un lavado, masticara con la boca cerrada.

–Oye –le dije en voz baja a Chloe, que estaba acurrucándose con su chico, el único guapo del grupo–, ¿dónde has dicho que has conocido a estos?

–En el Wal-Mart –me respondió–. Estaban comprando bolsas de basura, igual que yo. ¿No es increíble?

No tanto. Porque Evan ya me había contado que el día que conocieron a Chloe iban de camino a recoger basura. Su club de juegos de rol había adoptado un tramo de la autopista y dedicaban un sábado al mes a limpiarlo. El resto del tiempo, aparentemente, lo pasaban dibujando retratos de sus álter ego y luchando con troles y demonios extraños, tirando los dados en el sótano de alguno de ellos. En tan solo una hora, había aprendido mucho más de lo que me habría gustado sobre orcos, klingons y una raza maestra inventada por el propio Evan, llamada los triciptiores.

El de Chloe, Ben, era mono. Pero era evidente que Chloe no se había tomado la molestia de mirar a los demás antes de hacer planes. Evan era, bueno, Evan, y los gemelos David y Darrin, con camisetas de *La guerra de las galaxias,* llevaban toda la cena sin hacer caso de Lissa ni de Jess y hablando de animación japonesa. Jess le lanzaba a Chloe miradas mortales y Lissa sonreía educadamente mientras pensaba, yo lo sabía, en su colega de Ka-Boom, P. J., y en su enamoramiento, que ella creía que no se le notaba. Eso, básicamente, era volver a salir; y me di cuenta de que en las últimas cuatro semanas no lo había echado de menos en absoluto.

Después de cenar, los hermanos Darrin y David se fueron a casa con Evan detrás, claramente tan entusiasmados con nosotras como nosotras con ellos. Jess se marchó diciendo que tenía que acostar a sus hermanos, y Chloe y Ben se quedaron en la mesa, dándose uno a otro tiramisú, lo que nos dejaba a Lissa y a mí.

–¿Y ahora qué? –me preguntó cuando subimos a mi coche–. ¿Bendo?

–No –contesté–. Vamos a mi casa a ver una peli o algo.

–Buena idea.

Cuando tomamos el camino de entrada y las luces iluminaron el césped, lo primero que vi fui a mi madre sentada en los escalones de la puerta. Se había quitado los zapatos y apoyaba los codos sobre las rodillas. Cuando me vio se puso de pie, agitando los brazos, como si estuviera en medio del océano en un bote salvavidas, en lugar de a diez pasos de mí en tierra firme.

Salí del coche y Lissa detrás. No había dado ni dos pasos, cuando oí a alguien a mi izquierda:

–¡Ya era hora!

Me di media vuelta: era Don y llevaba un palo de *croquet* en una mano. Estaba acalorado, con la camisa por fuera y parecía enfadado.

–¿Qué pasa? –le pregunté a mi madre, que ahora se acercaba rápidamente por el césped, con las manos revoloteando.

–Lo que pasa –dijo Don elevando la voz– es que llevamos sin poder entrar en casa una hora y media. ¿Te das cuenta de cuántos mensajes te he dejado en el teléfono? ¿Eh?

Me estaba gritando. Tardé un momento en procesarlo, porque nunca había ocurrido antes. Ninguno de mis padrastros anteriores se había tomado el papel de padre con mucho interés, ni siquiera cuando Chris y yo éramos lo bastante pequeños para haberlo tolerado. La verdad, me quedé sin habla.

–No te quedes ahí callada. ¡Contéstame! –bramó.

Lissa retrocedió, con expresión nerviosa. Odiaba la confrontación. En su familia no gritaba nadie y todas las discusiones y los desacuerdos se resolvían hablando de forma controlada.

–Don, cariño –intervino mi madre, acercándose a él–. No hace falta alterarse. Ya ha llegado y nos puede abrir. Remy, dame las llaves.

No me moví, y mantuve los ojos fijos en Don.

–Estaba en una cena –repuse en tono tranquilo–, y no llevaba el móvil.

–¡Te hemos llamado seis veces! –exclamó–. ¿Tienes idea de lo tarde que es? Mañana tengo una reunión de ventas a las siete de la mañana y no tengo tiempo que perder intentando allanar mi propia casa.

–Don, por favor –suplicó mi madre, levantando una mano para tocarle el brazo–. Cálmate.

–¿Cómo habéis llegado a casa si no llevas tus llaves? –le pregunté a ella.

–Bueno –respondió–. Hemos...

–Hemos venido en uno de los coches nuevos del concesionario –saltó Don–, y no estamos hablando de eso. De lo que estamos hablando es de que te hemos dejado mensajes a ti y a tu hermano, que no habéis contestado ni recibido y que llevamos aquí más de una hora, a punto de romper una ventana...

–Pero ya está aquí –dijo mi madre animada–, así que vamos a coger sus llaves y entramos, y todo se...

–¡Barbara, por el amor de Dios, no me interrumpas cuando estoy hablando! –soltó, girando la cabeza rápidamente para mirarla–. ¡Jesús!

Durante un segundo reinó el silencio. Miré a mi madre y tuve ganas de protegerla. Hacía años que no sentía un impulso de protección tan fuerte, pues normalmente era yo la que le gritaba o, más bien, deseaba hacerlo. Pero pese a la ira que mi madre podía despertar en mí, siempre había habido una línea clara, al menos en mi mente, que marcaba la distancia corta pero clara que había entre el Nosotros que era mi familia y el hombre que estuviera en su vida en ese momento. Don no la veía, pero yo sí.

–¡Eh! –le advertí a Don, en voz baja–, no le hables así.

–Remy, cariño, dame las llaves –me pidió mi madre, levantando la mano para tocarme el brazo–. ¿Vale?

–Tú –me dijo Don, señalándome con el dedo directamente a la cara. Miré el dedo gordinflón, concentrándome solo en él, mientras todo lo demás (Lissa a un lado, mi madre suplicando, el olor de la noche de verano) se esfumaba–, tienes que aprender lo que es el respeto, señorita.

–Remy –oí decir a Lissa muy bajo.

–Y tú –le respondí a Don–, tienes que respetar a mi madre. La culpa de esto la tienes tú, y lo sabes. Se te olvidaron las llaves a ti y tú no puedes entrar. Final de la historia.

Se quedó quieto, respirando agitadamente. Vi cómo Lissa se encogía en el camino, como si pudiera reducirse poco a poco hasta desaparecer por completo.

–Remy –me pidió mi madre de nuevo–, las llaves.

Las saqué del bolsillo, con los ojos todavía clavados en Don, y se las di a ella por delante de él. Ella las cogió y echó a andar por el césped a buen paso. Don seguía mirándome fijamente, como si creyera que yo iba a retroceder. Se equivocaba.

La luz del porche se encendió y mi madre dio una palmada.

–¡Ya está! –llamó–. ¡Bien está lo que bien acaba!

Don dejó el palo de *croquet*. Cayó sobre el camino con un golpe seco. Luego dio media vuelta y echó a andar con zancadas largas y furiosas. Una vez en los escalones, adelantó a mi madre, ignorándola cuando ella le habló y desapareció por el pasillo. Un segundo más tarde oí un portazo.

–Qué niñato –le dije a Lissa, que ya estaba cerca del buzón, fingiendo estar interesada en leer los nombres STARR/DAVIS que habían colocado recientemente.

–Estaba furioso de verdad, Remy. –Subió por el camino con cuidado, como si esperara que Don fuera a arrojarse contra la puerta, listo para la segunda ronda–. Tal vez deberías haber dicho que lo sentías.

–¿Que sentía el qué? –pregunté yo–. ¿No tener telepatía?

–No lo sé. Puede que hubiera sido más fácil.

Miré hacia la casa, donde mi madre estaba de pie en el umbral, con la mano sobre el pomo, mirando hacia el pasillo, en dirección hacia donde Don se había marchado indignado.

–¡Oye! –llamé, mi madre giró la cabeza–. ¿Cuál es su problema, vamos a ver?

Me pareció oírle decir algo desde dentro y mi madre cerró ligeramente la puerta, volviéndose y dándome la espalda. Y de repente me sentí completamente extraña, como si la distancia entre nosotras fuese mucho mayor de la que podía ver desde donde estaba. Como si esa línea, que siempre había sido tan clara para mí, se hubiera movido, o no hubiera estado nunca donde yo pensaba.

–¿Mamá? –grité–. ¿Estás bien?

–Estoy bien. Buenas noches, Remy –me dijo. Y cerró la puerta.

–Te lo digo en serio –le dije a Jess–. Fue algo horrible de verdad.

Frente a mí, Lissa asintió con la cabeza.

–Fatal –corroboró–. Daba miedo.

Jess dio un sorbo de su Zip Cola y se colocó el jersey sobre los hombros. Habíamos ido a llamar a su ventana después de marcharnos de casa de mi madre, cuando decidí que no iba a pasar la noche bajo el mismo techo que Don y su mal genio. Además, había algo más: una extraña sensación de traición, casi, como si durante tanto tiempo mi madre y yo hubiésemos sido un equipo, y ahora de repente hubiera desertado, echándome de su lado por alguien capaz de levantarme un dedo cerca de la cara y exigir un respeto que no había ni siquiera empezado a ganarse.

–La verdad es que es un comportamiento más o menos normal –me aseguró Jess–. Eso de «ésta es mi casa y hay que seguir mis reglas». Muy en plan macho. Muy padre.

–No es mi padre –repliqué.

–Es cuestión de dominio –intervino Lissa–. Como los perros. Te estaba dejando claro que él era el perro alfa.

Me la quedé mirando.

–Bueno, tú eres el perro alfa, claro –añadió ella rápidamente–. Pero él no lo sabe todavía. Te estaba poniendo a prueba.

–Yo no quiero ser el perro alfa –gruñí–. No quiero ser un perro. Y punto.

–Qué raro que tu madre aguante eso –observó Jess, con voz pensativa–. Ella nunca ha sido de las que aguanta tonterías. Tú lo has heredado de ella.

–Creo que tiene miedo –dije, y las dos me miraron sorprendidas. Yo misma estaba sorprendida; no me había dado cuenta de que pensaba esto hasta que lo dije en voz alta–. Quiero decir, que le asusta estar sola. Es su quinto matrimonio, ¿entendéis? Si no funciona...

–... y tú te marchas –añadió Lissa–. Y Chris está a punto de casarse también.

Suspiré, y pinché mi Zip *light* con la pajita.

–... así que piensa que es su última oportunidad. Tiene que lograr que funcione. –Lissa se acomodó, abrió la bolsa de caramelos Skittles que había comprado y se metió uno en la boca–. Así que tal vez le da preferencia sobre ti. Solo por ahora. Porque él es con quien tiene que vivir, ya sabes, indefinidamente.

Jess me observó, como si esperara algún tipo de reacción.

–Bienvenida al mundo de los adultos –dijo–. Es igual de horrible que el instituto.

–Precisamente por cosas como esta no creo en las relaciones –afirmé–. Son como una muleta. ¿Por qué aguanta un comportamiento de niñato como este? ¿Porque cree que lo necesita o algo así?

290

—Bueno —dijo Lissa lentamente—, a lo mejor lo necesita.

—Lo dudo —respondí—. Si él se marchara mañana, ella tendría un pretendiente nuevo al cabo de una semana. Apostaría mi dinero.

—Creo que lo quiere —declaró Lissa—. Y querer es necesitar a alguien. El amor es aguantar los defectos de alguien porque, de alguna manera, te completan.

—El amor es una excusa para aguantar cosas que no deberías aguantar —aseguré, y Jess se rio—. Así es como te engancha. Altera la balanza de forma que las cosas que deberían ser muy pesadas no parecen serlo. Es una estupidez. Una trampa.

—Vale, de acuerdo —convino Lissa, y se sentó más derecha—, pues vamos a hablar de cordones desatados.

—¿Qué? —pregunté.

—Dexter —me dijo—. Lleva siempre los cordones desatados, ¿no?

—¿Y eso qué tiene que ver?

—Tú contesta la pregunta.

—No me acuerdo —respondí.

—Sí, sí te acuerdas, y sí, los lleva desatados. Además, es torpe, su cuarto es un caos, él es un desastre y comió en tu coche.

—¿Comió en tu coche? —preguntó Jess incrédula—. No fastidies.

—Solo una vez —me defendí, e ignoré su cara de estar siendo testigo de un milagro—. ¿A qué viene esto?

—Pues viene —continuó Lissa— a que todas esas cosas te habrían hecho mandar a paseo a cualquier otro chico en cuestión de segundos. Pero, con Dexter, las aguantabas.

–No las aguantaba.

–Sabes que sí –replicó ella, vertiendo más Skittles en la mano–. ¿Y por qué crees tú que estabas dispuesta a tolerar estas cosas?

–No irás a decir que porque lo quería –le advertí.

–No –admitió–. Pero tal vez podrías haber llegado a quererlo.

–Poco probable –dije.

–Extremadamente improbable –añadió Jess–. No obstante, le dejaste comer en tu coche, así que supongo que todo es posible en esta vida.

–Con él eras diferente –dijo Lissa–. Tenías algo nuevo que no había visto en ti antes. A lo mejor era amor.

–O deseo –sugirió Jess.

–Es posible –reconocí recostándome apoyada en las manos–. Pero no me acosté con él.

Jess arqueó las cejas.

–¿No?

Meneé la cabeza.

–Estuve a punto. Pero no.

La noche que había tocado la guitarra para mí, aquella primera vez, cuando rasgueó los acordes de la canción de mi padre. Ya llevábamos unas semanas juntos, lo que en algunos momentos habría constituido un récord. Pero cuando nos acercamos, él se retiró un poco, me cogió las manos, las dobló contra su pecho y presionó su cara contra mi cuello. Fue sutil, pero claro: todavía no. Ahora no. Me pregunté a qué estaría esperando, pero no encontré un buen momento para preguntárselo. Y ahora no lo sabría nunca.

–Y eso –afirmó Lissa, chasqueando los dedos como si hubiera descubierto el uranio– lo demuestra. Ahí lo tienes.

–¿Qué demuestra? –pregunté.

–Con cualquier otro chico, te habrías acostado. Sin duda.

–Cuidado con lo que dices –advertí, señalándola con el dedo–. He cambiado, ya lo sabes.

–Pero lo habrías hecho, ¿no? –quiso saber. Era tan insistente, esta nueva Lissa–. Lo conocías bastante bien, te gustaba, llevabais un tiempo saliendo. Pero no lo hiciste. ¿Y eso por qué?

–No tengo ni idea –respondí.

–Pues eso es porque –concluyó con grandilocuencia, agitando la mano– significaba algo para ti. Era algo más que un tío y una noche y hala, libre y feliz. Es parte del cambio que vi en ti. Que vimos todas. Habría significado algo más, y eso te asustó.

Miré a Jess, pero se estaba rascando la rodilla, prefiriendo no meterse en esto. ¿Y qué sabía Lissa, de todas formas? Fue Dexter el que puso el freno, no yo. Pero también es verdad que yo no insistí, y había habido otras ocasiones. Tampoco es que eso quisiera decir nada. En absoluto.

–¿Ves? –dijo Lissa, complacida consigo misma–. Te has quedado sin palabras.

–No es verdad –rebatí–. Es la cosa más estúpida que he oído en mi vida.

–Dexter –declaró, en voz baja–, es lo más cerca que has estado del amor, Remy. Amor de verdad. Y lo esquivaste en el último segundo. Pero estuvo cerca. Muy cerca. Podrías haberlo querido.

–De eso nada –negué–. Ni de coña.

Cuando llegué a casa aquella noche me percaté, el colmo de la ironía, de que no tenía llave. Le había dado mi llave a mi madre y no se me ocurrió pedirle que me la devolviera. Por suerte, Chris estaba en casa. Así que di un golpecito en la ventana de la cocina, sobre el fregadero, lo que le hizo saltar más de un metro en vertical y dar un gritito de niña, lo que al menos hizo que mereciese la pena haber tenido que avanzar en la oscuridad y rodear los arbustos espinosos del patio trasero.

–Hola –saludó tranquilamente al abrir la puerta, tan campante, como si ninguno de los dos hubiera visto su reacción particularmente cobardica–. ¿Dónde está tu llave?

–Por aquí, en alguna parte –contesté, sujetando la puerta antes de que se cerrara de golpe–. Mamá y Don se quedaron fuera sin llave. –Entonces le conté los detalles escabrosos de la escena anterior mientras comía un sándwich de mantequilla de cacahuete, de nuevo con los extremos del pan, asintiendo y levantando la vista al techo en los momentos apropiados.

–No me digas –dijo cuando terminé. Le hice callar, y bajó la voz. Los dos sabíamos que las paredes no eran gruesas–. Qué idiota. ¿Y le estaba gritando?

Asentí.

–Bueno, no de forma violenta. Más bien en plan enfurruñado, como un niño mimado.

Bajó la vista hacia los últimos restos de los extremos de pan en su mano.

–No me sorprende nada. Es un niñato total. Y la próxima vez que me tropiece con una de sus latas en el porche, alguien se la va a cargar. A cargar de verdad.

Aquello me hizo sonreír, al recordarme lo bien que me caía mi hermano. Pese a nuestras diferencias, teníamos una historia común. Nadie me entendía mejor que él.

–Oye, Chris –empecé mientras sacaba un cartón de leche de la nevera y se servía un vaso.

–¿Sí?

Me senté en el borde de la mesa, acariciando la superficie. Noté que había granitos de azúcar, o de sal, muy finos, pero los distinguía claramente bajo los dedos.

–¿Por qué te decidiste a querer a Jennifer Anne?

Dio media vuelta y me miró, y luego tragó haciendo un ruido gutural. Cuando éramos niños, mi madre lo regañaba al oírlo y decía que parecía que estaba tragando piedras.

–¿Me decidí a quererla?

–Ya sabes lo que quiero decir.

Él meneó la cabeza.

–No. Ni idea.

–¿Qué te hizo pensar –expliqué– que el riesgo merecía la pena?

–No es una inversión financiera, Remy –respondió mientras guardaba la leche–. No es cuestión de matemáticas.

–No me refiero a eso.

–¿Pues entonces a qué?

Me encogí de hombros.

–No lo sé. Olvídalo.

Puso el vaso en el fregadero y dejó correr el agua.

–¿Te refieres a qué me hizo quererla?

No estaba segura de querer seguir discutiendo ese tema.

–No. Quiero decir, cuando pensaste si querías abrirte, o no, a la posibilidad de que te hicieran daño de alguna forma si seguías adelante con ella, ¿qué pensaste? ¿Qué te dijiste a ti mismo?

Arqueó una ceja.

–¿Estás borracha?

–No –salté–. Joder. Es una pregunta sencilla.

–Sí, claro. Tan sencilla que ni siquiera sé qué me estás preguntando. –Apagó la luz sobre el fregadero, se secó las manos en un trapo–. ¿Quieres saber cómo decidí si quería enamorarme de ella o no? ¿Me he acercado un poco?

–Déjalo –dije, bajándome de la mesa–. Ni siquiera sé qué es lo que quiero averiguar. Te veré por la mañana.

Empecé a andar hacia la entrada y al acercarme, vi que mis llaves estaban colocadas ordenadamente sobre la mesita junto a las escaleras, esperándome. Me las metí en el bolsillo trasero.

Estaba en el segundo escalón cuando Chris apareció en el umbral de la cocina.

–Remy.

–¿Qué?

–Si lo que me estás preguntando es cómo decidí si iba a quererla o no, la respuesta es que no lo hice. En absoluto. Simplemente ocurrió. Ni siquiera lo puse en duda; para cuando me di cuenta, ya estaba hecho.

Me quedé quieta en las escaleras, mirándolo.

–No lo entiendo –reconocí.

–¿Qué parte?

–Nada.

Se encogió de hombros y apagó la última luz de la cocina, luego empezó a subir las escaleras y pasó a mi lado.

–No te preocupes –me tranquilizó–. Algún día lo entenderás.

Desapareció por el pasillo y un momento después le oí cerrar la puerta de su cuarto y hablar en voz baja con Jennifer Anne, en su llamada obligatoria para decirle buenas noches otra vez, ahora por teléfono. Me lavé la cara, me cepillé los dientes e iba a acostarme cuando me detuve ante la puerta entreabierta del cuarto de los lagartos.

Casi todas las cajas estaban a oscuras. Las luces de los lagartos tenían temporizadores, que las encendían y apagaban siguiendo ciclos para hacer creer a los lagartos, supongo, que seguían tomando el sol en las rocas del desierto en lugar de estar sentados en una jaula dentro de un armario de la ropa blanca reconvertido. Pero en el fondo del cuarto, en la estantería del medio, había una luz encendida.

Era una caja de cristal y tenía el suelo cubierto de arena. Había palos entrecruzados, y en el más alto de todos estaban dos lagartos. Cuando me acerqué, vi que estaban entrelazados, no apareándose, sino tiernamente, si es que eso era posible. Como si estuvieran abrazándose. Los dos tenían los ojos cerrados y distinguí la línea de las costillas, que sobresalían y se ocultaban con su respiración.

Me agaché delante de ellos y apoyé el dedo índice contra el cristal. El lagarto que estaba encima abrió los ojos y me miró, sin inmutarse: su pupila se agrandó ligeramente cuando se concentró en mi dedo.

Sabía que aquello no significaba nada. Eran solo lagartos, de sangre fría, y seguramente no más inteligentes que una lombriz. Pero tenían algo muy humano y durante un momento los acontecimientos de las últimas semanas pasaron ante mis ojos: Dexter y yo rompiendo, el rostro preocupado de mi madre, el dedo de Don señalándome, Chris meneando la cabeza, incapaz de poner en palabras lo que a mí me parecía el más simple de los conceptos. Y todo se reducía a una cosa: amor, o falta de amor. Los riesgos que corremos, por desconocimiento, de caer o retroceder y ponernos a cubierto, protegiendo nuestro corazón sujetándolo con fuerza.

Volví a mirar al lagarto frente a mí, preguntándome si por fin me había vuelto completamente loca. Me devolvió la mirada, ahora que había decidido que no era una amenaza, y volvió a cerrar los ojos lentamente. Me acerqué un poco más, todavía observándolos, pero la luz ya estaba apagándose y cuando saltó el temporizador, antes de darme cuenta, todo quedó a oscuras.

CAPÍTULO 13

–Remy, cariño. ¿Puedes venir un momento, por favor?

Me levanté de la mesa de recepción, dejé un montón de facturas de loción corporal que había estado contando y regresé al cuarto de manicura/pedicura, donde Amanda, nuestra mejor especialista en uñas, limpiaba la superficie de trabajo. Detrás de ella estaba Lola, dando golpecitos con una tijera contra la palma de su mano.

–¿Qué pasa? –pregunté con recelo.

–Siéntate –me ordenó Amanda.

Y en un momento me encontré sentada, porque Talinga había entrado detrás de mí y me había empujado hacia abajo apoyándose sobre mis hombros, y colocándome al mismo tiempo una capa. La cerró detrás del cuello antes de que pudiera darme cuenta de lo que ocurría.

–Un momento –protesté mientras Amanda me agarraba las manos y las colocaba, rápida como el rayo, sobre la mesa. Me separó los dedos y empezó a limarme las uñas con movimientos rápidos y agresivos, mordiéndose los labios.

–Es solo un cambio de imagen rápido –dijo Lola tranquilamente, mientras se colocaba detrás de mí y me levantaba el pelo–. Un poquito de manicura, un cortecito, un poco de maquillaje...

–De eso nada –protesté, liberándome–. El pelo ni me lo toques.

–¡Solo las puntas! –dijo, y me colocó de nuevo en el sitio.

–Eres una desagradecida. La mayoría pagaría un dineral por esto. ¡Y para ti es gratis!

–Seguro que no –gruñí, y todas se rieron–. ¿Dónde está la trampa?

–Las manos quietas o te corto algo más que esta cutícula –me advirtió Amanda.

–No hay trampa –aseguró Lola animada, y me preparé cuando oí que cortaba. Joder, me estaba cortando el pelo–. Una bonificación.

Miré a Talinga, que estaba probando barras de labios en el dorso de la mano y mirándome a cada rato como si estuviera estudiando mi tez.

–¿Bonificación?

–Un extra. ¡Un regalo! –Lola soltó una de sus grandes carcajadas–. Un regalo especial para nuestra señorita Remy.

–Un regalo –repetí desconfiada–. ¿Y qué es?

–Adivina –me animó Amanda, sonriendo, mientras empezaba a aplicar líneas de esmalte rojo en el meñique.

–¿Es más grande que un bocadillo?

–¡Ya te gustaría! –exclamó Lola, y rompieron en una risa histérica como si fuera lo más gracioso del mundo.

–Contadme qué pasa –les dije muy seria– o me largo. Y creedme, lo haré.

Todavía estaban riéndose disimuladamente, intentando dominarse. Por fin, Talinga respiró hondo y confesó:

–Remy, cariño. Hemos encontrado un hombre para ti.

–¿Un hombre? –pregunté–. Vaya. Y yo que creí que me ibais a regalar potingues gratis o algo. Algo que necesite.

–Necesitas un hombre –aseguró Amanda, empezando con la siguiente uña.

–No –repuso Talinga–, yo necesito un hombre. Remy necesita un chico.

–Un buen chico –la corrigió Lola–. Y hoy es tu día de suerte, porque resulta que tenemos uno para ti.

–De eso nada –me negué mientras Talinga se sentaba a mi lado, con una brocha de maquillaje en la mano–. ¿Es el mismo con el que intentaste liarme la otra vez? ¿El bilingüe de manos bonitas?

–Llegará a las seis –continuó Lola, sin hacerme el menor caso–. Se llama Paul, tiene diecinueve años y cree que viene a recoger unas muestras para su madre. Pero en vez de eso te verá a ti, con tu preciosa melena...

–Y maquillaje –añadió Talinga.

–Y uñas –se sumó Amanda–, si es que dejas de moverte de una vez.

–... y quedará totalmente impresionado –terminó Lola. Luego dio un par de cortes más y me pasó una mano por el pelo, comprobando su obra–. Tenías las puntas fatal. ¡Horrible!

–¿Y por qué supones que voy a participar en esto?

–Porque es guapo –respondió Talinga.

–Porque deberías –añadió Amanda.

–Porque puedes –remató Lola, quitándome la capa.

Tuve que admitir que tenían razón. Paul era guapo. También era divertido, pronunció mi nombre correctamente, tenía un apretón de manos firme y también, es verdad, manos bonitas, y pareció llevar bien el hecho de que se tratara de una encerrona obvia, intercambiando conmigo una expresión desconfiada cuando Lola dijo que «tenía por casualidad» un cheque regalo de mi restaurante mexicano favorito, que de repente estaba segura de que nunca iba a usar.

–¿No tienes la sensación –me preguntó Paul– de que esto está fuera de nuestro control?

–Sí –respondí–, pero es una cena gratis.

–Bien pensado. Pero, de verdad, no te sientas obligada.

–Ni tú tampoco –le dije.

Nos quedamos allí un segundo mientras Lola, Talinga y Amanda, en el otro cuarto, estaban tan calladas que oí cómo sonaba el estómago de una de ellas.

–Pues vamos –declaré–, démosles una alegría.

–De acuerdo –me sonrió–. ¿Te recojo a las siete?

Escribí la dirección de mi casa en el reverso de una tarjeta de Joie y lo observé mientras se dirigía a su coche. Era muy atractivo y yo estaba soltera. Hacía casi tres semanas que Dexter y yo habíamos roto y no solo lo llevaba bien, sino que habíamos conseguido lo imposible: ser amigos. Y aquí llegaba un chico majo, una oportunidad. ¿Por qué no iba a aprovecharla?

Una posible respuesta apareció cuando me acercaba a mi coche, buscando en el bolso las llaves y las gafas de sol. Iba andando sin mirar donde pisaba, ni mucho menos alrededor, y no vi a Dexter salir de Flash Camera y cruzar el aparcamiento hasta que oí un clic. Levanté la vista y me lo encontré delante de mí, con una cámara de fotos desechable en la mano.

–Hola –me saludó, pasando la película con el dedo. Después volvió a llevarse la cámara al ojo y se inclinó un poco hacia atrás, enfocándome desde otro ángulo–. ¡Guau!, estás guapísima. ¿Has quedado con alguien o algo?

Dudé un momento y él sacó la foto.

–Bueno, la verdad... –titubeé.

Durante un segundo no se movió, no pasó la película ni nada, solo me miraba por el visor. Luego se quitó la cámara de la cara, se dio una palmada en la frente y soltó:

–Ay. Momento incómodo. Lo siento.

–Ha sido una encerrona –dije rápidamente–. Lo ha organizado Lola.

–No tienes que darme explicaciones –respondió, pasando la película, clic-clic-clic–. Ya lo sabes.

Y entones ocurrió. Uno de esos silencios demasiado largos para ser solo una pausa en la conversación, y yo añadí:

–Vale. Bien.

–Oh, tío. Qué penoso. Doble de incómodo –declaró. Luego se encogió de hombros vigorosamente, como si quisiera sacudirse esa sensación, y añadió–: No pasa nada. Al fin y al cabo, esto es un reto, ¿no? Se supone que no es fácil.

Bajé la vista hacia mi bolso y me di cuenta de que las llaves, que llevaba todo este tiempo buscando, estaban en el bolsillo de atrás. Las saqué, contenta de tener algo en lo que concentrarme, aunque fuera una tontería.

—Y entonces –continuó tranquilamente, levantando la cámara por encima de mi cabeza para hacer una foto de Joie–, ¿quién es él?

—Dexter. De verdad.

—No. En serio. Los amigos hablan de estas cosas, ¿no? Es una pregunta, nada más. Como si te preguntara por el tiempo.

Me quedé pensando. Ya sabíamos dónde nos metíamos: comer diez plátanos tampoco era fácil.

—El hijo de una clienta nuestra. Lo acabo de conocer hace veinte minutos.

—Ah –dijo, balanceándose sobre los talones–. ¿Con un Honda negro?

Asentí.

—Ya. Lo he visto. –Pasó la película de nuevo–. Parecía un chico majo y formal.

Formal, pensé. Como si estuviera presentándose para ser el presidente de la asociación de alumnos o voluntario para ayudar a tu abuela a cruzar la calle.

—Solo hemos quedado a cenar –afirmé mientras tomaba otra foto, esta vez, inexplicablemente, de mis pies–. ¿Y esa cámara?

—Lote defectuoso –me explicó–. Alguien en la central dejó la caja al sol, así que están tocadas. El encargado ha dicho que podemos quedárnoslas, si las queremos. Un poco como las mandarinas, ya sabes. No se pueden rechazar si es gratis.

—¿Pero van a salir bien las fotos? –pregunté, notando ahora que me fijaba mejor, que la cámara estaba deformada, torcida, como la cinta de vídeo que me dejé en el salpicadero el verano anterior. No parecía que se pudiera sacar el carrete, ni mucho menos revelarlo.

–No lo sé –respondió, tomando otra foto–. Puede que sí. O puede que no.

–No van a salir –aseguré–. Seguramente la película está dañada por el sol.

–Pero puede que no –dijo él, levantando la cámara. Sonrió y se hizo una foto a sí mismo–. A lo mejor está bien. No lo sabremos hasta que no las revelemos.

–Pero seguramente sea una pérdida de tiempo –insistí–. ¿Para qué molestarse?

Bajó la cámara y me miró, directamente, no a través del visor ni de reojo, sino directamente, solos él y yo.

–Es la pregunta del millón, ¿verdad? –dijo–. Ahí está todo el problema. Yo creo que van a salir. Tal vez no serán perfectas, podrían salir borrosas, o cortadas por la mitad, pero yo creo que merece la pena intentarlo. Pero bueno, esa es solo mi opinión, claro.

Me quedé callada, parpadeando, mientras él volvía a levantar la cámara y me hacía otra foto. Lo miré fijamente mientras hacía clic, para que supiera que había pillado su metáfora.

–Me tengo que ir –me despedí.

–Claro –replicó, y me sonrió–. Hasta luego.

Mientras se alejaba se metió la cámara en el bolsillo trasero y echó a correr entre los coches de regreso a Flash Camera. Tal vez revelaría las fotos y le parecerían perfectas: mi cara, mis pies, Joie detrás de mí. O tal vez saldrían negras, sin luz, sin el contorno de una cara ni una figura siquiera. Ese era el problema, era cierto. Yo no malgastaría el tiempo con esas probabilidades tan escasas, mientras que él se lanzaba de lleno. La gente como Dexter perseguía el riesgo como los perros siguen un olor, pensando tan solo en lo que podría encontrarse al final, pero sin plantearse de manera lógica lo que probablemente había de verdad. Era una buena cosa que fuésemos amigos, y nada más. Nunca hubiéramos durado. Ni por casualidad.

Habían pasado dos días desde la escena con Don delante de mi casa y hasta ahora había logrado evitarlo, planeando mis incursiones a la zona común, la cocina, cuando sabía que estaba fuera o en la ducha. Mi madre era más fácil: se hallaba completamente inmersa en su novela y estaba terminando las últimas cien páginas a gran velocidad, de forma que no hubiera notado una bomba que estallase en el salón, si eso hubiera significado separarse de Melanie, Brock Dobbin y su amor imposible.

Por eso me sorprendió tanto encontrármela sentada en la mesa de la cocina, con una taza de café, cuando llegué a casa a arreglarme para salir con Paul, la cita encerrona. Tenía la cara apoyada en una mano y miraba el cuadro de la mujer desnuda de Don, tan ensimismada en sus pensamientos que se sobresaltó cuando le toqué el hombro.

–¡Ay, Remy! –exclamó, apoyando un dedo en la sien y sonriendo–. Me has asustado.

–Lo siento. –Saqué una silla y me senté frente a ella, mientras dejaba las llaves sobre la mesa–. ¿Qué haces?

–Esperando a Don –me informó, ahuecándose el pelo con los dedos–. Hemos quedado a cenar con unos jefazos de Toyota, y está al borde de un ataque de nervios. Cree que si no los impresionamos, recortarán su adjudicación de beneficios como concesionario.

–¿Cómo?

–No sé lo que es –dijo, suspirando–, es jerga del concesionario. Toda la noche va a ser en jerga de concesionario y mientras tanto yo tengo a Melanie y a Brock en una terraza de Bruselas, con el marido del que se ha separado acercándose rápidamente, y la última cosa que me apetece hacer en el mundo es hablar sobre cifras de ventas y las últimas técnicas de financiación. –Lanzó una mirada pesarosa a su máquina de escribir, como si una corriente la arrastrara hacia ella–. ¿No te gustaría a veces poder vivir dos vidas?

Inexplicablemente, o tal vez no, me vino a la mente Dexter, mirándome por el visor de una cámara desechable deformada. Clic.

–Sí, a veces –asentí, librándome de esa imagen–. Supongo que sí.

–¡Barbara! –gritó Don, abriendo la puerta del ala nueva. No lo veía, pero su voz no tenía problemas en llegar hasta nosotras–. ¿Has visto mi corbata roja?

–¿Qué, cariño? –respondió ella.

–Mi corbata roja, la que me puse en la cena de ventas. ¿La has visto?

–Ay, cielo, no lo sé –contestó, girándose en la silla–. Tal vez sí...

–Déjalo, me pondré la verde –dijo, y la puerta volvió a cerrarse.

Mi madre me sonrió, como para disculparlo, y luego me dio unas palmaditas en la mano.

–Ya basta de hablar de mí. ¿Qué tal tú?

–Bueno –conté–, Lola me ha organizado una cita a ciegas para hoy.

–¿Una cita a ciegas? –Me miró con recelo.

–Ya lo he visto, en el salón –la tranquilicé–. Parece muy majo. Y es solo para cenar.

–Ah –dijo ella, asintiendo–. Solo una cena. Como si no pudiera ocurrir nada con tres platos y una botella de vino–. Se quedó callada, parpadeando–. Eso es bueno –soltó de repente–. Caramba. Debería apuntarlo.

Vi cómo cogía un sobre, de una factura antigua de la luz, y un lápiz. *Tres platos–solo una cena–no puede pasar nada*, garabateó en un lado, y lo culminó con un gran signo de exclamación. Luego lo metió debajo del azucarero, donde sin duda permanecería, olvidado, hasta que lo encontrara algún día en el que estuviera totalmente bloqueada. Dejaba estas notas por toda la casa, dobladas en los rincones, en el fondo de las estanterías, como marcapáginas en sus libros. Una vez encontré una sobre focas, que después resultaría ser un elemento clave de la trama de *Memorias de Truro*, debajo de una caja de tampones bajo el lavabo. Supongo que nunca se sabe cuándo puede llegar la inspiración.

–Bueno, vamos a La Brea –continué–, así que seguramente solo sea un plato. Todavía menos probabilidades de que funcione.

Me sonrió.

–Nunca se sabe, Remy. El amor es tan impredecible. A veces conoces a un hombre desde hace años y de repente un día, ¡pumba!, lo ves de otra manera. Y otras veces es en la primera cita, el primer momento. Por eso es tan genial.

–No me voy a enamorar de él, mamá –repuse–. Es solo una cita.

–¡Barbara! –gritó Don–. ¿Qué has hecho con mis gemelos?

–Cariño –respondió, girándose de nuevo–, tus gemelos no los he tocado.

Se quedó esperando sentada, y como no dijo nada más, se encogió de hombros y se volvió hacia mí.

–Dios mío –suspiré, bajando la voz–, no entiendo cómo lo aguantas.

Sonrió y me apartó el pelo de la cara.

–No es tan malo.

–Es como un niño grande –dije–. Y lo de los batidos me pondría de los nervios.

–Es posible –contestó–. Pero yo lo quiero. Es un buen hombre, me trata bien. Y las relaciones perfectas no existen, nunca. Siempre hay que ceder en algunas cosas, llegar a acuerdos, renunciar a algo a cambio de algo mejor. Sí, algunos hábitos de Don ponen a prueba mi paciencia. Y seguro que a él le pasa lo mismo conmigo.

–Al menos tú actúas como una adulta –dije, aunque sabía bien que eso no era siempre cierto–. Ni siquiera es capaz de vestirse solo.

–Pero –continuó, sin hacer caso de esto último–, el amor que nos tenemos el uno al otro está por encima de estas pequeñas diferencias. Y esa es la clave. Es como un gráfico circular, donde el amor en la relación debe ser la porción más grande. El amor puede compensar muchas cosas, Remy.

–El amor es un engaño –afirmé, deslizando el salero en círculos.

–¡No, cariño! –Alargó el brazo, me cogió la mano y me apretó los dedos–. No lo crees de verdad, ¿no?

Me encogí de hombros.

–Todavía no me han convencido de lo contrario.

–Oh, Remy. –Me cogió la mano y dobló sus dedos sobre los míos. Los suyos eran más pequeños, más fríos, y tenía las uñas pintadas de rosa fuerte–. ¿Cómo puedes decir eso?

Me quedé mirándola. Uno, dos, tres segundos. Y entonces me entendió.

–Oh, venga –exclamó soltándome la mano–, solo porque unos cuantos matrimonios no hayan durado no quiere decir que no valga la pena. Pasé muchos años buenos con tu padre, Remy, y lo mejor fue que os tengo a ti y a Chris. Los cuatro años con Harold fueron maravillosos, hasta justo el final. E incluso con Martin y Win, fui feliz en su mayor parte.

–Pero todos terminaron –declaré–. Fracasaron.

–Tal vez haya gente que piense así. –Dobló las manos sobre el regazo y pensó un momento–: Pero yo, personalmente, creo que habría sido peor estar sola todo el tiempo. Claro, tal vez podría haber protegido mi corazón de ciertas cosas, pero ¿de veras habría sido mejor haberme mantenido al margen por miedo a que algo no durase para siempre?

–Tal vez sí –aseguré, pellizcando el borde de la mesa–, porque eso querría decir que al menos estás segura. Y el destino de tu corazón lo decides tú, nadie más puede votar.

Lo meditó un momento y luego añadió:

–Bueno, es verdad que me han hecho daño en la vida. Bastante. Pero también es cierto que he querido y me han querido mucho. Y eso tiene su importancia. Una importancia mayor, en mi opinión. Es como ese gráfico del que hablábamos antes. Al final, examinaré mi vida y veré que la mayor parte ha sido el amor. Los problemas, los divorcios, la tristeza... también estarán ahí, pero serán pedazos pequeños, diminutos.

–Yo solo creo que hay que protegerse –afirmé–. No te puedes entregar.

–No –admitió solemnemente–. No puedes. Pero mantener a todos alejados y negarte al amor, eso no te hace más fuerte. Si acaso, te hace más débil. Porque lo haces movida por el miedo.

–¿Miedo de qué? –pregunté.

–De arriesgarte –declaró simplemente–. De dejarte llevar por ello, y eso es lo que nos hace ser lo que somos. Los riesgos. Eso es vivir, Remy. Estar demasiado cansada para intentarlo siquiera es un desperdicio. Yo he cometido muchos errores, pero no lo lamento. Porque al menos no he pasado mi vida mirando desde fuera, preguntándome cómo sería vivir.

Me quedé callada, sin saber qué decir. Me di cuenta de que había sentido lástima por mi madre sin motivo. Todos estos años me habían dado pena sus matrimonios, interpreté que siguiera intentándolo como su mayor debilidad, sin comprender que, para ella, era justo lo contrario. En su opinión, haber alejado a Dexter de mi lado me hacía más débil que él, no más fuerte.

–Barbara, tenemos que estar allí dentro de diez minutos, así que... –Don apareció en la puerta de la cocina con la corbata de medio lado y la chaqueta doblada sobre el brazo. Se detuvo al verme–. Oh. Remy. Hola.

–Hola –respondí.

–Mira cómo llevas la corbata –lo reprendió mi madre poniéndose de pie. Se dirigió hacia él, le pasó las manos por la pechera de la camisa para alisarla y le ajustó el nudo de la corbata–. Ya está. Arreglado.

–Tenemos que irnos –Don le dio un beso en la frente y ella se separó de él–. Gianni odia esperar.

–De acuerdo –asintió mi madre–. Entonces, vamos. Remy, cariño, pásalo estupendamente, ¿vale? Y piensa en lo que te he dicho.

–Lo haré –afirmé–. Que os divirtáis.

Don se dirigió hacia el coche con las llaves en la mano, cosa que registré, claro, pero mi madre se acercó a mí y me puso las manos sobre los hombros.

–No dejes que la historia de tu madre te convierta en una cínica, Remy –murmuró en voz baja–. ¿De acuerdo?

Demasiado tarde, pensé mientras me daba un beso. Luego la vi salir hacia el coche, donde Don la estaba esperando. Él le puso una mano en la espalda y la guió hacia su asiento, y en ese momento empecé a pensar que tal vez llegaría a entender de lo que hablaba mi madre. Tal vez un matrimonio, como una vida, no se reduce solo a los Grandes Momentos, ya sean buenos o malos. Tal vez sean todas las cosas pequeñas las que te guían hacia adelante, día tras día, las que se estiran para reforzar incluso el vínculo más tenue.

Mi suerte continuaba. Paul no era una mala encerrona.

Cuando vino a buscarme tuve mis dudas, pero me sorprendió que enseguida nos pusiéramos a hablar sobre la universidad. Al parecer, uno de sus mejores amigos del instituto iba a Stanford y le había hecho una visita en Navidad.

–Un campus genial –me contaba mientras los mariachis típicos de La Brea, comenzaban a cantar otra versión de *Cumpleaños feliz* al otro lado del restaurante–. Además, la proporción de alumnos por catedrático es muy buena. No solo ves a los ayudantes.

Asentí.

–He oído que es bastante exigente.

Sonrió.

–Venga ya. Ya sabemos lo lista que tienes que ser para que te hayan admitido. No creo que tengas ningún problema. Seguro que el SAT te salió perfecto, ¿a que sí?

–No –dije, meneando la cabeza.

–En cambio, yo –declaró con grandilocuencia– saqué una nota pésima. Por eso seguiré en mi pequeña universidad estatal aprobando por los pelos, mientras tú te encaminas a dirigir el mundo libre. Puedes mandarme una postal. O, mejor aún, vendrás a verme a mi puesto de trabajo cuando me gradúe, y estaré encantado de servirte una ración extra de patatas fritas, por eso de que somos amigos.

Sonreí. Paul tenía mucha labia y era un niño rico, pero me gustaba. Era el típico chico con el que resulta fácil hablar porque tiene algo en común con todo el mundo. Además de sobre Stanford, ya habíamos charlado sobre esquí acuático (él era muy malo, pero estaba enganchado), su bilingüismo (con español, su abuela era venezolana) y que cuando terminara el verano volvería a la universidad, donde pertenecía a la fraternidad Sigma Nu, estudiaba psicología y dirigía el equipo de baloncesto de chicos con «mucho corazón y ninguna habilidad». No era un payaso ni tampoco graciosísimo, pero tampoco era un torpe y llevaba los dos zapatos bien atados. Sin apenas darme cuenta llegaron nuestros platos, comimos y todavía estábamos allí sentados y hablando, incluso mientras retiraban todos los platos a nuestro alrededor, dándonos una sutil pista de que nos estábamos demorando demasiado.

–Bueno –confesó, mientras hacíamos feliz al camarero marchándonos–, en honor a la verdad, he de reconocer que no las tenía todas conmigo respecto a esta cita.

–Pues en honor a la verdad –respondí–, yo diría que no eras el único.

Cuando llegamos al coche, me sorprendió abriéndome la puerta y sujetándola mientras me sentaba. Majo, pensé, mientras él se dirigía al asiento del conductor. Muy majo.

–Así que, si esto hubiera sido un desastre total –añadió al entrar en el coche–, te diría que lo he pasado muy bien y te llevaría a casa, te acompañaría a la puerta y luego me saltaría todos los *stop* al salir a toda velocidad de tu barrio.

–Menuda clase.

–Pero –continuó–, como no lo ha sido, me estaba preguntando si te apetece venir a una fiesta conmigo. Unos amigos han organizado algo en la piscina. ¿Te interesa?

Sopesé mis opciones. Hasta ahora, había sido una noche agradable. Una cita agradable. No había ocurrido nada de lo que tuviera que arrepentirme ni que me haría comerme el coco después. Iba todo según el guión previsto, pero de algún modo no podía quitarme de la cabeza las palabras de mi madre. Tal vez mantenía el mundo a distancia, y hasta ahora había funcionado. Pero nunca se sabía.

–Vale –acepté–. Vamos.

–Genial.

Sonrió y encendió el motor. Cuando empezó a salir marcha atrás, lo pillé mirándome de reojo y supe, ahí mismo, que las cosas ya estaban en marcha. Era extraño lo fácil que resultaba comenzar de nuevo, después de tan solo tres semanas. Yo creí que Dexter me iba a afectar más, a cambiarme, pero ahí estaba yo, con otro chico, en otro coche, y el ciclo comenzaba de nuevo. Dexter era el diferente, una aberración. Esto es a lo que estaba acostumbrada y me sentía bien al regresar al terreno conocido.

–Tía –dijo Lissa, mojando una patata frita en el *ketchup*–, es como si lo hubieras encargado a medida o algo. ¿Cómo es posible?

Sonreí, dando un sorbo de mi cola *light*.

–Cuestión de suerte, supongo.

–Es monísimo –afirmó Lissa, y se metió otra patata en la boca–. Jo, todos los buenos están pillados, ¿no?

–¿Y todo este gimoteo –preguntó Jess– quiere decir que P. J. KaBoom tiene novia?

–No lo llames así –replicó Lissa enfurruñada, y se comió otra patata–. Y ya han roto una vez este verano. Ella no ha venido a verlo ni una vez.

–Qué asquerosa –aseguró Jess, y yo me eché a reír.

–A lo que iba –continuó Lissa ignorándonos–, que no es justo que a mí me hayan dejado plantada y ahora el chico que me gusta no esté libre, mientras que Remy no solo sale con el cantante divertido, sino que ahora consigue al universitario guapo también. No es justo. –Se comió otra patata–. Y además, no puedo parar de comer. No es que le importe a nadie, ya que de todas maneras nadie me quiere.

–Por favor –gruñó Jess–. Saquemos los violines.

–¿Cantante divertido? –pregunté.

–Dexter era muy majo –comentó, secándose la boca–. Y ahora también tienes a Paul el Perfecto. Y lo único que tengo yo es una cantidad interminable de KaBoom y el apetito de un camionero.

–No hay nada malo en un apetito saludable –repuso Jess–. A los chicos les gustan las curvas.

–Yo ya tengo curvas –replicó Lissa–. ¿Y qué viene ahora? ¿Lorzas?

Chloe, la más delgada de todas, se rio.

–Es una manera de llamarlo.

Lissa suspiró, apartó la bandeja y se limpió las manos en una servilleta.

–Me tengo que ir. Tengo que llegar a la competición de atletismo Tres Condados. Vamos a darles KaBoom a los atletas del estado.

–Bueno –soltó Jess secamente–, no te olvides de ponerte protección.

Lissa hizo una mueca. Ya había superado las bromas sobre KaBoom, pero eran irresistibles.

Volví a la peluquería y Paul se pasó a verme de camino a casa de su trabajo como socorrista en la piscina municipal. No pude evitar darme cuenta de que un par de damas de honor que esperaban a que les hicieran la manicura para la boda lo miraron de arriba abajo cuando entró, bronceado y oliendo a protector solar y cloro.

–Hola –saludó, y yo me levanté y le di un beso levísimo, porque hasta ahí habíamos llegado en nuestra relación. Llevábamos una semana y media y nos habíamos visto casi a diario: a comer, a cenar, un par de fiestas–. Ya sé que esta noche estás ocupada, solo quería decir hola.

–Hola –saludé.

–Hola –sonrió. Jo, era guapísimo. No dejaba de pensar que si hubiera quedado con él la primera vez que Lola intentó emparejarnos, el verano habría sido muy distinto. Totalmente distinto.

Al fin y al cabo, Paul cumplía casi todos mis criterios de la lista. Era alto. Guapo. No tenía hábitos personales molestos. Era mayor que yo, pero no más de tres años. Vestía bien, pero no salía de compras más que yo. Estaba dentro de los límites aceptables en cuestión de higiene personal (colonia y loción para después del afeitado, sí; gel de pelo y bronceado artificial, no). Era lo bastante inteligente para tener buena conversación, pero no era un empollón. Y la guinda del pastel, lo decisivo, era que al final del verano se marcharía y ya habíamos establecido que nos separaríamos como amigos y nos iríamos cada uno por nuestro lado.

Lo que me dejaba con un chico majo, guapo, caballeroso, con vida y aficiones propias a quien le gustaba, que besaba muy bien y pagaba la cena, y no tenía ningún problema con ninguna de las condiciones que habían hecho tropezar a tantos chicos anteriormente. Y todo gracias a una cita a ciegas. Alucinante.

–Ya sé que esta noche salís las chicas –empezó, mientras yo deslizaba mis manos sobre las suyas por encima del mostrador–, pero estaba pensando si habría alguna probabilidad de que nos viéramos más tarde.

–No es buena idea –aseguré–. Solo las chicas más tontas dejan a sus amigas por un chico. Va contra las reglas.

–Ah –dijo, asintiendo–. Bueno, valía la pena intentarlo.

Al otro lado del aparcamiento vi la camioneta de Pelotón de la Verdad que aparcaba delante de Flash Camera. Ted estacionó en la zona de carga y descarga, bajó de un salto y cerró de un portazo. Después, desapareció en el interior.

–¿Y qué vas a hacer tú esta noche? ¿Cosas de chicos?

–Sí –contestó mientras yo miraba de nuevo hacia Flash Camera, y veía salir a Dexter con Ted hacia la furgoneta. Iban hablando animadamente, tal vez discutiendo, se montaron y se marcharon, saltándose la señal de *stop* al salir del aparcamiento hacia la carretera principal.

–... Hay un grupo que los chicos quieren ir a ver, en el club que está cerca de la universidad.

–¿Ah, sí? –dije, sin escuchar con demasiada atención mientras la furgoneta salía delante de un coche familiar, lo que provocó un pitido irritado.

–Sí, Trey dice que son muy buenos... Spinnerbait creo que se llaman.

–Odio a los Spinnerbait –solté automáticamente.

–¿Qué?

Lo miré y me di cuenta de que había estado completamente distraída durante toda la conversación.

–No, nada. Es que, bueno, había oído que eran malísimos.

Arqueó las cejas.

–¿Ah, sí? Trey dice que son geniales.

–Bueno –respondí rápidamente–, seguro que él lo sabe mejor.

–No creo. –Se inclinó sobre el mostrador y me dio un beso–. Esta noche te llamo, ¿vale?

Asentí.

–Vale.

Cuando se marchó, las dos damas de honor me miraron admiradas, como si me debieran respeto simplemente por salir con un chico así. Pero por algún motivo yo estaba despistada y marqué los reflejos de la señora Jameson como una depilación de ingles, además de cobrarle cincuenta dólares en lugar de cinco por una crema para las cutículas. Menos mal que era casi la hora de ir a casa.

Estaba metiéndome en el coche cuando oí que alguien daba un golpecito en la ventanilla del copiloto. Levanté la vista: era Lucas.

–Hola, Remy –me saludó cuando bajé la ventanilla–. ¿Te importaría llevarme a casa? Dex ya se ha ido con la furgoneta y si no me toca ir a pata.

–Claro –asentí, aunque ya llegaba tarde. Tenía que recoger a Lissa y la casa amarilla me pillaba justo en dirección contraria. Pero tampoco podía dejarlo allí.

Se montó e inmediatamente se puso a toquetear los botones de la radio mientras yo salía marcha atrás. Esto, en otro momento, habría sido motivo para su expulsión inmediata, pero lo dejé pasar porque estaba de buen humor.

–¿Qué música tienes? –me preguntó, mientras pasaba de mis emisoras preseleccionadas hasta el extremo inferior del dial, donde encontró un ruido experimental acompañado de gritos en la emisora de la universidad.

–Está en la guantera –dije.

La abrió y se puso a revolver. Los tenía ordenados alfabéticamente, pero solo porque me había pillado un atasco unos días antes. No dejaba de soltar risitas, suspiros y murmullos. Aparentemente, mi colección, al igual que las emisoras seleccionadas, no era de su gusto. Pero no tenía ninguna necesidad de impresionar a Lucas. Gracias a Dexter, sabía que en realidad su nombre era Archibald, y que en el instituto llevaba el pelo largo y tocaba en un grupo de *heavy metal* llamado Residuo. Al parecer, solo existía una foto de Lucas aullando al teclado con el pelo lleno de laca, y Dexter la tenía.

–Oye –comencé, sintiendo la necesidad de chincharlo un poco–, he oído que los Spinnerbait tocan esta noche.

Volvió la cabeza de repente y me miró.

–¿Dónde?

–En Murray's –le informé mientras pasábamos un semáforo en ámbar.

–¿Dónde está eso?

–Al otro lado de la ciudad, cerca de la universidad. Es un sitio bastante grande. –Lo miré de reojo; se estaba mordisqueando la manga de la camisa y parecía irritado.

–Odio a los Spinnerbait –gruñó–. Son una panda de afectados gilipollas. Su sonido es totalmente artificial y sus seguidores son un montón de pijos y de rubias de peluquería que conducen el coche de papá, y no tienen gustos propios.

–Buf –resoplé, y me di cuenta de que su descripción, aunque era muy negativa, describía bastante bien a Trey, el mejor amigo de Paul, así como al mismo Paul, si uno no lo conociera. Pero yo sí lo conocía, claro.

–Bueno, menuda noticia –reconoció Lucas, mientras doblaba en su calle–. Pero no tan importante como otras cosas.

–¿Como cuáles? –pregunté, recordando inmediatamente la furgoneta blanca que salía a toda velocidad del aparcamiento.

Me miró y noté en su cara que no sabía si aquello era asunto mío.

–Cosas del grupo de alto nivel –dijo crípticamente–. Estamos al borde, básicamente.

–¿Ah, sí? –me interesé–. ¿Al borde de qué?

Se encogió de hombros mientras yo reducía la velocidad al ver la casa amarilla. Ted y María Averías estaban en el césped delantero, sentados en sillas de jardín: ella tenía los pies sobre su regazo y compartían una caja de pastelitos Twinkies.

–Rubber Records quiere reunirse con nosotros. Vamos a ir a Washington la semana que viene para, ya sabes, hablar con ellos.

–¡Guau! –exclamé, mientras tomaba con cuidado el camino de entrada, donde la furgoneta estaba mal aparcada. Ted nos miró, ligeramente interesado, y María saludó con la mano mientras Lucas abría la puerta y salía–. Genial.

–Oye –gritó hacia Ted–. Spinnerbait toca esta noche.

–¡Odio a los Spinnerbait! –exclamó María.

–¿Dónde? –preguntó Ted mientras Lucas cerraba la puerta y rodeaba el coche por delante.

–Gracias por traerme –me dijo, dando un golpecito en mi ventanilla medio bajada–. Gracias, de verdad.

–Tío, ¿de qué van? –se indignó Ted–. ¡Están invadiendo nuestro territorio!

–¡Es la guerra! –respondió Lucas, y los dos se rieron. Comenzó a alejarse, pero toqué el claxon y se dio la vuelta.

–Eh, Lucas.

–¿Sí? –Retrocedió dos pasos hacia mí.

–Buena suerte con todo –me despedí, y luego me sentí un poco rara, ya que apenas lo conocía. De todas formas, por algún motivo sentí la necesidad de decir algo–. Quiero decir que buena suerte, chicos.

–Sí –asintió, encogiéndose de hombros–. Veremos cómo va la cosa.

Cuando salí a la calle, estaba arrastrando un cajón de leche para sumarse al picnic de Ted y María, y Ted le lanzaba un pastelito Twinkie. Eché un último vistazo a la casa, donde vi a Mono sentado a la puerta, jadeando. Me pregunté dónde estaría Dexter y luego me recordé a mí misma que ya no era cosa mía. Pero si hubiera estado en casa, probablemente habría salido a saludarme. Solo porque éramos amigos.

Avancé lentamente por la calle, deteniéndome despacio en el *stop*. En el retrovisor vi a Ted, María y Lucas todavía allí sentados, hablando, pero ahora Dexter estaba con ellos, en cuclillas junto a la mesa improvisada, desenvolviendo un Twinkie mientras Mono corría en círculos alrededor de ellos, agitando la cola. Estaban todos hablando y por un segundo sentí un pinchazo, como si me estuviera perdiendo algo. Extraño. Entonces, el coche que venía detrás de mí pitó, impaciente, y volví de golpe a la realidad, liberándome de esa niebla, y avanzando hacia adelante.

Al llegar me encontré la casa vacía. Mi madre estaba de viaje, en una conferencia de escritores a la que asistía todos los años en el mes de agosto, donde impartía un taller a aspirantes a escritores de novela rosa, acopiando montones de admiración durante tres días y dos noches en los cayos de Florida. En cuanto a Chris, vivía y dormía básicamente en casa de Jennifer Anne, donde el pan incluía algo más que los extremos y podía desayunar mirando cuadros de alegres jardines de flores en lugar de pechos neoclásicos de siete kilos. Normalmente me gustaba tener la casa para mí sola, pero como las cosas todavía estaban un poco tensas entre Don y yo, acepté la oferta de Lissa de quedarme a dormir en su casa el fin de semana, e informé a Don de mi decisión con una nota formal que coloqué bajo la pirámide de latas de batido que crecía sobre la mesa de la cocina.

Ahora entré en el despacho de mi madre, echando a un lado la cortina. En la estantería junto a su escritorio había un montón de papeles: la nueva novela, o lo que llevaba de ella hasta el momento. Me la puse en el regazo y me senté sobre las piernas. Fui pasando las páginas. Había dejado a Melanie ante una fría cama matrimonial con un marido distante, dándose cuenta de que la boda había sido un error. Eso fue allá por la página 200. Para la 250 había abandonado París y estaba de vuelta en Nueva York, trabajando en el diseño de moda para una mujer horrible que llevaba la palabra malvada escrita en la cara. Al parecer, el colmo de la casualidad, Brock Dobbin también había regresado a Nueva York, después de haber resultado herido en algún tipo de revuelta en el Tercer Mundo cuando trabajaba en su laureada carrera como reportero fotográfico. En las pasarelas de otoño, sus miradas se cruzaron y renació el romance.

Salté hasta la página 300, donde las cosas se habían torcido: Melanie estaba en un hospital psiquiátrico, atiborrada de calmantes, mientras su antigua jefa se atribuía el mérito de toda la colección de otoño. Luc, el marido del que se había separado, también había regresado a escena y estaba involucrado en algún tipo de plan financiero complicado. Brock Dobbin parecía haber desaparecido por completo, pero volví a encontrarlo en la página 374, en una cárcel mexicana, donde se enfrentaba a una dudosa acusación de tráfico de drogas y sucumbía a los encantos de una mendiga llamada Carmelita. Ahí pensé que mi madre estaba perdiendo un poco el hilo, pero en la página 400 recuperaba el pulso y todos estaban en Milán, preparándose para la semana de la moda. Luc intentaba reconciliarse con Melanie, pero no tenía buenas intenciones, mientras que Brock había vuelto al trabajo, e iba tras una historia sobre el lado oscuro de la moda con su fiel Nikon y un sentido de la justicia que no había lesión, ni siquiera una roca en la cabeza en Guatemala, capaz de acallar.

El último folio sobre mi regazo era el 405, y en él Melanie y Brock tomaban un *espresso* en un café de Milán.

Solo tenían ojos el uno para el otro, como si el tiempo que habían pasado separados hubiera despertado en ellos un deseo que expresaban solo con la mirada, se habían prohibido las palabras. Las manos de Melanie temblaban, aunque las había cubierto con su chal de seda, pero la tela no la protegía de la fuerte brisa.

–¿Y lo quieres? –le preguntó Brock. Sus ojos verdes, tan profundos e inquisitivos, la observaban atentamente.

Melanie quedó conmocionada por su franqueza. Pero parecía como si el tiempo pasado en prisión le hubiera conferido una urgencia, una necesidad de respuestas. La miró fijamente, esperando.

–Es mi esposo –respondió.

–Eso no es lo que te he preguntado. –Brock alargó el brazo y le cogió la mano, envolviéndola con la suya. Sus dedos eran ásperos y gruesos, rugosos contra su piel pálida–. ¿Lo quieres?

Melanie se mordió el labio, obligándose a reprimir el sollozo que temía que se le escapara si se veía obligada a contar la verdad sobre Luc y su helado corazón. Varios meses atrás, Brock no le había dejado otra opción. Ella lo había dado por muerto, al igual que su amor. Cuando se le acercó en la cafetería, había sido como un fantasma que cruzaba desde su mundo hasta el suyo.

–No creo en el amor –dijo ella.

Brock le apretó la mano.

–¿Cómo puedes decir eso, después de lo que hemos tenido? ¿De lo que todavía tenemos?

–No tenemos nada –replicó, y retiró la mano–. Yo estoy casada. Y voy a hacer que mi matrimonio funcione, porque...

–Melanie.

–Porque ese hombre me quiere –terminó.

–Este hombre –declaró Brock con su voz grave– te quiere.

–Llegas tarde.

Melanie se levantó. Había eliminado de su mente a Brock Dobbin una y otra vez, diciéndose a sí misma que podría vivir con Luc. Luc, tan elegante y cortés, tan constante y tan fuerte. Brock entraba y salía de su vida, haciendo promesas, vivían un amor apasionado, y luego se marchaba, dejándola sola en una nube de recuerdos en la estela del tren mientras él desaparecía, hacia el otro lado del mundo, en pos de una historia que nunca sería la de los dos. Tal vez Luc nunca llegara a quererla como Brock la había querido, llenando su cuerpo y su mente con una alegría que hacía que el mundo dejara de existir. Pero esa alegría nunca duraba, y ella quería creer en la eternidad. Incluso una eternidad que a veces la dejara por la noche esperando, soñando con tiempos mejores.

–Melanie –la llamó Brock mientras ella se alejaba por la calle empedrada, envuelta en su chal–. Vuelve.

Conocía bien aquellas palabras. Ella misma las había pronunciado en la estación de Praga. En la puerta del Plaza, mientras él se subía a un taxi. En la cubierta del yate, mientras su bote se alejaba a toda velocidad cabalgando sobre las olas. Era él quien siempre se marchaba. Pero esta vez no. Ella siguió caminando y no miró atrás.

Muy bien, Melanie, pensé, devolviendo la última página al montón que tenía sobre el regazo. Pero debía admitir que no era típico de las heroínas de mi madre dejar a un hombre ardiente por otro imperfecto pero que le ofrecía seguridad, si bien no pasión. ¿Acaso estaba predicando que había que sentar la cabeza? Era una idea incómoda. Me había dicho muy rápidamente que estaba equivocada sobre el amor. Pero era demasiado pronto para saberlo: siempre había más páginas que leer, más palabras que escribir, antes de que terminase la historia.

CAPÍTULO 14

—Para en la tienda, ahí delante —le pidió Paul a Trey, que conducía—. ¿Vale?

Trey asintió y puso el intermitente. En el asiento delantero, Lissa se dio media vuelta para mirarme, arqueando las cejas mientras señalaba con la cabeza la consola trasera, que no solo tenía el típico cenicero y portabebidas, sino un reproductor de CD y una pantalla de vídeo.

—Este coche es increíble —susurró.

Tuve que darle la razón. Era uno de esos monovolúmenes enormes, totalmente equipado. Me recordó a una nave espacial, llena de palancas y botones iluminados, y casi esperé que en algún lugar, a la izquierda del volante, hubiera una pequeña tecla marcada VELOCIDAD WARP.

Aparcamos delante de Quik Zip y Trey apagó el motor.

—¿Qué queréis? —preguntó—. Tenemos por delante un largo camino.

—Necesitamos provisiones, eso seguro —respondió Paul y abrió su puerta. Se oyó un ruido de campanillas, discreto y educado, bing bing bing. ¿Cerveza y...?

—Caramelos Skittles —terminó Lissa por él, y él se rio.

—Un paquete de Skittles —repitió—. Vale. ¿Remy?

—Cola *light* —le dije—. Por favor.

Salió de un salto del coche y cerró la puerta. Trey también salió y dejó las llaves puestas y la radio a un volumen bajo. Íbamos al cine de verano en la ciudad vecina, donde daban sesiones triples. No era una cita de dobles parejas, ya que Trey tenía novia en la universidad y además habíamos invitado también a Chloe y a Jess. Pero Jess tenía que hacer de canguro y Chloe, que ya había dejado a su novio rarito, iba detrás de un chico que había conocido en el centro comercial.

–Si tuviera un coche como este –aseguró Lissa, girándose completamente–. Viviría en él. Podría vivir aquí, y me sobraría sitio para alquilar.

–Es enorme –asentí, y miré detrás de mí, donde había otras dos filas de asientos que ni siquiera llegaban hasta la puerta trasera–. Es un poco excesivo, la verdad. ¿Quién necesita tanto sitio?

–A lo mejor compra mucha comida –sugirió Lissa.

–Es estudiante universitario –dije.

–Bueno –respondió ella encogiéndose de hombros–, lo único que sé es que ojalá no tuviera novia. He decidido que me gustan los chicos ricos.

–¿Y a quién no? –dije yo distraídamente, mientras observaba a Paul y a Trey estudiar al chico detrás del mostrador. Era bien sabido qué empleados de Zip controlaban el carné de identidad y cuáles no. Se dirigieron al fondo de la tienda y cogieron por el camino no uno sino dos paquetes de Skittles para Lissa. Estos chicos no hacían nada a medias, según estaba descubriendo. Todo lo que me había comprado Paul en las dos semanas que llevábamos saliendo había sido extra grande o doble, y siempre sacaba la cartera inmediatamente, sin considerar siquiera mis intentos de pagar a medias, al menos de vez en cuando. Seguía siendo Paul el Perfecto, el Novio Ideal de la Muerte. Y aun así, algo seguía remordiéndome, como si no estuviera disfrutando lo suficiente el fruto de tantos años de trabajo duro saliendo con chicos.

Oí un traqueteo y miré a la izquierda, sobresaltada al ver la furgoneta de Pelotón de la Verdad aparcar a nuestro lado. Empecé a echarme hacia atrás, para que no me vieran, y recordé que con los cristales tintados no se podía mirar en el interior. Ted iba sentado al volante, con un cigarrillo en la boca, y John Miller en el asiento del copiloto. Mientras los mirábamos, se inclinó, agarró el picaporte de la puerta y esta se abrió, pero por alguna razón se le olvidó soltarlo y él salió disparado detrás de la puerta y desapareció rápidamente de nuestra vista. La puerta quedó abierta.

Ted miró el asiento vacío, suspiró irritado y salió del vehículo cerrando la puerta de golpe.

–Idiota –soltó, lo bastante alto como para que lo oyésemos mientras rodeaba el guardabarros delantero, donde lo veíamos a través de la luna delantera. Miraba al suelo.

–¿Te has hecho daño?

No oímos la respuesta de John Miller. Pero para entonces yo ya estaba distraída de todas formas, porque había visto a Dexter encaramarse torpemente al asiento delantero de la furgoneta, tropezarse con la palanca de cambios, y dejarse caer al asfalto con algo más de gracia que John Miller, pero no mucha más. Llevaba la misma camiseta naranja que el día en que nos conocimos, con una camisa blanca de algodón por encima. Del bolsillo delantero sobresalía una de sus cámaras desechables deformadas. Miró por la ventanilla de Lissa, acercándose mucho, pero no se veía nada. Ella lo miró también, como si estuviera en la parte oculta de un espejo polarizado.

–¿No es ese Dexter? –susurró en voz baja, porque la ventanilla de Trey, en el lado del conductor, estaba abierta, al tiempo que él se sacaba la cámara del bolsillo y se inclinaba hacia adelante para tomar una foto de la ventanilla negra. El *flash* iluminó todo el interior durante un instante, y luego volvió a metérsela en el bolsillo, tras fallar el primer intento.

–Sí –asentí, viéndolo tropezar al rodear la furgoneta y extender una mano para apoyarse en el guardabarros de Trey. Iba haciendo eses, y no era solo la típica forma torpe de andar de Dexter. Parecía borracho.

–A ver, vosotros dos –anunció Ted mientras Dexter se acercaba–, he dicho que os traería hasta aquí y lo he hecho. Pero he quedado con María y ya está enfadada conmigo, así que aquí os dejo. No soy un servicio de taxis.

–Mi querido camarada –oí decir a John Miller, poniendo voz de Robin Hood– ha cumplido con su deber.

–¿Te vas a levantar o qué? –preguntó Ted.

John Miller se puso en pie. Todavía llevaba la ropa de trabajo, pero parecía totalmente arrugado, como si alguien hubiera hecho una bola con él y se lo hubiera metido en el bolsillo un par de horas. Llevaba la camisa colgando, los pantalones llenos de pliegues y él también llevaba una cámara desechable en un bolsillo del pantalón. Además, tenía un arañazo en la mejilla, que parecía reciente, seguramente el resultado de su caída de la furgoneta. Levantó la mano para tocársela, como si le sorprendiera encontrarla ahí, y luego la bajó.

–Mi querido camarada –intervino Dexter echándole un brazo por encima del hombro a Ted, que de inmediato puso mala cara, obviamente harto–, le debemos el más grande de los favores.

–Mi querido camarada –se sumó John Miller–, lo recompensaremos con oro, doncellas y nuestra eterna lealtad a la causa. ¡Hurra!

–¡Hurra! –repitió Dexter, levantando el puño.

–¿Queréis dejar de hacer el idiota los dos? –saltó Ted, liberándose del brazo de Dexter–. Qué pesados.

–Como guste, camarada –respondió John Miller–. Levantemos nuestras copas y ¡hurra!

–¡Hurra! –coreó Dexter.

–Se acabó. –Ted se encaminó a la furgoneta–. Me voy. Vosotros seguid con vuestros hurras, pero...

–¡Hurra! –gritaron a coro. John Miller, al levantar los brazos, estuvo a punto de volver a caerse.

–A casa volvéis por vuestra cuenta. Y no hagáis ninguna estupidez, ¿de acuerdo? Ahora no tenemos dinero para fianzas.

–¡Hurra! –volvió a exclamar John Miller, saludando a la espalda de Ted mientras se alejaba–. ¡Muchas gracias, oh, amable señor!

Ted les mostró el dedo corazón, pasando de ellos, puso en marcha la furgoneta con dificultad y se marchó dejándolos delante de Quik Zip, donde comenzaron a hacerse fotos el uno al otro posando cerca de los periódicos. Yo observaba desde dentro a Paul y a Trey, que hablaban con el chico del mostrador mientras este metía los dos *packs* de cervezas en una bolsa de papel.

–Muy bien, ahora a ver esos morritos –le estaba diciendo Dexter a John Miller, que hizo una pose de modelo sacando pecho, abanicándose con un taco de prospectos y mirando por encima de ellos con aire seductor–. Muy bien, ¡estupendo! ¡Genial! –Saltó el *flash* y Dexter pasó la película, riéndose–. Vale, ahora ponte triste. Muy bien. Estás muy serio. Estás dolido...

John Miller miró a la carretera, triste de repente, contemplando el Double Burger al otro lado de la calle, con una expresión nostálgica.

–¡Precioso! –aseguró Dexter, y los dos soltaron una carcajada. Oía a Lissa reírse delante de mí.

John Miller había puesto su mejor pose, abrazado a la cabina de teléfono y aleteando las pestañas, cuando Dexter soltó el último *flash* y se quedó sin carrete.

–Mierda –soltó, y sacudió la cámara como si así fueran a aparecer más fotos–. Bueno, pues ya está.

Se sentaron en el bordillo. No dejaba de pensar que deberíamos bajar las ventanillas y decir algo para que supieran que estábamos allí, pero ya era demasiado tarde para que no hubiera consecuencias.

–En verdad te digo, camarada –afirmó John Miller solemnemente, haciendo girar su cámara desechable en la mano–, que estoy triste. Y serio. Y dolido.

–Mi querido camarada –dijo Dexter, apoyándose sobre las manos y estirando las piernas–, lo entiendo.

–La mujer a la que quiero no me quiere. –John Miller levantó los ojos al cielo–. Cree que no sirvo para marido y, usando sus palabras, soy un poco inmaduro. Y hoy, desafiando esta proclamación, me he despedido de un trabajo facilísimo donde ganaba nueve dólares la hora por no hacer casi nada.

–Hay otros trabajos, escudero –lo animó Dexter.

–Y, además –continuó John Miller–, lo más probable es que la banda vuelva a ser rechazada por otra discográfica por culpa de la integridad artística de sir Ted, que nos va a llevar a todos a la jubilación al negarse empecinadamente en admitir que sus canciones de la patata son un montón de mierda.

–Sí –convino Dexter, asintiendo–. Es verdad. El joven Ted, en verdad, nos ha hecho una faena.

Aquello era una novedad para mí, pero no una absoluta sorpresa. Dexter me había contado que la vehemente insistencia de Ted de no incluir versiones en una demo, nunca, había obrado en su contra en otras ciudades, en otras ocasiones.

–Pero vos, magnífico señor –John Miller le dio una palmada en el hombro a Dexter, tambaleándose un poco–, también tenéis problemas.

–Es cierto –reconoció Dexter asintiendo.

–Las mujeres –suspiró John Miller.

Dexter se pasó una mano por la cara y miró a la carretera.

–Las mujeres. En verdad, querido escudero, me dejan perplejo a mí también.

–Ah, la bella Remy –declamó John Miller con grandilocuencia, y sentí que me ponía colorada. Lissa, en el asiento delantero, se llevó la mano a la boca.

–La bella Remy –repitió Dexter– no me vio como un riesgo que mereciese la pena.

–En verdad.

–Naturalmente, yo soy un pícaro. Un sinvergüenza. Un músico. No le ofrecería más que pobreza, vergüenza y cardenales en las espinillas provocados por mi torpeza. Ella estará mejor tras nuestra separación.

John Miller fingió clavarse un puñal en el corazón.

–Frías palabras, mi escudero.

–Hurra –corroboró Dexter.

–Y tanto que hurra –repitió John Miller.

Se quedaron allí sentados un momento sin decir nada. En el asiento trasero, sentí cómo me latía el corazón. Al observarlo, supe que ahora no podía hacer nada para retractarme. Y me sentí avergonzada por esconderme.

–¿Cuánto dinero tienes? –preguntó John Miller de repente, metiéndose la mano en los bolsillos–. Creo que necesitamos más cerveza.

–Yo creo –proclamó Dexter, sacando un fajo de billetes y unas monedas, que inmediatamente se le cayeron al suelo–, que tienes razón.

Paul y Trey salieron entonces de la tienda y Paul dijo en voz alta:

–Eh, Remy, ¿qué querías, cola normal o *light*? Se me ha olvidado. –Metió la mano en la bolsa que llevaba y sacó dos botellas, una de cada–. Te he cogido una de cada, pero...

Lissa puso la mano sobre el botón para bajar la ventanilla y luego me miró, sin saber qué hacer. Pero yo me quedé paralizada, observando a Dexter, quien miró a Paul y comprendió lentamente la situación. Luego miró hacia el coche, hacia nosotras.

–*Light* –contestó en voz alta, mirándome directamente, como si de repente pudiera verme.

Paul lo miró.

–¿Perdón?

Dexter se aclaró la voz.

–Quiere cola *light* –repitió–, pero no en botella.

–Oye, tío –dijo Paul, sonriendo un poco–, ¿de qué estás hablando?

–Remy bebe cola *light* –repitió Dexter, poniéndose en pie–. Pero no en botella, sino del grifo ese. Extra grande, con mucho hielo. ¿No, Remy?

–Remy –susurró Lissa en voz baja–, deberíamos...

Abrí la puerta y bajé de un salto. Es increíble lo alto que era el vehículo. Ni siquiera sabía qué iba a hacer. Me acerqué a ellos. Paul seguía sonriendo, confundido, mientras que Dexter simplemente me miraba.

–¡Hurra! –exclamó, pero esta vez John Miller no se unió a él.

–Está bien así –le dije a Paul y cogí las botellas–. Gracias.

Dexter nos seguía mirando y me di cuenta de que Paul estaba incómodo, preguntándose qué pasaba.

–No, no pasa nada –dijo Dexter de repente, como si alguien le hubiera preguntado–. No hay nada de raro. Porque si lo hubiera lo diríamos, ¿no? Ese era el trato. El trato de ser amigos.

Para entonces Trey se dirigía al coche, pues comprendió sabiamente que era mejor mantenerse al margen. John Miller entró en el Quik Zip. Y quedamos solo tres.

Paul me miró y preguntó:

–¿Está todo bien?

–Todo –aseguró Dexter– está perfectamente. Perfectamente.

Paul seguía observándome, esperando que lo corroborara. Y yo dije:

–Está bien. Solo necesito un momento, ¿de acuerdo?

–Claro. –Me dio un apretón en el brazo, mientras Dexter me miraba fijamente, fue hacia el coche, subió y cerró la puerta.

Dexter clavó la vista en mí.

–¿Sabes? –empezó–. Podrías haberme dicho que estabas ahí.

Me mordí el labio y miré mi cola *light*. Bajé la voz y pregunté:

–¿Estás bien?

–Muy bien –dijo, demasiado rápido, y luego chasqueó los dedos, todo contento–. ¡Absolutamente genial! –Volvió a mirar el coche–. Tío –dijo meneando la cabeza–. Esa cosa tiene hasta una pegatina de los malditos Spinnerbait, por favor. Será mejor que te des prisa, Remy, Borja Mari y Luis Fernando III estarán impacientes.

–Dexter.

–¿Qué?

–¿Por qué actúas así?

–¿Cómo?

De acuerdo, yo sabía por qué. De hecho, este era el comportamiento habitual después de una ruptura, la forma en que debería haberse comportado todo el tiempo. Pero como estaba empezando ahora, y no antes, me descolocó un poco.

–Tú fuiste quien dijo que debíamos ser amigos –insistí.

Se encogió de hombros.

–Venga ya. Tú accediste por seguirme la corriente, ¿verdad?

–No –respondí.

–Esto es típico de ti –afirmó, señalándome con un dedo tembloroso–. No crees en el amor, así que es lógico que tampoco creas en el cariño. Ni en la amistad. Ni en nada que pueda conllevar el más mínimo riesgo.

–Mira –ahora empezaba a enfadarme un poco–, yo fui sincera contigo.

–Ah, muy bien, ¡vamos a ponerte una medalla! –exclamó, dando una palmada–. Tú cortas conmigo porque a lo mejor me gustas de verdad, lo suficiente para ir más allá de un rollo de verano, ¿y ahora resulta que yo soy el malo?

–Vale –contesté–, ¿habrías preferido que hubiera mentido y te hubiera dicho que sentía lo mismo que tú y luego te hubiera dejado al cabo de un mes?

–Lo cual habría sido poco conveniente –recalcó sarcásticamente–, te habrías perdido al señor Spinnerbait.

Levanté los ojos al cielo.

–¿Así que esa es la razón? ¿Estás celoso?

–Eso simplificaría las cosas, ¿no? –dijo asintiendo–. Y a Remy le gustan las cosas fáciles. Te crees que lo sabes todo, que puedes clasificar mis reacciones y anotarlas en tu pequeño gráfico. Pero la vida no es así.

–¿Ah, no? –contesté–. ¿Y entonces cómo es? Dime.

Se inclinó muy cerca de mí y bajó la voz.

–Lo que te dije, lo dije en serio. No se trataba de un jueguecito de verano. Todo lo que te he dicho es verdad, desde el primer día. Cada puñetera palabra.

Mi cabeza volvió a todo aquello, los retos, las bromas, las canciones cantadas a medias. ¿Qué verdad había en todo eso? El primer día había sido la única vez que había dicho algo importante, y fue solo que...

Oí un zumbido detrás de mí, y después la voz de Lissa, suave e insegura.

–Mmm, ¿Remy? –preguntó, y se aclaró la voz, como si se diera cuenta de cómo sonaba–. Nos vamos a perder el principio de la película.

–Vale –asentí por encima del hombro–. Ahora mismo voy.

–Ya hemos terminado, de todas formas –explicó Dexter, haciendo un saludo hacia el coche. Y añadió dirigiéndose a mí–: Para ti, se trataba de eso, ¿no? De dejar las cosas claras. Que tú y yo, que lo nuestro era exactamente igual que lo que tendrás con el chico de Spinnerbait, o el siguiente, o el siguiente, ¿no?

Por un instante quise decirle que se equivocaba. Pero algo en su forma de decirlo, cierta chulería en su enfado, me detuvo. Él mismo había dicho una vez que yo era una chica dura, y en otro momento me habría enorgullecido de serlo. Así que muy bien, le seguiría el juego.

–Sí –reconocí, encogiéndome de hombros–. Tienes razón.

Se quedó callado, mirándome, como si me hubiera transformado ante sus ojos. Pero yo siempre había sido así. Simplemente lo había escondido bien.

Empecé a alejarme hacia el coche. Paul me abrió la puerta trasera.

–¿Te está molestando? –me preguntó, con expresión seria–. Porque si te molesta...

–No –dije, meneando la cabeza–. Ya hemos terminado.

–¡Joven caballero! –le gritó Dexter a Paul, justo cuando este cerraba la puerta–. Quedas advertido, con la bebida del grifo tiene un brazo demoledor. Te arreará en la cabeza, mi buen señor. ¡Cuando menos te lo esperes!

–Vámonos –decidió Paul, y Trey asintió y metió la marcha atrás.

Cuando nos pusimos en marcha estaba decidida a no mirar hacia atrás, pero en el retrovisor del lado de Lissa lo vi allí clavado, con los faldones de la camisa al viento y los brazos extendidos, hacia arriba, como si nos estuviera despidiendo al comienzo de un largo viaje en el que él quedaba atrás. Buen viaje, tengan cuidado. Vayan con Dios. ¡Hurra!

Al día siguiente, cuando regresé después de pasar la noche en casa de Lissa, mi madre ya estaba en casa. Dejé las llaves en la mesita de la entrada, mi bolso en las escaleras y justo cuando iba a entrar en la cocina la oí.

–¿Don? –llamó, y su voz rebotaba en el pasillo que llevaba al ala nueva.

–¿Cariño? ¿Eres tú? Adelanté el vuelo para darte una sorpresa... –Sus sandalias repiqueteaban en el suelo. Dobló la esquina y se detuvo al verme–. Oh, Remy. Hola. Pensé que serías Don.

–Ya me he dado cuenta –respondí–. ¿Qué tal en Florida?

–¡Divino! –suspiró, y se dirigió a la cocina delante de mí–. Ha sido justo lo que necesitaba. He estado tan ocupada y estresada desde la boda, y antes de la boda con los planes y la organización... fue un poco excesivo, ¿sabes?

Decidí no mencionar que ella no se había hecho cargo de casi nada de la preparación de la boda, porque creí que iba a decirme algo más. Así que me apoyé contra el fregadero mientras ella sacaba una lata de batido de la nevera, la abría y daba un sorbo.

–Pero una vez allí –continuó, llevándose una mano al corazón y cerrando los ojos con gesto teatral–. El cielo. El mar. Los atardeceres. Ah, y mis fans. Sentí simplemente que volvía a ser yo misma de nuevo. ¿Sabes?

–Sí –asentí, aunque hacía mucho tiempo que yo no me sentía como yo misma. Había estado toda la noche con la imagen de Dexter en la cabeza, agitando los brazos, llamándome.

–Así que adelanté el vuelo de regreso, con la esperanza de compartir con Don esta nueva sensación de felicidad, pero... no está. –Dio otro sorbo del batido y miró por la ventana de la cocina–. Esperaba que estuviera.

–No ha parado mucho por casa –la informé–. Creo que se ha pasado el fin de semana trabajando.

Asintió seriamente y puso la lata sobre la encimera.

–Ese ha sido un gran problema para nosotros. Su trabajo. Mi trabajo. Todos los detalles de cada uno. Siento que no hemos tenido la oportunidad de establecer lazos como marido y mujer todavía.

Uy, uy, uy, pensé de nuevo, mientras un timbre de alarma sonaba quedamente en mi cabeza.

–Bueno –dije–, solo lleváis un par de meses casados.

–Exactamente –dijo–. Y en estos días me he dado cuenta de que tenemos que concentrarnos en nuestro matrimonio. El trabajo puede esperar. Todo puede esperar.

Creo que he sido culpable durante mucho tiempo de darle preferencia a otras cosas, pero esta vez no. Sé que esta vez las cosas van a salir mejor.

Vale. Eso sonaba positivo.

–Muy bien, mamá.

Me sonrió complacida.

–Lo creo de verdad, Remy. Es posible que nos haya costado adaptarnos, pero esta vez es para siempre. Por fin me doy cuenta de lo que hace falta para ser una pareja. Y me siento genial.

Sonreía de felicidad, con esta nueva conversión. Como si en algún lugar en la costa de Florida hubiera encontrado al fin la respuesta al enigma que se le había escapado durante tanto tiempo. Mi madre siempre se había escabullido de las relaciones cuando la cosa se ponía difícil, no quería ensuciarse las manos con detalles escabrosos. Tal vez la gente cambiaba.

–¡Oh, Dios mío! Estoy impaciente por verlo –me dijo, y se encaminó a la mesa para coger su bolso–. Creo que me voy a acercar al concesionario a llevarle la comida. Eso le encanta. Cariño, si llama no se lo digas, ¿vale? Quiero que sea una sorpresa.

–De acuerdo –le dije. Me lanzó un beso, salió por la puerta y atravesó el césped hasta su coche. Tuve que admirar ese amor absoluto, incapaz de esperar ni un par de horas. Nunca había sentido algo tan fuerte por nadie. Era bonita, esa necesidad acuciante de decirle algo a alguien en ese mismo instante. Casi romántico, la verdad. Si es que a uno le gustaba ese tipo de cosas.

A la mañana siguiente hacía cola en Jump Java, medio dormida, esperando por el café matutino de Lola, cuando vi la furgoneta blanca de Pelotón de la Verdad aparcar en el exterior, deteniéndose con estruendo en la entrada para los bomberos. Ted bajó de un salto y entró sacando unos cuantos billetes arrugados del bolsillo.

–Hola –me saludó al verme.

–Hola –contesté, fingiendo estar concentrada en una historia sobre urbanismo en la portada del periódico local.

La cola para el café era larga y llena de gente de mal humor que quería su café con tantos detalles intrincados que solo escuchar los pedidos me provocaba dolor de cabeza. Scarlett manejaba la máquina de café con cara de pocos amigos e intentaba seguir el ritmo de un montón de pedidos con leche de soja, extra grandes, desnatados.

Ted estaba algo detrás de mí en la cola, pero el chico que había entre nosotros se marchó, cansado de esperar. Eso nos dejó uno al lado del otro y no nos quedó más remedio que hablarnos.

–Me dijo Lucas que teníais una reunión con Rubber Records –empecé.

–Sí. Hoy, en Washington. Salimos dentro de una hora.

–Anda –exclamé, mientras avanzábamos un par de centímetros en la cola.

–Sí. Quieren que toquemos para ellos, en la oficina. Y a lo mejor también en un concierto de grupos nuevos el jueves, si nos pueden hacer un hueco. Y luego, si les gustamos, podrían conseguirnos algo permanente por allí.

–Sería genial.

Se encogió de hombros.

–Eso si les gustan nuestros temas. Pero están pidiendo unas versiones estúpidas, lo que, ya sabes, va totalmente en contra de nuestra integridad como grupo.

–Oh –dije.

–Bueno, los otros harían casi cualquier cosa por un contrato pero, sabes, para mí es algo más que eso. Lo importante es la música, colega. Arte. Expresión personal. No se trata de un montón de estupideces de compañías y ejecutivos.

Un ejecutivo que llevaba el *Wall Street Journal* nos estaba observando, pero Ted se le quedó mirando indignado hasta que el hombre volvió la vista hacia delante.

–¿Entonces vais a tocar *El opus de la patata*?

–Yo creo que tendríamos que tocarlo. Eso es lo que llevo diciendo todo el tiempo. Si les gustamos, que sea por nuestros temas originales, o nada. Pero ya conoces a Lucas. Nunca ha sido muy partidario de las canciones de la patata. Es tan paleto que resulta ridículo: vamos, si incluso estaba en un grupo de *heavy metal*. ¿Qué demonios sabrá sobre música de verdad?

No estaba segura de qué decir sobre esto.

–Y luego está John Miller, que tocaría cualquier cosa con tal de no tener que volver a estudiar, y más si se trata de trabajar moviendo papeles en la empresa de su padre. Lo que nos deja con Dexter, y tú ya sabes cómo es.

Esto me sorprendió un poco.

–¿Cómo es? –repetí.

Ted levantó la vista al techo.

–Don Positivo. Don «Todo va a salir bien». Si fuera por él, nos presentaríamos allí sin ningún plan, sin exigencias, a ver qué sale. –Hizo revolotear las manos de forma ridícula para recalcar esto–. ¡Joder! Sin planes ni preocupaciones. ¡Jamás! Odio a la gente así. Tú ya sabes a lo que me refiero.

Respiré hondo, preguntándome cómo responder a esto. Era lo mismo que siempre me había molestado sobre Dexter, pero en boca de Ted sonaba mezquino y negativo. Era tan dogmático, estaba tan seguro de saberlo todo. Jo. Hombre, es verdad que tal vez Dexter no pensara las cosas lo suficiente, pero al menos se podía...

–¡Siguiente! –gritó Scarlett. Me tocaba. Di un paso y le dije que quería el café habitual de Lola y me eché a un lado para que Ted pudiera pedir su café solo, extra grande, sin tapa.

–Bueno –me despedí, mientras él pagaba–, buena suerte esta semana.

–Vale –replicó–, gracias.

Salimos juntos, él hacia la furgoneta y yo de camino a Joie, donde los días como recepcionista de primera estaban llegando a su fin. Era el 20 de agosto y yo me marchaba a la universidad dentro de tres semanas. Si hubiéramos seguido juntos, siempre pensé que sería yo la que dejaría atrás a Dexter. Pero ahora veía que podría haber sido al revés, que podría ser yo la que lo viese marchar. Era extraño las muchas formas en que podían salir las cosas. Pero era mejor así, totalmente. Claro que sí.

Con Dexter fuera durante toda la semana, no tuve que preocuparme de encuentros fortuitos ni momentos embarazosos. Me hizo la vida mucho más fácil y me animó a entrar en acción, como si con solo estar en mi zona hubiera sido capaz de afectar mi sentido del equilibrio.

En primer lugar, hice limpieza. De todo. Empecé por el coche: lo enceré de arriba abajo y cambié el aceite. Limpié el interior con champú, volví a colocar mis CD por orden alfabético y sí, limpié las ventanillas y el parabrisas por dentro. Esto me inspiró tanto que me puse con mi cuarto y llené cuatro bolsas de basura de ropa vieja para la tienda de segunda mano, antes de dirigirme a la sección de rebajas de Gap, donde me aprovisioné de ropa para mi nuevo yo universitario. Fui tan diligente que me tenía sorprendida a mí misma.

¿Cómo me había vuelto tan desorganizada? Antes, lo normal era que en todas las moquetas, incluso la de mi cuarto, se vieran las líneas de la aspiradora. Ahora, presa de este fervor repentino, encontré rastros de barro en mi armario, el rímel se había vertido en el cajón de los cosméticos, descubrí un zapato suelto, uno solo, debajo de la cama. Me hizo preguntarme si me habrían abducido los extraterrestres. De repente me pareció imperativo restaurar el orden en mi universo personal y me puse a doblar de nuevo las camisetas, rellené las punteras de los zapatos con toallitas de papel y coloqué todas las facturas en mi caja secreta mirando para el mismo lado, en lugar de dejarlas desparramadas sin orden ni concierto, como si las hubiera metido allí mi gemela malvada.

Pasé toda la semana haciendo listas y tachando artículos en ellas, y al final de cada día sentía una gran satisfacción por la tarea realizada, que se veía eclipsada solo por un agotamiento total y absoluto. Esto, me dije, era exactamente lo que quería: una salida limpia, eficaz y sin esfuerzo, con todos los detalles en su sitio. Solo quedaban un par de cabos sueltos, un par de cosas que debía resolver. Pero ya había dispuesto un plan, con cada paso numerado y resumido claramente, y aún tenía tiempo de sobra.

–Uuuyy –soltó Jess en plan siniestro cuando nos sentamos en Bendo –. Conozco esa expresión.

Chloe miró su reloj.

–Bueno –dijo–, ya iba siendo hora. Te vas dentro de tres semanas.

–¡Oh, no! –exclamó Lissa, que por fin lo había entendido–. Paul no. Todavía no.

Me encogí de hombros y deslicé la cerveza en círculos sobre la mesa.

–Tiene sentido –repliqué–. Quiero concentrarme el tiempo que me queda en estar con mi familia. Y con vosotras, chicas. No hay por qué alargarlo para que me monte una escena en el aeropuerto.

–Bien pensado –aprobó Chloe–. Claramente no ha alcanzado el nivel de aeropuerto.

–Pero a mí me cae bien Paul –protestó Lissa–. Es muy majo.

–Es verdad –convine–. Pero es algo temporal. Igual que yo para él.

–Y así pasará a formar parte del club –confirmó Chloe, levantando su vaso de cerveza–. Por Paul.

Bebimos, y en ese momento recordé lo que me había dicho Dexter en el aparcamiento de Quik Zip, sobre cómo él terminaría siendo uno más, igual al chico anterior a él o al posterior. Y era cierto, en realidad. Solo un punto entre Jonathan el Idiota y Paul el Perfecto, un rollo de verano más que ya empezaba a desdibujarse en la memoria.

¿O no? Había estado pensando en Dexter. Sabía que era porque las cosas habían terminado mal, pese a nuestros esfuerzos. Él era lo único que no había salido según el plan, y no había podido darlo por concluido como me habría gustado.

Paul, en cambio, había ido aproximándose a ese punto en los últimos días. Pero, sinceramente, no me había sentido implicada desde el principio. Tal vez estaba cansada y me habría venido mejor un descanso, en lugar de algo nuevo. Pero muchas veces había tenido la sensación de estar haciendo las cosas mecánicamente, cuando hablábamos o íbamos a cenar, o salíamos con sus amigos o incluso cuando nos enrollábamos en la oscuridad de su cuarto o del mío. A veces, cuando no estábamos juntos, incluso me costaba recordar su cara. A la vista de esto, me parecía que había llegado el momento de terminar las cosas clara y totalmente.

–El club de los novios –comentó Jess, recostándose en su asiento–. Dios. ¿Con cuántos chicos ha salido Remy?

–Cien –afirmó Lissa inmediatamente, y luego se encogió cuando la miré–. Bueno, no lo sé.

–Cincuenta –decidió Chloe–. Por lo menos.

Todas me miraron.

–No tengo ni idea –reconocí–. ¿Por qué estamos hablando de esto?

–Porque es un buen tema. Y ahora que estás a punto de expandir tu experiencia en el ligoteo más allá de esta ciudad, hacia todo el país...

Jess se echó a reír.

–Es un buen momento para recordar tus grandes éxitos del pasado, por así decir, ya que vas a embarcarte en el presente.

–¿Estás borracha? –le pregunté.

–¡Primero! –exclamó, sin hacerme caso–. Randall Baucom.

–Oh, Randall –suspiró Lissa–. A mí también me encantaba.

–Eso fue en sexto –señalé–. Por favor, ¿hasta dónde vamos a retroceder?

–Seguimos –continuó Jess–, en séptimo. Mitchell Loehmann, Thomas Gibbs, Elijah comosellame...

–El de la cabeza de tazón –añadió Lissa–. ¿Cómo se apellidaba?

–Nunca he salido con nadie que tuviera cabeza de tazón –protesté indignada.

–Después tuvimos los seis meses de Roger –intervino Chloe, meneando la cabeza–. No fue una buena época.

–Era un gilipollas –dije.

–¿Te acuerdas cuando te puso los cuernos con Jennifer Task y todo el cole lo sabía menos tú? –me preguntó Lissa.

–No –respondí enfurruñada.

–Seguimos –cantó Chloe–, llegamos a noveno, y el triplete de Kel, Daniel y Evan. Remy decide repasar toda la línea ofensiva del equipo de fútbol.

–Oye, espera un momento –la interrumpí, consciente de que me estaba poniendo a la defensiva, pero tenía que dar la cara por mí misma alguna vez–. Haces que parezca una zorra total.

Silencio. Se echaron todas a reír.

–No tiene gracia –gruñí–. He cambiado.

–Ya lo sabemos –declaró Lissa con seriedad, dándome palmaditas en la mano dulcemente–. Solo estamos hablando de los viejos tiempos.

–¿Y por qué no hablamos de vosotras también? –solté–. ¿Qué hay de Chloe y los cincuenta y tantos con los que ha salido?

–Admito alegremente cada uno de ellos –dijo sonriendo–. Venga, Remy. ¿Qué te pasa? ¿Has perdido la chispa? ¿Ya no te sientes orgullosa de tus conquistas?

Me la quedé mirando.

–No me pasa nada.

La cuenta continuó, mientras yo intentaba no retorcerme de vergüenza. Había algunos que ni siquiera recordaba, como Anton, que trabajaba vendiendo vitaminas en el centro comercial, y otros que habría preferido no recordar, como Peter Scranton. No solo resultó ser un imbécil integral, sino que salía con una chica de Rayetteville que hizo el viaje de dos horas hasta aquí expresamente para darme una paliza. Aquel fin de semana sí que fue divertido. Y los nombres seguían aflorando.

–Brian Tisch –dijo Lissa, doblando un dedo–. Conducía ese Porsche azul.

–Edward de Atlantic Beach –añadió Jess–. El rollo obligatorio de dos semanas del verano.

Chloe respiró hondo y declamó dramáticamente, llevándose una mano al pecho delicadamente:

–Dante.

–¡Oh, tía! –exclamó Jess, chasqueando los dedos–. El estudiante de intercambio. ¡Remy es internacional!

–Lo que nos lleva a Jonathan –concluyó Chloe–. Y luego a Dexter. Y ahora...

–Paul –concluyó Lissa con voz triste, hacia su cerveza–. Paul el Perfecto.

Que justo en ese momento entraba en Bendo, haciendo una pausa para mostrar el carné. Luego me vio. Y sonrió. Avanzó por el local, igual que lo había hecho Jonathan, sin saber lo que estaba a punto de ocurrir. Respiré hondo y me dije que prácticamente sería automático, como caerse al agua y echar a nadar de inmediato. Pero en lugar de eso me quedé en silencio al verlo acercarse.

–Hola –saludó, y se sentó a mi lado.

–Hola.

Me cogió la mano y la envolvió con sus dedos, y de repente me sentí muy cansada. Otra ruptura. Otro final. Ni siquiera me había tomado el tiempo de imaginarme, exactamente, cómo reaccionaría, el tipo de trabajo preparatorio que solía hacer cada vez.

–¿Quieres una cerveza? –me preguntó–. ¿Remy?

–Mira –comencé, y las palabras me salieron solas, sin pensar. Era solo un proceso, frío e indiferente, como introducir los números en una ecuación. Por mi falta de sentimientos, yo podría haber sido otra persona, que escuchaba y observaba la escena desde fuera–. Tenemos que hablar.

CAPÍTULO 15

–Y por cuando le dijo a esa horrible señora Tucker que se sentara y esperara su turno... –dijo Talinga, levantando su copa temblorosamente.

–Y por la vez que liberó a la mujer del juez del secador de pie... –intervino Amanda.

–Y –añadió Lola, más alto que las demás– por todos los días que no soportaba nuestro caos...

Una pausa. Talinga sorbió y se secó el ojo con una uña muy larga, pintada de rojo intenso, de forma perfecta.

–Por Remy –terminó Lola, y entrechocamos las copas. El champán se derramó por el suelo–. Chica, vamos a echarte de menos.

Bebimos. Era lo que llevábamos haciendo desde que Lola había cerrado oficialmente el salón de belleza a las cuatro de la tarde, dos horas antes de lo normal, para que pudiéramos celebrar mi marcha como se merecía. De todas formas, no había sido un día normal de trabajo. Talinga me trajo un corpiño, que insistió en que me pusiera, con lo que pasé todo el día respondiendo al teléfono con aspecto de estar esperando a que mi pareja para el baile de fin de curso se presentara a recogerme en el coche de su padre. Pero fue un gesto cariñoso, al igual que la tarta, el champán y el sobre que me habían dado, en el que había quinientos dólares, todos para mí.

–Para imprevistos –había dicho Lola cuando me lo puso en la mano–. Cosas importantes.

–Como manicuras –añadió Amanda–. Y depilación de cejas.

Casi se me escapan las lágrimas, pero sabía que eso las haría llorar a todas. A las chicas de Joie les gustaba soltar una lagrimita. Esto me recordó aún más que realmente había llegado el momento: Stanford. Final del verano. El comienzo de la vida de verdad. Ya no estaba lejos, acercándose sobre el horizonte, sino que se encontraba a la vista.

Los signos estaban por todas partes. En el correo me llegaba un montón de correspondencia de la universidad, formularios y listas de requisitos de última hora, y mi cuarto estaba lleno de cajas, claramente rotuladas: las que se iban y las que se quedaban. Sabía que mi madre no mantendría mi cuarto como una especie de capilla a la «Remy del pasado». En cuanto despegara mi avión entraría en mi habitación, intentando averiguar si las estanterías que quería para construir una nueva biblioteca cabrían entre estas cuatro paredes. Cuando volviera a casa, todo sería distinto. Especialmente yo.

Todos se preparaban para marcharse. Lissa era la más llorona, aunque solo se mudaba al otro lado de la ciudad, y desde su ventana de la residencia se veía la torre de la iglesia de su manzana. Jess tenía un trabajo en el hospital, un puesto administrativo en la planta de pediatría, y empezaría las clases nocturnas a principios de septiembre. Y Chloe estaba ocupada con sus propias cajas, comprando cosas nuevas para su viaje a una universidad lo bastante lejana para ofrecerle chicos nuevos que no conocieran su fama de rompecorazones. Nuestro tiempo entre medias, que antes nos parecía eterno, estaba llegando a su fin.

La noche anterior había sacado mi *walkman* del fondo del armario y me había sentado en la cama con él. Extraje con cuidado el CD de mi padre y lo metí en su funda. Me llevaba el reproductor, pero justo cuando iba a meter el CD en la caja con los demás algo me detuvo. Solo porque mi padre me hubiera dejado como legado la expectativa de que todos los hombres me iban a decepcionar no quería decir que tuviera que aceptarlo. Ni llevarme un recordatorio al otro lado del país. Así que lo metí en un cajón de mi escritorio, ahora vacío. No cerré la caja con cinta aislante, por lo que todavía tenía tiempo de cambiar de opinión.

–Muy bien, chicas –propuso Lola, y cogió la botella–. ¿Quién quiere otra?

–Yo –dijo Talinga, alargando la copa–. Y más tarta.

–No la necesitas –observó Amanda.

–Y tampoco necesito más champán –replicó Talinga–. Pero eso no es un inconveniente.

Todas se rieron. Entonces sonó el teléfono y Lola corrió a buscarlo, con la botella en la mano. Yo cogí una rosa de la tarta, me la metí en la boca y sentí el azúcar deshacerse en la lengua. Se supone que debía conservar el apetito para la cena que mi madre había organizado para esta noche, una de las últimas celebraciones familiares antes de mi partida. Todavía parecía durarle el ánimo que había traído de Florida, y se esforzaba especialmente jugando a ser la mujer de Don. Su novela se había detenido de golpe y me pregunté qué sería de Melanie.

No era propio de mi madre dejar una historia sin terminar, sobre todo tan cerca del final. Pero cada vez que me entraba un amago de ansiedad, me recordaba a mí misma que ella estaría bien sin mí. No tenía más remedio.

Me acerqué al escaparate, dando un sorbito del champán, y miré hacia el aparcamiento y vi la puerta abierta de Flash Camera. Sentí los efectos de la bebida y apoyé la frente en el cristal. Pelotón de la Verdad había vuelto hacía un par de días. Había visto a Lucas de lejos, comiendo una bolsa de patatas fritas frente al supermercado, pero no fui a preguntarle cómo habían salido las cosas en Washington. Desde aquel día en que me marché de la casa amarilla, cuando todos se quedaron en el jardín, había sentido con mayor claridad que nunca que su destino no tenía nada que ver conmigo.

Aun así, seguía pensando en Dexter. Era el único cabo suelto que quedaba, y odiaba los cabos sueltos. Arreglar las cosas no era una cuestión emocional, sino más bien que no quería marcharme al otro lado del país con la sensación de haberme dejado la plancha encendida o la cafetera puesta. Se trataba de mi salud mental, me dije. O sea, algo necesario.

Justo cuando estaba pensando en esto, lo vi pasar por delante de la puerta abierta de Flash Camera. Reconocí de inmediato su andar desgarbado y torcido. Bueno, pensé, es un buen momento. Bebí de un trago el resto del champán y comprobé mis labios. Me sentiría bien habiendo solucionado esta última cosa antes de la cena.

–¿Adónde vas? –me preguntó Talinga cuando abrí la puerta. Amanda y ella habían puesto música en el equipo que teníamos en el cuarto del champú y estaban bailando por el salón vacío, las dos descalzas, mientras Lola se servía más tarta–. ¡Necesitas más champán, Remy! Que esto es una fiesta, caramba.

–Ahora mismo vuelvo –repuse–. Sírveme otra copa, ¿vale?

Asintió y se la sirvió ella, mientras Amanda se reía y bailaba moviendo mucho las caderas, de forma que chocó con un expositor de esmalte de uñas. Se echaron todas a reír y la puerta se cerró tras sus risas cuando salí al sol.

La cabeza me daba vueltas mientras cruzaba el aparcamiento hacia Flash Camera. Al entrar vi a Lucas tras el mostrador, manejando la máquina de revelado. Levantó la vista y me dijo:

–Hola. ¿Cuándo es la fiesta?

Me sorprendió su pregunta pero luego me di cuenta de que se refería a mi corpiño, que ahora colgaba un poco mustio, cómo si él también hubiera bebido demasiado.

–¿Está Dexter por ahí?

Lucas se echó hacia atrás en la silla y rodó con ella hacia una puerta en la parte de atrás.

–¡Dex! –llamó.

–¿Qué? –respondió Dexter.

–¡Un cliente!

Dexter salió limpiándose las manos en la camisa son una sonrisa cordial, tipo «en qué puedo servirlo». Cuando me vio, se desdibujó un poco.

–Hola –saludó–. ¿Cuándo es el baile de fin de curso?

–Un chiste muy malo –murmuró Lucas, poniéndose delante de la máquina con un empujón–. Y ya está hecho.

Dexter no le hizo caso y se acercó al mostrador.

–Bueno –comenzó, con un taco de fotos en la mano, que empezó a barajar–, ¿qué podemos hacer por ti? ¿Revelado de fotos? ¿Una ampliación? Hoy tenemos una oferta especial en las de cuatro por seis.

–No –respondí, hablando por encima del ruido de la máquina con la que estaba trabajando Lucas, que traqueteaba mientras iba escupiendo los preciosos recuerdos de alguien–. Solo quería hablar contigo.

–Vale. –Siguió jugueteando con las fotos, sin mirarme directamente–. Habla.

–¿Qué tal os fue en Washington?

Se encogió de hombros.

–Ted tuvo una pataleta con todo el asunto de la integridad artística y se marchó. Conseguimos convencerlos para otra reunión, pero por ahora estamos condenados a hacer otra boda esta noche mientras tanto. Nos han dejado colgados. Parece que nos pasa mucho últimamente.

Me quedé callada un segundo, preparando mis palabras. Decidí que se estaba comportando como un idiota, pero seguí adelante de todas formas.

–Bueno –le dije–, me marcho pronto y...

–Ya lo sé. –Ahora me miró–. La semana que viene, ¿no?

Asentí.

–Y solo quería, bueno, ya sabes, hacer las paces contigo.

–¿Las paces? –Dejó las fotos sobre el mostrador. Vi que la primera era un grupo de mujeres con falda escocesa, todas sonriendo–. ¿Estamos en guerra?

–Hombre –repuse–, la otra noche no nos separamos de buenas, exactamente. En el Quik Zip.

–Yo estaba algo borracho –admitió–. Y, bueno... tal vez no me tomé tu relación con tu chico Spinnerbait tan bien como debería.

–La relación con mi chico Spinnerbait –declaré despacio– ha llegado a su fin.

–Ah. No puedo decir que lo sienta. Son el grupo más patatero, y sus fans...

–Vale, vale –interrumpí–. Odio a Spinnerbait.

–¡Odio a los Spinnerbait! –murmuró Lucas.

–Mira –Dexter se inclinó hacia mí sobre el mostrador–, me gustabas, Remy. Y tal vez no podíamos ser amigos. Pero, joder, no perdiste ni un segundo, ¿no?

–Yo no quería que terminara mal –repliqué–. Y quería que fuésemos amigos. Pero eso nunca sale bien. Nunca.

Se quedó pensando en esto.

–Vale. Creo que tienes razón. Tal vez los dos tuvimos parte de culpa. Yo no fui totalmente sincero cuando dije que llevaría bien lo de ser amigos nada más. Y tú tampoco fuiste sincera cuando dijiste, ya sabes, que me querías.

–¿Qué? –exclamé, demasiado alto. Era el champán–. Yo nunca dije que te quería.

–Quizá no con esas palabras –admitió, volviendo a mezclar las fotos–. Pero creo que los dos sabemos la verdad.

–De ninguna manera –dije, pero ahora notaba que ese cabo suelto empezaba a enroscarse, cada vez más próximo al nudo final.

–Con cinco días más –decidió él, levantando una mano abierta–, me habrías querido.

–Lo dudo.

–Bueno, te reto. Cinco días, y luego...

–Dexter –dije.

–Es broma. –Dejó las fotos y me sonrió–. Pero nunca lo sabremos, ¿verdad? Podría haber ocurrido.

Le devolví la sonrisa.

–Tal vez.

Y ahí estaba. El fin. El último artículo de tantos, eliminado de mi lista con una gran marca. Casi sentí cómo se me quitaba el peso de encima y me invadía la sensación lenta y segura de que mis planetas se alineaban y todo, al menos por ahora, estaba bien.

–¡Remy! –oí que alguien gritaba desde fuera. Me di la vuelta y vi a Amanda en la puerta de Joie, con un gorro para teñir en la cabeza, chasqueando los dedos–. ¡Te vas a perder el baile!

Detrás de ella, Talinga y Lola se reían.

–¡Guau! –exclamó Dexter, mientras Amanda seguía contoneándose, sin ver a la pareja de ancianos que pasaba, con una bolsa de comida para pájaros, y la miraba con desaprobación–. Creo que trabajamos en el sitio equivocado.

–Tengo que volver –dije.

–Vale, pero antes de irte, tienes que ver esto. –Abrió un cajón, sacó un montón de fotos y las extendió sobre el mostrador–. Las últimas imágenes, y las mejores, para nuestro muro de la vergüenza. Mira.

Eran bastante horribles. En una se veía a un hombre de mediana edad posando al estilo culturista, flexionando los músculos mientras su barriga cervecera colgaba sobre un bañador Speedo muy pequeño. En otra se veía a dos personas en la proa de un barco: el hombre sonreía, encantado, mientras que la mujer estaba verde, literalmente, y sabías que en la siguiente foto aparecería el vómito. La depravación y la vergüenza eran el tema de la colección; cada foto era más tonta o asquerosa que la anterior. Estaba tan concentrada en lo que parecía ser un gato intentando aparearse con una iguana que casi me salté la foto de una mujer que posaba seductoramente en bragas y sujetador.

–Oh, Dexter –protesté–. De verdad.

–Oye –repuso, encogiéndose de hombros–. Se hace lo que se puede, ¿no?

Iba a responderle cuando de repente me di cuenta de algo: conocía a esta mujer. Tenía el pelo oscuro, estaba poniendo morritos seductoramente, y se encontraba sentada en una cama con las manos en las rodillas, de forma que resaltaba considerablemente su escote. Pero, más importante aún, reconocí lo que estaba detrás de ella: un tapiz grande y feo con escenas bíblicas. Justo sobre su cabeza, a la izquierda, se distinguía la cabeza de san Juan Bautista sobre una bandeja.

–¡Oh, Dios mío! –exclamé. Era la habitación de mi madre. Y esta mujer que estaba en su cama era Patty, la secretaria de Don. Miré la fecha impresa en la parte inferior: 14 de agosto. El fin de semana anterior. Cuando me quedé a dormir en casa de Lissa y mi madre estaba en Florida, decidiendo que todo iba a salir bien.

–Esta es buena, ¿eh? –me preguntó Dexter, mirando por encima de la foto–. Sabía que te gustaría.

Levanté la vista. Ahora encajaba todo. El fin. Sí, claro. Ese era el plan de venganza de Dexter, su forma de devolverme el golpe cuando me encontraba desprotegida.

De repente me puse tan furiosa que sentí la sangre agolpándose en la cara, caliente y colorada.

–Cabrón –le espeté.

–¿Qué? –Abrió mucho los ojos.

–¿Te parece que esto es un jueguecito? –salté, tirándole la foto. Le dio en el pecho con la esquina y él retrocedió, dejándola caer al suelo–. ¿Querías vengarte de mí y haces esto? Joder, y yo que quería terminar bien, Dexter. ¡Estaba intentando pasar de estas cosas!

–Remy –dijo, levantando las manos. Detrás de él, Lucas había echado la silla hacia atrás y me miraba sin decir nada–, ¿de qué estás hablando?

–Ah, sí, claro –seguí–. Toda esa palabrería sobre la fe y el amor. Y luego haces una cosa así, solo para hacerme daño. ¡Y ni siquiera a mí! A mi familia...

–Remy. –Intentó cogerme la mano, para calmarme, pero yo la retiré y me di un golpe en la muñeca contra el mostrador, como si no pudiera controlarme–. Venga. Dime solo...

–¡Vete a la mierda! –grité, y mi voz sonó estridente.

–¿Pero qué te pasa? –vociferó él a su vez, y luego se agachó para coger la foto del suelo. Se la quedó mirando–. No lo...

Pero yo ya me alejaba por la tienda hacia la puerta. No dejaba de ver a mi madre, flotando hacia mí en una nube de perfume y esperanza, intentando con todas sus fuerzas que este matrimonio, precisamente este, funcionara. Estaba dispuesta a ceder, a renunciar a todo, incluso a su propia voz, para seguir con este hombre que no solo había cometido adulterio, sino que había guardado la prueba de ello en una foto. Cabrón. Lo odiaba. Odiaba a Dexter. Había estado a punto de desear estar equivocada sobre las posibilidades del corazón. Muéstrame una prueba, le había dicho, y ella lo había intentado. No es algo tangible, había dicho, no puedes marcarlo con claridad. En cambio, el caso contra el amor era fácil de argumentar. Se demostraba con facilidad. Incluso se podía coger con la mano.

Al averiguar lo de Don se me quitaron las ganas de fiesta. Pero en realidad dio igual, porque Amanda ya se había quedado dormida sobre la mesa en el cuarto de depilación y Lola y Talinga estaban terminando la tarta y quejándose sobre cuál de las dos tenía una vida amorosa más patética. Nos despedimos y luego me marché, con el sobre que me habían dado, una caja gratis de mi acondicionador favorito y la carga de saber que el último marido de mi madre era el peor de todos. Lo que ya era decir bastante, la verdad.

Conduje hacia mi casa con la cabeza despejada, el aire acondicionado a tope para calmarme. La conmoción de ver a Patty en la cama de mi madre, en el cuarto de mi madre, me había devuelto la sobriedad rápidamente, como solo pueden hacerlo las malas noticias. Estaba furiosa con Dexter por haberme mostrado la foto y mientras conducía me preguntaba por qué no habría visto este lado suyo engañoso, mezquino y malvado. La había escondido bien. Y era una bajeza haber metido a mi familia en esto. Que me hiciera daño a mí, vale. Yo era capaz de encajarlo. Pero a mi madre era algo distinto.

Tomé el camino de entrada, apagué el motor y me quedé allí un momento mientras el aire acondicionado se apagaba con un gemido. Temía la tarea que me aguardaba. Sabía que otros a lo mejor no habrían dicho nada, dejando que el matrimonio, aunque fuese un engaño, siguiera su curso. Pero yo no podía permitirlo. No habría podido marcharme sabiendo que mi madre estaba aquí atrapada, viviendo un engaño semejante. Yo soy una creyente convencida de la corriente «comunica las malas noticia igual que se arranca una tirita», así que tenía que contárselo.

Al avanzar por el camino hasta el porche delantero noté que había pasaba algo raro. No sabía exactamente qué: era más bien una intuición, inexplicable. Incluso antes de encontrarme con las latas de batidos, que estaban desparramadas por todo el camino, algunas en el césped, otras debajo de los arbustos, una sobre un escalón, como esperando a que la recogieran, ya tuve el presentimiento de que era demasiado tarde.

Abrí la puerta principal de golpe y noté que chocaba contra algo: otra lata. Estaban por todas partes, desperdigadas por la entrada y a lo largo del pasillo hacia la cocina.

—¿Mamá? —llamé, y escuché cómo mi voz resonaba contra las encimeras y los armarios. No hubo respuesta. Sobre la mesa vi la comida para nuestra gran cena familiar: chuletas, mazorcas de maíz, casi todo aún en las bolsas de plástico del supermercado. A su lado, un montón de cartas, y un sobre, dirigido a mi madre con letras claras de molde, abierto.

Crucé la habitación, pasando por encima de otra lata, hacia la puerta de su estudio. La cortina estaba echada, la vieja señal de no molestar, pero esta vez la eché a un lado y entré directamente.

Estaba sentada en su silla, delante de la máquina de escribir, de la que sobresalía una copia de la foto que había arrojado contra Dexter. Estaba colocada como si fuera una hoja de papel lista para cargar en la máquina.

Mi madre, extrañamente, parecía muy tranquila. La furia causante de la explosión y dispersión de las latas de batido había pasado, y se había quedado allí sentada con expresión estoica, mientras estudiaba el rostro de Patty, con sus morritos y su pose.

–¿Mamá? –repetí, y alargué la mano sobre la suya, delicadamente–. ¿Estás bien?

Ella tragó saliva y asintió. Noté que había estado llorando. Se le había corrido el rímel y tenía semicírculos negros bajo los ojos. Esto, pensé, era lo más raro de todo. Incluso en las peores circunstancias, mi madre siempre estaba impecable.

–La tomaron en mi propio dormitorio –dijo–. Esta foto. En mi cama.

–Ya lo sé –asentí. Volvió la cabeza y me miró confundida. Yo disimulé, pensando que sería mejor guardarme la información de que existía otra copia–. Bueno, ahí está el tapiz, ¿no? Detrás de ella.

Volvió la vista a la foto y por un segundo nos quedamos las dos mirándola. Solo se oía el zumbido de la máquina de hielo de la nevera, que escupía una nueva remesa de cubitos en el cuarto de al lado.

–He fallado –declaró por fin.

Puse mi mano sobre la suya, me senté y acerqué la silla.

–No has sido tú –dije en voz baja–. Tú regresaste de Florida sintiéndote tan bien, y luego resulta que ese cabrón asqueroso...

–No –me interrumpió indignada–. Me refiero a que he fallado: todas esas latas y no le di con ninguna. Tengo una puntería horrible. –Entonces suspiró–. Con una sola me hubiera sentido mejor. De alguna manera.

Tardé un segundo en asimilarlo.

–¿Has tirado tú todas esas latas? –le pregunté.

–Estaba muy enfadada –explicó. Luego sorbió y se limpió la nariz con un pañuelo de papel que tenía en la otra mano–. Oh, Remy. Se me rompe el corazón.

Cuando dijo esto, me abandonó cualquier rastro de humor que pudiera haber percibido en la imagen de mi madre atacando a Don con una lluvia de latas vacías, y no había duda de que era gracioso.

Volvió a sorber y apretó los dedos sobre los míos, sujetándome fuerte.

–¿Y ahora qué? –preguntó, agitando el pañuelo con impotencia, un borrón blanco en mi campo de visión–. ¿Hacia dónde se supone que voy a ir ahora?

Mi úlcera, tanto tiempo inactiva, me retumbó en el estómago, como respondiendo a esta llamada. Aquí estaba yo, a punto de escapar, y ahora mi madre volvía a flotar a la deriva y me necesitaba. Sentí otra oleada de odio hacia Don, tan egoísta, por dejarme a mí con un lío que resolver mientras él se iba de rositas. Deseé haber estado aquí cuando ocurrió todo, porque yo sí tenía buena puntería. No hubiera fallado. Ni por casualidad.

–Bueno –respondí–, supongo que lo primero es llamar a ese abogado. El señor Jacobs. O Johnson. ¿Se ha llevado algo?

–Solo una maleta–me dijo, secándose los ojos otra vez.

Sentí el siguiente chasquido cuando puse en marcha la maquinaria de gestión de crisis. Tampoco había pasado tanto tiempo desde que se marchó Martin. Es posible que el camino tuviera algo de maleza, pero seguía ahí.

–Muy bien –continué–, tendremos que decirle que fije una fecha para volver a llevárselo todo. No puede venir cuando quiera, uno de nosotros debería estar aquí. Y supongo que habrá que ponerse en contacto con el banco, por si acaso, y congelar vuestra cuenta conjunta. No es que él no tenga su propio dinero, pero la gente hace cosas muy raras en los primeros días, ¿no?

Ella no me contestó y siguió mirando por la ventana hacia el jardín trasero, donde los árboles se balanceaban ligeramente.

–Mira, voy a buscar el número del abogado –propuse, levantándome–. Seguramente no estará, siendo sábado y eso, pero al menos podríamos dejar un mensaje, para que te llame a primera hora...

–Remy.

Me detuve a mitad de la frase y me di cuenta de que se había girado para mirarme.

–¿Sí?

–Ay, cariño –protestó en voz baja–. Déjalo.

–Mamá –dije–. Sé que estás disgustada, pero es importante que...

Me agarró de la mano y me hizo volver a sentarme en la silla.

–Yo creo –comenzó, y se detuvo. Respiró hondo y continuó–: Creo que ya es hora de que me encargue yo misma.

–Oh –dije. Raro, pero mi primer impulso fue sentirme un poco ofendida–. Solo creía que...

Me sonrió levemente y luego me dio una palmadita en la mano.

–Ya lo sé. Pero ya has hecho bastante, ¿no te parece?

Me quedé callada. Había llegado el momento que siempre había deseado. La salida oficial, el instante en que por fin quedaba libre. Pero no fue como esperaba. En lugar de una sensación de victoria, me sentí extrañamente sola, como si todo hubiera desaparecido de repente, dejándome sola con el latido de mi corazón. Me asustó.

Fue casi como si ella lo hubiera notado, me lo hubiera visto en la cara.

–Remy –me aseguró dulcemente–, todo va a salir bien. Ya es hora de que te ocupes de ti misma, para variar. A partir de ahora me encargo yo.

–¿Por qué ahora? –le pregunté.

–Pues porque lo siento así –me contestó simplemente–. ¿Tú no? Me parece que es lo... correcto.

¿Lo sentía yo igual? Todo me parecía tan lioso, de repente. Pero entonces vi algo en mi cabeza. El país, tan ancho, con mi madre y yo separadas no solo por nuestras distintas opiniones, sino también por kilómetros y kilómetros de territorio, demasiado lejos para una mirada o una caricia. Mi madre estaba derrotada, pero no vencida.

Y es posible que me hubiera negado parte de mi niñez, o de la niñez que yo creí merecer, pero no era demasiado tarde para darme algo a cambio. Un intercambio justo, años por años. Los pasados por los venideros.

Pero ahora me acerqué a ella hasta que nos tocamos. Rodilla contra rodilla, brazo contra brazo, frente contra frente. Me apoyé en ella por una vez, en lugar de alejarme, y aprecié la atracción que sentí hacia ella, algo casi magnético que nos mantuvo unidas. Y supe que siempre estaría allí, por mucha tierra que pusiera entre las dos. Era una sensación intensa de todo lo que compartíamos, lo bueno y lo malo, que nos había llevado hasta allí, donde comenzaba mi historia.

CAPÍTULO 16

En la hora que faltaba para que Chris y Jennifer Anne se presentaran a cenar, recogí todas las latas de batido del jardín y las dejé con un estruendo gratificante en el contenedor de reciclaje. Mi madre se estaba duchando, pues había insistido en celebrar nuestra cena familiar pese a lo ocurrido. Aunque yo me esforzaba por adaptarme a mi nuevo papel en esta separación, sin intervenir, algunos hábitos son difíciles de cambiar. O eso me dije mientras quitaba de la pared de la cocina a la gran mujer desnuda y la deslizaba detrás de la nevera.

Después de nuestra charla, mi madre me había contado todos los detalles escabrosos. Al parecer, lo de Patty venía de antiguo, incluso desde antes de que mi madre y Don se conocieran. Patty estaba casada entonces y habían tenido una serie de rupturas y reconciliaciones, de ultimátums y recaídas, que finalmente llevó a Don a declarar que si ella no iba lo bastante en serio para dejar a su marido, se acabó. Sin embargo, la boda de Don con mi madre fue un catalizador para la separación de Patty y su marido, y aunque intentaron mantenerse alejados, en palabras de Don, no pudieron «luchar contra los sentimientos». Mi madre hizo una mueca al repetir esta frase. Estoy segura de que yo también la hice al oírla. Fue Patty la que había enviado la foto, harta de esperar. Don, según

369

mi madre, ni siquiera lo negó, y se limitó a suspirar y dirigirse al dormitorio a hacer la maleta. A mí me pareció que eso era muy significativo. ¿Qué tipo de vendedor de coches no intentaría al menos buscar una salida hablando?

–No podía –me contó mi madre cuando le pregunté esto–. La quiere.

–Es un gilipollas –aseguré.

–Fue cuestión de mala suerte –declaró ella. Se lo estaba tomando muy bien, pero me pregunté si no estaría conmocionada–. Al final, todo es una cuestión de encontrar el momento oportuno.

Pensé en esto mientras colocaba la carne en un plato. Salí, me dirigí a la barbacoa nueva y la abrí. Después de luchar durante quince minutos con el sistema de encendido de alta tecnología, supuestamente a prueba de tontos, decidí que prefería conservar mis cejas y saqué nuestra barbacoa vieja de detrás de unas sillas de jardín. Añadí unos puñados de carbón vegetal, algo de fluido y ya estaba en marcha.

Mientras removía el carbón, no dejaba de pensar en Dexter. Si antes era un cabo suelto, ahora era una cuerda entera que colgaba a su aire y era capaz de deshacerlo todo con un buen tirón. Lo apuntaría como otra historia más de un mal novio, para añadirla a mi colección. Ya estaba donde yo lo había querido desde el principio.

Cuando Chris y Jennifer Anne aparcaron yo me encontraba en la cocina, preparando patatas fritas y salsa en un plato. Atravesaron el césped de la mano, ella cargada con sus típicos *tupperware*. No quería ni imaginar cómo reaccionaría Jennifer Anne, que había encontrado repugnante mi cinismo sobre este matrimonio, al enterarse de las últimas noticias. Me imaginé que Chris se pondría instantáneamente en plan protector, por el bien de mi madre, al tiempo que agradecía haber recuperado su pan, con los extremos y todo.

Llegaron por la puerta principal, charlando y riéndose. La verdad es que sonaban eufóricos. Cuando se acercaron a la cocina levanté la vista y los vi a los dos colorados. Jennifer Anne estaba más relajada que nunca, como si ese día hubiera hecho una sesión doble de ejercicios de autoafirmación. Chris también estaba feliz, al menos hasta que vio el espacio vacío en la pared sobre la mesa del desayuno.

–Jo, tío –dijo, poniendo mala cara. A su lado, Jennifer Anne seguía sonriendo–. ¿Qué ha pasado?

–Bueno –empecé–, la verdad es que...

–¡Nos hemos prometido! –gritó Jennifer Anne, y alargó la mano derecha.

–... Don tiene una amante y se ha marchado con ella –terminé.

Se hizo un silencio total durante un minuto, mientras Jennifer Anne procesaba lo que acababa de decir, y yo retrocedía torpemente al oír por fin sus noticias. Y luego dijimos las dos a la vez:

–¿Qué?

–¡Oh, Dios mío! –exclamó Chris, dejándose caer contra la nevera con un golpe seco.

–¿Os habéis prometido? –pregunté.

–Es solo... –balbució Jennifer Anne, llevándose la mano a la cara. Entonces pude ver el anillo en su dedo:

un diamante de buen tamaño que resplandecía con el reflejo de la luz que brillaba sobre el fregadero.

–Maravilloso –oí decir a mi madre, y al darme la vuelta vi que había entrado detrás de mí. Todavía tenía los ojos un poco húmedos, pero sonreía–. Cielo, es simplemente maravilloso.

Eso da una idea sobre mi madre. Su fe total y absoluta en las historias de amor que no solo escribía, sino que vivía, hacían posible que fuese capaz de decir esto apenas dos horas después de que su quinto matrimonio se hubiera disuelto en un charco de engaños, clichés malos y latas vacías de batidos. Cuando la vi atravesar la cocina y tomar a Jennifer Anne en sus brazos, la aprecié de una forma que hubiera sido impensable tres meses antes. Mi madre era fuerte, en todos los aspectos en que yo era débil. Se caía, se hacía daño, sentía. Vivía. Y pese a todos los golpes de su existencia, seguía teniendo esperanza. Quizá la próxima vez fuera la buena. O tal vez no. Pero a menos que lo intentaras, no lo sabrías nunca.

Comimos en la mesa en el patio, con platos de papel. La contribución de mi madre: carne brasileña, ensalada de alcachofas importadas y pan italiano fresco, del día. La de Jennifer Anne: macarrones con queso, ensalada de lechuga iceberg y salsa rosa y un postre de gelatina con crema batida. Era un choque de dos mundos, pero en cuanto la conversación giró en torno a los planes y preparativos para la boda, fue evidente que había un terreno común.

–No tengo ni idea de por dónde empezar –reconoció Jennifer Anne. Chris y ella cenaron sin soltarse las manos, lo que era un horror pero en cierto modo tolerable, ya que acababan de anunciar su compromiso–. Salones de bodas, tarta, invitaciones... todo. Es abrumador.

–No es para tanto –la tranquilicé, pinchando algo de lechuga con el tenedor–. Prepara un archivador, un cuaderno y pide presupuestos alternativos de todo. Y no la celebres en la Taberna Iverness porque cobran de más y nunca tienen papel higiénico en los aseos.

–Oh, las bodas son siempre divertidas –declaró mi madre alegremente y bebió de su copa de vino. Y por un segundo vi que una oleada de tristeza le cruzaba la cara. Pero se la quitó de encima, sonriendo a Chris–: Cualquier cosa que necesitéis, ayuda, dinero... decídmelo. Prometedme que me lo vais a decir.

–Prometido –aseguró Chris.

Recogí los platos mientras ellos seguían hablando, sobre posibles fechas, lugares y todas las cosas sobre las que yo había empezado a pensar el verano anterior por esta época, cuando mi madre era la novia. Había algo incongruente sobre el hecho de que un matrimonio terminara en el mismo instante en que otro empezaba, como si hubiera un balance en el universo e hiciera falta un intercambio para mantener el número constante.

Cuando abrí la puerta mosquitera, me di la vuelta hacia el jardín, donde avanzaba la oscuridad. Oí el soniquete de sus voces y durante un segundo cerré los ojos, limitándome a escuchar. En momentos como estos mi marcha parecía real, e incluso más real aún era el hecho de que mi familia, y esta vida, seguiría adelante sin mí. Volví a sentir un vacío que me obligué a hacer desaparecer. De todas formas, me quedé en la puerta, memorizando el sonido. El momento. Guardándolo fuera de mi vista, para recordarlo cuando más lo necesitara.

Después de la cena y el postre, Jennifer Anne y Chris recogieron los *tupperware* y se marcharon a casa, armados con todas las cosas que yo había conservado de la planificación de la boda de mi madre: folletos, listas de precios y números de teléfonos de todo, desde servicios de limusina al mejor maquillador de la ciudad. Con mi típico cinismo, estaba segura de que volveríamos a necesitarlo, y había tenido razón. Pero no del modo en que yo creía.

Mi madre me dio un beso y se marchó a la cama, un poco llorosa pero bien. Yo subí a mi cuarto y comprobé algunas cajas, reorganicé un par de cosas y guardé otras tantas. Luego me senté en la cama, inquieta, escuchando el zumbido del aire acondicionado hasta que no aguanté más.

Cuando llegué a Quik Zip, obedeciendo la llamada de la Zip *light* extra grande, me sorprendió encontrarme con el coche de Lissa aparcado delante de las cabinas de teléfonos. Me acerqué a ella por detrás en la sección de golosinas, donde estaba decidiéndose entre los caramelos masticables Skittles o las gominolas. Tenía una bolsa en cada mano y cuando la toqué con el dedo en la espalda, saltó, chilló y las lanzó por los aires.

–¡Remy! –Me dio un cachete en la mano y se puso colorada–. Jolines, qué susto me has dado.

–Lo siento –me disculpé–. No he podido resistirme.

Se agachó y recogió las chucherías.

–No tiene gracia –gruñó–. ¿Qué haces aquí, por cierto? Creía que tenías una importante cena familiar.

–La tenía –confirmé, de camino a los grifos de Zip. Era extraño cómo hasta las cosas más pequeñas estaban haciendo que me sintiera nostálgica, y guardé un momento de silencio respetuoso mientras cogía un vaso de la columna y lo llenaba de hielo–. Bueno, ya la hemos tenido. Y más importante de lo que imaginas. ¿Quieres una Zip?

–Sí –asintió, y le pasé un vaso. Permanecimos un momento en silencio mientras se llenaban, deteniéndome a intervalos adecuados para que se fueran las burbujas. Además, a veces salía otro chorro de sirope al apretar el botón de coca-cola *light*, lo que le daba un sabor delicioso. Cogí una tapa y una pajita y Lissa hizo lo mismo con su 7UP. Mientras daba un sorbito de mi bebida para comprobar su sabor, me di cuenta de que estaba muy guapa; parecía llevar una falda nueva y se había pintado las uñas de los pies. Además, olía muy bien, un aroma floral delicado, y estaba casi segura de que se había rizado las pestañas.

–A ver, confiesa –le dije–. ¿Qué planes tienes para esta noche?

Ella sonrió tímidamente y dejó las golosinas sobre la barra. Mientras el dependiente escaneaba los códigos de barra, me dijo sin darle importancia:

–Tengo una cita.

–Lissa –exclamé–, no me digas.

–Tres ochenta y siete –dijo el chico.

–Todo junto –dijo Lissa, al ver mi Zip *light*.

–Gracias –declaré, sorprendida.

–De nada. –Le dio al dependiente un par de billetes doblados–. Bueno, ya sabes que P. J. y yo llevábamos una temporada rondándonos.

–Sí –contesté, mientras ella cogía el cambio. Nos dirigimos hacia la puerta.

–Y el verano está a punto de terminar. Así que hoy, en un festival de artesanía donde presentábamos KaBoom, decidí lanzarme. Estaba cansada de esperar, sin saber si él se atrevería a dar el paso. Así que le pedí salir.

–Lissa, estoy impresionada.

Se metió la pajita en la boca y dio un sorbo delicado, encogiéndose de hombros.

–La verdad es que no fue tan difícil como creía. Fue incluso... agradable. Me sentí muy segura. Me gustó.

–Cuidadito, P. J. –dije cuando nos acercamos a su coche y nos sentamos en el capó–. Es una chica totalmente distinta.

–Brindo por ello –contestó, y presionamos nuestros vasos uno contra otro.

Nos quedamos calladas durante un minuto, mirando los coches pasar por la carretera. Otra noche de sábado en el Quik Zip, una de tantas en nuestros muchos años de amistad.

–Bueno –solté por fin–, mi madre y Don han roto.

Se sacó la pajita de golpe y se volvió a mirarme.

–No.

–Sí.

–¡Qué dices! ¿Qué ha pasado?

Le conté todo, desde que vi la foto en Flash Camera, deteniéndome a cada rato para que pudiera menear la cabeza, pedir más detalles y llamar a Don todas las cosas que yo ya le había llamado aquel día, lo que no me impidió sumarme a sus insultos.

–Joder –exclamó, cuando terminé–. Qué horror. Pobrecita tu madre.

–Ya. Pero creo que se recuperará. Ah, y Chris y Jennifer Anne se han prometido.

–¿Qué? –gritó, asombrada–. No me puedo creer que te estuvieras sirviendo tu bebida tan tranquila, charlando conmigo, cuando tenías tantas noticias importantes. Remy, por Dios.

–Lo siento –dije–. Ha sido un día muy largo, supongo.

Suspiró fuerte, todavía irritada conmigo.

–Menudo verano –comentó–. Cuesta creer que hace un par de meses tu madre y Don se estaban casando y a mí me estaban dejando plantada.

–Ha sido una temporada fatal para las relaciones –asentí–. Dan ganas de renunciar al amor completamente.

–No –dijo a la ligera, sin pensarlo siquiera–. Eso no se puede hacer.

Di un sorbo de mi refresco y me aparté el pelo de la cara.

–No lo sé –repliqué–. Yo sí que puedo. La verdad es que no me parece que pueda funcionar. Y esto último con Don me lo acaba de confirmar.

–¿Cómo que confirmar?

–Que las relaciones son una mierda. Y que tuve razón al romper con Dexter, porque nunca hubiera salido bien. Ni por casualidad.

Lo pensó un momento.

–¿Sabes qué? –preguntó por fin, cruzando las piernas–. Sinceramente, creo que lo que estás diciendo es una idiotez.

Casi me atraganté con la pajita.

–¿Qué?

–Ya me has oído. –Se pasó la mano por el pelo y se colocó una masa de rizos detrás de la oreja–. Remy, desde que te conozco siempre has creído que lo tenías todo controlado. Y luego este verano pasó algo que te hizo cuestionarte si no habrías estado equivocada. Yo creo que, muy en el fondo, siempre has creído en el amor.

–No es cierto –dije con firmeza–. Me han pasado muchas cosas, Lissa. He visto cosas que...

–Ya lo sé –respondió, levantando la mano–. Y yo soy nueva en esto, no te lo niego. Pero si de verdad no creyeras en el amor, ¿por qué sigues buscando? Tantos chicos, tantas relaciones. ¿Para qué?

–Sexo –sugerí, pero ella meneó la cabeza.

–No. Porque una parte de ti quería encontrarlo. Para demostrarte a ti misma que estabas equivocada. Tenías esa fe. Y lo sabes.

–Te equivocas –afirmé–. La fe la perdí hace mucho tiempo.

Me miró cuando dije esto, con una expresión comprensiva.

–Tal vez no –me rebatió–. Tal vez no la perdiste.

–Lissa.

–No, escúchame. –Miró un segundo a la carretera y de nuevo hacia mí–. Tal vez la has traspapelado, nada más, ¿no? Sigue ahí, pero no la has buscado en el sitio correcto. Porque perdido quiere decir para siempre, no existe. Pero si la has traspapelado... es que todavía anda por ahí, en alguna parte. Solo que no está donde tú creías.

Cuando dijo esto vi en mi mente una imagen borrosa de todos los chicos con los que había estado, literal o figuradamente. Pasaban deprisa y sus caras se fundían unas con otras, como las páginas en uno de mis viejos libros de la Barbie, que eran todas iguales. Ahora que me fijaba, todos tenían ciertos rasgos comunes: caras agradables, buen tipo, muchas de las cualidades que había escrito en mi cabeza en otra lista más. De hecho, siempre me había acercado a los chicos así, metódicamente, asegurándome antes de dar ni un paso de que encajaban con el perfil.

Excepto uno, claro.

Oí un pitido muy fuerte y al levantar la vista vi que Jess estaba aparcando a nuestro lado. Me sorprendió ver a Chloe en el asiento del copiloto.

—Hola —saludó Jess al salir–, nadie habló de quedar hoy. ¿Qué pasa?

Lissa y yo nos las quedamos mirando. Por fin soltó Lissa:

—¿Pero qué narices pasa esta noche? ¿Os habéis vuelto todas locas? ¿Y qué hacéis Chloe y tú juntas?

—No te pongas nerviosa —respondió Chloe secamente–. Se me pinchó una rueda en el centro comercial y ninguna de vosotras contestaba el teléfono.

—Imagínate mi sorpresa —añadió Jess con humor–, cuando resultó que yo era su último recurso.

Chloe le hizo una mueca, pero no de malicia sino de irritación.

—Te he dado las gracias —le dijo a Jess–. Y te compraré esa Zip Cola, como te prometí.

–El trato era el suministro de colas de por vida –replicó Jess–, pero por ahora me conformo con una. Extra grande, con poco hielo.

Chloe levantó los ojos al cielo y se dirigió a la tienda. Lissa se bajó del capó, meneando su vaso.

–Segunda ronda –propuso–. ¿Tú?

Le pasé mi vaso y siguió a Chloe al interior, con uno en cada mano. Jess se acercó y se sentó en el capó, sonriendo para sí.

–Me encanta que esté en deuda conmigo –reconoció, observando a Chloe llenar las bebidas, con Lissa charlando a su lado. Al ver cómo la miraba Chloe y se quedaba con la boca abierta, asombrada, supe que le estaba contando toda la historia de mi madre y Don. Así que se lo conté también a Jess y obtuve una reacción parecida. Cuando regresaron con las bebidas, más o menos estaban todas informadas.

–Asqueroso –dijo Chloe tajantemente. Dio un sorbo a su bebida, hizo una mueca, tosió y añadió–: Puaj. Esto es coca-cola normal.

–Menos mal –dijo Jess mientras cambiaban los vasos, las dos con cara de asco–, porque esto sabe fatal.

–A ver si lo entiendo –empezó Chloe, sin hacerle caso–, ¿Patty le envió la foto a tu madre?

–Sí –respondí.

–Pero la reveló en Flash Camera.

–Correcto.

Chloe tragó pensando en esto.

–Y Dexter sabía que era ella, y lo que eso implicaba, y por eso te la enseñó, para vengarse de ti por haberlo dejado.

–Exactamente.

Hubo un momento de silencio en el que solo se oyó el ruido del hielo contra los vasos, el crujido de las pajitas y unos murmullos inseguros. Por fin, Jess intervino:

–No entiendo muy bien la lógica de esa parte.

–Yo tampoco, ahora que lo pienso –se unió Lissa.

–No hay ninguna lógica –dije–. Se ha portado como un cabrón. Sabía que era la única manera de hacerme daño de verdad, y lo hizo, justo cuando yo intentaba hacer las paces y había bajado la guardia.

Más silencio.

–¿Qué? –pregunté irritada.

–Yo creo –comenzó Chloe, vacilante–, que ni siquiera hay una prueba de que supiera que la conocías.

–Falso. La conoció en la barbacoa de mi madre. Y también estuvo en la Feria de Toyota.

–Pero no desnuda –señaló Lissa.

–¿Y eso qué tiene que ver? Desnuda o no, sigue teniendo la misma cara.

–Pero –repuso Chloe–, ¿cómo iba a saber que fue Don quien tomó la foto? ¿O que era la habitación de tu madre? No habrá entrado en ella, ¿no?

Ahora fui yo la que se quedó callada, mientras esta lógica, si se le puede llamar así, iba encajando en mi cabeza. Yo había asumido, en mi turbación, que Dexter había visto el dormitorio de mi madre, en especial ese horrible tapiz bíblico. Pero ¿lo había visto? Para él, seguramente sería tan solo una foto de una empleada de mi padrastro que disfrutaba tomándose fotos en ropa interior en el dormitorio de alguien. De quien fuera.

–Yo siempre estoy a favor de que te enfades con Dexter –admitió Chloe, dando golpecitos con sus uñas en la carrocería del coche–. Pero debería ser por un buen motivo. Admítelo, Remy Starr. Esta vez te has colado.

Y era cierto. Había estado dispuesta a echarle a Dexter la culpa de todo, desde la disolución del matrimonio de mi madre hasta por haber hecho que confiara en él como no había confiado en nadie desde hacía mucho tiempo. Pero nada de esto era culpa suya.

–¡Oh, Dios mío! –exclamé en voz baja–. ¿Y ahora qué?

–Ve a buscarlo y discúlpate –sugirió Lissa con decisión.

–Admite que fue un error, no vayas a buscarlo y sigue con tu vida –replicó Chloe.

Miré a Jess, pero ella se limitó a encogerse de hombros y dijo:

–No tengo ni idea. Es cosa tuya.

Le había gritado. Lo había mandado a la mierda, le había tirado la foto y me había marchado cuando él intentaba explicarse. Había cortado con él porque quería ser algo más que un rollo de verano, sin rostro, con olor a sol y cloro, hecho a medida.

¿Qué había cambiado? Nada. Incluso si iba a buscarlo, ya sería demasiado tarde, no quedaba tiempo para poner los cimientos antes de salir cada uno hacia una costa distinta, y todo el mundo sabía que ese tipo de relaciones nunca funciona.

Era lo que había dicho mi madre. Al final todo se reducía a que fuera el momento preciso. Un segundo, un minuto, una hora, podían cambiarlo todo. Tanto dependía de estas cosas, de estos pequeños incrementos que juntos construyen una vida, igual que las palabras arman una historia. ¿Cómo lo expresó Ted? Una palabra puede cambiar el mundo entero.

Hola, había dicho Dexter aquel primer día cuando se sentó a mi lado. Una palabra. Si yo hubiera hablado durante un minuto más con Don en su despacho, es posible que al salir ya hubieran llamado a Dexter y se hubiera marchado. Si mi madre y yo hubiéramos esperado otra hora más, es posible que Don no hubiera estado en el concesionario el día que fuimos a comprarle un coche nuevo. Y si Jennifer Anne no hubiera necesitado cambiar el aceite aquel día de aquella semana precisamente, tal vez no habría mirado al otro lado del mostrador de Jiffy Lube y no habría visto a Chris. Pero algo, de alguna manera, había hecho que todos estos caminos convergieran. Eran cosas que no aparecían en las listas, ni se resolvían con una ecuación. Simplemente ocurrían.

–Jo, tía –dijo Jess de repente, dándome un tirón en el dobladillo de los vaqueros–. Mira ahí.

Levanté la vista, todavía con la cabeza dándome vueltas. Era Don. Conducía un Land Cruiser nuevecito, reluciente, con las placas del concesionario, que había aparcado al otro lado de Quik Zip. Salió del coche sin vernos, apretó el botón para cerrar la puerta automáticamente y se alisó el pelo ralo de la coronilla.

–Joder –exclamé–, hablando del rey de Roma.

–¿Qué? –susurró Lissa.

–Nada.

Todas lo miramos avanzar por el pasillo de Quik Zip. Cogió un bote de aspirinas y una bolsa de patatas fritas, lo que me imaginé que sería la comida típica de un adúltero. Incluso cuando estaba pagando no nos vio, pues echó un vistazo a los titulares de los periódicos apilados junto a la caja. Luego salió toqueteando la tapa de las aspirinas y regresó a su coche.

–Cabrón –soltó Chloe.

Era cierto. Le había hecho mucho daño a mi madre, y yo no podía hacer nada para que se sintiera mejor. Excepto quizá una cosa.

Don puso el coche en marcha y se dirigió hacia nosotras. Levanté el vaso y sentí el peso en mis manos.

–Ay, sí –susurró Lissa.

–A la de tres –dijo Jess.

No nos vio hasta que estuvo a la altura del coche de Lissa, y para entonces yo ya había lanzado el brazo. Mi vaso voló por el aire, chocó justo contra el parabrisas y el refresco salió despedido sobre el reluciente capó. Don dio un frenazo, desviándose ligeramente, y entonces otros dos vasos chocaron contra la puerta trasera y el techo solar. Pero el mejor fue el lanzamiento de Lissa, sorprendentemente. Se coló por la ventanilla medio bajada; la tapa se separó con el impacto y envió una oleada de hielo y 7UP directamente contra su cara y la pechera de la camisa. Don redujo la marcha, pero no se detuvo, y los vasos cayeron al suelo cuando enfiló la carretera. El coche dejó un rastro húmedo al alejarse.

–Un buen disparo –felicitó Jess a Lissa–. Un arco genial.

–Gracias –dijo Lissa–. El de Chloe también fue muy bueno. ¿Has visto qué impacto?

–Es todo cuestión de muñeca –aseguró Chloe, encogiéndose de hombros.

Después de eso nos quedamos un rato en silencio. Se oía el zumbido del letrero de Quik Zip sobre nuestras cabezas, ese ronroneo constante de los fluorescentes, y por un momento me dejé llevar por él, recordando a Dexter en aquel mismo sitio poco tiempo atrás, agitando los brazos al verme marchar. Con los brazos hacia arriba. Llamándome o diciendo adiós. O tal vez las dos cosas.

Siempre había tenido un optimismo audaz que a los cínicos como yo nos daba vergüenza ajena. Me pregunté si sería bastante para los dos. Pero desde aquí no lo sabría nunca. Y el tiempo seguía pasando. Minutos y segundos cruciales, cada uno capaz de cambiarlo todo.

Me alejé conduciendo bajo la mirada de mis amigas, sentadas en el coche de Lissa. Cuando salí a la carretera, miré en el retrovisor y las vi: agitaban los brazos, con las manos en el aire, y me decían algo en voz alta. El rectángulo del espejo era como un cuadro, que enmarcaba la foto de ellas diciéndome adiós, empujándome hacia adelante, antes de desaparecer suavemente de mi vista, pulgada a pulgada, al tomar la curva.

CAPÍTULO 17

Sabía por experiencia que había nueve salones de bodas decentes en la ciudad. En el quinto encontré a Pelotón de la Verdad.

Vi la furgoneta blanca en cuanto estacioné en el aparcamiento de Hanover Inn. Estaba en la parte trasera, junto a la entrada de servicio, cerca de la camioneta del *catering*. En cuanto salí del coche pude oír la música, el ritmo apagado del bajo. A través de las largas ventanas que jalonaban el edificio vi gente bailando. La novia estaba en el centro, un borrón blanco, cola de tul, encabezando una fila de conga en un círculo amplio y desigual.

En el vestíbulo pasé junto a unas chicas con vestidos de damas de honor de color azul cielo, horrendos, decorados con grandes lazos en el trasero. También me crucé con una escultura de campanas nupciales que llevaban en un carrito. En el cartel junto a la puerta decía «Banquete MEADOWS-DOYLE». Entré por la puerta más alejada y avancé por la pared del fondo, intentando pasar desapercibida.

El grupo estaba en el escenario, con su atuendo típico de Bemoles. Dexter cantaba una vieja canción de la Motown, que reconocí como una de sus versiones habituales, y detrás de él Ted tocaba su guitarra con expresión aburrida e irritada, como si estuviera sufriendo solo por estar allí.

La canción terminó con una floritura, cortesía de John Miller, que se levantó para recibir los aplausos. Llegaron, pero no fueron muy generosos, y volvió a sentarse con un suspiro.

–Hola a todos –saludó Dexter al micrófono poniendo su voz de presentador de concursos–. Felicitemos de nuevo a Janine y Robert, ¡los Doyle!

Entonces se oyeron vítores y la novia sonrió, lanzando besos a todos.

–La siguiente canción es un tema especial de la novia para el novio –siguió Dexter, mirando a Lucas, que asintió–. Pero, por favor, podéis cantar todos.

El grupo atacó los primeros acordes de una canción que reconocí vagamente de una película famosa. Era una balada rimbombante, totalmente pastelera, e incluso Dexter, que por lo general era el que más se prestaba al juego, pareció desinflarse cuando tuvo que cantar un verso sobre amarte hasta que se *borren las estrellas / y el corazón se me convierta en piedra...* En el segundo estribillo, Ted fingió tener que vomitar, hasta que tuvo que concentrarse para tocar el solo de guitarra que terminaba la estrofa. Los novios, sin embargo, parecían ajenos a todo esto, mirándose a los ojos mientras bailaban, tan apretados que apenas se movían.

La canción terminó y todos aplaudieron. La novia lloraba y su flamante marido le secó las lágrimas, mientras todos los presentes murmuraban cosas como «qué romántico». Pelotón de la Verdad salió del escenario discutiendo, Ted y Lucas ya enzarzados y Dexter y John

Miller detrás. Desaparecieron por una puerta lateral mientras sonaba la música enlatada y los camareros llegaban a la pista de baile con la tarta, de cuatro pisos y cubierta de rosas.

Cuando la puerta se cerró tras ellos me moví para seguirlos, pero algo me detuvo. Di un paso atrás y me apoyé contra la pared con los ojos cerrados. Joder, una cosa era llegar hasta allí con la euforia de haber empapado a Don, pero otra cosa completamente distinta era hacer de verdad aquella locura. Era como conducir por el lado contrario de la calzada, o dejar que la aguja de la gasolina señalara el depósito vacío antes de rellenarlo: algo que iba totalmente en contra de mi naturaleza y contra todo lo que había creído hasta este momento.

Pero ¿para qué me había servido eso hasta ahora, vamos a ver? Una larga lista de novios. La fama de ser una tía fría y borde. Y una burbuja de seguridad con la que me cubría a la perfección para que nadie pudiera acercarse, ni siquiera alguien con las mejores intenciones, ni aunque yo quisiera permitírselo. La única manera de llegar hasta mí era por sorpresa: chocándose contra mí, rompiendo las barreras, como en una misión kamikaze, con resultados desconocidos.

Aquella noche en el Quik Zip me había gritado, enfadado, que todo lo que me había dicho, desde el primer día, era verdad. Y yo me había quedado en blanco, sin recordar nada. Pero ahora, apoyada contra la pared, volví a verlo todo.

Y pensé, de repente, que teníamos algo en común, había dicho. *Una química natural, por así decirlo.*

Eso fue justo después de chocarse conmigo. El brazo todavía me dolía en el hueso de la risa.

Y noté que algo gordo iba a pasarnos.

Recordé, de repente, lo ridículo que me había parecido. Un adivino en el concesionario de coches, diciéndome la buenaventura.

A los dos. Que tú y yo, de hecho, estábamos predestinados a estar juntos.

Predestinados. Entonces no me conocía de nada. Tan solo me había visto desde el otro lado de la sala.

¿Tú no lo notaste?

Entonces no. O tal vez, en lo más profundo de un lugar traspapelado y oculto, sí lo noté. Y cuando fui incapaz de encontrarlo, vino a buscarme.

–¡Van a cortar la tarta! –llamaba una mujer con un vestido verde brillante.

Me aparté de la pared y me dirigí a la puerta lateral. A mitad de camino me perdí en una masa de gente, que dejaba los vasos vacíos sobre las mesas y avanzaba hacia la pista de baile. Pasé entre ellos, trajes y chaqués, vestidos arrugados y una densa nube de perfumes mezclados, hasta llegar por fin al otro lado. La puerta que daba al aparcamiento estaba abierta y el grupo había desaparecido, solo quedaban por el suelo unas cuantas mondas de mandarinas.

Oí un redoble de tambor a mi espalda, seguido por un estruendo de platillos, y vi al padrino ante el micrófono, con su copa levantada. John Miller estaba sentado a la batería, limpiándose los dientes, mientras Lucas servía más cerveza en un vaso que tenía a un lado del escenario. Ted estaba abatido cerca de un amplificador, como si hubiera perdido una apuesta. Estiré el cuello, buscando a Dexter, pero una mujer grandullona con un vestido rosa se puso delante de la puerta y me bloqueó la vista. De repente supe que era demasiado tarde.

Volví a salir al aire fresco y crucé los brazos sobre el pecho. Había vuelto a elegir un mal momento. Era difícil no pensar que se trataba de algún tipo de mensaje del universo para hacerme saber que no era lo correcto. Había intentado y fallado. Ya está. Final.

Pero, joder, quién podía vivir así, siempre haciendo conjeturas. Era para volverse loco. Limitarse a dejarse llevar por el oleaje, saltando de aquí para allá, sin rumbo fijo, y a merced de que cualquier ola grande te hiciera capotar y naufragar. Era una locura, una estupidez y...

Entonces lo vi. Sentado en el bordillo, bajo una farola, con las rodillas contra el pecho. Y por un momento noté que era el momento preciso, por fin, y las piezas se colocaban en su sitio. Detrás de mí, el padrino terminaba su brindis con voz tensa y emocionada. Por la feliz pareja, dijo, y todos lo repitieron a coro: por la feliz pareja.

Y ahí estaba yo, avanzando hacia Dexter, apretando los dedos contra la palma de la mano. Oí los vítores cuando la pareja cortó la tarta. Y di los últimos pasos de este largo viaje rápidamente, casi corriendo, antes de dejarme caer a su lado, de golpe, haciéndole perder el equilibrio un momento. Porque ahora sabía que así es como debía comenzar. La única forma era entrar a la fuerza.

Lo golpeé en un costado, sobresaltándolo. Pero en cuanto recuperó el equilibrio se me quedó mirando. No dijo ni una palabra. Porque los dos sabíamos que esta vez tenía que venir de mí.

–Hola.

–Hola.

Fui consciente de sus rizos oscuros, el olor de su piel, la chaqueta barata con los puños deshilachados. Él se limito a mirarme; no se alejó, pero tampoco se acercó. Y sentí que la cabeza me daba vueltas al saber que el salto era ya inevitable, que no estaba al borde del acantilado, con los dedos de los pies asomados sobre el agua: ahora iba por los aires.

–¿De verdad creíste, el primer día, que estábamos destinados a estar juntos? –le pregunté.

Me miró y luego dijo:

–Estás aquí, ¿no?

Entre los dos se abría la distancia. No era una distancia real medida en kilómetros, metros o incluso centímetros, las unidades que indican cuánto has recorrido o cuánto te falta aún. Pero esta distancia era muy grande, al menos para mí. Mientras yo me acercaba a él, y la atravesaba, él se quedó esperándome al otro lado. Era solo el último tramo que me quedaba por recorrer, pero al final sabía que sería lo único que recordaría de verdad. Y cuando lo besé, cerrando el círculo de este verano y de todo lo demás, me dejé caer y no tuve miedo del suelo que sabía que me estaría esperando. Lo atraje hacia mí y deslicé la mano por su cuello buscando ese punto donde podía sentir el latido de su corazón. Era rápido, como el mío. Lo apreté con fuerza, como si fuera lo único que nos conectara, y mantuve mi dedo allí.

NOVIEMBRE

CAPÍTULO 18

Melanie sabía que podía elegir. Hubo un tiempo en que hubiera ido tras Luc, y la seguridad que le ofrecía. En otro momento del pasado más distante, Brock le habría parecido la respuesta a todas las preguntas que seguían despertándola a medianoche con el corazón acelerado, sin saber cómo había llegado hasta allí. La decisión estaba clara, y al mismo tiempo no lo estaba en absoluto. Cuando Melanie subió al tren que la llevaría a la estación de París, eligió un asiento junto a la ventanilla y se desplomó en él. Apoyó una mano en el cristal. El paisaje desaparecería pronto, dando paso a los hermosos horizontes que constituían el escenario de gran parte de su pasado. Tenía todo el viaje para pensar cuál sería su próximo paso. Y cuando el tren se puso en marcha y empezó a coger velocidad, se recostó en el asiento y disfrutó del movimiento hacia adelante que la llevaba hacia su destino.

–¿Remy?

Levanté la vista y vi a mi compañera de cuarto, Angela, en el umbral de la habitación.

–¿Sí?

–Tienes carta. –Se acercó y se sentó a mi lado. Colocó los sobres en dos montones–. Rollos de la universidad. Ofertas de tarjetas de crédito. Algo de los testigos de Jehová... y esto debe de ser para ti...

–Por fin –exclamé–. Llevaba siglos esperándolo.

Angela era de Los Ángeles, trabajaba dando clases de aeróbic a tiempo parcial y nunca hacía la cama. No era la compañera perfecta, pero nos llevábamos bien.

–Ah, y esta grande es para ti –añadió, sacando un gran sobre de papel de debajo de su libro de cálculo–. ¿Qué tal es el libro?

–Está bien –dije. Marqué la página y lo cerré. Era el último de Barbara Starr, *La decisión*. Aunque solo era un ejemplar en galeradas, ya me lo habían pedido prestado tres chicas de nuestro pasillo en la residencia. Pero me pareció que el final las sorprendería, como les había ocurrido a la agente y a la editora de mi madre. Yo misma me había llevado una sorpresa al leer el manuscrito en el avión de camino a la universidad. En las novelas románticas normalmente se espera que al final la heroína termine con un hombre, el que sea. En cambio, Melanie decidió no elegir a ninguno, tomó sus recuerdos de París y se dirigió al otro extremo del mundo para empezar de nuevo sin antiguos amores que la retuvieran. No era un mal final, pensé. Al fin y al cabo, era el que había planeado para mí misma no hacía mucho.

Angela salió del cuarto y se marchó a la biblioteca, mientras yo cogía el sobre y dejaba caer su contenido en mi regazo. Lo primero que vi fueron varias fotografías, sujetas con una goma: en la primera estaba yo, entrecerrando los ojos deslumbrada por la luz del sol que me daba en la cara. Pero había algo raro en la foto, parecía desequilibrada. El borde superior también estaba borroso, y en el lado izquierdo se veía una especie de reflejo extraño de la imagen duplicada. Al irlas pasando, me di cuenta de que todas eran un poco raras. La mayoría eran de Dexter, y unas cuantas mías, y varias en las que salía John Miller. Otras eran de objetos inanimados, como un neumático o una mandarina, con los mismos defectos. Por fin me di cuenta de lo que eran, al recordar todas esas cámaras de fotos defectuosas que Dexter y los demás llevaron encima todo el verano. Así que habían salido, como Dexter había predicho. Pero no eran perfectas, como había supuesto yo. Al final, como todo lo demás, no estaban mal.

En el sobre había otra cosa más: un CD envuelto en cartón bien cerrado con cinta adhesiva. En la etiqueta ponía RUBBER RECORDS y, debajo, en letras más pequeñas, PELOTÓN DE LA VERDAD. El primer corte lo conocía bien. Se titulaba *Canción de la patata, primera parte*. El segundo tema lo conocía incluso mejor.

Cogí mi *walkman*, me puse los cascos, introduje el CD y pulsé *play*. Chirrió mientras buscaba las pistas y luego pasé la primera canción, como sabía que la mayoría de la gente terminaría haciendo, para escuchar la segunda. Me tumbé en la cama mientras sonaban los primeros acordes y cogí la última foto del montón.

Éramos Dexter y yo, en el aeropuerto, el día que me había marchado a la universidad. El borde superior estaba un poco borroso y en la esquina inferior derecha había un estallido de luz, pero por lo demás era una buena foto. Estábamos de pie delante de una ventana y yo apoyaba la cabeza en su hombro. Los dos sonreíamos. Había sido un día triste, pero no como una despedida definitiva. Como Melanie, yo iba rumbo a un mundo nuevo. Pero llevaba una parte de mi pasado, y del futuro, en mi equipaje.

La canción subía de intensidad en los auriculares y estaban a punto de empezar las palabras sobre la nueva introducción con ritmo de *jazz*, estilo retro. Le di la vuelta a la foto y vi que había algo escrito en el reverso. Garabateado en tinta negra, corrida (claro), decía: *Washington, Baltimore, Filadelfia, Austin... y tú. Te veré pronto.*

Alargué el brazo y subí el volumen, dejando que la voz de Dexter me llenara los oídos, suave y fluida. Y aunque ya la había oído muchas veces, volví a quedarme sin aliento cuando empezó:

> *Esta canción de cuna tiene pocas palabras*
> *unos cuantos acordes*
> *paz en esta habitación vacía*
> *Pero puedes oírla, oírla*
> *dondequiera que vayas*
> *Yo te voy a decepcionar*
> *pero esta canción de cuna seguirá sonando...*

Sabía que no había garantías. No podíamos saber qué nos pasaría, ni a mí, ni a él, ni a nadie. Algunas cosas no duran para siempre, pero otras sí. Como una buena canción, o un buen libro, o un buen recuerdo que se puede recuperar y contemplar en los malos momentos, estudiarlo con atención esperando reconocer a la persona que vemos en él. Dexter estaba al otro lado del país. Pero presentía que llegaría hasta mí, de una forma u otra. Y si no, yo había demostrado que podía encontrarme con él a mitad de camino.

Pero por el momento permanecí sentada en la cama escuchando mi canción. La que había escrito para mí un hombre que no me conocía en absoluto, cantada por el que mejor me conocía. Tal vez sería el éxito que la discográfica esperaba: resonaría con nuestro pasado musical y despertaría una oleada nostálgica que conduciría a Dexter y al grupo a todo lo que siempre habían soñado. O tal vez no la escucharía nadie. Esa era la cuestión: nunca se sabía. Ahora mismo no quería pensar en el pasado ni en el futuro, sino perderme en las palabras. Me tumbé, cerré los ojos y dejé que me llenaran la mente, nuevas y conocidas a la vez, que subían y bajaban al compás de mi respiración, sosegadas, cantando para mí hasta que me quedé dormida.

Si te ha gustado este libro, síguenos en
www.sarahdessen-maevayoung.com
Además, podrás leer las primeras páginas
del próximo libro de **Sarah Dessen**

JUST LISTEN

Annabel Greene parecía tenerlo todo: los amigos más po-
pulares, una familia que la apoyaba, unas notas brillantes
y un trabajo a tiempo parcial como modelo. Pero de repente
todo se desmorona, la amistad con Sophie, su mejor amiga,
se rompe; su familia, tan sólida y tan unida, parece tamba-
learse por el desorden alimenticio que sufre su hermana
mayor, y ella es incapaz de explicar a nadie qué le ocurre.
Entonces conoce a Owen, un chico solitario obsesionado
con la música que le dará el coraje para ir revelando, poco
a poco, el trágico secreto que esconde y explicar lo que ocurrió la noche en la que ella y Sophie dejaron de ser amigas.

«Dessen crea unos personajes perfectamente definidos
que tienen vida y aliento, talento e imperfecciones.
No sorprendente que las chicas nunca se cansen
de leerla. Escribe sobre ellas.»
–*Miami Herald*